OLIVER GRUDKE

***

KILLER TAL JAGD

Ein Killer Tal Krimi

www.tredition.de

Verlag und Druck:
tredition GmbH, Halenreie 40-44, 22359 Hamburg

ISBN
Paperback: 978-3-347-15034-8
Hardcover: 978-3-347-15035-5
e-Book: 978-3-347-15036-2

Alex schwitzte aus allen Poren.

„Mit Karte oder bar?" Die Kassiererin schaute ihn genervt an. Nur mit Mühe bekam er seine Geldbörse aus seiner rechten Hosentasche gezogen.

„Geht's endlich weiter!", rief ein älterer Mann, der ganz hinten in der Schlange stand.

„Mit Karte!" Die Stimme von Alex war belegt.

„Treuepunkte, Payback oder möchten Sie noch Bargeld abheben?"

Alex schüttelte den Kopf.

„Dann bitte hier die Karte einstecken und den Betrag mit ihrer PIN bestätigen!" Die Kassiererin kaute auf einem Kaugummi.

„Zweite Kasse bitte!" Alex hörte ihre rauchige Stimme aus den Lautsprechern, als er seine PIN eintippte.

Ein komisches Piep-Geräusch ertönte. Die Kassiererin drehte das EC-Gerät in ihre Richtung und atmete angestrengt aus.

„Bitte noch einmal!"

Alex war nervös und schwitzte noch mehr.

„He Alter, beeil dich, ich habe gleich Matheklausur!", sagte ein junger Kerl hinter ihm, der an seinem Kinn eine flauschigen Erstbart schwarz gefärbt hatte.

„Piep!" Das Geräusch ertönte ein zweites Mal. Alex starrte auf das kleine Display, das ihm mitteilte, dass der Betrag zu hoch sei. Doch das konnte eigentlich nicht sein! Oder doch? Schweiß lief ihm bereits über die Wange.

„Dann müssen Sie bar bezahlen!" Die Kassiererin kaute weiter gelangweilt auf ihrem Kaugummi. Sicher hatte sie solche Situationen öfters. Doch Alex wollte sich am liebsten in ein Mausloch verkriechen. Er öffnete seine Geldbörse.

Leer! Nichts! Nicht einmal ein Cent war darin zu finden.

„Ähm, gut, dann lasse ich die Sachen hier!", flüsterte er der Kassiererin zu.

„Mann, echt, jetzt kann ich das wieder einräumen. Gehen Sie doch nächstes Mal gleich zur Tafel!"

„Was?"

„Ja die Tafel für Bedürftige um die Ecke! Warten Sie, ich gebe Ihnen noch gratis eine Tüte mit. Natürlich aus recycelfähigem Material." Die Kassiererin drückte Alex einen Stoffbeutel in die Hand.

Plötzlich begannen alle im Chor zu rufen:

„Er hat kein Geld mehr, kein Geld mehr, kein Geld mehr …"

Berry knurrte und dadurch wurde der Traum von Alex jäh unterbrochen. Jetzt saß er kerzengerade und schweißgebadet in seinem Bett.

Kaum eine Nacht hatte er seit den Geschehnissen im Advent noch richtig durchgeschlafen. Und jetzt war bereits der 30. Januar. Mit dem Kopfkissen wischte er seinen Schweiß ab. Immer wieder Albträume.

Diesen führte er auf die Diskussion mit seiner Mutter am Vorabend zurück.

„Du hast bald kein Geld mehr, wenn du nicht arbeitest!" Seine Mutter hatte auf die noch immer geschlossene Praxis angespielt. Natürlich arbeitete er gerade nicht. Doch das musste er auch nicht. Seine Konten waren mehr als gefüllt. Eigentlich müsste er nie mehr arbeiten. Doch das verstand sie nicht.

Der Tod von Tina hatte etwas verändert. Die Praxis war leer und ohne Seele. So konnte er nicht arbeiten. So wollte er nicht arbeiten. Auch war er sich nicht sicher, ob je wieder in die Abgründe der Seelen anderer schauen wollte.

Es läutete! An einem Sonntag an seiner Tür! In seinem neuen Haus!

Berry knurrte noch intensiver und war aus seinem Lager aus alten Wolldecken, das rechts neben dem Bett von Alex lag, aufgestanden. Noch war der Cockerspaniel nicht ausgewachsen, doch ein Welpe war er auch nicht mehr. Natürlich hätte er in dem Weidenkörbchen, mit einem rotkarierten Kissen, welches Lilly zum Einmonatigen gestiftet hat, einen bequemeren Schlafplatz, aber Berry mochte das Körbchen nicht.

Im Gegenteil! Letzte Woche hatte er den Hund nur ein paar Stunden allein gelassen. Als Alex zurückkam, hatte dieser das halbe Körbchen zerbissen. Die kleinen Splitter lagen bis in das Wohnzimmer in der Parterre. Alex hatte über zwei Stunden zum Kehren und Putzen gebraucht. Am liebsten hätte er das Körbchen gleich komplett entsorgt, doch Lilly war der Ansicht, dass er schon noch sich da reinlegen würde.

Es läutete! Alex horchte und hörte eindeutig den Gong von Big Ben, dem ihm sein Elektriker des Vertrauens eigens dafür programmiert hatte. Alex rieb sich mit beiden Händen das Gesicht. Der Traum steckte ihm noch in den Gliedern, und zuerst hatte er gedacht, das Klingeln auch nur geträumt zu haben. Doch da es nun schon zum dritten Mal läutete, stand er auf. Er fühlte sich matt und nicht ausgeschlafen, dabei fiel sein Blick auf seinen Radiowecker. Ein Modell aus den 80-ern mit roter Leuchtschriftanzeige. Eigentlich benötigte er ja keinen Wecker, da er noch nie verschlafen hatte. Egal wann er aufstehen sollte, irgendwas programmierte darauf sein Hirn automatisch.

Dies hatte oft und meist nur Vorteile, doch ab und zu hätte er auch mal gerne verschlafen. Wäre einfach liegen geblieben. So wie im letzten Monat. Nichts! Es gab nichts zu tun und selbst wenn er es schaffte aufzustehen. Bei seinen Patienten würde er nun schon zumindest eine beginnende Depression diagnostizieren, doch bei sich selbst?

Das Knurren von Berry wurde intensiver. Der Cockerspaniel stand nun schon vorne an der Galerie und steckte seinen Kopf durch das Geländer. Sein Hinterteil zitterte und zeigte Alex, dass der noch junge Hund Angst hatte. Alex rieb sich die Augen und schaute noch einmal auf den Radiowecker, und tatsächlich, dieser zeigte fünf Uhr morgens! Deshalb konnte es ja auch eigentlich gar nicht sein, dass jemand um diese Zeit an seiner Tür klingelte. Und dazu war es Sonntag. Doch es läutete schon wieder, nun zum vierten Mal. Dazu hörte er, wie jemand an seine Tür hämmerte. Nun begann auch das Adrenalin in Alex aufzusteigen. Langsam ging er die Treppe, die von seiner Galerie nach unten in den Wohnbereich führte, nach unten. Alex, der Schlafanzüge nicht mochte, trug nur schwarze Shorts und ein graues Unterhemd. Mit jedem Schritt, den er sich dem Wohnbereich näherte, fasste auch der Hund etwas mehr Mut und ging knurrend voraus. Dabei achtete Berry peinlichst darauf, dass der Abstand zwischen ihm und Alex nicht größer als nötig wurde. Seine große Couch lag im Halbdunkeln. Nur an einer Ecke brannte noch die Stehleuchte mit dem Motiv des Matterhornes. Eine Idee von Lilly. Und dabei war er noch froh, es gab auch noch ein Motiv des Atlantiks und von New York.

Es lag noch der angenehme Rauch des Buchenholzes in der Luft, mit dem er in seinem Kamin am Abend für eine warme und wohlige Atmosphäre gesorgt hatte. Für ihn und Berry.

Nur für ihn und Berry. Seufzend sah Alex noch das halbvolle Glas Wein auf dem kleinen Couchtisch stehen. Wieder hatte er einen Abend allein verbracht. Das machte ihm ja eigentlich nichts aus. Im Gegenteil, er mochte dies und er wollte ja auch, nein er brauchte oft die Stille und Einsamkeit.

Doch etwas war anders geworden, seit dem Tod von Tina. Die Einsamkeit bekam ihm nicht mehr. Er war froh, dass nun Berry bei ihm wohnte. Ein Freund. Jemand, der ihm treu zur Seite stand. Alex war auch froh, dass Lilly immer wieder vorbeikam, leider immer weniger. Offiziell natürlich nur, um nach dem Hund zu sehen, doch Alex spürte, dass sie sich Sorgen machte. Ganz im Gegenteil zu seinen Eltern! Natürlich machte sich seine Mutter auch Sorgen, vor allem, was die Leute denken, wenn er die Praxis geschlossen hielt. Am Samstagmorgen hatte sie ihn noch angerufen, um ihm mitzuteilen, dass sie in der Metzgerei darauf angesprochen wurde. Und ihr das peinlich gewesen wäre. Alex hatte daraufhin einfach aufgelegt. Doch es gab auch schöne Momente. So wie letzten Montag.

Als Alexandra hier war.

Eigentlich wollte er nur ihren Wagen ausborgen, da er Besorgungen machen musste und bei Berry die zweite Impfung anstand. Doch da sie ihren freien Tag und der Gasthof Ruhetag hatte, beschloss sie einfach, ihn und den Hund zu chauffieren. Es war schön gewesen und sie hatten viel gelacht. Und das Besondere war, dass es sich gut anfühlte.

Danach hatte Alexandra beschlossen, etwas zu kochen. Und da sie in dieser Angelegenheit weit besser war als Alex, hatte er auch nicht widersprochen. Alex hatte dazu einen seiner besten Weine beigesteuert und dann hatten beide beschlossen, irgendeinen Schnulzenfilm aus dem 80-ern anzusehen. Bei Dirty Dancing waren Alexandra dann die Tränen gekommen. Alex hatte diesem Film nie etwas abgewinnen können, doch bei den Frauen seiner Generation war er noch immer hoch im Kurs.

Da beide zu viel Wein getrunken hatten, bat er Alexandra, in einem seiner Gästezimmer zu schlafen. In dieser Nacht konnte Alex kein Auge zumachen. Das Gefühl, eine Frau im Hause zu haben, war gut. Und das, da kaum eine seiner Bekannten je hier geschlafen hatte. Meist waren sie noch in der Nacht oder am frühen Morgen aufgebrochen.

Doch dieses Mal war es anders gewesen. Und es fühlte sich gut an. Meist veränderten sich die Männer ab Anfang oder Mitte 40 noch einmal. Bei vielen seiner Patienten führte dies zu Affären, meist mit erheblich jüngeren Frauen. Aus Erfahrung in seinem Beruf wusste Alex, dass dies oft dem männlichen Ego geschuldet war.

Doch bei ihm war es gerade umgekehrt. Und der Auslöser war der Tod von Tina, an dem er sich noch immer irgendwie schuldig fühlte. Jetzt hatte er, ob bewusst oder eher unbewusst, gerade eine abstinente Auszeit von seinem Leben als Junggeselle und Liebhaber genommen. Und das Erstaunliche war, es fehlte ihm nicht.

Vielleicht war es ja Zeit, sein Leben noch einmal umzustellen. Einen Neuanfang zu wagen, so wie damals nach seiner Scheidung. Damals, als er an der Klippe stand. Allein und von niemandem beachtet. Wäre er gesprungen? Oft und gerade in der letzten Zeit hatte er darüber nachgedacht. Wäre er? Vielleicht wenn sie nicht gekommen wäre und seine Hand genommen hätte.

Ein Freund!

Ein Freund in der Not!

Unkompliziert und ohne Warum!

Und doch war es kompliziert! Und dies zunehmend. Ohne Chance auf ein Happy End!

Alex seufzte, als es erneut läutete und dieses Mal sturm. So langsam hatte das Adrenalin in seinem Körper die volle Wirkung entfacht. In seinen Gedanken kamen die Erlebnisse des Advents auf. Leise, als ob dies ihn verbergen könnte, griff er nach dem Knüppel aus Eschenholz, den er neuerdings neben seiner Tür stehen hatte. Vielleicht sollte er bei sich neben einer beginnenden oder schon akuten Depression auch noch eine Paranoia diagnostizieren. Doch im Moment, da es kurz nach fünf Uhr morgens war und jemand vor seiner Tür stand, war ihm das egal. Alex betätigte die Überwachungskamera und sah nichts! Leise fluchte er, während Berry noch immer knurrte. Nun stand er direkt an der Haustür. Es hatte den Anschein, dass er etwas witterte. Alex machte instinktiv einen Schritt zurück, als die Faust des Besuchers erneut auf seine Tür einhämmerte. Langsam ließ er seinen Finger über den Touchscreen-Bildschirm gleiten, um so mit der Kamera den Bereich vor seinem Haus abzusuchen.

Abzusuchen!? Nach was suchte er eigentlich.

Dies wurde ihm schlagartig bewusst, als er in der Dunkelheit die Umrisse eines Geländewagens ausmachte. Alex zoomte heran, so gut es die Technik erlaubte.

Tatsächlich, dort stand ein silberfarbener Dacia Duster.

Doch dies war nicht das, was die Kamera ihm zeigen sollte. Alex ließ die Kamera schwenken und dann sah er eine Gestalt. Eine vermummte kleine Gestalt, die gerade wieder an seine Tür hämmerte. Doch das war nicht das Schlimmste. Die Gestalt trug ein Gewehr bei sich. Ein Gewehr mit Zielfernrohr.

Alex griff seinen Knüppel nun fest mit beiden Händen.

Alex öffnete erstaunt die Tür. Er hatte ihn nicht gleich erkannt, so waren doch ein paar Jahre seit dem letzten Treffen vergangen. Und dann natürlich bei der Kälte und den ganzen Klamotten, konnte man kurz irritiert sein. Zudem war es ja eigentlich mitten in der Nacht. Natürlich sahen dies die Freunde der Jagd meist anders.

„Roland!", sagte Alex erstaunt. Roland war einer der besten Freunde von Alex. Einer der wenigen, die noch aus der alten Zeit und seinem alten Leben übriggeblieben waren. Die Zeit vor der Scheidung und seinem Neubeginn. Alex kannte Roland schon seit seiner Lehre als Forstwirt, die er erfolgreich bei Roland absolviert hatte. Dies war eine schöne, aber auch anstrengende Zeit gewesen. Nun hatten sie seit jener Zeit immer wieder gemeinsame Projekte verwirklicht.

Der Umzug von Alex, der Hausbau von Roland und diverse Projekte in der Forstwirtschaft. Immer wieder mal hatte sich Alex als Hilfe angeboten, damit er nicht einrostete. Und es machte ja auch Spaß. Zu seinem Leidwesen musste er sich nun eingestehen, dass das letzte Zusammentreffen nun schon ein Jahr oder mehr her war.

Offensichtlich hatte der Schneefall der vergangenen Nacht nicht aufgehört und Roland hatte auf seine Mütze und seinem grünen Lodenmantel eine ordentlich dicke Schicht Schnee. Auch trat mit Roland noch eine ältere Dachsbracke (ein Hund für die Jagd) sehr zum Entsetzten von Berry den Weg in den Wohnbereich von Alex neuem Haus an. Berry winselte und zog sich auf die Galerie zurück, von wo er herunterknurrte, als wäre dies eine Burg.

„Morgen, ich dachte mir, dass du auf bist!", sagte Roland und ging mit seinem Gewehr schnurstracks auf die Couch von Alex zu. Auch machte er nicht die Anstalten, seine Jacke oder Mütze abzulegen.

„Ja, was heißt auf? Ich habe sowieso nicht recht geschlafen!", murmelte Alex.

„Hoi! Du hast wieder einen Hund! Klasse, wie alt?" Roland lehne sein Gewehr an die Couch.

Auf dem guten geölten Ulmenparkett zeichnete sich bereits eine nasse Spur ab. Diese würde wohl bald unweigerlich zu einem Flüsschen anwachsen, denn von der Jacke von Roland begann es bereits zu tropfen.

„Leg doch ab!", sagte Alex, der aber die Antwort schon kannte. Dazu war er mit Roland zu lange befreundet.

„Nein. Danke! Bleibe nicht lange! Sitz Azor, sitz! So ist es recht!" Roland tätschelte seinen Hund.

„Ja, ähm, also, möchtest du einen Kaffee!" Alex stellte die Frage schon rhetorisch in der Hoffnung, dass Roland den Rückzug antrat, bevor sein Parkett, sein Sofa oder beides völlig ruiniert waren. Zudem stand er ja noch immer in seiner Unterhose herum. Doch sollte dies verwundern, es war Sonntag und dies kurz vor sechs Uhr am Morgen.

„Au ja, da nehme ich einen. Mit etwas Zucker!", rief er Alex hinterher, der nun seinen Vollautomaten aufheizen ließ. Noch immer war das Verhalten von Roland mehr als sonderbar.

„Das Gewehr wollte ich nicht unbeaufsichtigt im Auto lassen!", sagte er und wischte sich mit einem Stofftaschentuch die Stirn ab, Alex wusste nicht, ob dies Schweiß war, denn es herrschten doch angenehme 25 Grad in seinem Haus, oder nur das Schmelzwasser von seiner Mütze. Die Kaffeemaschine ratterte und sofort breitete sich der Duft der Kaffeebohne im Haus von Alex aus.

„Also ich habe gedacht, ich komme gleich zu dir!", begann Roland nun mit einer Erklärung. Denn in seinen wildesten Fantasien konnte sich Alex noch immer nicht erklären, warum Roland triefend und schwitzend an einem Sonntag bewaffnet auf seinem Sofa saß.

„Du besitzt doch auch Wald dort?", sagte er und verbrannte sich die Lippen. Dies zeigte sich dadurch, dass Roland die Tasse ruckartig von seinem Mund wegzog und dabei auch noch etwas Kaffee auf das gute Veloursledersofa schüttete. Alex seufzte innerlich.

„Wo dort?", sagte Alex und erinnerte sich, dass er tatsächlich ein paar Waldgrundstücke besaß.

„Göckeleswald!", sagte Roland und startete den zweiten Versuch, seinen Kaffee zu trinken.

Alex nickte.

„Und deshalb bin ich gleich gekommen!"

„Weil ich Wald besitze?"

„Wegen der Vorkommnisse!"

„Was für Vorkommnisse!"

„Also in dem Wald dort, geht es nicht mit rechten Dingen zu!", sagte Roland verschwörerisch und machte nun ganz große Augen.

Alex schloss für einen Moment die Augen. Natürlich war es noch immer noch so, dass die Jäger, und Roland war ein passionierter Jäger, oft von ihren Geschichten lebten. So entstand das viel gerühmte Jägerlatein. Und bei jedem Mal wurde die angeblich erlebte Situation gefährlicher, das Tier größer und das Gesehene seltener. Aus der Maus wurde der Elefant.

Also musste er jetzt tapfer sein und so früh am Morgen sich eine Geschichte anhören, wie gefährlich es in den schwäbischen Wäldern war. Natürlich war es das nicht, höchstens man nahm an einer der Gesellschaftsjagden teil. Hier konnte es natürlich passieren, dass sich übereifrige untereinander beschossen. Nicht zuletzt hatte dies einem jungen Jäger kürzlich im Schwarzwald das Leben gekostet. Berry knurrte noch immer und war mit der Anwesenheit von Azor nicht einverstanden. Alex setzte sich nun gegenüber von Roland und wappnete sich auf eine der sagenhaften Jägergeschichten.

„Was meinst du damit? Was ist komisch dort?"

„Geräusche!", sagte Roland recht wortkarg.

„Geräusche!? So wie Wind und Knacken und all solche Dinge?" Alex wusste, dass in dem recht unzugänglichen Waldgebiet aufgrund der Lage und der Besitzverhältnisse eine geregelte Forstwirtschaft nicht durchgeführt wurde. Alles in allem war es ein Paradies für die Natur. Und so konnten natürlich auch knackende und reibende Geräusche entstehen.

„Und Gerüche!", sagte Roland und nippte an seiner Tasse.

„Gerüche!?" Alex lehnte sich entspannt zurück.

„Und Schreie!", sagte nun Roland sehr verschwörerisch. Er flüsterte, als würden sie im Haus von Alex abgehört.

„Aha! Schreie!" Nun war der Höhepunkt der Geschichte erreicht. Schreie waren nun eindeutig ein Produkt der Fantasiewelt. Egal, Alex hoffte auf ein baldiges Ende.

„Wir waren heute Morgen auf der Südseite, hinten am Kohl-wald. Und dann habe ich es deutlich gehört, unterdrückte Schreie." Roland wischte sich wieder Feuchtigkeit von der Stirn.

„Was meinst du mit unterdrückt?"

„Ja dumpf halt!", murmelte Roland, der dies nicht so genau er-klären konnte, oder wollte. Alex wagte den Versuch, ein ernstes Gesicht aufzusetzen und gaukelte Roland aufkommende Besorg-nis vor.

„Okay, das ist schon seltsam!"

„Genau, und da dachte ich, ich komme zuerst zu dir!"

„Aha!", sagte Alex, der sich über seine Rolle in der Geschichte noch immer nicht so klar war. Roland stand auf und zum Schreck von Alex zeichneten sich seine Konturen als nasser Fleck auf dem Sofa ab.

„Ich muss dann auch wieder! Schau es dir mal an, was du davon hält. Wie man so hört, bist du ja auch Experte in verdächtigen Din-gen! Komm Azor!" Azor folgte auf das Wort. Und mit jedem Schritt, den sich Azor entfernte, kam Berry wieder eine Stufe knur-rend herunter.

„Ja, das mach ich!", log Alex, der nicht im Traum daran dachte, einer so simplen Geschichte nachzugehen. Alles in allem hatte Ro-land ja von nichts berichtet, was mysteriös wäre.

Und trotz all der Frühe hatte es ihn gefreut, dass Roland ihn besucht hatte. Sie hatten einen Kaffee zusammen getrunken und etwas geplaudert. Nicht über die wirklichen Dinge, aber es hatte Alex gefreut. Roland stieg in sein Auto und Alex winkte noch kurz, dann schloss er schnell die Tür. Der Schneefall hatte aufgehört und dazu hatte es aufgeklart. Die Temperaturen mussten gesunken sein. Aber das war normal um diese Jahreszeit, so lag sein Haus ja auf einer Meereshöhe über 900 m. Und die Alb war ja auch für die kalten Winter berüchtigt. Es fröstelte ihn und er beschloss, nun seinen Kamin anzufeuern.

Es läutete nun schon wieder an seiner Tür, an einem Sonntag.

War dies möglich? Hatte er etwas übersehen oder vielleicht eine Einladung ausgesprochen?

Sicher nicht! Alex stapfte noch immer in Shorts zurück zur Tür. Die Überwachungskamera zeigte erneut Roland. Alex öffnete. Roland lächelte ihn an und drückte ihm einen Stoffbeutel in die Hand.

„Hab ich jetzt fast vergessen! Frisch aus dem Rauch! Also es ist etwas Gams und auch Hirsch darinnen! So jetzt muss ich aber, du weißt, der Feldwebel wartet!" Roland winkte und stieg ein. Mit Feldwebel bezeichnete Roland seine nette Frau, die er ja auch über alles liebte. Doch ab und an kabbelten sich die zwei mehr als nötig. Zuerst wusste Alex nicht, was er da in den Händen hielt, doch dann stieg der angenehme Duft frischer Bauernbratwürste in seine Nase. Und die Besten gab es nur von Roland, das wusste er. So war das Problem mit dem Abendessen auch erledigt, er hatte nämlich nichts eingekauft.

Vielleicht lag es an seiner momentanen Stimmung, doch Einkaufen war noch nie sein Ding gewesen. Dazu hatte er eine Assistentin.

Tina! Doch Tina war tot und nun, da er und Berry allein waren, kam die Stille zurück. Alex öffnete die Glastür, die auf seine Terrassen führte. Von dort konnte man auch bequem in den Garten und die angrenzende Wachholderheide. Ideal für Berry, der sich aber gerade schwanzwedelnd für die Stofftasche interessierte. Alex war froh, dass das Kupieren der Schwänze seit einiger Zeit verboten war und der Cocker sich eines buschigen langen Schwanzes erfreuen durfte.

Nach einigen Überredungskünsten und vor allem dem Einlagern der Würste im Kühlschrank, war Berry im Garten verschwunden. Alex bediente die Kaffeemaschine und machte sich nun noch eine große Tasse für sich.

>Göckeleswald<

Tatsächlich besaß er mittlerweile dort einige Grundstücke. Begonnen hatte dies mit dem Erbe seiner Mutter von ihrem Großvater. Ein kleines, eher sehr kleines Grundstück mit alten Buchen, die über 170 Jahre zählten. Natürlich hatte dies Alex nicht so einfach geschenkt bekommen. Er wurde genötigt, dafür einen Urlaub seiner Eltern zu finanzieren. Man musste die Dinge ja gerecht sehen und er hatte ja auch noch einen Bruder. Danach waren die Dinge ins Rollen gekommen und er erhielt immer wieder Kaufangebote. Wie viele Grundstücke es waren, wusste er im Grunde gar nicht.

>Göckeleswald<

Alex nahm einen Schluck des Kaffees und ging in den Keller. Irgendwo musste er Pläne des Waldgebietes besitzen.

Nach über einer halben Stunde war er fündig geworden und saß nun auf seinem Parkettboden mit der zweiten Tasse Kaffee und hatte vor sich eine große Karte ausgebreitet. Die Karte glich eher einem Kunstwerk eines abstrakten Künstlers als einer Landkarte. Dies rührte daher, weil das ganze Gebiet der Schwäbischen Alb zum Realteilungsgebiet gehörte. Das bedeutete, dass früher das Erbe, so auch die Grundstücke, immer gerecht geteilt wurden. Das Ergebnis waren immer kleinere Parzellen. So auch im Gebiet des so genannten Göckeleswald. Hier wirkte sich dies und die extreme Lage besonders positiv aus. An eine Bewirtschaftung war nicht zu denken. So entstand im Laufe der Jahre ein fast urtümlich erhaltenes Waldgebiet, das kaum zugänglich und sogar von den Jägern gemieden wurde.

Und genau hier besaß er Wald!

Alex richtete sich stolz auf. Irgendwann hatte er sogar einmal seine Grundstücke mit einem gelben Textmarker gekennzeichnet. Wann war er eigentlich das letzte Mal dort gewesen?

Berry bellte plötzlich vor der Glastür. Alex stand auf und öffnete, dann sah er, wie die aufgehende Sonne die Spitzen der großen Wachholder in ein helles Orange tauchte. Es schien so, als würde dies ein guter und schöner Wintertag werden.

Spontan! Eigentlich war das nicht seine Stärke, die Spontanität. Und doch hatte er nun so reagiert. Komplett in einen Winter-Outdoor-Anzug gehüllt, die Hundeleine lässig über der Brust und einen Rucksack mit zwei Würsten und einer Thermoskanne Tee ausgerüstet, war er vor sein Haus getreten. Die Luft war kalt, doch angenehm frisch. Freudig öffnete er sein automatisches Garagentor. Berry, der die Leine erkannt hatte, umrundete ihn freudig und schwanzwedelnd. Bedeutete doch, dass wenn die Leine im Spiel war, dass Alex mit ihm auf eine Tour ging. Und dies liebte der Cockerspaniel über alles. Alex nahm den Rucksack vom Rücken und wollte diesen auf den Rücksitz seines Autos werfen, doch da war keines.

Fluchend drehte er sich um und sah den freudig schwanzwedelnden Cocker vor der Garage sitzen. Natürlich war da kein Auto, denn er hatte ja seinen Tiguan empört verkauft. Ein Gelände-SUV, der überhaupt nicht für das Gelände geeignet war. Der alte Golf von Tina, ohne Allrad und dem ganzen Schnickschnack war besser gewesen. Eigentlich wollte er sich schon lange um ein neues Fahrzeug gekümmert haben, doch ihm fehlte der Wille und die Kraft.

Also doch eine Depression?

Alex schaute zur Wachholderheide. Die Sonne ließ den Schnee glänzen.

„Warum eigentlich nicht!", sagte er und schloss die Garage. Von hier aus wären es nur ein bis maximal zwei Stunden bis zum Waldgebiet. Dann ein bisschen durchwandern und zurück. Das würde ihm guttun. Alex griff sich noch ein paar Schneeschuhe und schon ging es los. Mit jedem Schritt merkte er, wie die Natur seine Seele umspülte und mehr und mehr Frieden einkehrte. Frieden und Stille.

Doch währte seine Freude nicht allzu lang. Kaum hatte er die Wachholderheide hinter sich gelassen und war auf das freie Feld getreten, so sah er eine unheimliche Menschenmenge. In allen Farben tummelten sich Horden von Langläufern. Kaum verwunderlich, seitdem irgendwelche Idioten meinten, sie müssen die unberührte Natur vermarkten. Zertifizierte Traufgänge nannte sich dies. Mit Premiumwanderwegen, oder Langlaufloipen. Alex überlegte kurz, doch einen Umweg einzuschlagen, war eigentlich sinnlos. Die Loipe zog sich über einige Kilometer.

„Komm her!" Alex pfiff und Berry kam schwanzwedelnd her. Alex fand es sicherer, ihn an die Leine zu nehmen. Doch kurz bevor Alex den Karabiner einhaken konnte, machte der Hund kehrt und flitzte los.

„Verflixt! Kommst du her!", fluchte Alex, doch Berry hörte nicht. Der schlaue Cockerspaniel ließ immer gerade so viel Platz zwischen ihm und Alex, dass dieser ihn nicht erreichen konnte, er sich aber auch der Anwesenheit von Alex sicher war. Alex stapfte durch den Schnee und überquerte die Loipe. Fast wäre er von einem oder einer Skifahrerin (man konnte dies in der Montur kaum erkennen) umgefahren worden. Als er am Wanderparkplatz, auf dem heute mehr Autos als auf dem Parkplatz vor der Stuttgarter Schleierhalle standen, ankam, fehlte von Berry jede Spur. Nun begann er an seinem spontanen Entschluss bereits zu zweifeln. Dann sah er ihn an der großen Erdbebensäule. Berry ließ sich von einer blonden Frau streicheln.

„Super Wachhund!", feixte Alex und stapfte zur Säule. Auf der Säule stand ein aufgeklappter Laptop. Den genauen Zweck der Säulen wusste er nicht. Jedoch gab es vor ein oder zwei Jahren einen Bericht in der örtlichen Presse über die Säulen. Grund waren die Erdbeben Ende der Siebziger. Dort hatte es in der Region um Albstadt, aber auch im Heimatdorf von Alex große Schäden gegeben. Und irgendwie konnte man nun mit diesen Säulen die Erdbeben messen. Doch ganz genau wusste er es nicht mehr. Berry schien seine neue Bekanntschaft zu gefallen. Er sprang immer an der Frau hoch.

„Berry! Lass das! Komm her!", schimpfte Alex.

„Ach, das macht nichts! Der ist aber süß!", sagte die Frau, die eine pinke Wollmütze mit Bommel trug. Dazu war sie komplett in einen Skianzug, welcher die Farben der Mütze noch unterstrich, gehüllt.

„Aber das gehört sich nicht!", schimpfte Alex. „Hoffentlich hat er sie nicht zu sehr belästigt!" Alex lächelte und schaute nun in ein sehr hübsches und freundliches Gesicht.

„Aber nein, ich liebe Hunde! Und dann noch so ein süßer! Wie alt ist er denn?"

„Sechs Monate!", sagte Alex.

„Hi! Ich bin Verena! Verena Göckinger." Verena zog ihren Handschuh aus und reichte Alex ihre Hand.

„Schön, ich bin Dr., äh, Alex!", sagte er und stotterte unsicher.

Verena lächelte.

„Schön Alex. Hat Alex auch einen Nachnamen?"

„Ähm! Kanst!"

„Schön, freut mich!" Sie lächelte und drehte sich um. Sie strahlte eine Fröhlichkeit aus, welche Alex in der letzten Zeit schmerzlich gefehlt hatte.

„Sie messen die Erdbeben!", sagte Alex und fühlte sich recht blöd dabei. Konnte man Erdbeben messen, oder gab es dafür eine wissenschaftliche Bezeichnung. Verena drehte sich und lächelte verschwörerisch.

„Das ist schon lange her! Nein, in Wirklichkeit messen wir hier die radioaktive Strahlung. Seit Fukushima und Co. Eine wichtige Angelegenheit. Unser Institut nutzt nur die alten Säulen zur besseren Tarnung." Ihre Stimme war nun schon flüsternd.

„Echt jetzt?", sagte Alex skeptisch und Berry sprang wieder an Verena hoch.

„Na du, da hast du dir aber ein Herrchen ausgesucht!" Verena streichelte über den Kopf von Berry. Alex merkte, wie er einen roten Kopf bekam.

„Ja dann eine gute Zeit, wir zwei müssen dann wieder!"

„Ja machen Sie es gut, ich habe auch noch drei Säulen vor mir." Verena drehte sich um und tippte wieder auf dem Laptop herum. Mittlerweile hatte es Alex geschafft, den Hund an die Leine zu nehmen, zumindest bis er den Parkplatz, der eher einem Volksfest glich, passiert hatte. Bereits nach wenigen hundert Metern ebbte der Lärm ab und Alex wurde wieder ruhiger. Berry durfte wieder unabhängig rennen und sie kamen schnell voran.

Dann, nach gut zwei Stunden, stand er am Eingang des Waldes. Alex setzte sich auf einen Holzstapel, von dem er akribisch den Schnee entfernt hatte. Ein Schluck Tee und eine Wurst von Roland. Dazu der würzige Duft des alten Waldes. Er fühlte sich gut und frei. Jetzt würde er bis zur Quelle gehen und dann einfach senkrecht nach oben eine Kehre wandern und dann durch den Kohlwald hierher zurückkehren. Und dann der untergehenden Sonne entgegen zurück zu seinem Haus.

„Los geht es!", sagte er und rannte durch den Pulverschnee hinein in den dichten Wald.

Ein leiser Wind strich über die 35 m hohen Buchenwipfeln. Es war still und er hörte nur das Knirschen des Schnees unter seinen Schuhen. Alex nutzte den Weg, welcher in der Schlucht verlief. Man konnte diesem bis zu dem Haus seiner Eltern folgen, musste jedoch dann direkt durch das Bachbett. Soweit wollte er heute nicht gehen, und natürlich nicht noch in eine vorwurfsvolle Diskussion mit seiner Mutter verwickelt werden. Alex war an der Quelle angekommen. Das klare Wasser trat hier aus einer fast senkrechten Kalksteinmauer in verschiedenen Strömen gluckernd aus der Tiefe hervor. Heute war die Quelle unter einer dicken Schicht Eis begraben. Einige Sonnenstrahlen fanden ihren Weg durch die Baumkronen und funkelten in den Eiszapfen. Es sah fast so aus, als wären dies alles Diamanten. Alex ging es immer besser. Die Ruhe und Stille …

Doch plötzlich riss ihn ein Schatten, der knapp an ihm vorbeijagte, aus seinen Gedanken. Alex erschrak so, dass er nach hinten wegrutschte und mit seinem Hintern im Bachbett landete. Dem

Schatten folgte ein schrilles Hundegekläff. Berry hatte einen stattlichen Rehbock aufgespürt und jagte diesen den Hang hinauf. Alex fluchte, sein Allerwertester war nass.

„Halt! Hier! Hierher! Aus! Pffft!" Pfeifen war auch nicht seine Stärke. Und alle Kommandos wurden in den Wind geschlagen. Mühevoll rappelte Alex sich auf und stapfte den Hang hinauf. Noch immer war eindeutig Berry auf der Jagd zu hören. Alex hoffte inständig, dass kein Jäger dies mitbekam. Denn sonst hätte dieser die Erlaubnis, auf den jagenden Hund zu schießen. Doch den Göckeleswald mieden diese meist. Als Alex völlig außer Puste oben an der Hangkante ankam, saß dort Berry. Offensichtlich hatte die Schneehöhe dazu geführt, dass er die Jagd abgebrochen hatte.

„Böser Hund!", sagte Alex und Berry machte ein schuldbewusstes Gesicht. Alex streichelte ihm über den Kopf. Eigentlich konnte der Hund ja nichts dafür, das war einfach der angeborene Jagdtrieb. Doch dann war es wieder still, und ruhig. Langsam stapfte Alex durch den märchenhaften Wald. Vorbei an riesigen Buchen und Tannen.

Nichts! Einfach nichts war merkwürdig und sonderbar. Natürlich gab es keine Schreie oder sonstigen Geräusche. Nichts, was zu einem solchen Wald nicht gehören würde. Am Kohlwald schwenkte Alex nach Westen, um zu seinem Ausgangspunkt zurückzukommen.

„Berry?" Alex drehte sich um die Achse, und schon wieder war der Hund verschwunden. Alex fluchte, entdeckte diesen aber kurz darauf hinter einer umgestürzten Buche. Der Sturm hatte dieses Ungetüm von über dreißig Metern Höhe mitsamt der Wurzel ausgerissen. Und genau dort, wo die Wurzel einst war, grub Berry nun ein Loch. Alex lachte.

„Ja was glaubst du, dort zu finden? Was zu Essen, oder Gold?" Doch Berry ließ sich nicht beirren und grub immer tiefer. Bis man nur noch sein Hinterteil aus dem Loch herausragen sehen konnte.

Alex begann zu frieren. Die Sonne hatte sich nun auch schon auf ihren Untergang vorbereitet.

„Komm jetzt! Wir gehen heim!" Alex versuchte Berry aus dem Loch zu ziehen. Doch dieser grub weiter.

„Hey, jetzt komm schon!" Als Alex nun zum zweiten Mal nach dem Halsband griff, war Berry plötzlich aus dem Loch heraus. Stolz hob dieser den Kopf und hatte seine gefundene Beute im Maul: einen riesengroßen Knochen.

„Oh nein, mein Lieber, das bleibt da!", ordnete Alex an. Doch Berry ließ sich nicht beirren. Stolz trug er den Knochen nach Hause. Dabei ließ der schlaue Hund gerade immer nur so viel Abstand, dass Alex ihn nicht greifen konnte. Nach zahlreichen Versuchen gab dieser dann auf. Zu Hause würde er ihm dieses Teil schon abnehmen. Alex wollte nicht auch noch einen Knochen eines verendeten Tieres in seinem Haus.

Alex überlegte, zu was für einem Tier dieser Knochen wohl gehören konnte. Er war schon sehr groß. Und die Tiere in Göckeleswald eher nicht.

Natürlich war es bereits dunkel geworden. Es braucht mit einem Knochen im Maul einfach länger. Dazu kam dann noch, dass Berry immer wieder versuchte, diesen zu benagen und nur durch gutes Zureden zum Weitergehen ermuntert werden konnte. Völlig durchgefroren hatte Alex keine Kraft, dem Hund vor dem Haus den Knochen zu entreißen. Doch gab es bereits einen Plan, in dem die guten Würste von Roland eine Rolle spielten. Alex pellte sich aus seinen nassen Sachen und ließ diese im Flur liegen. Berry hatte sich nun nagend zwischen das Sofa gelegt. Ein herber Duft nach Bratwürsten stieg ihm in die Nase, als er den Stoffbeutel aus dem Kühlschrank holte.

„So, jetzt machen wir einen Deal, mein Lieber! Eine Wurst gegen diesen ekligen Knochen! Naaaa?" Alex wedelte mit einer der Würste direkt vor der Schnauze des Hundes. Berry hatte die rechte Pfote auf den Knochen gelegt und schaute Alex skeptisch an.

„Komm schon, da ist doch mehr dran als an dem alten Ding!" Alex ging noch näher an den Hund heran.

Die Entscheidung kam so spontan, dass Alex nicht darauf vorbereitet war. Mit einem Schnapper hatte Berry sich die Wurst gegriffen und zog sich unter das Sofa zurück. Allerdings hatte Alex diese noch nicht von den anderen abgeschnitten und so zog der Hund nun eine Kette von Würsten, und somit alle unter das Sofa.

„Verflixt! Kommst du da raus! Hey, so war das nicht gemeint! Böser Hund!" Alex lag nun auf dem Bauch vor dem Sofa und schien recht hilflos. Doch Berry bedachte ihn nur mit einem leisen Knurren und vor allem mit einem Schmatzen. Kurz überlegte Alex noch, ob er wenigstens eine Wurst retten konnte, indem er das Sofa verschob, verwarf jedoch den Gedanken sofort wieder. Berry hatte den Deal eindeutig zu seinen Gunsten entschieden. Alex hob den Knochen auf, der mit einer geschätzten Länge von dreißig Zentimetern recht groß war.

Sehr groß sogar! Alex legte diesen nun auf den Tresen. Er war ja während seines ersten Studiums nicht der Beste im Fach Jagd gewesen, jedoch erinnerte er sich an kein heimisches Tier, das so einen Knochen im Skelett hatte. Doch so einfach wollte er nicht aufgeben. Es galt nun, nachzuforschen.

Und tatsächlich fand er noch ein altes Lehrbuch >Jagd und Fischerei, Ausgabe 1995<. Alex hatte sich einen Tee gemacht und setzte sich auf einen seiner Barhocker. Er überlegte, der Knochen könnte ja auch alt sein. Vielleicht von einem ausgestorbenen Tier! Doch der Knochen ließ sich nicht zuordnen. Plötzlich durchbrach das Läuten an seiner Tür die abendliche Stille. Alex zuckte zusammen und Berry setzte seinem Geschmatze wieder ein leichtes Knurren hinzu.

Alex ging zur Tür, um die Überwachungskamera zu aktivieren. Gleichzeitig griff er instinktiv nach dem Knüppel.

Da war es wieder. Paranoia! Natürlich war es das, warum sollte ein erwachsener Mann sonst zu seiner Tür gehen in einem schwäbischen Dorf in Baden-Württemberg an einem Sonntagabend, bewaffnet mit einem massiven Knüppel aus Esche. Er hatte doch größere Probleme als er dachte. Alex aktivierte das Display und sah eine pinke Bommelmütze vor seiner Tür stehen.

Berry knurrte noch immer, war jedoch nicht unter dem Sofa hervorgekommen.

„Hallo!", sagte Alex und grinste wie ein Schneekönig.

„Sie?", bekam er als Antwort von einer erstaunten Verena Göckinger.

„Ja, ich wohne hier!", sagte Alex und merkte erst jetzt, dass er nur eine Unterhose und ein Shirt trug.

„Aha!", sagte Verena zögerlich.

„Und Sie wohnen nicht hier!" Alex grinste. Es schien ihm zu gefallen, die Situationskomik auf seine Seite zu ziehen.

„Nein, ich äh, also ich habe eine Panne mit meinem Wagen und als es dann dunkel wurde, bin ich losgelaufen und das war das erste Haus." Verena zitterte.

„Kommen Sie doch erst einmal rein, ich beiße nicht und der Attentäter unter dem Sofa auch nicht!"

„Danke!" Verena zog im Flur ihre Schuhe aus. Erst jetzt bemerkte Alex, dass die Frau durchnässt war.

„Jetzt nehmen Sie erst einmal eine heiße Dusche! Ich suche für mich eine Hose und etwas für Sie! Dann mache ich uns einen Tee. Einverstanden?" Verena nickte. Ihre Gesichtsfarbe hatte nun die eines Hummers angenommen. Die Kälte hatte ihr doch schon sehr zugesetzt. Alex fand nur ein Hemd und dicke Socken. Dann setzte er Tee auf. Und schon zeichnete sich das nächste Problem ab: Nichts zu Essen im Haus. Berry saß jetzt schwanzwedelnd neben ihm in der zum Wohnbereich hin offenen Küche. Ein sicheres Zeichen, dass keine Würste mehr übrig waren. Alex hörte die Dusche plätschern. Noch einmal wagte er einen Blick in den Kühlschrank. Doch außer einem Glas Honig stand dort nichts. Rein gar nichts.

Es half nichts, nur ein Anruf bei Alexandra.

„Bergwirtschaft!", hörte Alex eine Stimme. Es war nicht die Stimme von Alexandra.

„Ja, Kanst hier. Könnte ich die Chefin sprechen! Nee, die kassiert grad!", sagte eine gelangweilte Stimme.

„Ich warte!"

„Von mir aus!"

Alex wartete und plötzlich legte jemand auf. Alex fluchte und wählte erneut.

„Bergwirtschaft!" Dieses Mal war es die Stimme von Alex.

„Hi, ich bin es!"

„Ja hi, na du was darfs denn sein?"

„Du bist echt gut im Erraten. Also ich denke zweimal die Maultaschen!"

„So, so! Zweimal! Mit Salat!"

„Gerne!", säuselte Alex.

„Geht noch etwas, ist echt viel los heute! Keine Lust zum Kommen?"

„Du, das ist echt eine lange Geschichte, bin total durchnässt. Hatte eine lange Tour mit dem Hund."

„Das ist auch ein Fetz, was treibt er denn?"

„Er hat mein Abendessen gestohlen!"

„Ja, dann schick ich dir was, nicht dass du mir noch verhungerst!"

„Lieb von dir!"

„Mach´s gut und Danke!" Alex hatte aufgelegt. Ihm gegenüber stand Verena mit noch nassen Haren, die sie in ein Handtuch gewickelt hatte.

„Oh ähm ja, der Tee!" Verena setzte sich auf einen der Hocker.

„Danke!"

„Unser Fetz hier hat das Abendessen gefressen! Keine Sorge, ich habe uns was bestellt!" Alex grinste.

„Wow, hier in der Einöde gibt es einen Lieferdienst!" Alex nickte und verschwieg, dass es diesen ja nur für ihn als persönliche Leistung gab. Natürlich liefert Alexandra nicht außer Haus.

„Ich denke, dass mit Ihrem Auto können wir erst morgen regeln. Es schneit schon wieder wie verrückt. Alex stand an der Terassentür und schaute in den Garten.

„Echt jetzt?" Verena schlürfte ihren Tee. „Gibt es hier ein Art Hotel oder so?"

„Schon, aber ich habe kein Auto, um Sie zu fahren!" Alex bemerkte die roten Wangen an sich als Zeichen, wie peinlich ihm das jetzt war.

Verena schaute nun sehr verdutzt auf Alex. Dann lachte sie laut los.

„Das war jetzt aber einer der besten Anmachversuche, die ich je erlebt habe!"

Erst nachdem es Alex zum fünften Mal beteuert hatte, glaubte sie ihm. Zumindest etwas.

Da das Essen nun noch auf sich warten ließ, gönnte nun auch er sich eine Dusche. Das warme Wasser tat gut, aber er spürte jetzt auch den Hunger. Außer einer Wurst hatte er nichts gegessen, und war doch einige Kilometer durch den Schnee gestapft. Während das warme Wasser langsam seinen Körper auftaute, kreisten seine Gedanken wieder um den großen Knochen. Zu irgendwas musste er ja gehören. Doch er hatte keine Tierart finden können, theoretisch blieb nur noch der Mensch.

„Ein Menschenknochen?", murmelte er. Aber dann bestimmt sehr alt. Vielleicht hatte Berry das Grab eines Alemannen gefunden. Das wäre eine Sensation. Andererseits, was sollten die an einem so gottverlassenen Ort? Alex verdrängte die Gedanken und zog sich an. Gerade als er aus dem Bad im Obergeschoss kam, hörte er schon wieder die Türglocke.

„Ich mach auf!", rief Verena.

„Ja danke!", sagte Alex und dann keimte plötzlich ein blödes Gefühl in ihm auf.

„Nein, warte mal, ich denke, es ist besser, wenn ich …", weiter kam er nicht mehr. Als er unten an der Treppe angekommen war, sah er Alexandra vor der Tür stehen mit einem Korb. Sie starrte auf Verena, die nur mit einem von Alex Hemden bekleidet war. Es schien ihr die Sprache verschlagen zu haben.

„Ah, der Lieferservice! Was bekommen Sie?"

„Geht aufs Haus!", sagte Alexandra und drückte den Korb Verena in die Hände.

„Nein! Scheiße! Alex, warte doch! Das ist nicht so wie es aussieht!" Alex war an Verena vorbeigerannt und hinter Alexandra her.

„Komm schon, Alex, du bist MIR doch keine Rechenschaft schuldig!" Alexandra stieg in ihren Wagen. (In den alten Tiguan von Alex!)

„Nein, das ist nicht so wie es aussieht!"

„Weißt du, ich dachte Essen für zwei und da es so nett war die Tage. Habe Sandra extra allein gelassen, aber das war blöd von mir! Mach's gut und guten Appetit!" Dann startete Alexandra das Fahrzeug und war verschwunden. Alex stand mit offenem Munde in der Kälte. Erst jetzt merkte er, dass er barfuß war. Berry schien das zu freuen. Er drehte eine Runde.

„Hey sorry! Das war meine Schuld, oder?" Verena hielt noch immer den Korb in der Hand. Alex schüttelte den Kopf.

„Bestimmt nicht, nur meine Blödheit! Wir sollten die Maultaschen essen, die sind echt gut."

Alex schloss die Haustür und hüpfte, als die Wärme der Fußbodenheizung ein Kribbeln in seinen Füßen erzeugte.

„Können Sie mir ein Taxi rufen?", fragte Verena.

„Sie können auch hier schlafen, ich habe genug Gästezimmer. Bin mir nicht sicher, ob da noch einer kommt bei dem Sauwetter, und wir haben Ihre Klamotten noch nicht trocken."

„Aber nur, wenn es keine Umstände macht!" Alex schüttelte den Kopf. Er wusste, dass er Alexandra irgendwie verletzt hatte. Das war nicht gut.

Vor vier Wochen tief im Wald

Bankdirektor Fidel Mayer blutete. Irgendwo an seinem Kopf hatte er eine Wunde, denn das Blut lief ihm, warm und nach Metall schmeckend, in die Nase. Er röchelte, da er nun fast keine Luft mehr bekam. Sein Mund war mit einem Klebeband zugeklebt. Auch konnte er seine Hände nicht bewegen. Seit er aufgewacht war, wurden die Kopfschmerzen immer schlimmer. Das lag vermutlich auch daran, dass er immer hin und her geschleudert wurde. Ein dröhnendes Geräusch verstärkte dies noch.

Wo war er?

Was war geschehen?

Er konnte sich nicht erinnern. Das Letzte war ein Kundengespräch, noch nach Geschäftsschluss. Doch er konnte sich nicht daran erinnern. Es war stockdunkel und stank nach Abgasen. Lag er in einem Kofferraum? Warum? Wer hatte ihn gefesselt? Ein Überfall? Doch die Bankräuber nahmen selten Geiseln. Vielleicht wollte man Lösegeld erpressen? Er verdiente gut, aber reich war er ja nicht. Plötzlich kamen zu dem dröhnenden Geräusch auch noch ein stärker werdendes Rumpeln und Ruckeln. Seine Entführer hatten die Straße verlassen.

Nun bekam er Panik! Und das Gefühl, zu wenig Luft zu bekommen, wurde stärker. Fidel begann, mit den Füßen um sich zu treten. Doch es half nichts. Er wollte noch nicht sterben, dazu war er zu jung. Das möchte er den anderen überlassen. Er wollte das noch nicht.

Plötzlich erstarb das Dröhnen. Der Motor wurde abgestellt. Fidel hörte das Zuschlagen einer Tür. Würde man ihn befreien? Vielleicht war dies nur ein dummer Scherz? Jemand wollte ihm nur Angst einjagen. Genau, so musste es sein.

Der Deckel des Kofferraumes wurde geöffnet und Fidel starrte in den grellen Strahl einer Taschenlampe.

„Aussteigen!", sagte eine kalte Stimme. Fidel röchelte. Sein Kopf tat ihm weh und eigentlich alles.

„Na mach schon, du Schwein!" Fidel robbte mühevoll aus dem Kofferraum. Er versuchte etwas zu sagen, doch das Klebeband verrichtete, wozu es um seinen Kopf gewickelt wurde. Erst jetzt bemerkte Fidel, dass er keine Schuhe trug. Eine Hand, die in einem schwarzen Lederhandschuh steckte, stellte eine kleine Sanduhr auf die Motorhaube des schwarzen SUV. Fidel starrte auf die Uhr und den Sand, der bereits durchlief. Doch was er dann zu sehen bekam, ließ alles Blut aus seinen Adern weichen. Die Gestalt, deren Umrisse er nur schemenhaft sehen konnte, lud ein Gewehr.

„Lauf!", befahl die Stimme, doch Fidel rührte sich nicht. Er verstand nicht, was da vor sich ging. Er wollte es nicht begreifen.

„Wenn der Sand durch ist, werde ich dich erschießen! Also lauf! Lauf um dein Leben!"

Und nun rannte Fidel barfüßig über den nassen Boden. Schemenhaft konnte er die Umrisse eines Waldes erkennen. Dort hätte er bessere Chancen, dort würde er entkommen. Überleben!

Als er die erste Reihe der mächtigen Buchen erreicht hatte,

spritzten ihm fast lautlos Rindensplitter ins Gesicht. Man hatte auf ihn geschossen und verwendete einen Schalldämpfer. Er ließ sich nach links fallen und robbte weiter hangabwärts. Dass er getroffen wurde, merkte Fidel zuerst nicht, erst als das warme Blut in seine Hose sickerte. Den letzten Treffer, der an seinem Hinterkopf eindrang, spürte Fidel Mayer nicht mehr. Sein Körper rutsche zwischen umgestürzten Bäumen hindurch in die Tiefe.

Es war still und warm in seinem Haus. Und doch konnte Alex nicht schlafen. Nicht richtig, eigentlich überhaupt nicht. Es war so schön, einen Freund zu haben. Und irgendwie hatte er den mit Alexandra. Er hatte sie verletzt und dabei war es nicht seine Schuld gewesen. Natürlich hatte er in Sachen Frauen einen schlechten Ruf. Je nach Ansicht des Betrachters konnte dies aber auch ein guter sein. Doch das war vorbei, so fühlte er es. Natürlich war er sich nicht sicher, ob er mehr wollte mit Alexandra. Zumindest gehörte sie zu der Minderheit, mit der er noch nicht im Bett war. Alex fühlte sich nun richtig schlecht. Der Mond schien in sein Zimmer und er setzte sich auf. Berry lag in seinem Lager aus Decken und schlief fest.

Seinen Patienten riet er immer, sich in einer Krise an die Freunde zu wenden. Das sollte er auch. Doch hatte er Freunde? Also so richtige Freunde, die, welche, ohne zu fragen, alles für einen tun würden. Solche, die man auch noch um diese Uhrzeit anrufen konnte, nur um zu quatschen. Alex überlegte und es fiel ihm niemand ein. Nur eine Person konnte er sich dabei vorstellen, und die durfte er offiziell und eigentlich insbesondere auch inoffiziell nicht anrufen. Sie liebte ihn, doch würde das für alle Zeiten ein Geheimnis und etwas Verbotenes sein.

Und sonst gab es niemanden! Er war allein.

„Lilly!", murmelte er. Ja, Lilly war so ein Freund, und doch auch nicht. Sie war einfach Lilly! Ob er sie jetzt anrufen konnte? Jetzt einfach so? Alex überlegte hin und her. Er wählte ihre Nummer, hatte aber seine unterdrückt.

Warum?

War er feige?

Vor was hatte er Angst?

„Baur!", meldete sich eine müde Stimme, doch Alex hatte schon wieder aufgelegt. Alex legte ermattet sein Smartphone auf seinen Nachttisch. Plötzlich bemerkte er ein Geräusch. Oder doch nicht. Ein Blick zu Berry verriet ihm, dass dieser nichts bemerkt hatte.

Und dann huschte ein Schatten an der Wand entlang. Seine Decke wurde zurückgeschlagen und er spürte die weiche nackte Haut einer Frau. Verena!

„Du, ich weiß nicht, ob dies eine gute Idee ist!", flüsterte Alex. Doch Verena legte ihren Finger der rechten Hand auf seinen Mund, während ihre linke langsam nach unten wanderte.

Ein Sonnenstrahl schien durch seine großen Fenster. Alex rieb sich die Augen. Er hatte tief geschlafen und geträumt? Als er neben sich schaute, sah er, dass er allein in dem großen Bett lag. Berry saß mittlerweile fordernd neben seinem Gesicht. Gut, er müsste vermutlich dringend seinen Geschäften nachgehen. Alex setzte sich auf und streckte seinen Körper, als plötzlich ein stechender Schmerz ihn durchfuhr.

„Aua!", schrie er und suchte nach der Ursache. Dann bemerkte er, dass er überall Kratzspuren und sogar Bisswunden hatte. Jetzt erinnerte er sich, dass Verena zu ihm in sein Bett gekrochen war. Und er mit ihr geschlafen hatte. Eigentlich hatte sie mit ihm geschlafen. Und Alex war ja eigentlich alles andere als prüde, doch dieser Sex war mehr als außergewöhnlich gewesen. Sein Körper sah aus, als wäre er durch eine der Schwarzdornhecken auf der Wachholderheide gekrochen. Mühevoll und mit Schmerzen stand er auf, um den Hund in den Garten zu lassen und einen Kaffee durchlaufen zu lassen.

Es hatte ordentlich geschneit. Doch es schien so, als würde dieser Tag wieder sonnig und winterlich zugleich werden.

Alex trabte in das untere Gästezimmer, in dem Verena schlief. Er klopfte nicht an.

„Huch!" Verena fuhr erschrocken hoch und zog sich die Decke bis zum Hals.

„Klopfen Sie nie an?"

„Äh, ich? Ja, also, Kaffee?"

„Gerne, wenn Sie so nett sind! Ich ziehe mich noch an, machen Sie die Tür zu?" Verena hatte die Decke noch immer bis zum Hals gezogen, als ob es da etwas zu verstecken gäbe, das Alex heute Nacht noch nicht gesehen hätte. Und dann - warum sprach sie ihn wieder mit „Sie" an. Egal, Alex drückte den Mahlknopf seiner Maschine erneut, um dann zuerst einmal eine Dusche zu nehmen. Eine heiße Dusche.

Gerade als er aus dem unteren Bad kam, läutete es schon wieder an seiner Tür. Alex erinnerte sich nicht daran, dass er schon einmal so häufig Besuch hatte.

„Ich mach auf!", sagte Verena, die bereits wieder ihre Skihose und einen dicken Pullover trug. Irgendein Gefühl sagte Alex, dass dies keine gute Idee war.

„Nein, warte!", sagte er und es war, als hätte er ein Déjà-vu.

„Hi, ich habe da … was …! Hallo!" Lilly stand vor der Tür und hielt einen großen Kauknochen in der Hand.

„Hallo, Sie wollen sicher zu Herrn Kanst!?", sagte Verena und trat einen Schritt zurück.

„Zu Herrn Kanst?!" Lilly warf einen allsagenden Blick zu Alex, der nun hinter Verena stand. Dann kam Berry freudestrahlend und bellend ums Eck.

„Ja eigentlich zu dem kleinen Räuber hier!" Lilly kraulte Berry und dieser war nun außer sich vor Freude.

„Ja dann, Kaffee fertig?" Verena ging an Alex vorbei und dieser nickte.

„So, mein Kleiner! Tante Lilly hat dir was mitgebracht! Hier, aber zuerst gib mir Fünf!" Lilly hielt ihre Hand nach oben und Berry gab ihr seine Pfote.

„Ja Wahnsinn!", freute sich Lilly und händigte den Knochen aus.

„Tja und Tante Lilly ist froh, dass es Onkel Alex, oder sollte ich besser sagen Herr Kanst, wieder besser geht!" Dabei zwinkerte Lilly, als hätte sie etwas im Auge.

„Es ist nicht so!", sagte Alex.

„Wie, so?"

„So wie du denkst!"

„Nicht?"

„Nein!"

„Ja dann! Übrigens, du hast da einen grandiosen Knutschfleck am Hals!" Lilly lächelte und sprang in den himmelblauen Fiat 500. Zurück blieb eine Staubwolke aus glitzerndem Schnee, der aussah, als wäre es Sternenstaub.

Alex ging zurück zu seinem Kaffee. Verena saß auf einem der Barhocker und hatte den Knochen in der Hand.

„Os femoris!", sagte Verena.

„Was?"

„Der Knochen ist ein Oberschenkelknochen, Os femoris!"

„Du meinst, der Knochen ist menschlich?" Alex merkte, wie das Adrenalin wieder in ihm aufstieg.

„Sicher, ich habe zwei Semester Medizin studiert. Ist hilfreich, wenn du danach in die Physik wechselst. Wo haben Sie den her?" Verena schlürfte ihren Kaffee.

„Ach übrigens, wir können uns auch duzen! Verena!" Alex schaute sie verdutzt an. Als er nach längerer Zeit nichts gesagt hatte, fuhr Verena fort.

„Nee, muss nicht! Dachte nur, weil sie mich immer duzen!"

„Doch, klar! Alex!" Alex gab ihr die Hand.

„Hmm, kommt das von Alexander?"

„Nein, tatsächlich nur Alex! Meine Mutter wollte kurze Namen! Mein Bruder heißt Tom!"

„Ok. Also dann! Ich habe mir den ADAC gerufen. Die kriegen meinen Wagen wieder hin. Übrigens, ich wohne noch eine Weile bei meiner Schwester in Jungingen. Wenn Sie mögen, revanchiere ich mich mal mit einem Essen!"

„Das hört sich gut an!" Alex schmunzelte. War er jetzt wieder auf dem Weg zum Herzensbrecher? Doch nach wie vor ging eine Veränderung in ihm vor. Und zum ersten Mal fand er es nicht richtig, einfach so mit jemandem geschlafen zu haben.

Verena zog ihre dicken Boots an.

„Da kommt er schon! Übrigens, unsere Eltern hatten mit den Namen auch eine Macke! Meine Schwester heißt Vera!" Sie winkte und ging vor das Haus und stieg in einen ADAC-Wagen ein. Berry war dabei an ihr vorbei ins Haus geschlichen und lag nun wieder unter dem Sofa. Dieses Mal mit dem schon stark ramponierten Kauknochen.

„Os femoris!", murmelte Alex. Und nun wollte er Gewissheit.

„Universität Tübingen, Forensische Pathologie! Sie sprechen mit Nora Aman!", hörte Alex die gelangweilte Stimme sagen.

„Ja hallo! Alex Kanst hier, könnte ich Herrn Eierle sprechen!"

„In welcher Angelegenheit, Herr ääääää!"

„Kanst, Dr. Alex Kanst! Es ist eine private Angelegenheit!"

„Tut mir leid, Professor Eierle ist den ganzen Tag an der Uni bei seinen Studenten. Versuchen Sie es doch dieser Tage noch einmal!" Dann hatte die Dame doch einfach aufgelegt. Alex wurde nicht einmal gefragt, ob sie eine Nachricht hinterlegen sollte. Und Professor! Hatte Wolfi echt nun einen Professortitel?

„Höchstens ehrenhalber!", sagte Alex und schmunzelte. Und schon fiel ihm wieder der Knochen auf. Es war Zeit für einen kleinen Ausflug. Einen nach Tübingen!

„Kamerad! I fahre dir uberall na!" Ümit lächelte, als Alex mit Berry an der Leine in Tübingen ausstieg. Hätte er endlich die Sache mit einem neuen Wagen in Angriff genommen, hätte er selbst fahren können. Und hätte er den Mut besessen, dann hätte er ja auch seinen alten bei Alexandra ausleihen können.

Hätte!

Doch er hat nicht.

Insgeheim hatte er gegenüber Alexandra ein schlechtes Gewissen. Eigentlich war ja alles ganz harmlos. Doch die sich anschließende Nacht nicht. Und insgeheim hatte er das Gefühl, das Alexandra auch mehr wollte. Aber nicht so, wie der alte Alex war. Nein, im Gegenteil, eine feste Heimat. Doch für Kinder wären beide schon zu alt. Letzte Woche hatte er sich beim Einkaufen ertappt, wie er sehnsüchtig einen Vater und dessen Sohn beobachtete. Eine Gemeinschaft. Freunde und mehr. Warum hatte er keine Kinder? Lag es an den Dingen seiner ersten Ehe, seinem ersten Leben und dass alles entglitten ist. Möglich! Aber danach hätte es ja die Möglichkeit gegeben. Alex gab Ümit einen Hunderter.

„I warte uf dir!"

„Nein, nicht nötig! Das geht zu lange! Danke!" Ümit zuckte mit den Schultern und fuhr los.

Die Gedanken holten ihn wieder ein. War bei all den Frauen nie die eine dabei. Alex war besorgt, dass er die Frage nicht beantworten konnte. Eine gab es, doch diese musste er ausklammern. Vergessen. Vielleicht sollte er dies grundsätzlich tun. Doch dazu schuldete er ihr zu viel Dank. Alex war so in Gedanken, dass er die alte Frau, die mit ihren Naturlocken, die schon fast Rasta-Qualitäten aufwiesen, vor ihm stand, nicht bemerkt hatte. Sie schaute grimmig und hielt Alex eine schwarze Tüte hin.

„Für ihr Scheißerle do!", sagte sie nun mit leichtem Dialekt. Alex drehte sich um und sah, wie Berry gerade sein großes Geschäft mitten in Tübingen verrichtete. Alex bedankte sich und ermahnte Berry. (Wobei er das nur für die Show tat. Wenn der Hund musste, musste er!)

Danach tauchte er ein in den Pulk an Studenten. In Tübingen zu studieren ist schon etwas Besonderes. Doch er selbst wollte sein kleines Schloss in Rottenburg, das fast an Hogwarts erinnerte, nicht dagegen tauschen. Fast war er etwas neidisch, so hatten die jungen Leute hier noch das ganze Leben vor sich.

Hatte er das nicht?, waren da wieder die stumpfen Gedanken. Alex beeilte sich, um in das Gebäude der Hörsäle zu gelangen.

Kaum hatte er den Eingang hinter sich, so empfing ihn ein überdimensionaler Bildschirm, auf dem sich wechselnd alle Hörsäle präsentierten mit dem aktuellen Programm. Hörsaal 7 in der mittleren Ebene zeigte, dass hier Professor Eierle, Leiter des Forensischen Institutes, gerade über krankhafte Veränderungen des Herzens referierte. Kurs A7/ Medizin B5.

Schüchtern wie ein Schuljunge schob er sich durch die Tür. Ein Hörsaal! So wie er ihn kannte: Enge Bänke mit unbequemen Klappsitzen, schmale Tische und alles abgestuft, besser als in jedem Kino.

Wie lange war es her? Fast 25 Jahre. Alex bekam Wehmut. Doch war die Zeit auch anstrengend und hatte ihn an seine persönlichen Grenzen gebracht.

Anders war es bei seinem zweiten Studium. Er musste sich auf die Dinge kaum vorbereiten, alles flog ihm irgendwie zu. >Ein Naturtalent<, hatte einer seiner Professoren einmal gesagt.

Und doch war das Studium der Forstwirtschaft in dem kleinen Schloss mit der eingeschworenen Gruppe, die er alle als Freunde bezeichnete, was ganz Besonderes. Als vor einigen Jahren ein Treffen stattfand, war einer seiner Kommilitonen gestorben und dessen junge Familie in Not geraten. Daraufhin hatten alle gespendet und so kam ein kleines Vermögen zusammen.

Freunde!

Hier sah es nun aus wie bei seinem zweiten Studium, nur dass hier wohl alle zugelassen wurden. Plätze gab es nicht einmal auf der Treppe.

„Ja du bist aber süß! Wie heißt er denn?" Eine Studentin mit kurzen schwarzen Haaren hatte bereits mit Berry Kontakt aufgenommen.

„Berry!"

„Ja du bist aber ein Süßer, gell! Setzen Sie sich doch!" Die Frau, die nur einen sehr kurzen Rock und Strumpfhose trug, rutschte soweit sie konnte. Das war nicht viel und Alex bedankte sich und konnte gerade zehn Prozent seiner Pobacke platzieren. Er musste alle Kraft auf seine Knie konzentrieren. Irgendwie war es ihm peinlich. Doch Berry hatte bereits seinen Kopf auf den Schoß der Frau gelegt.

„Nun, ich denke, Sie haben nun die wichtigen Details kennengelernt. Ich möchte, dass Sie diese vertiefen. Für Fragen gibt es wie immer ein Zeitfenster am Mittwochabend. Dann können Sie mit mir chatten. Und Sie wissen, ich weiß auf jede Frage die richtige Antwort! Hahaha!" Wolfi alias Professor Eierle lachte gekünstelt. Dann begannen die Studenten, mit der Faust auf den Tisch zu klopfen, ein Zeichen, dass die Vorlesung zu Ende war.

Alex war froh, dass sich wenigstens etwas erhalten hatte. Blöcke und Stifte gab es nicht mehr. Nur Tablets und Laptop und Beamer.

„Tschau!", sagte die Studentin mehr zu Berry als zu Alex, der höflich aufgestanden war. So langsam wurde er doch alt. Eingestehen würde er es ja freiwillig nicht. Der Hörsaal leerte sich langsam. Professor Eierle diskutierte noch mit einer Gruppe Studenten. Er gestikulierte dabei, als wäre er ein Dirigent. Alex schmunzelte.

In der ersten Reihe blieb noch eine junge dunkelhäutige Frau mit schwarzen langen Locken sitzen. Der Hörsaal leerte sich. Wolfi war nun damit beschäftigt, seinen Laptop herunterzufahren und bemerkte weder die Studentin noch Alex.

„Herr Professor, ich hätte da noch eine Frage!", sagte sie mit sanfter angenehmer Stimme.

„Oh, ja natürlich, Bella! Ich hatte Sie noch gar nicht bemerkt!" Wolfi streckte seine Brust nach vorne und ging zu Bella.

„Sehen Sie, ich habe hier diese Web-Seite gefunden und zu diesem Artikel eine Frage! Können Sie ihn sich kurz durchlesen?" Bella lutschte dabei an einem Stift. Sie drehte den Laptop in Richtung Wolfi. Dieser war nun gezwungen, sich etwas hinunterzubeugen, wo sich das Dekolleté von Bella befand.

„Ich meine diesen Artikel!" Bella rutschte etwas nach vorne. Alex hüstelte. Nun wurde er bemerkt, aber nicht als Alex. Wolfi widmete ihm einen kurzen Blick.

„Komme gleich zu Ihnen!" Bella strich sanft über die Finger von Wolfi und Berry riss sich los und hüpfte die Stufen hinunter. Das sah lustig aus, war er doch noch zu klein dafür.

„Was zum Teufel! Hunde sind hier nicht erlaubt!" Nun hatte Alex die ganze Aufmerksamkeit seines Freundes. Er winkte ihm zu und lächelte, während Berry Freundschaft mit Bella schloss.

„Ja du bist ja ein Süßer!", kam die gleiche Floskel erneut.

„Das tut mir jetzt echt leid, Bella!", sagte Wolfi und warf Alex einen ernsten Blick zu.

„Nein, das muss es nicht! Ich melde mich im Chat!" Bella hatte ihre Sachen gepackt und ging zum Ausgang. Dabei warf sie auch Alex noch einen verführerischen Blick zu. Zufrieden stand Alex auf und ging zu Wolfi hinunter.

„Herzlichen Dank!", brummte dieser.

„Professor!?"

„Ich wurde berufen!", sagte Wolfi und packte seinen Laptop ein.

„Berufen, so wie ein Priester?"

„Hör mit dem Blödsinn auf, was willst du?"

„Mir war langweilig und da dachte ich, besuch doch mal eine Vorlesung!" Alex grinste.

„Übrigens, die stand auf dich!"

„Eine Vorlesung? Zufällig meine! Natürlich stand die auf mich, jetzt hast du es versaut."

„Komm, die ist höchstens 20!"

„Ich bin einsam!"

„Mir kommen gleich die Tränen!" Alex klopfte Wolfi auf die Schulter.

„Ach ja: Die Antwort lautet >Nein<!" Wolfi wollte nun an Alex vorbei.

„Welche Antwort?" Alex wusste nicht, worauf sein Freund hinaus wollte.

„Auf alles, was du fragen willst! Jedes Mal fängt es so an und endet damit, dass ich angeschossen werde."

„Du wurdest das letzte Mal nicht angeschossen!", sagte Alex, doch der Blick von Wolfi zeigte ihm, dass er darüber nicht lachen wollte.

„Hier!" Alex gab Wolfi den Stoffbeutel von Roland.

„Will ich nicht!" Wolfi reagierte wie ein bockiges Schulkind.

„Ich will doch nur eine Expertise von dir! Komm schon!"

„Nur eine Expertise? Bist du mit der S-Bahn hier?"

„Was? Warum?" Nun fiel der Blick auf den Beutel, wo in großen Buchstaben stand >Mit der S-Bahn flott voran<

„Nonsens, das ist nur so ein Beutel, aber schau dir das mal an!" Alex holte den Knochen heraus.

„Ein Oberschenkelknochen! Und?"

„Und?! Und!!"

„Ja menschlich!"

„Den haben wir, genau genommen Berry, hier gefunden!" Alex tätschelte stolz auf den Kopf des Cockers. „Und vielleicht ist es ein Alemannengrab!"

„Hmm, glaub ich zwar nicht, aber ich nehme ihn mit!"

„Schön! Kannst du schon jetzt irgendeine Andeutung machen?"

„Erst wenn ich ihn auf dem Tisch habe!" Dieses Mal war es Wolfi, der grinste, als er nun schon fast fluchtartig den Hörsaal verließ.

Insgeheim hatte er ja gehofft, Wolfi würde ihn nach Hause fahren. Jetzt saß er in einem Kaffee in einem der alten Fachwerkhäuser am Marktplatz von Tübingen. Berry hatte einen Schoko-Donut bekommen. Gut, dass Lilly nicht in Sichtweite war. Dann würde er wieder eine Moralpredigt bekommen, wie schädlich Schokolade für Hunde war. Alex hatte sich für einen Tee entschieden. Vielleicht weil da ein kleines Bäuchlein unter seiner Fließjacke zu erkennen war. Der Marktplatz war voller Menschen und Stände. Irgendwie war immer Markt in Tübingen. Seine Gedanken kreisten noch über die diversen Möglichkeiten, wie er nach Hause kommen würde, als ihm ein Paar auffiel. Die Frau trug hohe Lederstiefel, enge Hosen, eine Lodenjacke und einen breiten Hut.

„Darf ich Ihnen denn noch einen Tee bringen?" Alex drehte sich gedankenverloren um und schaute in das Gesicht einer jungen Frau mit Sommersprossen. Ihre langen roten Haare hatte sie zu einem Zopf zusammengebunden, den sie nach vorne über die linke Schulter hängen ließ. Alex schätze sie auf gerade 20, vielleicht noch nicht einmal dies, und doch war sie sehr attraktiv. Zu attraktiv und doch zu jung. Alex seufzte innerlich: „Wenn ich doch noch einmal jünger wäre!", dachte er.

„Gerne!" Er gab der Bedienung seine leere Tasse. Diese nickte freundlich und ging zum Tresen. Alex ließ seinen Blick im Kaffee schweifen. Überall saßen Menschen, die definitiv unter 30 waren. Alle! Wo war seine Generation? Zu Hause, bei Frau, Kind und Herd?

Bestimmt. So musste es sein. Und er? Was war er? Ein übrig gebliebener Junggeselle? Doch das war nicht sein Ziel! Nie! Als er 20 war und kurz danach konnte man ihn nicht bremsen. Zuerst das Studium, dann das eigene Unternehmen, ein Haus! Das Haus seiner Großeltern. Jeden Stein hatte er selbst mindestens zweimal

in den Händen gehabt. Förster wollte er sein, verheiratet, Kinder
…

All das war vor der Katastrophe.

Und je mehr er darüber nachdachte, umso mehr war es seine
Schuld. Wenn er sich mehr bemüht hätte, dann …

„So, der Tee! Und für dich habe ich noch einen Donut!" Die
rothaarige Frau ging in die Hocke und fütterte Berry. Dabei rutsche
ihr Winterpullover mit Zopfmuster nach oben und der Blick von
Alex fiel auf den rosafarbenen String.

„Ich weiß nicht, ob das gut ist?", sagte er eher schüchtern. Und
er wusste, wie Lilly darüber denken würde.

„Doch, doch! Geht auf das Haus!" Sie drehte ihren Kopf zu
Alex und lächelte. Alex bedankte sich. Dann streifte sein Blick
wieder zu den Menschen am Markt. Wieder war da eine Familie,
ein Vater, Frau, ein kleiner Junge. Doch dafür war es zu spät. Er
war bald fünfzig. Er nippte an seinem Tee und dann sah er wieder
den Mann. Er war älter und die Frau hatte sich nicht nur untergehakt, sondern es schien so, als hätte sie diesen im Polizeigriff. Es
war die Frau, die er schon vorhin gesehen hatte. Hut, Lodenmantel,
Stiefel. Und etwas schien ihm an der Frau bekannt vorzukommen.
Dann plötzlich drehte sie sich zu Alex und er konnte ihr Gesicht
sehen. Es war Verena. Sie war es und doch wirkte sie verändert.
Stärker und selbstsicherer. Doch sie war es. Alex winkte. Doch
Verena schaute ihn nur an, als würde sie ihn nicht kennen. So, als
hätte sie ihn noch nie gesehen. So, als hätte sie nie mit ihm geschlafen. Dann war sie verschwunden im bunten Treiben des
Marktes. Alex dachte noch einmal an den Spruch auf dem Beutel
von Roland: Mit der Bahn schnell voran! Er seufzte und gab Berry
ein Zeichen, dass es Zeit war, zu gehen.

Heute würde er sich für die Umwelt einsetzen und mit dem Zug nach Hause fahren. Zumindest in die Nähe, in Onstmettingen gab es keinen Bahnhof.

Es ruckelte und der Kopf von Alex schlug hart an die Scheibe. War er eingeschlafen? Er streckte sich und sah, dass Berry sich auch einen Platz auf einem Sitz gesucht hatte. Aber dies störte ja niemanden, da der Zug fast leer war. Alex sah sich um. Nein, der Zug war leer. Er und Berry waren die einzigen Passagiere.

„Wunderbar!", murmelte er. Nun saß er allein mit einem Cocker in einem Zug der Hohenzollerischen Landesbahn. Einem aufstrebenden Unternehmen, mit dem man nun sogar bis Stuttgart fahren konnte. Modernste Züge und super Konditionen für die Mitarbeiter. Dies wusste er aus zwei Quellen, die seines Vaters, der mit dem Vorstand befreundet war und einem seiner Schulfreunde, der hier als Zugführer arbeitete. Doch wie das Unternehmen profitabel sein konnte anhand der Fahrgastzahlen, das war noch ein Geheimnis.

Der Wagen hielt und Alex schaute in die Nacht, ob er erkennen konnte, wo sie gerade waren.

>Jungingen, Hohenzollern<, stand da auf einem roten Schild, die Schrift in Ocker gehalten.

Jungingen? Jungingen! Das noch träge Gehirn arbeitete wie verrückt. Wie kam er nach Jungingen. Er war nicht umgestiegen. Und er wollte nicht nach Jungingen. Er wollte die Rute Balingen Albstadt nehmen. Zumindest erklärte dies die Anzahl der Fahrgäste.

„Bin ich aber auch blöd!" Alex raufte sich die Haare. Erst jetzt fiel ihm ein, dass sein Vater ihm erzählt hatte, dass die Gleise in Hechingen umgebaut wurden und man nun nicht wie früher an der Bundesbahn aussteigen, einen kleinen Fußweg zum nächsten Bahnhof hinuntergehen musste, um dann in die Landesbahn einzusteigen. Nein, man konnte nun durchfahren, da die Landesbahn Strecken der Bundesbahn übernommen hatte.

„20 Minuten später stand er unter einem schäbigen Dach einer alten Bushaltestelle. Gegenüber stand der Doppelname des Bahnhofes seiner Heimatgemeinde. Oder so, wie er es jetzt bezeichnete: Dem Ort, wo er einmal gewohnt hatte. Sogar eine kleine Digital-Anzeige verriet, dass in 15 Minuten der Gegenzug in Sigmaringen starten würde. Es war windig und kalt. Er würde sich hier den Tod hohlen. Also sollte er jemand anrufen, der ihn abholen kommt. Einen Freund!

Seine Eltern zog er nicht in Betracht. Die Moralpredigt seiner Mutter, den armen Vater noch so spät in die Nacht zu schicken, wollte er sich ersparen. Natürlich würde sie nie selbst fahren, es war ja dunkel.

Alexandra kam auch nicht in Frage, da sollte er sich zuerst entschuldigen. Auch wenn ihm nicht so klar war, warum. Lilly wollte er auch nicht fragen.

„Taxi-Zentrale!"

„Ja Kanst, können Sie ein Taxi schicken?"

„Wohin?" Alex wiederholte es. Und die Frau beharrte, es gäbe keinen Bahnhof in dem Ort, wo sich Alex gerade befand. Er nannte die Straße.

Er hatte ja ein Haus. Hier in diesem Ort. Warm und behaglich eingerichtet. Zumindest, wenn er sich richtig erinnern konnte. Nun stand er im Lichtkegel einer Straßenlampe, die ihr oranges Licht in Form einer Ellipse auf den Gehweg warf, und starrte auf das Haus. Seine Hand war in die Tasche seiner Jacke geglitten und hatte den Schlüsselbund berührt.

Nein war die Antwort und sie konnte nicht anders lauten. Und doch verband ihn mit diesem Haus etwas Besonderes. Das Haus seiner Großeltern. Dort, wo er aufgewachsen war. Das er liebevoll und mit unmenschlichem Aufwand renoviert hatte.

In einer anderen Zeit! Damals, als er noch an das Gute in den Menschen geglaubt hatte. Vielleicht war das sein Problem. Und deshalb, weil er niemandem mehr vertraute, konnte er keine Beziehung führen. Jedenfalls keine Richtige. So wie *SIE*. Auch sie konnte keine richtige Beziehung führen. War das der Bund, der ihn und *SIE* verband? Gestrandete Seelen in einem Container der seelenlosen Welt der Menschen.

Er hatte es anders geplant, gewollt. Doch die Dinge, die Dinge verändern, kommen immer von außen. Das wusste er. Tief, ganz tief drinnen war er immer noch der Alex, der Naturbursche wie damals, als er mit seinem Opa auf einer selbstgebastelten Seifenkiste aus der Scheune gerast war.

Zeit, die Scheune wieder einmal zu öffnen.

Man konnte meinen, Berry lachte. Zumindest freute sich der Cocker, der zu den Füßen von Alex saß. Und dass Hunde lachen konnten, das wusste Alex - und jeder, der einen Hund als Freund hatte. Alex drückte das Gaspedal durch und das Automatikgetriebe der Sechs-Zylinder-Maschine mit ihren 150 PS schaltete hoch. Es ist wie Fahrradfahren, das verlernt man nie. Und doch war die neueste Ausführung seines roten Traktors zuerst nur mit Schwierigkeiten angesprungen. Doch jetzt fuhren sie, nein rasten mit fast 60 Stundenkilometern über das kleine Landsträßchen zwischen dem Killertal und Onstmettingen. Als Alex über die Hochfläche fuhr, war der Mond aufgegangen. Noch hatte er die Gipfel der alten Buchen des Göckeleswald noch nicht gänzlich überquert. Er schimmerte durch die dicken Äste und ließ diese wie Arme hilfloser und schreiender Menschen aussehen. Auch lag dadurch der Rest des Waldes, mit seinen tiefen Klingen und Gräben, in einer stillen Dunkelheit. Die hiervon ausgehende Kälte ließ Alex frösteln. Seine Gedanken waren nun bei den Worten von Roland und seine Gefühle spürten das Mystische und Geheime, das von diesem Wald ausging. Ja fast ein Gefühl des Todes und der Verdammnis.

Alex schüttelte sich und drehte die Heizung höher.

Alex wusste es nicht. Doch am Waldrand legte eine Hand, die in schwarzen Lederhandschuhen steckte, das Fernglas mit Restlichtverstärker zurück in den Geländewagen. Patrone um Patrone wurde in das Magazin gelegt. Dann spannte ein Finger den Abzug.

Doch Alex war längst verschwunden.

Leer! Absolut leer! Und er hatte Hunger! Alexandra hatte Ruhetag und er kein Auto. Konnte man mit einem Traktor Einkaufen fahren?

Konnte man, doch danach war ja nicht gekocht. Und er konnte auch nicht kochen, warum auch. Es gab Restaurants. Als er noch gearbeitet hatte, sprich seine Praxis betrieben hatte, aß er immer in den Gaststätten in Hechingen. Auch sonst, wenn er auf Reisen war, zu den Vorträgen, dann gab es Restaurants und Hotels. In Notfällen hatte er Tina und Alexandra.

Nun stand er inmitten einer 100.000-Euro-Küche und würde verhungern. Gut, dass Lilly einen guten Vorrat mit Hundefutter besorgt hatte. Berry würde überleben.

Kurz vor acht läutet es dann an seiner Tür. Alex war nun schon ganz schwindelig vor Hunger. Hier bestand die Gefahr eines Mega-Migräneanfalls! Alex griff routiniert den Knüppel und betätigte die Überwachungskamera. Berry rührte sich nicht. Offensichtlich war acht und ein voller Bauch das Zeichen, dass auch Hunde ein Feierabend zustand.

Vor seinem Haus stand ein Taxi und nicht der Pizzabote. Alex öffnete vorsichtig.

„*Hu Kamrad! I bringe dir Pizza!*"

„Ümit?", sagte Alex überrascht.

„*I fahre Abnds, wennisch nix los Pizza!*"

„Danke! Was bekommst du?"

„*Fufzehnurofunfundzwanzig!*" Ümit lächelte mit seinen gelben Zähnen.

Nun saß er allein an seinem Couchtisch und stopfte sich eine Thunfischpizza mit extra Zwiebeln hinein. Dazu hatte er einen Flasche Teufelsbock-Bier geöffnet. Doch das war gar nicht gut für seine Stimmung. Auf der Flasche war das Konterfei eines Teufels abgebildet. Alex drehte die Flasche demonstrativ um. Er fühlte sich allein und nutzlos. Wenn er könnte, würde er gerne jemanden anrufen. Doch ihm fiel niemand ein. Diese Erkenntnis öffnete nun die Falltür und die Seele von Alex begab sich in den freien Fall. Ohne Hoffnung auf ein Ende oder einer Hilfe.

Morgen würde er sich zuerst bei Alexandra entschuldigen und dann vor auf das Zellerhorn wandern, um nachzusehen, ob die

Fahne auf der Burg wehte.

Es war Dienstag und erst kurz nach halb acht am Morgen. In der letzten Zeit, also in der Zeit nach Tinas Tod, war er nie vor zehn Uhr aufgestanden. Meistens lag er eh schon wach oder hatte gar nicht geschlafen. Doch er konnte sich nicht anstoßen aufzustehen. Natürlich waren dies alles Anzeichen für ein Depression. Etwas besser wurde es, seit Berry um kurz nach sieben raus muss. Und diesen Zeitpunkt sollte man, wenn man nicht stundenlang die Pisse aus dem Parkett saugen will, höchst penibel einhalten. Er wusste, dass es so nicht weitergehen konnte. Vielleicht hatte seine Mutter ja recht, auch wenn er dies nie eingestehen würde. Zumindest nicht vor ihr. Die Thunfischpizza hatte ihm doch recht schwer im Magen gelegen, vermutlich lag es an der Menge Zwiebeln, die er extra bestellt hatte.

Alex zog den Kragen seiner Fließjacke etwas nach oben. Das Wetter stellte sich um. Von der Burg her kamen immer stärkere Böen. Ein Zeichen, dass es milder werden würde.

Die Burg! Die Fahne!

Es war kurz nach fünf, als er den Entschluss gefasst hatte. Er würde nicht nachsehen gehen. Er musste diese Beziehung, sollte man sie so nennen, sich aus dem Kopf schlagen. Ein für alle Mal. Dies wäre besser für *SIE*, aber auch und insbesondere für ihn und sein Gemüt.

Wenn, und das wollte er, er etwas verändern wollte in seinem Leben, dann musste er hier ansetzen. Und das hatte er heute beschlossen. Natürlich wusste er, dass ohne ihr Engagement er nie das zweite Studium begonnen hätte und eine beispiellose Kariere als Psychologe und forensischer Psychologe, der immer wieder von der Polizei angefragt wurde, geschafft hätte.

Aber er war nicht glücklich! Nicht mehr! Bis noch vor kurzer Zeit hatte er geglaubt, sein Leben im Griff zu haben. Er hatte immer insgeheim über die Probleme seiner Patienten gelacht.

Und nun?

Nun war er zu feige, die Klingel an der Seitentür der Bergwirtschaft zu betätigen.

Alex läutete und stellte sich so neben die Tür, dass Alexandra zuerst nur Berry sehen konnte.

„Ja wen haben wir denn da! Du bist ein Lauser! Und klingeln kannst du auch schon!" Den letzten Teil hatte sie so laut gesagt, dass Alex räuspernd hinter der Tür vorkam.

„Ja, da hatten wir gedacht, besuchen wir doch Alexandra an ihrem freien Tag!"

„Soso! Und wecken wir sie mal, wenn sie mal ausschlafen könnte …"

„Hast du keine Gäste!", sagte Alex schockiert über seine dumme Idee. Alexandra nahm ihn in den Arm und drückte ihm einen Kuss auf die Backe.

„Doch, doch! Ich mach uns noch einen Kaffee, aber nur wenn es keine Entschuldigung für irgendetwas gibt!"

Alex nickte mit roten Backen, was nicht an der Kälte lag.

Er war nun einmal Psychologe und ein guter dazu. Nein, er war der Beste! Zumindest behauptete dies sein inneres Ego. Und deshalb hatte er sich natürlich nicht entschuldigt. Nicht mit Worten, aber mit Taten. Und dies öffnete immer alle Tore.

Und so bog er nun mit seinem alten Tiguan auf den Discounter-Parkplatz in Jungingen ein. Warum er nach Jungingen gefahren war, wusste er genau. Auf einem Prospekt, der in seinen Briefkasten geklemmt war, stand, dass es heute Rehrücken im Angebot gab. Und dies nur im Discounter in Jungingen.

Natürlich hatte er noch nie Rehrücken gekocht. Er hatte noch nie gekocht, doch für was gab es YouTube!

Berry musste im Auto bleiben, was ihm nicht gefiel.

Alex war fasziniert, wie groß ein Discounter sein konnte. Er hatte nun Nudeln, Zwiebeln (wobei er nicht wusste, ob man die benötigte) Tomaten, doch noch kein Reh.

„Alleine heute, oder wo ist das ockerfarbene Wuscheln?" Verena war plötzlich hinter dem Gewürzregal hervorgesprungen.

„Hu, jetzt bin ich aber erschrocken!" Alex hatte einen Satz zurück gemacht.

„Schlechtes Gewissen?"

„Ich nie! Kaufen Sie ein?" Verena ließ ihre Augen kullern.

„Gut, gestehe, war eine dumme Frage!", gestand Alex schon etwas beschämt.

„Und Sie kochen Nudeln mit Zwiebeln?"

„Ja, ehrlich suche ich den Rehrücken!"

„In einem Discounter? Also so etwas besorgt man sich direkt beim Jäger! Meine Schwester schießt die Viecher immer selbst!" Verena lachte und Alex bildete sich ein, es wäre etwas verändert. Kälter! Doch so lange kannte er sie auch noch nicht.

„Ja mein Freund hat gerade keines und da dachte ich …"

„… nehme ich das Sonderangebot!" Verena lachte wieder, doch dieses Mal sanfter, mädchenhafter, schöner!

Alex fühlte sich überrumpelt.

„Der Schwabe im Manne!", sagte er und fühlte die roten Backen, als wäre er ein Schuljunge.

„Sagen wir Donnerstag um sieben!" Verena zog die linke Augenbraue nach oben.

„Um sieben?" Alex war nun völlig aus dem Konzept.

„Ja, wenn Sie schon so verzweifelt sind, dann muss ich mich bei meinem Retter mit einem Essen revanchieren." Verena packte die letzten Einkäufe in einen pinken Korb, der Lilly bestimmt gefallen hätte. Auch war dies eher ein Befehl als eine Einladung, denn sie schien nicht die Antwort abzuwarten.

„Okay, aber wo soll ich hinkommen?"

„Sie wissen doch, ich wohne bei meiner Schwester, und was man so hört, können Sie alles herausfinden!" Dann war Verena verschwunden. Und Alex kämpfte noch immer mit der Kassiererin. Erinnerungen an seinen Traum wurden wach und er begann zu schwitzen. Hinter ihm hatte sich eine lange Schlange gebildet und verursachte einen starken psychischen Druck.

>Er könne alles herausfinden<. Hatte die quirlige junge Frau Erkundigungen über ihn eingeholt? Aber eigentlich war dies ja auch egal. Er war ja bekannt und das Internet voll über Berichte über seine Tätigkeiten.

Nun würde es Zeit, auch Erkundigungen über die Frau einzuholen. Gestern hatte sie ihn keines Blickes gewürdigt und heute lud sie Alex zum Essen ein. Alex, der sonst die Menschen lesen konnte wie ein Buch, stand hier vor einer noch nie gekannten Barriere. Doch dies würde eine Herausforderung sein, der er sich gerne stellen konnte und unbedingt wollte.

„Schlafen Sie? 64 Euro und zwanzig, bitte! Mit Karte oder bar?", sagte die Kassiererin und Alex reichte ihr erschrocken seine Kreditkarte.

Vor einer Woche; Hochfläche über dem Göckeleswald

Die dunkle Gestalt war zu Fuß unterwegs. Entlang der im Mondlicht gut zu erkennenden Wildwechselpfade konnte er den steilen Hang gut bewältigen. Oben angekommen nutzte sie die Deckung, welche die langen Äste der Trauffichte boten. Fast als wäre es ein Geheimgang. Der Rucksack war schwer. Mehr als zwei der massiven Fallen konnte sie nicht tragen. Doch war der Weg zu Fuß der sicherste. Kein Jäger oder Wanderer konnte sie entdecken. Sogar bei Tageslicht konnte man geschützt durch die tiefen Klingen des Göckeleswaldes völlig unbemerkt auf das Plateau kommen.

Es war so weit. Direkt unter der Leiter legte sie die Falle aus. Es kostete enorme Kraft, diese zu spannen. Doch sie schaffte es. Mit etwas Moos und dann Schnee war sie nicht zu erkennen.

Gleiches mit Gleichem! Das war das Motto und es galt, noch eine Falle auszulegen, wieder direkt unter der Leiter.

Berry bellte wie verrückt, als würde er versuchen, den Lärm der Rauchmelder zu übertönen. Alex wusste nicht, wie viele dieser lärmenden Scheiß-Dinger der Elektriker seines Vertrauens installiert hatte. Gerade stand er auf einem Stuhl und demontierte den fünften. Soweit er wusste, gaben diese Dinger wenigstens keine direkte Meldung an die örtliche Feuerwehr. Egal, es gab auch keinen Rehrücken! Nicht einmal Nudeln, die hatten plötzlich eine teigige Konsistenz angenommen. Aber wie sollte man auch auf die Kochzeit achten, wenn man genötigt war, alle aktiven Rauchmelder abzumontieren, um den schrecklichen Lärm in den Griff zu bekommen.

Alex öffnete voller Wut alle Fenster und Türen und warf den verkohlten Rehrücken in den Schnee. Plötzlich sauste Berry an ihm vorbei und schnappte sich die schwarze Masse.

„Nein, lass das! Das ist nicht gesund für dich! Komm her!" Doch der schlaue Hund hatte sich schon irgendwo im Garten oder in der Heide versteckt.

„Fehlschlag, oder?", sagte plötzlich eine Stimme hinter ihm und Alex erschrak so, dass er rücklings über das Sofa fiel.

„Du hast mich aber erschreckt!"

„Komm ich zu früh?" Alexandra grinste über das ganze Gesicht.

„Mindestens einen Tag!", stöhnte Alex.

„Also mein Vorschlag ist: Bratkartoffeln und dazu frischen Wurstsalat"

„Du hast Bratkartoffeln dabei?!"

„Und frischen Wurstsalat, und Titanic!"

„Titanic? Hast du mit meinem Untergang gerechnet?"

Alexandra legte ihren Kopf etwas schräg und blinzelte. „Sagen wir es mal so: Du hattest, eine Fünf-Prozent-Chance, dass es funktioniert!"

„Nur? Das ist aber hart!"

Alex schielte zu Alexandra hinüber. Tränen liefen ihr über die Backe und ihre Schminke war ganz verschmiert. Auf der Wand gegenüber zeigte der Beamer gerade, wie Leonardo di Caprio Rose auf dem Bug der Titanic im Arm hielt. Alex hatte einen Kinderpunsch gekocht und nun kuschelten beide unter einer dicken Fleecedecke. Irgendwann war Berry zurückgekommen. Ohne Rehrücken. Sie hatten lange geredet und danach ging es ihm besser. Verena oder eine Entschuldigung oder Ähnliches hatte er einfach weggelassen. So müssen Freunde sein. Einfach und ohne warum. Sie hatte ihm und er ihr zu gehört. Fast hatte er geglaubt, auch etwas wie Sehnsucht nach einer Familie zu hören. Alex wusste, dass Alexandra eine großartige Mutter wäre, doch hatte sie auch fast sein Alter erreicht und da wird das nichts mehr. Und dieses Restaurant. Ein Fulltimejob und auch an den Tagen, wo das Restaurant geschlossen hatte, hatte sie immer Gäste im Hotel.

Sieben Tage, das ganze Jahr hindurch und genau wie er, keine oder kaum Freunde. Alex hatte genug Geld und dann könnte sie zu ihm ziehen. Doch in diesem Punkt waren er und Alexandra gleich. Immer auf eigenen Füßen stehen zu wollen. Doch allein dieser Abend tat ihm gut, er hatte doch einen Freund, einen richtigen oder genauer, eine Freundin.

Der schrille Ton seines Handys durchbrach die Stille. Alex sah auf das Display und atmete erschwert aus.

„Kanst!"

„Komm, lass den Blödsinn! Du weißt, dass ich es bin!", sagte Wolfi.

„Und?"

„Störe ich? Bei etwas Wichtigem? Du weißt, was ich denke?" Alex konnte fast das Grinsen seines Freundes sehen.

„Es läuft Titanic!"

„Oh Gott! Dann ist es schlimm! Du solltest einen deiner Kollegen konsultieren, aber schnell. Hahaha!"

„Du nervst!"

„Ach so ist das! Gut, dann willst du auch keine Ergebnisse, nicht wahr?"

Ergebnisse!

Alex setzte sich auf. „Doch!", murmelte er.

„Also eindeutig ein Os femoris. Männlich! Und, ja, es gab einige Fraßspuren und Moos und so war auch drauf, aber ich denke von einem Mann im mittleren Alter, so um die Fünfzig!"

„Ja denkst du, ein Alemanne oder so?" Alex war aufgestanden, um Alexandra nicht zu stören. Er flüsterte.

„Hahaha! Alemanne! Du, der Typ lief noch vor kurzem durch die Gegend! Aber mal ehrlich, woher hast du den Knochen?"

Alex schmunzelte und hielt das Handy an seine Brust.

„Duuu, was steht denn morgen auf deiner Karte?"

Alexandra wischte sich eine Träne ab. „Jägerbraten mit Spätzlen!"

Alex nickte siegesssicher.

Freunde! Alex hatte diese Nacht wenigstens etwas geschlafen. Oder gedöst. Es war warm unter seiner Decke und eigentlich im ganzen Haus. Alexandra war gegen drei nach Hause gefahren. Einige der markanten Szenen hatten sie beide dreimal gesehen. Doch es half nichts: Am Ende sank die Titanic immer wieder. Bei der Sexszene hatte Alexandra ihm offeriert, dass sie auch mal wieder gerne ihr sexuelles Leben ausleben möchte und Alex durchaus sehr attraktiv sei. Doch er sei halt auch ihr Freund und das wäre wichtiger. Sie möchte dies nicht zerstören. Alex war nun hin und her gerissen. Einen Freund, den fand man wahrlich nicht an jeder Ecke und deshalb war dies auch gut so. Aber vielleicht und gerade jetzt wollte er mehr und dies war bestimmt nicht der Sex. Gegen halb fünf hatte er die einschlägigen Suchmaschinen mit dem Thema Adoption gefüttert. Und das ernüchternde Ergebnis war, dass er und Alexandra zu alt waren. Daraufhin hatte er sich so aufgeregt, dass er in irgendeinem Blog dazu einen saftigen Kommentar abgegeben hatte.

Zu alt, ja vielleicht, aber er könnte jedem Kind ein sicheres Zuhause bieten. Doch die Sache mit dem Zerstören blieb wie kalter Zigarettenrauch auf seiner Zunge kleben.

Zerstören.

Zerstörte er etwas, wenn er mit den Frauen schlief. Ganz sicherlich! Und Tina war tot. Es war doch seine Schuld, da war er sich nun sicher. Jetzt fühlte er sich schäbig und unheimlich schlecht. Auch mit Verena hatte er gleich geschlafen.

Wie dumm! Doch ging die Aktion nicht von ihm aus.

Verena!

Verena von Göckingen!

Alex gab ihren Namen wieder in die Suchmaschinen ein.

>Verena von Göckingen/Bundesamt für Strahlenschutz/neue Mitarbeiterin begrüßt/ Kontakte/<

„Hmm!"

„Verena von Göckingen, Jungingen!", sagte er nun über die Spracherkennung.

Die App des örtlichen Telefonbuches öffnete sich und zeigte eine Vera von Göckingen an, im Burgweg 1.

„Sehr schön!" Alex klatschte in die Hände. War es doch Zeit, nach anderen Dingen zu forschen.

Fünfmal war er nun schon um das Rathaus gefahren, um dann endlich einen, genauer gesagt zwei Parkplätze zu bekommen. Denn wenn man mit einem Traktor parken will, dann reichen die Maße für eine PKW natürlich nicht. Früher gab es gegenüber dem Polizeiposten in Burladingen immer einen großen Parkplatz. Den gab es noch immer, aber das Haus, in dem der Posten untergebracht war, war abgerissen worden. Nur mit Hilfe von einer gängigen Suchmaschine, die die Homepage der Polizei BW anzeigte, konnte er herausfinden, dass der Posten also jetzt in den Räumen der Volksbank Asyl gefunden hatte.

Berry musste auch gegen seinen Willen im Traktor warten. Alex wusste nicht, ob Hunde in einem Polizeiposten erlaubt waren. Ein Schild, auf dem ein Kebab überklebt war und mitten im Fußweg stand, informierte über den neuen Zugang zur Polizei. Alex erreichte den Hintereingang nun schon etwas frustriert. Als er nach der richtigen Klingel suchte (es gab drei!) sah er das Schild: Polzei. Er wusste nicht, ob dies ein Scherz oder ein richtiger Rechtschreibfehler war, der tatsächlich noch niemandem aufgefallen war. Alex läutete.

„Ähm, ja hallo!"

„Dr. Kanst hier, ich würde gerne ...!"

„Nein, da sind Sie falsch! Die Praxis von Dr. Mischwald ist gegenüber!" Ein Klacken verriet, dass der Mann an der Sprechanlage aufgelegt hatte.

Langsam stieg das Adrenalin in Alex empor und er drückte den Klingelknopf erneut.

„Ähm, ja hallo!"

„Ich würde gerne jemanden von der Polizei sprechen!" Alex versuchte, sich selbst eine ruhige Stimme aufzuerlegen, obwohl ihm das Ganze hier schon sehr auf die Nerven ging.

„Sie möchten eine Anzeige machen?"

„Nein!"

„Sie sind ein Beschuldigter?"

„Nein!"

„Sie kommen wegen einer Vernehmung?"

„Nein, auch nicht!"

„Ja dann sind Sie hier vermutlich falsch! Hier ist der Polizeiposten Burladingen, wissen Sie?"

Alex wusste dies, doch der Beamte an der Sprechanlage wusste noch nichts über die berüchtigten Wutausbrüche von Alex.

Autogenes Training! Das half und Alex konnte seine Gefühle unterdrücken. Ein bärtiger Polizist öffnete ihm die Tür im zweiten Obergeschoss.

„Haben Sie geläutet?" Alex atmete tief ein.

„Ja, ich hätte gerne eine Auskunft!"

„Von uns?"

„Wenn Sie die Polizei sind!"

„Ja, äh, ja, dann kommen Sie doch mal herein!" Alex durfte nun tatsächlich die heiligen Hallen des Polizeipostens betreten.

„Ja was ist denn das hier überall! Weiß gar nicht, wo das alles her kommt!", sagte plötzlich der Polizist und robbte auf dem Boden herum, der übersät war von zerknülltem Papier. Alex dachte an eine Schulklasse der Stufe sieben, höchstens acht.

„So, dann setzen Sie sich doch einmal!" Alex wurde in ein Zimmer gebeten, wo zwei Schreibtische standen. Am linken saß ein übergewichtiger Mann ohne Uniform und tippte etwas in den Computer ein. Sein Bauch war so dick und bestimmt auch schwer, dass er diesen vor der Tastatur auf dem Schreibtisch auflegte. Alex grüßte. Doch der Mann, der ein Polizist sein könnte, schaute ihn nur durchdringend an und grunzte.

Alex bekam einen alten und löchrigen Bürostuhl angeboten.

Dann setzte sich der bärtige Polizist, der gut einen Kopf kleiner als Alex war, vor den zweiten Schreibtisch. Hier gab es keinen PC. Alex sah die Nervosität des Mannes, als wenn Alex der Erste wäre, der hier auf dem Stuhl saß. Er fragte sich, was sonst für Menschen hier her kamen. Verbrecher wohl kaum, zumindest keine richtigen. Denn es hieß hier zwar Killertal, aber eigentlich war es ja friedlich.

Eigentlich! Tina!

Alex hatte plötzlich einen Kloß im Hals. Fast war es ihm so, als könnte er sie lachen hören.

Doch dies war ein anderer Beamter mit einer hellen Stimme aus einem Zimmer den Flur runter.

Der bärtige Polizist, ein Herr Heinzelmann, hatte nun ein Blatt Papier und kritzelte etwas drauf.

„So heute haben wir den, äh, den, äh …!" Er schaute hilfesuchend zu seinem Kollegen.

„Zweiten!"

„Ja, den zweiten Februar!", notierte dieser nun freudig.

„Lichtmess!", brummte nun der andere.

„Name?" Dies klang schon eher wie ein Befehl als eine Frage.

„Kanst! Dr. Alex Kanst!"

„Adresse!"

„Rauhe Bühl 5, Albstadt!", sagte Alex monoton. Doch plötzlich schaute der Polizist auf.

„Albstadt!? Ja dann sind wir ja gar nicht zuständig!" Dies sagte er nun schon mit einer Freude, als hätte er irgendwo gewonnen. Alex seufzte.

„Hören Sie, Herr Heinzelmann …"

„Polizeiobermeister, wenn es recht ist, bitte schön!"

„Herr Obermeister, ich möchte nur eine Auskunft, ob in der letzten Zeit bei Ihnen eine Vermisstenmeldung eingegangen ist. Wenn es recht ist, bitte schön!" Die Stimmung von Alex war auf dem Nullpunkt.

Als Alex wieder auf dem Rathausplatz stand, hatte es angefangen zu regnen. Die Luft roch modrig feucht nach verbranntem Stoff. Alex erinnerte dies an seine Schulzeit. In diesem Geruch musste er hier sechs Jahre lang in die Schule gehen. Eine dunkle Zeit, an die er sich nicht gerne zurückerinnerte. Der Geruch war in jenen Tagen fast immer in der Luft, so war doch die Textilindustrie fast der einzige Arbeitgeber.

Alex hatte natürlich keine Information bekommen. Er war sich auch nicht sicher, ob diese zwei Durchschnittsbeamten überhaupt über Informationen verfügten. Während seines Aufenthaltes hatte er beide analysiert. Dies war für ihn so einfach wie für andere ein Buch lesen. Er konnte die Menschen lesen: Zwei Männer Mitte bis Ende Fünfzig. Zuständig für einen Posten in Burladingen. Sie hatten es nicht geschafft, sich hochzuarbeiten, was eindeutig am IQ lag. Dazu kam, dass der eine impotent war und dies versuchte mit Fressattacken zu kaschieren. Der zweite war regelmäßig in psychischer Behandlung und torkelte am Grad des Burnouts entlang.

Mittlerweile fragte er sich selbst, wie er auf die blöde Idee kam, hier nach den Vermisstenmeldungen zu fragen. Vielleicht, weil er hier nicht Gefahr lief, dieser Kommissarin zu begegnen. Doch weiter gebracht hatte dies ihn auch nicht. Er hätte wissen müssen, dass es sinnlos wäre, zu versuchen, in Burladingen Antworten zu finden. Alex zog sein Smartphone aus der Tasche und schickte eine WhatsApp an Alexandra. Er müsste sich wohl noch einmal den Tiguan ausleihen.

Ordentlich legte Alex die Parkscheibe ein. Vor einem Polizeirevier sollte man schon darauf achten. Es fiel ihm sichtlich schwer, sich in das gelbe Gebäude, einem Betonbau aus den Siebzigern, zu begeben. Er war schon einmal hier. Zu einer Vernehmung. Ein Jahr nach dem Zusammenbruch, nach der Katastrophe. Damals saß er einem grinsenden selbstbewussten Beamten gegenüber. Rechts davon spannte eine Frau in den Fünfzigern Papier in eine Schreibmaschine. Doch er machte dem Grinsenden keinen Gefallen. Er machte dagegen von seinem Zeugnisverweigerungsrecht Gebrauch. Nichts konnte auf das Papier getippt werden. Nichts, da er nichts falsch gemacht hatte.

Als Alex seine Augen wieder geöffnet hatte, war das Grinsen verschwunden. So wie damals, als er dann einfach wieder gegangen war. Viel hatte sich nicht verändert. Die Bepflanzung vor der automatischen Tür. Neue Fenster, die keine gelben Rahmen mehr hatten.

Vielleicht die Stadt, die ein etwas freundlicheres Gesicht hatte. Doch dies bildete er sich vielleicht auch nur ein.

Aber etwas war neu: Der himmelblaue Fiat 500 auf dem Mitarbeiterparkplatz.

„Sind Sie einbestellt?", sagte die Frau mit Hochsteckfrisur und einer Bluse mit einem Muster, das in den besagten Siebzigern gerne als Tapete gesehen wurde. Alex überlegte, ob dies ein Retro-Gag sein könnte.

„Nein, ich würde nur gerne KK Baur kurz in einer privaten Angelegenheit sprechen!", sagte Alex. Die Frau setzte ihre Brille auf und begutachtete ihn.

„Gut, dann müssen Sie das Formular für Besucher ausfüllen und bekommen einen Besucherausweis!" Alex bekam ein Klemmbrett mit dem Wappen von Baden-Württemberg.

Nachdem er dies ausgefüllt hatte, sein Ausweis kopiert wurde und er einen Besucherausweis um den Hals baumeln hatte, durfte er weiter. Natürlich hatte Berry keinen Ausweis bekommen, aber Alex hatte auch nicht danach gefragt. Erst als er die Treppe mit dem Cocker im Schlepp hochjagte, rief die Frau vom Empfang etwas hinter ihm her. Doch er hatte bereits die Beschreibung des Weges zu Lillys Büro.

Dachte er! Doch nun stand er in einer Halle mit mindestens zwanzig Schreibtischen oder wie der Fachbegriff war: Bildschirmarbeitsplätzen.

Aber er hatte ja Hilfe dabei! Alex grinste und ließ Berry von der Leine.

„Such die Lilly! Ja such Lilly!" Und Berry raste los. Nach ein paar Sekunden hörte man schon freudiges Bellen.

Alex hatte den Platz von Lilly gefunden. Zielstrebig folgte er dem Bellen.

„Ja wo kommst du denn her? *Soag moal!*" Lilly hatte ihren leicht sächsischen Dialekt drauf und kraulte den Hund.

„Und er hat den Onkel mitgebracht!", sagte Alex mit einem breiten Lächeln. Lilly blickte ihn mit wachen Augen an. Ihre Haare waren kürzer und im passenden Blau für den Fiat.

„Und der möchte?"

„Nichts, Berry hatte nur Sehnsucht! Und da dachte ich, kommen wir doch einfach mal vorbei!"

„Echt jetzt! Das ist aber lieb von euch! Echt jetzt!" Lilly bekam rote Backen. Alex holte sich einen Stuhl heran. Unbemerkt zog er den Kopf etwas ein.

Lilly biss in einen Apfel. „Hab sie heute noch nicht gesehen!"

Alex nickte erleichtert.

„Ihr mögt euch echt nicht!"

„Nein, ganz bestimmt nicht! Mich würde sie ja gerne hinter Gittern sehen, egal für was!", sagte Alex und flüsterte dabei.

„Ganz bestimmt! Ich denke, er hat etwas zugenommen! Bald ist er ausgewachsen!" Lilly kraulte den Bauch von Berry.

„Ja, wenn ich da schon mal da wäre, könntest du mir da etwas nachsehen?" Alex fragte zögernd.

„Ich wusste es! Ja eigentlich wusste ich es. Natürlich seid ihr nicht einfach vorbeigekommen. Wie auch, Balingen liegt ja nicht hinter deinem Haus und auch nicht auf der Strecke, wo Berry gerne Gassi geht. Natürlich liegt, im Gegensatz zu Balingen, in Albstadt eine Menge Schnee, und da der Gute ja noch nicht ausgewachsen ist, hast du beschlossen, an der Eyach entlangzuspazieren und prompt seid ihr hier gelandet und dann habt ihr mich besucht. Natürlich glaube ich diese Version nicht. Ebenso glaube ich auch nicht, dass ich in meinem PC, und eigentlich gehört er dem Land, für dich nach Sonderangeboten in den örtlichen Discountern suchen soll. Natürlich, und ich denke, das gehört schon in die Welt der Fabeln, möchtest du eine Route bei Google Maps, wie du nach Hause kommst."

Der Kopf von Alex begann zu schmerzen. Lilly hatte wieder, ohne Luft zu holen, geredet.

„Also eigentlich möchte ich nur, dass du mir sagst, ob ihr gerade eine Vermisstenmeldung habt!" Alex hoffte, dass seine Migräne nicht zuschlagen würde. Die Bedingungen waren günstig, besonders das Tauwetter. Die Augen von Lilly begannen zu leuchten.

„Wir haben einen Fall!", sagte sie.

„Was? Wer? Nein, das denke ich nicht, es ist nur so, dass ich da, ja sagen wir einmal, also quasi …!" Alex hörte sich fast wie Lilly an.

„Einen Faall!", sagte Lilly mit einem sängerischen Unterton.

Sie strich über die Tastatur, als wäre sie ein Klavier.

„Wir haben keinen Fall, und wenn, dann gibt es da kein wir!", betonte Alex.

„Hmmm! Du weißt, wir sind das beste Team!" Lilly klopfte mit dem Zeigefinger und dem Mittelfinger auf ihre Tastatur.

„Wir sind k e i n Team!", betonte Alex, doch Lilly lächelte.

„Also könntest du nun bitte mal nach den Vermisstenmeldungen sehen." Alex wirkte verlegen und hatte aber immer ein Auge auf den Eingang geworfen. Er wollte unter keinen Umständen dieser Jasmin Jemain begegnen.

„Könnte ich!" Lilly blieb aber untätig.

„Ja dann!", sagte Alex auffordernd.

„Es gibt nur ein Problem! Du weißt, ich suche noch immer eine Wohnung. Das heißt natürlich nicht, dass ich obdachlos bin, nur natürlich immer in einem Gästehaus zu wohnen, ist natürlich höchst unpraktisch und aber auch insbesondere sehr teuer. Natürlich hat man hier eine Festanstellung, doch noch arbeite ich in den unteren Rängen und natürlich dabei auch in den dazugehörigen Besoldungsklassen. Wenn ich jetzt natürlich eine Wohnung finden könnte …"

„Oder ein Haus!", knurrte Alex, der wusste, worauf Lilly da hinauswollte.

„Ein Haus! Ja, das wäre perfekt. Natürlich ein Haus, am besten ein Bauernhaus. So ein traditionelles, mit Garten, einem Bach …" Die Augen von Lilly leuchteten.

„Du kennst die Antwort und sie heißt nein!"

„Komm schon, nur mal ansehen! Wir machen einen Deal, okay?" Alex wollte keinen Deal, und er fürchtete, dass dieser wieder zugunsten von Lilly ausgelegt werden würde und am Ende er ganz und gar unterging, wie gestern die Titanic.

„Was für einen Deal?"

„Nun, ich sehe nach, und du und ich sehen es uns an. Das Haus! Dein Haus! Komm schon, Deal? Nur ansehen? Deal?" Alex atmete tief ein. Er wusste, er hatte hier keine Chance gegen Lilly.

„Nur ansehen!", flüsterte Alex und Lilly nickte und strahlte über das ganze Gesicht.

„Nur ansehen!"

Irgendwie wurde Alex das Gefühl nicht los, überrumpelt worden zu sein. Lilly tippte auf ihrer Tastatur herum.

„Okay. Aktuell haben wir zwei offene Vermisstenmeldungen. Gestern waren es noch drei, aber die neunzigjährige Frau wurde in Hechingen halb erfroren beim Feuerwehrhaus gefunden. So der eine ist Dr. Fidel Mayer, 55, verheiratet, keine Kinder. Er ist Direktor der Fürstlichen Reifeisenkasse. Verschwunden seit dem dritten Januar dieses Jahres. Es gibt noch keine Spuren. Aber es fehlen auch 12 Millionen Euro nach Saldenabschluss des alten Jahres. Das Geld ist auf ein ausländisches Konto geflossen. Ich denke, dass dort auch der gute Fidel ist, vielleicht bei Fidel Castro!" Lilly lachte laut.

„Gut und die andere Meldung?" Alex war nun hochkonzentriert.

„Herbert Häberle, 43, Immobilienmakler, verheiratet, zwei Kinder, 12 und 7 Jahre. Er hatte sein Büro in Bisingen hinter der Kirche. Er wird seit Oktober 2017 vermisst. Keine Spur seither von ihm. Die Frau hatte zwischenzeitlich versucht, ihn für tot erklären zu lassen. Aber das dauert und wir haben keinerlei Hinweise!"

„Keinerlei Hinweise?", murmelte Alex, als plötzlich ein gellender Schrei durch das ganze Großraumbüro hallte.

„Seid ihr alle verrückt geworden? Wer hat das Viech hier hereingelassen? Wo bin ich denn hier? Im Zoo oder bei den Bescheuerten in der Klapse?" Die Stimme gehörte eindeutig zu Jasmin Jemain. Als Alex sich umdrehte, fehlte von Berry jede Spur.

„Er gehört mir!", sagte Alex schon fast kleinlaut. „Komm her!", befahl er dem Cocker.

Jasmin Jemain trug eine schwarze Jeans, die in hohen schwarzen Lederstiefeln steckten. Darüber einen engen Rolli in grau. Ihren Revolver trug sie wie immer in einem ledernen Holster über dem Rolli. Ihre sonst so kurzen hellblonden Haare waren nun etwas länger, aber dafür in dem modischen Grau, welches Alex überhaupt nicht gefiel. Sie kam mit großen Schritten auf Alex zu.

„Was wollen Sie hier? Rumschnüffeln? Und mit dem wilden Tier alles verdrecken?" Sie schrie diesen Satz fast.

„Also ich bitte Sie, wildes Tier. Dies ist ein sehr wohlerzogener Jaghund!" Kaum hatte Alex ausgesprochen, nutzte Berry den Ficus benjamina, um seinem Drang nachzukommen und die Blase zu entleeren.

Alex war froh, als er den Schimpftiraden entkommen war und nach Bisingen abbog. Fast schon automatisch ging sein Blick hoch zur Burg, wo natürlich die Fahne zu sehen war. Er beschloss, diese Angelegenheit bald zu regeln. Zu beenden? Vielleicht, doch bestimmt fehlte ihm der Mut dazu. Er verdankte ihr viel. Sehr viel, vielleicht sogar sein Leben. Er durfte nicht undankbar sein. SIE hatte ihm nie mehr versprochen. Hatte er mehr erhofft? Bestimmt, sein Herz ganz sicher. Das könnte auch daran liegen, dass Alex in vielen Dingen zu egoistisch war. Teilen konnte er kaum und er war auch kein Gesellschaftsmensch. Alles in allem hatte sein Charakter viel zu viele schlechte Eigenschaften. Je mehr er über sich nachdachte, umso stärker kam das dunkle Gefühl, das ihn nun schon so lange lähmte, zurück. Deswegen hatte er auch kaum Freunde und nun wollte er noch eine vergraulen, nur weil er SIE nicht besitzen konnte.

Was er doch für ein arroganter Typ war. Doch etwas würde ihn auf andere Gedanken bringen. Ein Anruf bei Wolfi, um ihm die aktuelle Speisekarte von Alexandra zu übermitteln. Alex wählte die Nummer und aktivierte die Freisprechanlage.

Es läutete an seiner Tür in seinem neuen Haus. Der eigentlich angenehme Gong des Big Ben in London empfand Alex in den letzten Tagen zunehmend als störend. Bestimmt gab es eine Möglichkeit, dieses zu ändern. Doch für welchen anderen Ton ließe er sich begeistern. Er wusste es nicht, vielleicht für was Klassisches, das wie eine Glocke tönte. Natürlich war er die Ursache des Läutens, genauer gesagt sein Freund Wolfgang Eierle, den er einbestellt hatte. Alex dachte kurz darüber nach, und der Begriff >einbestellt< gefiel ihm immer besser. Natürlich gehörte der >noch immer Single< Wolfi jetzt nicht zu den Menschen, die sich so einfach rumkommandieren ließen, doch mit List und Tücke gelang einem dies. Eine dieser Methoden hieß Alexandra. Wolfi stand total auf sie, aber irgendwie beruhte dies nicht auf Gegenseitigkeit. Und Alex wusste, dass er eine Einladung von ihr, natürlich von ihm ausgesprochen, nicht ablehnen würde. Höchstens er wäre außer Landes. Aber dem war nicht so und offenbar stand er nun schon vor seiner Tür.

„Papa?" In der Einfahrt vor der Garage parkte eine goldene A-Klasse.

„Aha, mein Sohn, du bist zu Hause! Also wieder nichts mit der Arbeit? Du weißt schon, deine Mutter macht sich arge Sorgen!" Der Vater von Alex, ein großer Mann mit über 1,80 und breiten Schultern, dünnem, schwarzem Haar, das er gekünstelt um seinen Schädel wickelte, schaute ihn vorwurfsvoll an.

„Wegen dem bist du extra hier herausgefahren?" Alex war genervt.

„Hier bitte!" Edmund Kanst streckte seinem Sohn eine Kunststoffschüssel mit rotem Deckel hin.

„Was ist das?"

„Na es ist doch Mittwoch, nicht wahr? Also und da gibt es immer Kartoffelsalat. Deine Mutter dachte, du solltest mal wieder etwas Richtiges essen. Hast du Besuch?" Sein Vater zeigte auf den Traktor. Plötzlich wurde es Alex wieder bewusst, wie akribisch sich der Kochplan seiner Mutter an die Wochentage anlehnte. Man wusste immer, was es zu essen gab, wenn man nur den Wochentag wusste. Und tatsächlich machte sie immer den Kartoffelsalat am Mittwoch. Mit der Ausnahme für den Heiligen Abend. Da gab es immer Kartoffelsalat, egal welcher Wochentag war. Aber es gab kaum jemanden, der den Kartoffelsalat besser herstellen konnte wie seine Mutter. Also freute er sich. Nun begrüßte auch Berry seinen Opa.

„Ja was, einen Hund hast du auch noch. Das will gut überlegt sein! Gerade in deinem Beruf, wenn du dann wieder in der Praxis bist, wer sollte dann auf diesen Kleinen aufpassen?"

„Das klappt schon, der gehört mir!", sagte Alex stolz und klopfte auf das große Hinterrad des Schleppers.

„Au je! Da musst du aber gut kalkulieren. Gerade gestern habe ich einen Bericht über den Maschineneinsatz gelesen. Sehr viele kalkulieren da falsch und schlittern eins, zwei, drei in den Ruin!"

Alex ersparte sich lange und sinnlose Erklärungen. Sein Vater hörte doch nicht zu. Letztendlich war er froh, dass er schnell zurückmusste, um die Mutter von Alex beim Friseur abzuholen. Kaum hatte er die Tür geschlossen, ertönte der Gong von Big Ben erneut. Aufgebracht öffnete Alex die Tür, in der Annahme, sein Vater hätte etwas vergessen.

„Was denn noch?", sagte Alex lauter als er es wollte.

„Ja sag mal, begrüßt man so einen Freund?", sagte Wolfi.

„Nein, Entschuldigung! Ich dachte, es wäre jemand anderes." Alex musterte seinen Freund. Wolfi alias Wolfgang trug einen

Kaschmirpullover in Marineblau. Dazu beige Stoffhosen und hell-braune schlanke Lederhalbschuhe. Er war alles andere als für die von Alex geplante Aktion gekleidet.

„Komm, ich nehme dich mit!" Wolfi strahlte mit seinen ge-weißten Zähnen und zeigte auf einen tiefergelegten Porsche.

„Du bist früh dran! Wir haben noch ein wenig Zeit und ich möchte dir etwas zeigen!" Alex versuchte unbekümmert zu sein. Und Wolfi runzelte die Stirn.

„Jetzt komm schon, jetzt rechts abbiegen!" Doch der Porsche war schon vorbeigefahren und Wolfi stand voll auf den Bremsen. Alex wurde in den Gurt gepresst.

„Wie jetzt rechts? Da geht doch keine Straße ab!" Wolfi rea-gierte hektisch.

„Nein, aber ein Weg! Ein Erdweg, und deshalb habe ich gesagt, wir sollten den Traktor nehmen!", konterte Alex.

„Pah, ich bin doch kein Bauer! Und dieses großartige Teil hier hat Allrad! Im Übrigen keimt in mir der Verdacht auf, dass die Einladung nur ein Vorwand war, um mich hierher zu locken!" Wolfi legte den Rückwärtsgang ein.

„Ganz bestimmt nicht, nur dachte ich, wenn wir kurz Zeit ha-ben, nur eine Viertelstunde, da möchte ich dir etwas zeigen!"

„Hier? Im Dschungel?" Der Porsche schlitterte die matschige Wiese hinunter, als würden sie auf Schmierseife fahren. Das Tau-wetter der vergangenen Tage hatte den Schnee fast weggeschmol-zen. Der Motor heulte immer mehr auf und die Räder drehten trotz Allradantrieb bereits durch. Und dann steckten sie fest.

„Und?", fragte Alex provokant.

„Und? Was und, wir stecken fest!", murrte Wolfi.

„Ich dachte, der hätte Allrad?" Alex schmunzelte in sich hinein.

„Ich dachte, der hätte Allrad, bla bla bla!", äffte ihn Wolfi nach und stieg aus, um sich einen Überblick über die Lage zu verschaffen. Kaum hatte er beide Füße auf die matschige Wiese gestellt, zog es ihm diese weg und er fiel rücklings auf den Boden, rutschte dabei aber noch ein paar Meter am Porsche entlang. Nur mit Mühe zog sich Wolfi an einem seiner Außenspiegel hoch.

„Verdammte Scheiße! Schau dir das an! Mein Pullover, mein Auto, und was um Gottes Willen stinkt hier so?" Nun roch es Alex auch! Es stank! Bestialisch - nach Gülle. Und tatsächlich - unter dem Schnee lag noch eine ausgebrachte Schicht Gülle, die nicht so recht in das Erdreich einsickern konnte, da dieses noch gefroren war.

„Verdammt, Alex! Diesen Gestank bekomme ich nicht mehr weg. Das ist alles ruiniert!" Wolfi fluchte weiter, doch Alex bekam kein schlechtes Gewissen, er wollte den Traktor nehmen. Und den würden sie auch brauchen, wenn der Porsche je wieder festen Grund unter den Reifen bekommen wollte.

„Komm, beruhige dich! Jetzt sind wir schon dreckig und können uns die Sache kurz anschauen!" Nun war auch Berry aus dem Auto gehüpft. Dieser war aber ganz vorsichtig, um nicht mit der Jauche in Berührung zu kommen.

„Beruhigen? Sache! Du tust es schon wieder! Schon wieder ziehst du mich da irgendwo mit rein! Das stinkt gen Himmel!", schrie Wolfi schrill umher. Alex verkniff sich seinen Kommentar, denn das Einzige, was gen Himmel stank, war nun einmal Wolfi.

Der Erdboden in Göckeleswald war aufgeweicht und der schwarze Humus hatte die Schuhe von Wolfi endgültig ruiniert. Alex überlegte, was diese wohl gekostet hatten, aber er wollte sich ja keine Gummistiefel ausleihen. Es dämmerte schon und die feuchtwarme Luft verband sich mit dem teilweise kalten Erdboden und tauchte alles in einen weißen nebligen Schleier. Aber für Alex war dies egal! Hier würde er blind jedes auch noch so kleine Steinchen finden. Hier in diesem Wald war er aufgewachsen. Hier hatten sie gespielt und fast alle Freizeit verbracht. Deshalb würde er auch den umgestürzten Baum wiederfinden. Etwas graben und vielleicht fänden sie ja noch mehr Spuren oder Knochen. Natürlich jagte der Cocker vornweg. Alex war noch gut bei der Sache, jedoch Wolfi, auch in Anbetracht der Schuhe, war weit abgeschlagen.

„Weißt du, was ich denke? Ich denke, das hier hat mit dem Knochen zu tun, den du mir gebracht hast! Und wenn du glaubst, ich suche hier nach Leichen, da hast du dich aber geschnitten, mein Guter! Alex? He Alex, wo bist du?" Wolfi stand in einem kleinen sanften Tal, das sich nun verzweigte. Der Nebel und die einsetzende Dunkelheit waren nun fast miteinander verschmolzen.

„He, Alex, das ist nicht komisch!" Wolfi lauschte, doch er hörte nichts.

Wolfi beschloss, geradeaus zu gehen. Immer tiefer in die Klinge hinein. Mit jedem Schritt wurden die Böschungen steiler. Irgendwo hörte er gluckerndes Wasser. Einen Bach?! Die Äste wurden immer mehr zu schemenhaften Gestalten oder Riesen mit langen Händen und Armen. Der Magen von Wolfi verkrampfte sich. Warum fiel er immer wieder auf Alex herein. Schon jetzt steckte er tiefer drin als er wollte.

„Igitt!", rief er plötzlich, als das kalte klare Wasser in seinen Schuh floss. Die Klinge war nun so eng und mit dicken alten umgestürzten Baumstämmen versperrt, dass ein Weiterkommen unmöglich war. Oben an der Kannte der Böschung sah er etwas Helles. Wolfi beschloss, einfach die steile Böschung hochzuklettern. Zuerst gelang ihm dies schon recht gut, doch dann wurde es immer rutschiger. Wolfi versuchte Halt zu finden, doch es gelang ihm nicht. Er fiel flach auf den Bauch und rutschte dann wie auf einer Kinderrutsche die Böschung wieder hinunter. Und dies mit unglaublicher Geschwindigkeit. Am Ende der Böschung krachte er durch die trockenen Äste einer umgestürzten Esche. Der Aufschlag war hart. Doch er hatte sich zum Glück nichts gebrochen. Ein ihm bekannter Geruch drang nun in seine Nase. Ein Geruch nach Verwesung. Wolfi zog sein Handy, um die Situation auszuleuchten. Als Wolfgang Eierle die Taschenlampenfunktion aktivierte, schaute er in die hohlen Augenöffnungen eines halbverwesten Schädels. Eindeutig zu erkennen war ein kleines kreisrundes Loch in der Mitte der Stirn.

„Aaaaaaaleeeeeeex!", tönten die Schreie durch den dunklen Göckeleswald.

Berry war als Erstes beim schreienden Wolfgang eingetroffen und war aufgrund der für ihn genialen Gerüche komplett begeistert. Wie ein Besessener versuchte Wolfgang, einen Kontakt für sein Handy herzustellen. Doch ein Funknetzt gab es in Göckeleswald nicht. Nach langem Hin und Her konnte Alex ihn überzeugen, dass beim Toten niemand bleiben musste und er den Fundort auf alle Fälle wiederfinden würde, auch in der Nacht. Und da der Porsche bis auf die Achse eingesunken war, mussten sie bis zum kleinen Sträßchen, welches das Killertal und Onstmettingen verband, zu Fuß gehen, was den Schuhen von Wolfi den Rest gab.

Erst am Sträßchen gab es wieder ein Netz. Alex informierte die Polizei und Wolfi seine Assistentin. Und diese war schneller am Tatort (oder zumindest in der Nähe!) als irgendwelche Polizisten, was Alex doch sehr verwunderte.

Fredericke Puda war klein, um die 1,60, hatte lange lockige rote Haare und ein strahlendes fröhliches Lächeln. Sie hatte das Dienstfahrzeug mit allem beladen, was das forensische Institut zu bieten hatte. Mittlerweile waren auch zwei Polizisten aus Hechingen eingetroffen, da in der Nacht der Posten in Burladingen natürlich nicht besetzt war. Man schlug die Warnung von Alex aus und nach einer Viertelstunde war auch das Einsatzfahrzeug der Polizei in einer Mischung aus Lehm und Jauche eingesunken. Danach begann das große Kino: Die örtliche Feuerwehr wurde angerufen (oder alarmiert), ebenso das THW aus Hechingen und Albstadt. Zwei Stunden später war zumindest der Bereich um die eingesunkenen Fahrzeuge hell ausgeleuchtet, das Sträßchen gesperrt und Alex und Wolfgang mit Tee versorgt.

Nun war auch das Outfit von Wolfgang einigermaßen der Umgebung angepasst. Fredericke hatte ihn mit Stiefel, Overall, Schal und Mütze versorgt. Es war nun schon nach zwanzig Uhr und die Temperaturen schon weit unter null. Alex stand nun an einer Buche angelehnt und beobachtete das Vorgehen seines Freundes. Es schien so, als tauche er völlig in seine Arbeit ein und vergaß dabei seine Umwelt. Er war halt doch ein Profi. Fredericke schien jede Anordnung seines Chefs bereits im Voraus zu erahnen, denn sie hatte immer gleich das Passende zur Hand. Das Gute daran war, dass Wolfi aufgehört hatte, Alex mit Schimpftiraden zu überziehen.

„Was ist das für eine Scheiße hier!" Die Schrille Stimme hallte von allen Seiten, als wollte sie den Toten wiedererwecken. Alex schüttelte resigniert den Kopf. Jasmin Jemain an einem Tag zweimal zu treffen, das war wirklich zu viel.

Und dann sah er sie schon den Hang herunterstöckeln. Natürlich hatte sie hohe Absätze an. Alex schüttelte den Kopf. Manche lernen ja nie. Lilly ging neben ihr und gab Jasmin immer wieder Halt, wenn sie diesen verlor.

„Wo sind wir hier? Etwa in Sibirien!", fluchte sie. Dann sah sie Alex, der an der Buche lehnte.

„Oh nein! Oh nein! Sie haben hier nichts verloren! Das ist keine Ihrer Ermittlungen oder eine, in die Sie sich wieder plump einmischen können." Jasmin Jemain stand nun dicht vor Alex und schrie ihn an.

„Aber ich muss vernommen werden!" Alex konnte ein Grinsen nur unterdrücken.

„Wieso?"

„Ja, weil ich und Herr Eierle die Leiche gefunden haben!" Alex klang stolz. Mit hochrotem Kopf drehte Jasmin sich zu Wolfi um.

„So, rein zufällig ist der Leiter der Pathologie und ein bekannter Schnüffler mitten in der Nacht am Arsch der Welt auf eine Leiche gestoßen! Ja? War es so?"

„So in der Art, ja!" bestätigte Alex. Lilly grinste.

„Das, Kanst, können Sie Ihrer Großmutter erzählen! Also was hatten Sie hier verloren?"

„Ich habe mit meinem Freund einen Spaziergang durch meinen Wald gemacht!"

„Ihren Wald?" Alex zeigte auf ein Schild an der Buche über seinem Kopf. Dort stand mit grünen Buchstaben > Forstverwaltung Kanst, 2321, Göckeleswald <.

„So, dann sind Sie ja ein Verdächtiger, Herr Doktor. Eine Leiche in Ihrem Wald!"

„Das stimmt nicht! Mir gehört 2321! Die Leiche liegt in 2341!" Alex fühlte sich siegessicher. Die Auswirkungen des Realteilungsgebietes konnte zu extrem kleinen Grundstücken führen.

„Was haben wir?", sagte Jasmin zu Wolfgang.

„Männlich, circa Mitte Fünfzig. Todeszeitpunk schwierig. Es war kalt und das hat die Verwesung eingeschränkt. Einige Fraßspuren, vor allem an den Beinen, welche schon fast bis auf die Knochen abgenagt sind. Der Kopf blieb irgendwie in den Ästen hängen und war schwerer zu erreichen. Eindeutig Mord. Einschuss von vorne in die Stirn. Mehr, wenn ich die Teile auf dem Tisch habe!"

„Hmm, gut! Baur, kontaktieren Sie den zuständigen Förster hier. Ich möchte mehr Informationen über Jagd und Jäger." Lilly nickte und Alex räusperte sich.

Kartoffelsalat zum Frühstück! Das war alles, was es gab. Eigentlich hatte er sich ja schon auf das Essen bei Alexandra gefreut, doch nun war auch etwas Licht in den Knochenfund gekommen. Oder noch mehr Dunkelheit und Fragen. Erst gegen vier Uhr wurde die Leiche mit einer Winde des THW geborgen. Den Porsche hatte Alex dann doch noch mit seinem Traktor aus dem Schlamm gezogen. Leider nicht ganz ohne Kratzer (Am Porsche!). Wolfi war müde und dreckig und auch stinkend und sehr sauer mit dem Dienstwagen nach Tübingen gefahren. Genau genommen war Fredericke gefahren. Nun stand der Porsche mit einer Kette angehängt am Traktor vor dem Haus von Alex. Natürlich hatte es Jasmin Jemain nicht gefallen, dass er nun einmal der zuständige Förster in Göckeleswald war. Eigentlich ja nur zum Spaß hatte er seine eigene Forstverwaltung gegründet. Da sich die Forstbranche wieder einmal im Umbruch befand, hatten sich die meisten Grundbesitzer Alex angeschlossen. So war er nun unfreiwillig und vor allem gegen die ausdrückliche Meinung von Jasmin Jemain Teil der Ermittlungen. Er hatte bereits eine E-Mail an Frau Balk, der zuständigen Staatsanwältin geschickt, dass er natürlich mit seinem Wissen und Können die Sache unterstützen würde (Gegen eine geringe Aufwandsentschädigung! Er war halt nun einmal Schwabe!) und vor allem kannte er sich ja noch immer in der Jagd- und Forstszene bestens aus. Zwar hat er ja bestimmt schon zwanzig Jahre nicht mehr in seinem ursprünglichen Beruf gearbeitet, doch waren die Kontakte ja nie ganz weggebrochen. Und es war schon ein spezielles Milieu, ja, man konnte schon von einer Szene sprechen. In manchen Waldgebieten gab es mehr Hochsitze als ehemals Wachtürme an der innerdeutschen Grenze. Nicht so in Göckeleswald, der aufgrund seiner Unzugänglichkeit kaum bejagt wurde. Und hier ein Jagdunfall, oder war es Mord?

Alex schmatzte und leerte die Kunststoffschüssel. Er schloss die Augen! Sein Leben war schon sehr bizarr. Jetzt saß er ganz allein (Berry war im Garten!) um halb sechs mit einer Tasse Kaffee und einem Kartoffelsalat auf dem Sofa und starrte die Wand an. Zum Glück hatte er den Kartoffelsalat bekommen, sonst hätte es nichts zu essen gegeben. Wäre er einer seiner Patienten, dann würde er diesem attestieren, dass er nicht allein leben konnte. Aber er, Alex Kanst, er konnte dies doch schon immer. Und nun? Nun nicht mehr? Gerade hatte er das dringende Bedürfnis, jemanden anzurufen. Einen Freund! Jemand, der ihm zuhören würde. Tina! Sie konnte er immer anrufen. Zu jeder Tages-, aber auch Nacht-zeit! Und jetzt?

Jetzt gab es da niemanden mehr! Er war allein! Allein, so wie er es immer sein wollte. Alex stand auf und lief rastlos umher. Sechs Uhr! Wann stand Alexandra auf, um für ihre Gäste das Früh-stück zu richten? Er wusste es nicht genau, aber spätestens um halb sieben würde er anrufen. Nur kurz! Nur, um eine nette Stimme zu hören.

Als der Tag anbrach, schlüpfte die skelettartige Gestalt durch die enge Fichtenschonung. Er hatte die ganze Zeit alles beobachtet. Menschen! In seinem Wald! Wären sie noch weiter vorgedrungen, so hätte er geschossen! Und er war gut im Schießen. Auch den großen Mann mit dem braunen Hund hatte er im Visier gehabt. Besonders den Hund! Er hasste Hunde! Das nächste Mal würde der Mann ohne Hund den Wald wieder verlassen. Seine Laune hatte sich nicht verbessert. Jetzt hatte sie den Kadaver gefunden! Zu früh, noch ein paar Tage im Frühling, dann wäre er verschwunden gewesen und Teil des Waldes und der Natur geworden. Doch es musste ja dieser große Mann mit dem scheiß Hund auftauchen. Und herumschnüffeln. Er würde von jetzt an wachsamer sein. Noch wachsamer! Als er um die Ecke seiner Hütte bog, starrte er auf die Worte. Jemand hatte „Mörder" auf seine Tür geschrieben. Aber es war nur Farbe. Seine Zunge kannte den Geschmack von Blut. Und er wusste, wer dies gewesen sein konnte. Zeit, um auch eine Schrift anzubringen. Aber eine mit Blut und nicht billiger Farbe.

Er hatte nicht angerufen. Zu feige oder zu schüchtern. Mutlos und antriebslos. Das war die Beschreibung seines geistigen Zustandes. Die Worte seines Freundes Wolfi kamen ihm wieder in Erinnerung und brannten wie Feuer in seinem Kopf. >So schlimm? Dann solltest du einen Kollegen konsultieren<, hatte dieser gesagt. Sollte er? Er, der erhaben über alle psychischen und seelischen Störungen stand. Nein! Nein war die Antwort darauf, denn er würde mit der Sache fertig werden. Nur was genau war die Sache? Sein verkorkstes Leben? Noch vor einem halben Jahr hätte er gedacht, sein Leben wäre gefestigt. Doch was hatte er? Sex mit allen möglichen Frauen, auch mit seiner Assistentin. Reisen, Geld und

Luxus. Eine Beziehung mit einer Frau, die mehr als im Dunkel bleiben sollte. Lebensfreude! Lebensfreude? War es das, was er wollte? Nein eigentlich hätte er gerne ein anderes Leben gehabt. Eines, das in dem alten Haus hätte stattfinden sollen. Vielleicht war das andere Leben, das er führte, eine Trotzreaktion auf alles und jeden aus der früheren Zeit. So könnte es sein, so musste es sein! Doch jetzt war alles verändert. Es würde Zeit werden, dass er sich wieder auf die Dinge des Lebens konzentrierte. Doch das war das Problem! Alex Kanst wusste nicht, welches Leben nun wirklich das seine war oder sein sollte. Und die aktuellen Entwicklungen begannen ihn zurückzuziehen. Zurück in das Leben vor der Katastrophe. Das mulmige Gefühl und Angst keimten tief in ihm. Der Gong von Big Ben riss ihn aus dem Trübsal.

„Ist es nicht schön? Der kalte Stahl des Laufes, fest in den Händen und das Ziel vor Augen. Zu spüren, wie die Gier und das Verlangen nach Töten in einem aufsteigen. Zu sehen, wie die Beute gehetzt um ihr Leben rennt. Ausweglos! Die Angst und das Adrenalin riechend den Finger um den Abzug zu legen, um dann gezielt das Leben auszulöschen und den Saft der Freude dabei zu vergießen."

„Du kommst spät!", sagte Alex nervös.

„Spät, aber ich komme! Du weißt ja, wir hatten da eine Leiche!" Lilly grinste und streichelte Berry, der sie mit überschwänglicher Freude begrüßte. Offensichtlich war er vollauf mit seiner Babysitterin zufrieden.

„Neuigkeiten?", fragte Alex.

„*Nö, deeen Freund ermittelt noch!*", sagte Lilly in ihrem schönen Dialekt.

„Gut, also das Hundefutter steht im Kühlschrank. Nach zehn muss er noch einmal raus und ich habe das Gästezimmer im Parterre für dich hergerichtet." Alex stellte sich vor den großen Spiegel und drehte sich.

„Nervös?" Lilly hatte sich auf das Sofa plumpsen lassen und spielte mit ihrem Handy.

„Ich, ja nein!", sagte Alex etwas zu zögernd.

„Ja also, wenn ich dich so sehe, da könnte man meinen, du wärst ein Schuljunge, so mit 16 bei seinem ersten Date. Natürlich könnte es auch das zweite oder dritte sein, wenn die Frau besonders aufregend ist oder ihn bis jetzt noch nie oder kaum berücksichtigt hatte und ihm auch sonst keine Chance eingeräumt hatte, sie näher kennenzulernen. Und das willst du doch, die Frau, die du triffst, näher kennenzulernen. Jetzt denke ich, es ist nicht Miss Universum, die kennt dich ja irgendwie, und doch irgendwie auch nicht. Mich würde ja schon interessieren, wer sie ist und warum ihr zwei nicht dauernd zusammen seid, du weißt, so was wie ein Paar. Ich denke, sie mag dich, wobei „mag" das falsche Wort sein könnte und eher …"

„Lilly! Danke! Du kommst klar?" Alex schwitzte und dabei hatte es stark abgekühlt.

Lilly nahm Berry in den Arm.

„WIR kommen klar! Sind doch ein Team!"

Es war nicht schwer, die Villa zu finden. Thronte diese doch schwer über der größten Gemeinde des Killertales. Pinke Wände und schneeweiße Fensterrahmen. Alles war umzäunt von einem schneeweißen Zaun. Alex rümpfte die Nase.

„Kitschig!", murmelte er und stellte am Porsche den Motor ab. Sicher hätte Wolfi nichts dagegen gehabt, aber gefragt hatte Alex nun auch nicht. Und da er ja gerade kein Auto hatte und sich auch nicht auf eines festlegen konnte, war die Gelegenheit gerade geschickt. Alex betätigte die Klingel am Tor. Sofort entriegelte dies und gab die Zufahrt zum Haupthaus frei. Hier also lebte oder besser residierte die Schwester von Verena. Sonderbar fand er es, dass er noch nie von ihr gehört hatte. Doch dies lag vermutlich daran, dass er ja eigentlich und für lange Zeit dem Killertal nach der Katastrophe den Rücken gekehrt hatte. Egal, es war einfach schön hier. Vielleicht hatte er es vermisst. Doch die Landschaft in Onstmettingen war nicht anders. Fast! Und doch war dieses Tal ein Teil von ihm. Einen, den er zu lange verdrängt hatte. Vielleicht fand er ihn wieder! Vielleicht hier! Wie alt war Verena? Zu jung für ihn?

Die Tür stand einen Spalt offen und Alex trat vorsichtig ein.

„Hallo!" Seine Augen wurden fast geblendet von all dem Gold und Kitsch, mit welchem das Haus eingerichtet war. Gold und Pink! Dazu kamen Trophäen. Trophäen von allen Tieren dieses, aber auch vieler andere Kontinente. Plötzlich vibrierte sein Smartphone. Wolfi rief an und Alex unterdrückte dessen Anruf und sein schlechtes Gewissen. Er hörte Schritte im oberen Geschoss, die sich nun langsam über die Treppe aus weißem Marmor nach unten bewegten.

„Hallo!", sagte Alex, um Verena nicht zu erschrecken. „Die Tür stand offen und da bin ich einfach herein!"

Zuerst sah Alex nur ein paar kniehohe schwarze Stiefel. Dann die enge Reithose, in der die Stiefel steckten und dann Verena. Sie trug ein enges schwarzes Top. Ihre Haare waren dunkler und zu einem Pferdeschwanz nach hinten gebunden. Sie trug ein dezentes Make-Up und hatte eine eiserne Miene. Das Lachen und die Freundlichkeit schienen verschwunden zu sein. Ihr Blick richtete sich kühl und fragend an Alex.

„Kennen wir uns?", sagte die Frau, die nun mit jener, die Alex in Tübingen gesehen hatte, mehr Ähnlichkeit hatte als mit jener, mit der er verabredet war.

Alex begann wieder zu schwitzen. Vielleicht war er einfach zu warm angezogen. Aber er hielt sich an die Regel seines Großvaters und zog in allen Monaten, die den Buchstaben R enthielten, eine lange Unterhose drunter.

„Ja, sicher, wir sind doch verabredet!", stammelte Alex.

„So, sind wir das?" Es war die Stimme von Verena und doch war sie es nicht. Kühl, berechnend, dominant. Alex erkannte Stärke und Überheblichkeit in der Stimme. Ganz anders als Verena sonst war. Lieb, nett und etwas schüchtern. Verena kam auf Alex zu und dieser Gang hatte schon etwas Furchteinflößendes. Aber natürlich könnte dies auch an seiner schlechten Verfassung liegen. Und dabei hatte er sich eigentlich gut gefühlt. Wieder vibrierte sein Handy, und er drückte Wolfi erneut nervös weg.

„Vera von Göckingen!" Sie streckte Alex ihre Hand entgegen, der nun endgültig sprachlos war. Vera? Die Schwester? Zwillinge? Die Gedanken im Kopf von Alex überschlugen sich.

„A, ähm Dr. Alex Kanst!" Er erwiderte den Gruß.

„So, ein Dr., wie schön! In was?"

„Psychologie!", sagte Alex doch etwas stolz. Hatte er doch überlegt, sich noch einen zweiten Titel zuzulegen in der Forstwirtschaft. Doch eigentlich würde das keinen Nutzen nach sich ziehen, höchstens sein Ego stärken. Nachdem er >Psychologie< gesagt hatte, meinte er kurz, einen Schatten und ein Zucken in den Augen von Frau von Göckingen zu sehen. Für den Bruchteil einer Sekunde war ihre Selbstsicherheit verschwunden.

„Ja und Sie sind mit Verena verabredet?" Ein überhebliches Lächeln verzerrte ihr Gesicht. So als ob sie nicht glauben konnte, dass ihre Schwester eine Verabredung hatte. Oder aber Alex war in ihren Augen nicht würdig genug.

„Ja genau, ist sie da?"

„Oh mein Gott!", schrie Vera von Göckingen, drehte Alex den Rücken zu und ging zu einem kleinen Servierwagen und schenkte sich einen Whiskey ein. „Auch einen?", doch Alex schüttelte den Kopf.

„Sie ist ja so ein dummes Huhn. Und um auf ihre Frage zu antworten, nein, sie ist nicht hier. Irgendwo in Tübingen oder Stuttgart. Wissen Sie, meine Schwester ist etwas unstetig und mit den Männern, naja, was sage ich Ihnen da nur!"

In Alex keimte ein komisches Gefühl auf. Ein Gefühl der Hilflosigkeit und Einsamkeit. Er war versetzt worden! Er! So etwas gab es ja noch nie! Gut, Verena war gerne 15 Jahre jünger, vielleicht waren es auch nur elf oder zwölf. Egal! Aber er war doch noch attraktiv? Oder hatte dies auch in der letzten Zeit gelitten. Einen kleinen Bauch konnte er ja schon erkennen, aber deswegen einen gleich zu versetzen? Und da war noch etwas: Er hatte sich mehr versprochen. Einen Grund, das Leben auf ein Fundament zu stellen. Und irgendwie das Lachen, die Fröhlichkeit, die leuchtenden Augen, all das hatte seiner Seele gutgetan. Doch er würde jetzt heimfahren und diesen Abend einfach vergessen.

„Haben Sie die geschossen?", fragte Alex, um die Konversation in eine andere Richtung zu lenken.

„Ja sicher! Eine Leidenschaft von mir!"

„So, ja, ich habe auch mal gejagt!"

„Ach wirklich?" Die Augen von Frau von Göckingen waren nun plötzlich gierig und fordernd. Alex nickte.

„Wissen Sie was! Da Sie sicher Hunger haben, begleiten Sie mich doch. Wir haben ein gutes Restaurant in Jungingen und da können wir sogar zu Fuß hingehen. Kommen Sie!" Bevor Alex etwas sagen konnte, hatte Frau von Göckingen einen Pelz übergezogen und sich bei Alex untergehakt.

Aber irgendwie war ihm seltsam zumute. Der Abend hätte anders verlaufen sollen.

Alex saß gemütlich angelehnt an den großen grünen Kachel-
ofen in der Junginger Post. Früher war er öfters hier. Und in der
Zwischenzeit hatten die Pächter gewechselt. Aber den kulinari-
schen Genüssen hatte dies keinen Abbruch getan. Die Post war in
einem für das Killertal traditionellem Fachwerkhaus beheimatet
und war gerade in der kalten Zeit ein Ort der Entspannung. Zum
Reden war er kaum gekommen, gerade hatte er noch erwähnt, dass
er einmal Forstwirtschaft studiert hatte. Den Rest hatte Frau von
Göckingen mit einem Monolog und grausigen und sicher auch er-
fundenen Geschichten zur Jagd gefüllt. Doch heute hatte dies Alex
fast nichts ausgemacht. Er führte dies auf seinen schlechten seelischen Zustand zurück, wo ihm jeder Kontakt recht war.

Alex hatte sich ein Bild von Frau von Göckingen, der älteren
von den beiden Zwillingen gemacht. Sie war eine überaus dominante und extrovertierte Frau. Alles und jedes wollte sie bestim-
men und, so glaubte Alex, auch kontrollieren. Heute hatte sie sogar
für ihn bestellt und gar nicht auf eine Reaktion gewartet. Gleichzeitig stellte sie alles, was ihre Schwester so tat, infrage und redete
es schlecht. Verena sei absolut unselbstständig und wenn sie nicht
dauernd die Dinge des Lebens für sie richten würde, wäre Verena
nicht überlebensfähig.

Einzig Wolfi hatte für etwas Abwechslung gesorgt: Er hatte nun
achtmal angerufen und zwei Nachrichten über WhatsApp ver-
schickt, in denen er Alex dringend um Rückruf bat. Doch Alex
hatte beschlossen, dies erst morgen zu tun. So stand doch der Porsche von Wolfi in der Einfahrt zur Villa derer von Göckingen.
Auch hatte er sich nun doch schon drei Biere und einen sehr guten
Wein einverleibt und würde den Porsche nicht mehr nach Onstmettingen fahren können.

Plötzlich ging die Tür auf und eine Gruppe Jäger kam herein.
Alex kannte zu seinem Leidwesen die meisten davon.

„Guten Abend, eure Hoheit!" der Größte von den Männern, ein sehr schlanker Mann Mitte sechzig, war an den Tisch herangetreten und hatte Frau von Göckingen begrüßt. Alex kannte ihn, er war der Vorsitzende des Kreisjagdvereins. Die Begrüßung mit >Eure Hoheit< fand Alex nun mehr als daneben. So war Frau von Göckingen gerade eine, die einen Titel im Namen führte und nicht die Queen. Aber er wusste auch, dass man in den Jagdkreisen gerne dem Adel huldigte, da dieser meist eigenen Wald und auch eigene Jagden besaß.

„Herr Rehm, Weidmanns Heil gehabt?" Vera von Göckingen fixierte den Kreisjägermeister.

„Vier Sauen und ein Überläufer. Ein großer Keiler ist hinten durch, aber morgen sitzen wir noch einmal an." In seiner Stimme war Stolz, aber auch Eifer zu hören.

„Wunderbar, da komm ich doch mit! Die große Drückjagd nächste Woche steht noch?"

„Gerne, Frau von Göckingen. Aber natürlich, Sie kommen doch!" Herr Rehm runzelte sorgenvoll die Stirn. Alex wurde bisweilen noch nicht einmal bemerkt.

„Selbstverständlich und ich möchte noch jemanden mitbringen, Sie kennen Dr. Kanst?" Herr Rehm blickte etwas verzweifelt auf Alex, der gerade noch einen Schluck Wein zu sich genommen hatte und sich jetzt aber daran verschluckt hatte.

„Sicher, grüß dich, Alex! Wie geht es? Was macht dein Wald?"

Doch Alex hustete noch immer. Die Augen liefen ihm bereits über.

„Ja, also klar, wenn er will! Wir können jedes Gewehr brauchen! Schönen Abend noch, eure Hoheit!"

Endlich bekam Alex wieder Luft.

„Wunderbar, da können Sie mal zeigen, was ein Profi draufhat. Sie geben mir doch keinen Korb? Aber natürlich nicht, Sie sind doch ein Gentleman." Frau von Göckingen gab sich selbst die Antwort. Alex schüttelte den Kopf, wollte damit die Sache abblasen, aber Vera von Göckingen sah darin die Zustimmung. Siegessicher nippte sie an ihrem Wein und bestellte noch zwei Whiskey.

Alex wischte sich den Schweiß von der Stirn. Er mochte die Jagd nicht. Und vor allem, gerade mochte er keine Waffen sehen. Doch nun schienen alle Augen auf ihn gerichtet zu sein. Er wusste, dass Jäger und Förster sich noch nie grün waren und er wurde zu den Förstern gezählt. Und dazu noch einer, der seit dem Studium nicht mehr geschossen hatte.

„Sie haben Wald? Eigenen Wald?" Vera kippte ihren Whiskey in einem Zug hinunter.

„Mein Messer ging durch die Kehle wie ein Lötkolben durch Butter. Nun spritzt das warme Blut in den blechernen Eimer. Mit jedem Schwall wird das Zucken schwächer, bis alles schlaff in meinen großen Händen hängt. Ich tunke den Pinsel ein und schreibe die Buchstaben auf die Tür, die Wand und das große Scheunentor. Dann nehme ich die Nägel und den Hammer und treibe die langen Nägel durch die Füße. Stück für Stück!"

In jungen Jahren fanden einige der Mitschüler von Alex es cool, betrunken zu sein. Es gab sogar welche, die fanden es cool, sich übergeben zu können. Das war ihr Wochenende. Dem hatte Alex nie etwas abgewinnen können. Dennoch war auch er nicht ganz ohne den einen oder anderen stark betrunkenen Zustand ausgekommen. Im Gegensatz zu den anderen konnte er diesem Zustand nichts Positives abgewinnen und schwor immer, dass es so weit nicht mehr kommen sollte. Meistens hatte er am darauffolgenden Tag Migräne und das Gefühl, sterben zu wollen.

So wie heute! Er war bereits mit Cluster-Kopfschmerzen auf einem kleinen schwarzen ledernen Sofa im Hause derer von und zu Göckingen aufgewacht. Natürlich hatte er keine Medikamente dabei und das Dröhnen des Staubsaugers, welchen eine asiatisch aussehende Putzfrau mit Kopfhörern sinnlos hin- und herschob, förderte eine Genesung auch nicht. Offensichtlich war Vera schon früh auf die Jagd gegangen. Er fühlte sich außerstande zu fahren und hatte sicherlich noch immer genügend Restalkohol im Blut. Also bestellte er ein Taxi, in dem er nun gerade vor sein Haus gefahren wurde. Zu seinem Erstaunen war nicht Ümit gekommen, sondern ein junger Student mit langem Bart und dicker Brille. Also gab es außer Ümit auch noch andere Taxifahrer.

Die Hämmer im Kopf von Alex klopften nun so stark, dass es ihm ganz schlecht geworden war. Als er aus dem Taxi stieg, sah er das Taxi von Ümit vor seiner Tür stehen. Dann konnte Ümit natürlich nicht kommen, um ihn zu fahren. Doch was wollte er hier?

Alex bezahlte und schloss seine Hochsicherheitstür auf. Berry begrüßte ihn schwanzwedelnd und mit einem fröhlichen Bellen. Es roch angenehm nach Kaffee. Das würde ihm guttun. Kaffee und eine Tablette. Als er gerade an seinem Bad im Parterre vorbeikam, ging die Tür auf und ein junger Mann mit schwarzen, zu einem Knoten hochgesteckten Haaren und nur mit einem Handtuch um die Lenden bekleidet trat heraus. Alex erschreckte sich so, dass er fast über Berry gestolpert wäre.

„Hey, grüß dich. Du bist der Paps! Ich bin Bülent" Der junge Mann grinste Alex an. Alex hing die Kinnlade nach unten. Er brachte keinen Ton heraus. Nur mit Mühe ein gekrächztes Hallo.

„Kaffee, klasse!", sagte Bülent und hüpfte auf einen der Barhocker in Alex großer Küche. Doch zuvor drückte er Lilly, die sich nur im Hemd und Schlüpfer mit zwei dampfenden Tassen zu ihm kuschelte, einen Kuss direkt auf den Mund.

Alex war fassungslos.

„Der Paps ist da", fauchte er in Richtung Lilly, welche augenblicklich einen knallroten Kopf bekam.

„Äh, ja hi! Das ist Alex und öhm Bülent kennst du ja schon!"

„Hey!" Bülent winkte Alex zu, während er auf seinem Smartphone herumdrückte.

„Ich erwarte eine Erklärung!", zischte Alex und Lilly nickte. „Später!", flüsterte sie und ließ eine Kaugummiblase platzen. Die Kopfschmerzen von Alex hatten sich verstärkt und er fühlte sich, als würde er gleich ins Koma fallen.

„Scheiße ey! Du Prinzessin, mein Alter macht Stress. Er will sein Auto zurück! Da flitz ich lieber!"

„Sie sollten sich noch was anziehen!", brummelte Alex.

„Ey krass, du, dein Alter hat´s echt drauf! Also mach mir keine Schande!" Er küsste Lilly, als wollte er seine Zunge in ihrem Hals versenken. Alex blickte angewidert weg.

„Ihr Vater ist Ümit!", sagte Alex.

„Yeah, du kennst ihn, Bruder?"

„Grüßen Sie ihn von mir, wenn Sie die Tür zumachen!" Dieser Satz bescherte ihm einen bösen Blick von Lilly.

Nachdem die Tür geschlossen und Bülent mit dem Auto von seinem Vater davongebraust war als ginge es um Leben und Tod, blickte Alex fordernd zu Lilly.

„Was?" Lilly ließ wieder eine Blase platzen.

„Nun, der Alte hier hätte gerne eine Erklärung von der Prinzessin!" Alex kippte einen Kaffee hinunter mit zwei Paracetamol und Lilly holte tief Luft.

„*Was soll ich sage* (der sächsische Dialekt kam nun voll zur Geltung), ich hatte Hunger und da war ja außer Hundefutter nichts, und ich betone rein gar nichts im Haus. Natürlich hätte ich noch Einkaufen fahren können, doch ehrlich gesagt hatte ich keine Lust und da habe ich Pizza bestellt. Pizza mit Thunfisch und extra Zwiebeln. Wobei die Zwiebeln falsch garniert waren, also nicht als Ringe roh darauf, sondern gehackt und mitgebacken. Ich mag es ja lieber, wenn diese in Ringe roh und nicht gehackt daraufgelegt werden, weil dann das Aroma …"

„Bitte, bitte nur die kurze Version! Mein Kopf!", stöhnte Alex.

„Ha, das sieht nach einem Kater aus!" Lilly lachte und Alex stöhnte.

„Und dann?"

„Nichts und dann, Lilly Frau, Bülent Mann!" Lilly nahm einen Schluck Kaffee.

„Ja aber, einfach so! Du weißt ja gar nichts über den. Wenn es nun ein Terrorist oder ein Verbrecher gewesen wäre, oder wenn er dich nur ausgenutzt hatte? Was ist, wenn er dich nur benutzt hat …!" Nun hörte sich Alex fast wie ein entsetzter Vater an, dessen Tochter den ersten Freund nach Hause brachte.

„Oh glaub mir, ich habe ihn auch benutzt!" Lilly grinste und gleichzeitig läutete es an seiner Tür. Die Gehirnmasse im Kopf von Alex begann sich zu drehen. Er legte sich auf die Couch.

„Mach schon auf!", trällerte Lilly immer nur noch mit Slip und Hemdchen bekleidet. Alex stöhnte und ahnte nicht, was auf ihn zukam.

„Baur!?" Die entsetzte Stimme der leitenden Staatsanwältin war nicht zu überhören.

„Morgen Chef! Es ist nicht so, wie es aussieht!", sagte Lilly und zog ihr Hemd etwas weiter über ihren Slip. Doch der strafende Blick von Betina Balk verriet ihre Gedanken.

„Ist Kanst da!" Lilly nickte und Frau Balk zwängte sich an ihr vorbei. Alex wünschte sich auf einen anderen Planeten. Er rappelte sich hoch, bemerkte aber noch keine Wirkung der Tabletten.

„Frau Balk, was verschafft mir die Ehre?"

„Zuerst einmal Baur, ziehen Sie sich etwas an, Sie sind ab jetzt im Dienst!" Lilly hob ihre Kleidungsstücke auf, die überall auf dem Parkett verstreut lagen. Alex bemerkte den strengen Blick der Staatsanwältin.

„Oh, also es ist nicht, was Sie denken! Was denken Sie?" Alex blinzelte, da ihm die helle Sonne während eines Migräneanfalles schlecht bekam.

„Kanst, Ihr Privatleben geht mich nichts an, auch wenn Baur ja fast 25 Jahre jünger ist als Sie!"

„Sie ist nur die Hundesitterin!", schrie Alex lauter als er es wollte.

„Ich bin nur die Hundesitterin!", rief Lilly aus dem oberen Bad.

„Ich darf doch!" Bettina Balk setzte sich auf die Couch gegen-über von Alex. Erst jetzt bemerkte er ihr Outfit. Sie trug schwarze Lederstiefel, die ihr über die Knie gingen. Einen kurzen Lederrock, darüber eine enge Lederjacke und lange lerderne Handschuhe. Ihre Haare hatte sie zu einem Zopf geflochten.

„Sie sehen aus, als hätten Sie einen Kater!", sagte Frau Balk.

„Habe ich auch gesagt, Chef!", sagte Lilly, die nun wieder angezogen war. Nur ihre Haare waren noch etwas zerknautscht.

„Migräne! Also wenn ich um eine Kurzfassung bitten dürfte!"

„Ich würde Sie gerne engagieren, sagen wir als Berater. Es sind nun doch einige Dinge geschehen, und dabei möchte ich Sie bitten, dass Sie mich begleiten!"

„Jetzt? Wohin?" Alex hämmerte mit den Fäusten an seinen Kopf.

„Zu einem Tatort!"

Lilly kicherte und erntet einen missfallenden Blick von der Staatsanwältin.

Das Geräusch des Motors hörte sich wie der Motor eines zu großen Rasenmähers an. Gleichzeitig vibrierte die gesamte Karosserie, wenn Lilly beschleunigte. Zum einen war er außerstande zu fahren und gleichzeitig besaß er ja noch immer kein Auto. Der Porsche stand immer noch in Jungingen und Frau Balk drängte auf ein >Sofort<. Seine Füße hatte er nur mit Mühe in den himmelblauen Fiat 500 bekommen. Im Inneren roch alles nach Vanille und vor seinem Gesicht baumelte ein Wunderbaum mit dieser Duftrichtung. Berry war freudig eingestiegen, wenigstens er mochte dieses kleine Gefährt, das nach Alex Ansicht alles andere als ein Auto war. Seine Migräne hatte sich wieder verschlimmert und dies war auch der Grund, dass er nicht einmal einen Preis mit Frau Balk ausgehandelt hatte.

Und dies war überhaupt nicht seine Art. Immer zuerst der Preis. Seit der Katastrophe hatte er grundsätzlich immer so gehandelt. In allen Bereichen - sei es als Dozent, als Autor oder als Psychologe und vor allem als Unterstützer, Berater oder Ähnliches für die Polizei.

Immer, nur nicht dieses Mal. Lilly kicherte.

„Was ist so lustig?"

„Wir haben einen Faalll!" Lilly trommelte freudig auf ihrem Lenkrad herum. Alex schüttelte resigniert den Kopf. Heute war er zu nichts mehr imstande. Gerade als Lilly in die Engeleswies Gasse im Heimatdorf von Alex einbog, läutete sein Smartphone. Es war schon wieder Wolfi.

Eine kleinere Menschenmenge hatte sich vor einem alten Bauernhaus versammelt. Die zwei Polizisten, die Alex schon bei seinem Besuch in Burladingen kennenlernen musste, sperrten, so gut es ihnen gelang, den Tatort ab. Frau Balk hatte ihren roten Mini einfach mitten in der engen Gasse stehen lassen und kam nun auf Lilly und Alex zu.

„Ich habe Frau Jemain ebenfalls informiert. Den Hund lassen Sie bitte im Auto. Das dort vorne ist Melanie Asch, meine Freundin und Vorsitzende der Fellknäuel Killertal e.V. Also bitte ich um diskretes Vorgehen!"

Alex und Lilly nickten, als wären sie ein Wackeldackel.

Fellknäuel Killertal e.V.! Alex hatte noch nie von so einem Verein gehört, schon gar nicht, dass der hier ansässig war. Doch man

lernte ja nie aus. Er hoffte, dass sich die Angelegenheit schnell regeln ließe und er weitere Tabletten einwerfen konnte. Sollte er dies
nicht bald tun, biss sich die Migräne fest.

„Es ist ja so schrecklich, Melanie!" Frau Balk nahm ihre heu-
lende Freundin in den Arm.

„Wo ist jetzt der Tatort?", flüsterte Alex und eine bleiche Lilly
zeigte auf das Scheunentor. Dort war ein Hund mit aufgeschnitte-
ner Kehle angenagelt. Mit dessen Blut wurde auf das Tor, die Eingangstür, ja eigentlich auf das ganze Haus >verschwindet< geschrieben. Alex und Lilly schauten sich an. Ein Hund! Er wurde
wegen des Mordes an einem Hund engagiert. Lilly, welche die Gedanken von Alex zu erraten schien, flüsterte ihm zu: „Also ich
finde es schon schlimm!"

Drei Stunden später legte Lilly endlich den Rückwärtsgang ein. Alex hatte es geschafft, Frau Balk und ihre Freundin zu beruhigen und bereits erste Spuren zu öffnen. Offensichtlich war der neue Tierfreunde Verein mit den ansässigen Jägern aneinandergeraten. Daraufhin hatte Bettina Balk Alex beiseitegenommen und ihm eröffnet, dass sie eine Verbindung zu der Leiche in Göckeleswald vermutet. Alex konnte dies nicht so einfach nachvollziehen, musste aber eingestehen, dass in der Sache im Advent Frau Balk den richtigen Riecher hatte. Sie war irgendwie eine absolute Koryphäe. Deshalb nahm er es ernst und sicherte seine Mitarbeit zu. Dieses Mal natürlich mit dem Hinweis auf seine Tagessätze. Jasmin Jemain war nicht aufgetaucht und Alex war froh, dass er nun endlich in sein Bett kam, als Lilly in den Hof eines anderen Bauernhauses einbog.

Alfred Korbmacher war im Ruhestand, eigentlich, und wenn man es genau nahm, im Unruhestand. Die Veränderungen und die Privatisierungen in den Notariaten wollte er nicht mehr mitmachen. So hatte er an seine Tochter Marianne übergeben, half aber noch immer überall aus. Dennoch hatte er genügend Zeit für sein großes Hobby, der Jagd. Vielleich lag es daran, dass sich Ehepaare mit der Zeit einfach irgendwann verlieren. Natürlich hatte er eine gute Ehe und liebte seine Frau, doch der Sex war nicht mehr der, den er gerne hatte. Oder vielleicht wollte er auch was Neues, Jüngeres, Besseres. Für sein Ego! Er war noch nicht der alte Mann. Das würde er nie sein.

Alfred Korbmacher stellte sein Auto vor der Villa ab. Diese Nacht würde wild werden. Er ging auf die Tür zu, doch da stand eine andere Frau. Anders und doch gleich.

„Hallo!", sagte er.

„Kennen wir uns!", sagte seine Bekannte, mit der er noch gestern auf Sauen angesessen war.

>Versprochen ist Versprochen< hatte Lilly geäfft und er hatte ihr Zähneknirschend den Schlüssel gegeben. Müde ging er in den Garten. Ins Haus wollte er nicht. Nicht jetzt und vielleicht nie mehr. Der Wind hatte zugelegt und Alex schaute erstaunt an der mächtigen Linde hinauf. Der Baum, den seine Großmutter gepflanzt hatte, war noch mächtiger geworden. Ein stattlicher Baum! So manche Stadt wäre froh, ein solches Exemplar an einem ihrer Plätze zu haben. Berry hingegen fühlte sich in dem großen Garten pudelwohl. Neben der kleinen Tür, die in den Ökonomieteil führte, stand noch immer der alte Autositz eines NSU-Prinzen. Hier saß immer gerne sein Großvater und trank sein Feierabendbier. Alex ließ sich in den Sitz plumpsen und bemerkte, wie bequem dieser doch war.

Es war bereits dämmrig und Alex sah eine dunkle, kleine, bucklige Gestalt auf ihn zukommen. Etwas trug diese in der Hand. Berry begrüßte diese freudig. So konnte es keine Gefahr bedeuten.

„Ja sieht ma die au mohl wieder?" Alex erkannte die Stimme seiner ehemaligen Nachbarin hinter dem tiefen Dialekt. Schwerfällig kam sie auf ihn zu.

„Hallo Berta!", sagte Alex und war erschrocken über den wenigen Dialekt, den sein Sprachschatz noch aufwies. Zu lange war er in anderen Kreisen gewesen.

„Hosch dei Linda gesa! Mei ganzer Gata isch zugwasa!" Die Worte enthielten einen starken Vorwurf. Und tatsächlich hatte die

Linde bereits den größten Teil des geliebten Gartens seiner ehemaligen Nachbarin in Besitz genommen. Es war halt ein großer Baum. Alex sagte nichts. Das schien ihm das Beste zu sein. Was sollte er auch sagen. Ändern konnte er derzeit nichts. Plötzlich drückte ihm Berta ein Flasche Bier in die Hand.

„Bei mir stot des nau rum!", sagte sie und lächelte etwas. Eigentlich wollte Alex ja kein Bier trinken, auch war es dazu zu kalt. Aber abschlagen konnte er das gut Gemeinte ja auch nicht.

„Mönsch, das ist ja klasse hier!" Lilly hatte das Fenster im Kinderzimmer geöffnet und ließ ihrem sächsischen Dialekt freien Lauf. Berta schaute misstrauisch zu Alex, dann wieder zu Lilly.

„Wa hot die jetzt gseit?", fragte sie und Alex wollte gerade einen Versuch starten, um zu antworten, als Berta nachlegte.

„Isch des dei Dochter?" Alex erblasste.

„Nein, natürlich nicht!", sagte er zu schnell.

„Nein, natürlich nicht!", schrie Lilly aus dem Fenster fast zeitgleich, die diesen Satz wohl verstanden hatte. Danach schloss sie hastig das Fenster wieder. Die Augen von Berta hatten sich verfinstert.

„Also für dei Weib isch die doch z'jung! Du bisch afanga au an alter Kerle!"

Nun wurde es Alex erst richtig schlecht.

Es war nasskalt und er hatte vielleicht doch eine zu leichte Jacke dabei. Natürlich war auch nicht geplant, um die Jahreszeit von Hausen nach Onstmettingen zu Fuß zu gehen und das noch in völliger Dunkelheit zu tun. Vielleicht war er ja auch selbst schuld. Sein „NEIN" war möglicherweise zu laut und zu barsch rübergekommen. Aber das musste Lilly einfach akzeptieren. Er konnte und wollte ihr das Haus nicht vermieten. Natürlich sollte man als erwachsener Mann irgendwann mit der Vergangenheit abgeschlossen haben. Sollte man. Doch er war noch viel zu weit davon entfernt. Lilly war wütend und enttäuscht davongebraust. Klar hatte sie angeboten, wenigstens den Hund mitzunehmen, doch der freute sich und hüpfte von Stein zu Stein im klaren Wasser des Taugenbrunnens, der gurgelnd mitten im Göckeleswald zahlreichen Quellen entsprang.

Es gab andere Häuser, andere Bauernhäuser. Warum Lilly sich ausgerechnet in dieses angeblich verliebt hatte, war Alex ein Rätsel. Alex hatte mit eingezogenem Kopf gerade das abseits gelegene Haus seiner Eltern passiert und stand nun recht erstaunt auf der großen Wildwiese, an der der Göckeleswald begann.

Jemand hatte hier mehrere Hütten errichtet. Auf einer stand OGV Hausen. Also der örtliche Obst- und Gartenbau Verein. Doch die zweite sah recht befremdlich aus. Sogar Berry machte einen Bogen und verließ den Weg, den er nun genommen hatte, da der Taugenbrunnen einen ausladenden Bogen nahm. Trotz der Kälte, Alex schätzte es bereits fünf Grad unter null, stank es nach Blut und verfaultem Fleisch. Überall hingen Teile von Tieren. Er erkannte Rehe und Hasen, Dachse und sogar einen Greifvogel. Die Hütte war aus allerlei zusammengezimmert, was man auf dem Sperrmüll so finden konnte. Weiter oben, unter einer mächtigen Fichte waren Kaninchen in billigen Kisten eingepfercht. Einige hatten kaum noch Platz, sich zu bewegen, da alles voller Exkremente war. Alex bemerkte ein Grummeln in seinem Magen. Eigentlich war ihm schon seit dem Bier recht komisch. Doch daran konnte es nicht liegen! Oder?

Mittlerweile taumelte er mehr, als dass er vorwärtskam. Sein Magen krampfte im Wechsel mit starkem Erbrechen. Alex wusste, dass wenn er ohnmächtig werden würde, es sein sicherer Tod wäre. Die Temperaturen sanken immer weiter und er hatte keinen Empfang. Natürlich nicht, so tief in Göckeleswald gab es keinen Kontakt zur Außenwelt. Gut war nur, dass der Mond aufgegangen war. Eigentlich! Gleichzeit bedeutete dies noch weiter sinkende Temperaturen. Alex kramte in seiner Jackentasche, in die er die zweite Flasche Bier gesteckt hatte, die ihm Berta mit auf den Weg gegeben hatte. Mühsam suchte er das Haltbarkeitsdatum.

05111995 stand da.

Danach übergab er sich erneut. Dabei hielt er sich an einer der mächtigen Buchen fest. Der Mond ließ sein Licht vorbei an den anderen Stämmen scheinen und zum ersten Mal kam es ihm so vor, dass dieser Wald eine Gefahr ausstrahlte. Plötzlich durchzog ein gellender Schrei die Stille und Alex rannte los. So schnell es sein Körper noch schaffte. Berry konnte kaum Schritt halten. Mehrfach trat er in die tiefen Tümpel, die der Taugenbrunnen im Laufe der letzten tausend Jahre hier geschaffen hatte. Als die Schlucht flacher wurde, bog er in einer Senke nach rechts ab. Er musste, wenn er überleben wollte, die Straße erreichen und hoffen, dass er als Anhalter mitgenommen wurde. Nur so konnte er es schaffen. Seine Lunge begann zu brennen, Alex befürchtete, dass sie zu platzen drohte. Immer wieder drehte er sich um, in dem Gefühl, verfolgt zu werden. Doch außer den Schatten der mächtigen alten Bäume war da nichts. Der immer noch recht dicke Schnee erschöpfte ihn zusätzlich. Wenn diese Straße nicht bald kam, dann würde er erschöpft zusammenbrechen. Und das wäre sein Tod. Plötzlich sah er Scheinwerfer. Nur kurz, dann waren diese wieder verschwunden. Dann tauchten diese wieder auf. Doch aus einer anderen Richtung. Er hatte es geschafft. Die Straße! Und ein Auto hatte gerade die scharfe Kurve genommen. Alex stellte sich mitten in die kaum zu erkennende Straße. Berry blieb am Rand sitzen und schaute ihn mit verblüfften Augen an.

Tatsächlich, der Wagen erfasste ihn mit dem Fernlicht und wurde langsamer.

„Gott sei Dank! Können Sie mich bitte mitnehmen!", sagte er und stützte sich an das Dach des dunklen Geländewagens.

„Dr. Kanst! Was für ein Zufall!", sagte Vera Göckinger und nahm einen tiefen Zug aus ihrer Zigarre.

Alex lag schweißgebadet auf seinem Bett. Er hatte so gut wie kein Auge zu getan. Seine Migräne hatte nun beschlossen, zu einem zweiten Anlauf zu starten. Dies bedeutete immer eine Katastrophe, gegen die noch keine Tablette gefunden war. Zum Glück hatte sein Körper sich endgültig von dem schlechten Bier getrennt. Doch er würde bis auf Weiteres nichts mehr essen können. Auch hatte er beschlossen, heute den ganzen Tag einfach im Bett zu bleiben. Daran konnte ihn keiner hindern.

Kaum hatte er den Gedanken zu Ende gedacht, läutete es und der Gong von Big Ben verursachte einen stechenden Schmerz in seinem Kopf.

Er würde es einfach ignorieren.

Doch bereits nach dem dritten Gong siegte seine verdammte Neugierde. Immer wieder seine Neugierde. Eines Tages würde diese ihm noch große Probleme bereiten. Doch als er die Kamera aktivierte, keimte ein Schuldgefühl in ihm auf. Denn vor seiner Tür stand Wolfi.

„Wolfgang!", rief Alex schon etwas gekünstelt freudig.

„Du kennst mich noch?", fragte dieser.

„Und bevor du etwas sagen kannst, oder erklären willst. Zum Beispiel, warum du nicht zu erreichen bist, oder wo mein Wagen ist, gib mir einfach die Schlüssel dazu. Dann solltest du dich anziehen und deine Geldbörse mitnehmen, denn du schuldest mir noch einen Rehbraten. Aber mal im Ernst, du siehst schlecht aus!" Wolfgang Eierle redete schon fast so viel wie Lilly.

„Komm rein!", brummte Alex nur.

„Du siehst echt schlecht aus!", bestätigte sich Wolfi noch einmal selbst und ließ sich auf das Sofa plumpsen.

„Migräne!", sagte Alex mit einer heiseren Stimme.

„Ja, und wegen gestern, also, ich …" Alex stotterte und Wolfi hob seine rechte Hand, um ihm zu signalisieren, dass er es nicht hören wollte.

„Egal, ich habe hier was für dich! Dann möchte ich meinen Porsche und einen Rehbraten!" Wolfi lächelte. „Vielleicht esse ich den ohne dich, oder hast du Appetit?" Alex schüttelte den Kopf, während Berry sich knurrend die Tüte geschnappt hatte, die Wolfi auf den Couchtisch gelegt hatte.

„Was mir gehört, gehört mir! Das lasse ich mir nicht nehmen! Und schon gar nicht von dieser blonden Schlampe. Wenn die sich noch einmal in meinen Weg stellt, dann ist sie zum Abschuss freigegeben!"

Dinge, die an manchen Tagen einfach sein konnten, konnte an anderen kompliziert oder beinahe unlöslich sein.

Alex saß an seinem Küchentresen mit hämmernden Kopfschmerzen und schaute erneut auf den Knochen, den Berry gefunden hatte. Vorsichtig nahm er einen Löffel der Gemüsebrühe, die Alexandra ihm gebracht hatte, als sie den brummelnden Wolfi abgeholt hatte. Natürlich bekam er seinen Rehbraten. Frisch geschossen aus heimischer Jagd. Dass der Porsche noch immer in Jungingen stand, und natürlich von jemandem dort hingefahren wurde, erzeugte bei Wolfi Schweißperlen.

Doch das war alles nichts gegen das eigentliche Problem:

Der Knochen gehörte nicht zur gefundenen Leiche! Die Leiche, welche Wolfi selber im Bachbett des Taugenbrunnens unter einigen abgebrochenen Bäumen stark verwest gefunden hatte, war nach DNA-Abgleich eindeutig Bankdirektor Fidel Mayer. Also war er nicht mit dem Geld untergetaucht. Jedoch hatte Fidel noch alle Knochen an den Stellen, wo diese sein sollten.

Alex nahm noch eine Paracetamol. Er musste einen freien Kopf bekommen. Seine Gedanken vermischten sich mit den Worten von Frau Balk. Vielleicht hatte dieses ja recht. Es gab Zusammenhänge. Und es gab nur eine Möglichkeit, dies alles herauszubekommen: Er musste noch einmal zurück und nachsehen, ob es noch eine weitere Leiche in Göckeleswald gab.

Als er aus dem Fenster sah, hatte das Wetter schon wieder umgeschlagen. Sturm kam auf, doch er wollte einfach nicht warten. Eigentlich wollte er ja nur die Bestätigung, dass unter dieser Wurzel nicht noch eine Leiche lag. Denn der so friedliche Ort seiner Kindheit entwickelte sich zu einem mystischen und mörderischen Ort. Als Alex die Leine vom Haken nahm, machte Berry bereits Sprünge vor Freude. Er ging gerne in den Wald und heute würde Alex seine Hilfe benötigen. Die Nase des Cocker und sein alter Klappspaten würden die Dinge schon an das Tageslicht bringen. Gut, dass er noch seinen Traktor hier hatte. Heute wäre sein Körper nicht in der Lage zu einem längeren Fußmarsch. Und er wollte den Dingen allein auf den Grund gehen. Es könnte ja noch immer sein, dass er sich irrte. Dann bliebe ja noch immer die Frage offen, woher der Knochen stammte. Doch damit wollte er sich später befassen. Als Alex und Berry vor das Haus traten, hatte der Wind bedrohlich aufgefrischt. Nun war sich Alex sicher, es würde kein Spaziergang werden.

Der Gasthof war fast leer. Wolfgang Eierle war es heiß und kalt zugleich. Verstohlen schaute er zum Tresen hinüber, hinter welchem gerade Alexandra sein drittes Bier zapfte. Warum er noch einmal eines bestellt hatte, wusste er selbst nicht. Vielleicht, weil er Alex ausnehmen wollte, doch wohl eher, um einen Grund zu haben, noch zu bleiben.

„Zum Wohl!", sagte sie und stellte den großen Steinkrug direkt vor Wolfi. Dann setzte sich Alexandra ihm direkt gegenüber. Sie war atemberaubend hübsch. Und er, Professor Doktor Wolfgang Eierle, war ein Feigling. Sonst hätte er sie doch einfach einmal gefragt. Ob sie mit ihm einmal in ein Theater wollte, oder auf eine Vernissage, oder zu einem seiner Vorträge, oder, oder, oder, …! Stattdessen hatten sie sich nur über Alex und den blöden Hund unterhalten.

„Heute kommt bestimmt keiner mehr! Da schließe ich mal ab!", sagte Alexandra und wischte eine Strähne aus ihrem Gesicht.

„Oh, dann trinke ich schnell aus und rufe mir ein Taxi!" Wolfgang Eierle stand auf.

„Nein, so habe ich das nicht gemeint!" Alexandra hatte rote Backen bekommen.

„Ja, doch, ich muss ja noch nach Hause und Sie haben ja Feierabend."

„Also, ob ein Taxi bei dem Wetter noch hier in die Einöde kommt, ist fraglich, aber Sie können gerne hierbleiben, dann richte ich ein Gästezimmer." Alexandra lächelte.

„Gerne, wenn es keine Umstände macht!" Schweiß lief Wolfgang über die Wange.

„Macht es nicht, dann bin ich nicht so allein!", sagte Alexandra und schaute dabei Wolfi nicht an. Plötzlich drehte sie sich um und strahlte:

„Aber Sie müssen noch ein Bier trinken und mir von Ihnen etwas erzählen."

„Von mir?"

Alexandra nickte.

Natürlich war es eigentlich eine blöde Idee gewesen. In Göckeleswald lag Schnee. Und darunter kam erst die Erde. Berry konnte vermutlich nichts riechen und er musste dann im besten Fall die doppelte Grabearbeit leisten.

Egal! Er wollte Gewissheit, denn sollte hier noch eine Leiche liegen, dann trieb nicht nur ein Mörder, sondern ein Serienmörder sein Unwesen in seinem Wald. Und das war alles andere als gut!

Die Äste knarrten im Wind und erzeugten schräge Töne. Ein kalter Schauer krabbelte langsam seinen Rücken hoch.

Hatte er Angst? In seinem Wald? In Göckeleswald?

„Ha!", schrie Alex durch den kahlen winterlichen Wald, um sich Mut zu machen. Immer wieder schaute er nach dem Hund, den die Arbeit von Alex nicht sonderlich zu interessieren schien. Auch keimte der Gedanke in ihm auf, dass es besser gewesen wäre, keinen einfachen Klappspaten, sondern einen richtigen zu benutzen.

Stille, Pfeifen, Krachen!

Alex blickte auf und schaute verstohlen um den Wurzelteller. Doch da war nichts!

„Berry!", schrie er, doch von dem Cockerspaniel fehlte jede Spur.

„Auch das noch! Jetzt kann ich den Hund auch noch suchen!", murmelte Alex und stapfte aus dem Loch, das der umstürzende Baum gerissen hatte. Gerade als er an der Erdkante versuchte, sich einen Stand zu verschaffen, starrte er in die Mündung einer Doppelflinte.

„*Verschwinds*!", knurrte eine tiefe Stimme. Alex blickte in ein fahles und mit Ekzemen übersätes Gesicht. Der graue Bart stand in alle Richtungen ab. Die Augenbauen waren so lang, dass es fast aussah, als wären es Fühler eines Insektes. Alex wollte etwas sagen, doch er stand nur wie gelähmt da.

„*Verschwindet dohana*!", schrie der Mann laut und richtete weiter seine Waffe auf Alex. Langsam kam das Blut zurück und versorgte das Gehirn von Alex wieder mit Leben. Er kannte den Mann. Er war einer der Waldläufer und Wilderer, die es schon bald traditionell in seinem Dorf und bestimmt auch sonst auf der Alb gab. Schon seit seiner Kindheit streifte dieser Typ in den Wäldern umher als wären diese all sein Eigentum. An seinen richtigen Namen erinnerte sich Alex nicht, nur an seinen Übernamen. Früher hatten viele Menschen einen Übernamen, den man aber niemals direkt zu den Betroffenen sagen durfte, wenn man keinen Wutanfall heraufbeschwören wollte. So gab es einen Reserveheiland, einen Daucher, einen Zwiebelmate, einen Schnepf und vieles mehr. Und das hier war der Sausepper, der gerade mit einer doppelläufigen Schrotflinte auf Alex zielte.

„Sepper, ich bin es, Alex! Wir kennen uns doch, meine Oma war die Hellsternpaula." Alex versuchte sein ganzes Können in der Konfliktbewältigung einzusetzen. Denn er wusste, auf diese kurze

Distanz hatte er keine Überlebenschancen. Gerade als er den Anschein hatte, Sepper würde das Gewehr wenigstens etwas senken, ertönte der Schlachtruf von Berry in lautem Gebell. Sofort hatte er die Bedrohung erkannt und ging in den Angriffsmodus auf Sepper über. Seppe reagierte sofort und drehte sich um, legte an und schoss. Der Knall durchbrach die Stille wie ein Düsenjet die Schallmauer.

„Nein!", schrie Alex und schlug mit dem Klappspaten mehrfach unkontrolliert auf den Schützen ein. Sepper stürzte mit weit aufgerissenem Mund in das Loch. Dabei verlor er das Gewehr. Berry hatte es mehrfach überschlagen. Nach einem kurzen Wimmern kehrte Stille ein.

Totenstille!

>Keine Herrenbesuche!<

Lilly vermutete, dass ihre alte und schrumpelige Vermieterin dieses Schild extra wegen ihr aufgehängt hatte. Zum einen war sie die einzige Mieterin, und ihre Vermieterin mit dem Hauch von ranzigem Körperfett definitiv weit entfernt, einen Freier zu empfangen. Aber das Ver- oder Gebot konnte man ja umgehen. Wobei Mann hier fehl am Platze war, sondern Frau den Punkt eher traf.

Deshalb lag Lilly nun in einem sehr sterilen Zimmer und freute sich auf die von ihr bestellte Zahnreinigung. Natürlich durch den braungebrannten Dr. Friedhelm Schanz. Dr. Schanz war Mitte 40 (von Lilly geschätzt), doch hatte er genau diese erotische Ausstrahlung, die sie heute Abend brauchte. Und ein Behandlungsstuhl war perfekt dafür geeignet.

„Bin gleich bei Ihnen!" Dr. Schanz schenkte mit seinen perfekten Zähnen Lilly ein versprechendes Lächeln.

Das Blut im Körper von Lilly begann sich zu erwärmen und ihr Adrenalinspiegel stieg. Lily testete noch einmal die Position. Etwas drückte unangenehm.

„Mist, die Waffe!", brummte sie und versuchte ihre Dienstwaffe gerade aus dem Holster unter ihrer rechten Achsel zu ziehen, als Dr. Schanz die Tür des Behandlungsraumes hinter sich schloss.

„So, ich habe meine Kollegin in den wohlverdienten Feierabend geschickt. So habe ich unbegrenzt Zeit für Sie." Wieder blitzten die makellosen Zähne des Arztes auf.

„Unbegrenzt!", hauchte Lilly und packte den Kittel des Arztes und zog diesen zu sich auf den Behandlungsstuhl. Das störende Drücken der Waffe merkte sie dabei fast nicht mehr. Jedoch den Song einer bekannten Hip-Hop-Sängerin, welchen sie als Klingelton eingestellt hatte.

„Aber, aber! In der Praxis sind doch Handys verboten!", hauchte Dr. Schanz und küsste Lilly auf die Wange.

„Sorry, aber ich muss kurz hin. Habe Bereitschaft!" Lilly versuchte ihr Smartphone aus ihrer Gesäßtasche zu angeln, während der Arzt seine Küsse auf ihren Hals ausweitete.

„Hihi, das kitzelt!" Lilly genoss die Situation, auch wenn das Handy störte. Fest hoffte sie, dass es kein Notfall war.

Es war kein Notfall. Nur Alex, der versuchte, sie anzurufen.

>Soll er doch<, dachte Lilly, die noch immer sauer auf ihn war und drückte das Gespräch weg.

Alex war nass bis auf die Haut. Mehrmals war er ausgerutscht, hatte jedoch Berry dabei immer fest in den Armen. Das Atmen war ruhiger geworden und er blutete auch nicht mehr so fest. Ob dies ein gutes oder schlechtes Zeichen war, wusste Alex nicht. Endlich hatte er wieder Kontakt und versuchte Hilfe zu holen. Doch Lilly hatte ihn einfach weggedrückt. Eine Träne lief ihm über die Wange.

„Keine Sorge, mein Freund, wir schaffen das!", sagte er und schaute ungläubig zum Traktor, dessen Führerhaus fast zu eng war für einen verletzten Hund. Doch im Moment zählte jede Minute. Es gab einen Tierarzt im Killertal, das wusste er, jedoch hatte dieser einen schlechten Ruf. Alex fotografierte den verletzten Berry und schickte das Bild mit dem Zusatz: HILFE an Lilly. Dann schleppte er sich mit dem Hund in die Kabine und fuhr los. So schnell der Traktor konnte. Nun war er der festen Ansicht, dass er sich dringend ein neues Auto kaufen musste.

Dringend!

Lilly stöhnte und Dr. Schanz seufzte zufrieden. Stöhnend rappelte er sich empor, nicht ohne noch einmal Lilly zu küssen.

„Geil!", sagte diese und hüpfte von Stuhl, um ihre Klamotten zusammenzusuchen. Den Holster mit der Waffe hatte sie noch immer an. Dr. Schanz setzte sich ermattet auf einen dieser kleinen weißen Rollstühle.

„Absolut, das bekomme ich zu Hause nicht mehr.

„Nicht mehr oder noch nie!" Lilly setzte sich auf den Schoß von Dr. Schanz, als ihr Blick die eingehende WhatsApp streifte.

„Scheiße!", schrie sie und sprang auf.

„Was?", fragte Dr. Schanz schon eher enttäuscht.

„Sorry, wir machen ein anderes Mal weiter!" Lilly küsste den verwunderten Zahnarzt auf die Wange und hechtete aus der Praxis. Dabei versuchte sie sich im Gehen und auf einem Bein hüpfend anzuziehen. Gleichzeitig wählte sie die Nummer von Alex.

Alex hielt den Hund, der mittlerweile kaum noch atmete, fest im Arm. Mit seiner linken Hand läutete er an der Glocke neben dem Schild „Tierart Dr. Alexej Vasilikis" sturm. Dr. Vasilikis wohnte in einem alten Bauernhaus, das fast komplett zugewachsen war von allerlei Gestrüpp in dem kleinen Dörfchen Starzeln im Killertal. Vor dem alten Scheunentor stand ein Auto, also musste der Arzt da sein. Alex läutete und hämmerte an die Tür. Plötzlich hörte er quietschende Reifen und dann sah er schon den kleinen blauen Fiat 500 um die Ecke rasen.

„Und?", schrie Lilly schon von weitem aus dem Fenster.

„Es macht niemand auf!", sagte Alex und erschrak, als er plötzlich in die dunklen Augen eines bärtigen Mannes blickte. Fast dachte er an die Augen des Sauseppers.

„Keine Sprechstunde!", knurrte ein leicht untersetzter Mann mit hörbarem Akzent.

„Oh Gott sei Dank! Sie sind da! Wir haben einen Notfall!" Alex wollte sich schon an Dr. Vasilikis vorbeidrängen, als sich dieser vor ihm aufbaute.

„Notfall! Kommen Sie sonst auch in die Praxis? Nein! Dann bin ich nicht zuständig für Notfall! Gehe in Tierklinik!" Die Worte des Tierarztes hatten keinerlei Gefühlsregungen in sich. Ganz im Gegensatz zu Lilly, welche ausholte und Dr. Vasilikis eine schallende Ohrfeige verpasste. Dann packte sie Alex und zog diesen hinter sich her. Alex war wie parallelisiert und wusste nicht einmal, wie er in den Fiat 500 geklettert war.

Der Motor heulte und Alex stammelte immer nur Reutlingen. Das Atmen des Hundes war kaum noch zu vernehmen.

Das Flackern der Neonröhren störte ihn nicht. Jedoch der Geruch der Tierklinik, welcher der gleiche war, den alle Kliniken besaßen. Alex hasste Kliniken, nein sogar mehr. Er hatte panische Angst davor. Und dies seit seiner Kindheit, als ihm beinahe ein Bein amputiert worden war. Er hatte den Kopf auf seine Schenkel gelegt und in seinen Händen vergraben.

Lilly saß neben ihm auf einem mintgrünen Plastikstuhl und schlürfte an ihrem Automatenkaffee. Ab und zu hörte man ein Bellen.

„Was ist mit deinen Klamotten!", sagte Alex, ohne aufzusehen.

„Ich war beim Zahnarzt!"

Alex hob den Kopf.

„Wie? Beim Zahnarzt?"

Lilly hob die Schulter.

„Der ist geil der Typ!"

Alex klappte der Kiefer nach unten und er war für den Augenblick sprachlos. Dann fiel sein Blick auf einen Arzt, der mit sorgenvoller Miene den Warteraum betrat.

An Schlaf war nicht zu denken. Alex saß verkrampft an seinem Esstisch und starrte mit geröteten Augen auf die schon etwas bizarr anmutende Szene. In Handtüchern gewickelt lag Berry schwer atmend auf seiner Couch. Lilly lag nur mit ihrer Unterwäsche bekleidet daneben und hielt den verletzten Hund im Arm.

„Wir müssen abwarten, wie die Nacht verläuft!", hatte der Arzt gesagt. Am liebsten hätte Alex den Hund in der Klinik unter den wachen Augen am besten aller Ärzte gelassen.

Doch dies war nicht möglich.

Warum? Er hatte nicht gefragt, vielleicht weil es ja auch egal war.

Wichtig war nur, dass dieses kleine rotbraune Fellknäuel überleben würde.

Ein Freund, und so wie es aussah, sein einziger. Alex versuchte die Tränen zu unterdrücken, doch sie liefen ihm nun in Sturzbächen über die Wangen. Er zitterte und alles erschien ihm sinnlos.

>Gut, dass Lilly da ist!<, dachte er.

Plötzlich hörte der Hund auf zu atmen. Alex hielt kurz die Luft an und sprang panisch auf. Dabei war er so ungeschickt, dass gleich alle Stühle umstürzten.

„*Mönsch! Pst!*", sagte Lilly in tiefem Sächsisch. „Du weckst mir ja den Hund! Gerade wo er jetzt ruhiger wird." Lilly drehte sich um und legte noch eine Decke über den verletzten Cocker.

Alex stützte sich am Tisch und traute sich kaum zu atmen. Doch er wusste, dass er die beiden die ganze Nacht nicht aus den Augen verlieren würde. Also ging er in die Küche und ließ die Kaffeemaschine laufen. Kaffee würde ihn wachhalten. Eine unheimliche Menge an Kaffee.

Und dann würde er gleich bei Sonnenaufgang dafür sorgen, dass dieser Sepper in eine Anstalt kam. Geistesgestörte hatten auf freiem Fuß nichts verloren. Alex nippte an seiner heißen Tasse. Der Brustkorb des Hundes hob und senkte sich. Es war nun still, und anstatt dass der Kaffee ihn aufmunterte, wurde Alex nun endlich ruhiger und gelassener. Sein Blick öffnete sich und er war sicher, dass es Berry schaffte.

Er musste es, denn er war doch sein einziger Freund.

Die Kälte ließ alles erstarren. Nebelschwaden zogen vorbei und die dicken Buchen sahen aus, als wären sie antike Säulen. Bizarr, wie aus einer anderen Welt. Alex bekam kaum Luft und er versuchte sich den Schal abzunehmen. Doch je mehr er daran zerrte, umso fester zog sich der Schal um seinen Hals. Und das, obwohl er nie Schals trug. Erst jetzt bemerkte er die dunkelrote Farbe des Schals. Farbe? Oder war es Blut? Und wenn, wessen?

Alex zerrte nun umso mehr daran. Zur Not würde er den Schal durchschneiden. Doch er fand kein Taschenmesser. Panik ergriff ihn und er machte einen Schritt nach vorne und stürzte dabei über einen alten Baumstumpf. Als er in den eisigen und harten Schnee fiel, zog sich der Schal noch einmal fester zu. Alex röchelte und bemerkte, dass sich nun auch der Schnee rot färbte.

Dann sah er einen Schatten. Zuerst war es nur eine Vermutung, war doch der Nebel zu dicht. Doch dann kam dieser immer mehr auf ihn zu. Hilfe! Es würde Hilfe kommen, und dies keine Sekunde zu früh. Angestrengt versuchte Alex, die lebenswichtige Luft einzusaugen. Doch es ging nicht mehr. Nicht einmal um Hilfe konnte er mehr rufen. Jetzt war der Schatten recht nah und er erkannte die Umrisse eines Menschen. Hilfe, Rettung.

Plötzlich hielt ihm eine blutige Hand sein Taschenmesser hin.

„Suchst du das?"

Alex starrte in das Gesicht des Sauseppers, doch die Stimme gehörte einer Frau. Weit in der Ferne ertönte ein Gong. Zuerst fast unmerklich, doch dann immer lauter und lauter.

Alex schlug die Augen auf. Er lag mitten im ausgelaufenen kalten Kaffee. Die Brühe hatte sich sogar einen Weg auf seine Hose gebahnt und nun war diese auch durchtränkt. Doch das war alles egal, denn was er sah, trieb ihm die Tränen in die Augen.

„Lilly!", schrie er und stürzte auf das Sofa zu.

„Was? Was ist?" Lilly drehte sich und plumpste auf den Boden.

„Schau, der Hund!" Alex umarmte seinen schwanzwedelnden Cocker, welcher recht munter auf dem Sofa saß.

„Mönsch! Du hast uns aber einen Schrecken eingejagt. Lilly kraulte Berry am Kopf.

Dann ertönte erneut die Klingel an der Tür von Alex. Gefolgt von eindringlichem Klopfen und Stimmengewirr.

„Ich mach auf!", sagte Lilly und trabte zur Tür, nur mit Höschen und Hemd bekleidet.

Alex wollte gerade noch ein >NEIN< ausrufen, doch da war es schon zu spät.

„Hallooo!", trällerte Lilly, ohne darauf zu achten, wer vor der Tür stand.

Eine ablehnende eisige Kälte traf ihn unvermittelt, und das lag nicht an den minus zehn Grad in Onstmettingen an diesem Morgen.

„Bauer!"

„Kanst, Sie Schwein!", sagten zwei mehr als bekannte Stimmen. Erschrocken drehte sich Lilly um und folgte dem entsetzten Blick der leitenden Staatsanwältin zu ihrem Höschen und dann zum nassen Fleck auf der Hose von Alex.

„Chef! Äh, das ist jetzt nicht so wie es aussieht!", stammelte Lilly mit hochrotem Kopf.

„Natürlich nicht, nicht so!", stotterte auch Alex.

„Kanst! Sie sind einfach ein Schwein!", sagte Jasmin Jemain.

„Jemain! Mäßigen Sie sich!", knurrte Frau Balk.

„Ich erwarte Sie beide umgehend an den Koordinaten, die Frau Jemain Frau Bauer gerade auf ihr Smartphone geschickt hat! Umgehend!" Frau Balk drehte sich um und ging zu ihrem Wagen.

„Warum?", schrie Alex hinterher.

„Wir haben schon wieder eine Leiche gefunden."

„Waas! Wo?"

„Ja wo schon! In diesem beschissenen Wald! Im Göckeleswald!", blaffte Jasmin Jemain und Alex fiel blass zurück auf seinen Stuhl.

„Was machen wir mit unserem Patienten?" Alex wirkte nervös.

„Mitnehmen, auf dem Rücksitz!" Lilly schlüpfte in ihre enge Röhrenjeans.

„Rücksitz, etwa in dem himmelblauen Bobbycar da draußen?"

Für diese Aussage erntete Alex einen eisigen Blick, der den von Frau Balk noch übertraf. Kurz darauf saß er mit angewinkelten Knien auf dem Beifahrersitz und der Hund lag friedlich in eine Unmenge von Decken gehüllt auf dem besagten Rücksitz. Der Motor heulte auf und Lilly tippte zeitgleich auf dem eingebauten Display herum.

„Schau geradeaus!", ermahnte Alex.

„Hex, du bist nicht mein Vater!"

„Nein, aber ich möchte heil ankommen."

„Ich muss doch die Koordinaten eingeben!", maulte Lilly.

„Nonsens Koordinaten. In Göckeleswald finde ich alles auf Anhieb!", sagte ein stolzer Alex.

Wie es sich herausstellte, war Alex sicher sehr ortskundig, doch den Platz einer Leiche kannte er nicht auf Anhieb.

Direkt am Wald seines alten Freundes Hans Peter war der ganze Zirkus aufgezogen. Alles war mit blau-weißem Absperrband umwickelt. Und die besten Polizisten im Umkreis spielten Pförtner. Lilly zeigte genervt ihren Ausweis, nachdem sie diesen eine gefühlte Ewigkeit in ihrer Tasche gesucht hatte.

Auch war Hans Peter mit seinem Traktor da, sonst, da war sich Alex sicher, hätte es niemand bis hier hoch auf das Plateau am Rande des Göckeleswald geschafft. Nicht im Winter!

Die größte Verwunderung für Alex war, dass sein Freund Wolfi bereits am Arbeiten war. Und das, obwohl er immer sonst der Letzte an den Tatorten war.

Am Rande eines kleinen Fichtenwäldchens hatte Wolfgang Ei- erle einen kleinen weißen Pavillon aufgebaut. Alle trugen diese komischen weißen Schutzanzüge und Masken. Frau Balk und Jas- min Jemain standen etwas weiter entfernt und unterhielten sich mit einem Mann, der ganz in Grün gekleidet war.

„Wieso bist du schon da?", begrüßte Alex seinen Freund.

„Und wieso trägst du keinen Schutzanzug?" Wolfi zeigte auf einen Tisch, wo solche in Beutel verpackt lagen.

„Das sieht doch albern aus?", murmelte Alex.

„Albern oder nicht! So kontaminierst du nicht den Tatort!" Wolfi kniete neben der Leiche, welche auf dem Bauch lag. Ein- deutig war zu sehen, dass der Mann von hinten erschlagen worden war.

„Kontaminieren! Mit was? Meiner DNA?"

„Genau, also zieh bitte den Anzug über, und die Junge da auch!"

„Junge? Ach so, Lilly, ja die wird sich freuen!" Alex grinste, als er widerwillig den Overall überzog.

„Aber mal im Ernst, wieso bist du schon da?"

„Weil ich einen kurzen Anfahrtsweg hatte. War sozusagen in der Region!"

„Heute Nacht?" Alex wusste nicht, was er davon halten sollte, beschloss aber noch einmal nachzuhaken.

„Du siehst zu komisch aus!" Lilly kicherte.

„Nur keine Angst, Wolfi hat da noch einen für dich!" Alex grinste und freute sich über das verdutzte Gesicht von Lilly, als er ihr den Anzug reichte.

„So, sind wir alle fröhlich, ja? Das hier ist eine Mordermittlung und keine Komödie! Bauer, was tun Sie da?"

Jasmin Jemain hatte sich breitbeinig aufgebaut und überzog alles mit ihrem kühlen Charme.

„Ich versuche einen Schutzoverall anzuziehen, Chef!", sagte Lilly und fiel bei dem Versuch, auf einem Bein zu stehen und das zweite in den Overall zu zwängen, in den Schnee.

„Hmm, und Sie sind nun der neue Hellseher?", sagte Alex spöttisch.

„Kanst, wie meinen Sie das?" Jasmin Jemain machte einen bedrohlich wirkenden Schritt auf Alex zu.

„Na, Mordermittlung, noch wissen wir ja rein gar nichts! Es könnte ja sein, dass …"

„Äh, nein! Da muss ich der Frau Kommissarin recht geben, Alex. Es war Mord! Ich habe sogar die Tatwaffe! Hier - ein Klappspaten der noblen Ausführung. Irgendein besonderes forstliches Zeichen ist darauf!" Wolfi reichte Alex dessen eigenen Klappspaten, welcher sich bereits in einer Plastiktüte befand und mit einem Zahlencode beschriftet war. Alex wurde es augenblicklich schwarz

vor Augen und er plumpste rücklings mit dem Po neben Lilly in
den Schnee.

„Ihre dummen Spiele können Sie beide ja zu Hause machen!",
knurrte Jasmin Jemain und entriss Alex wieder dessen Klappspaten. In dem Moment drehte Wolfgang Eierle die Leiche um.

„Sepper!", schrie Alex entsetzt und alle Augen richteten sich
auf ihn.

„Sie kennen ihn!", sagte Frau Balk, die sich nun mit großen
Schritten dem Tatort näherte. Im Gegensatz zu Jasmin Jemain
hatte Frau Balk Moonboots angezogen, welche so dick waren, dass
man meinen könnte, es wären welche von der letzten Mondlan-
dung.

„Ja, ich, also ich, schon …!" Alex schwitzte und stotterte.

„Ja, so wie ich die Dinge sehe, werde ich bestimmt auf dem
Spaten noch Fingerabdrücke finden. Und ich denke, er wollte dort
auf diesen Hochsitz, oder er kam von dort. Fußspuren sind leider
keine zu finden, der neue Schnee!" Wolfi zeigte auf einen kleinen
Hochsitz am Rande eines Fichtenwaldes und zuckte dabei entschuldigend mit der Schulter.

>Fingerabdrücke<, die Stimme im Kopf von Alex wurde immer
lauter.

„So, Sie meinen, er war dort auf der Kanzel!" Jasmin Jemain
stapfte auf den Hochsitz zu.

„Genau, genau!" Wolfgang Eierle machte eine Bewegung und winkte die Bestatter herbei. Mittlerweile hatte sich ein doch anschauliches Grüppchen von Menschen, welche Jagdgrün trugen, um Hans Peter versammelt und gafften alle herüber.

Die Bestatter packten Sepper und luden diesen in einen blechernen Sarg.

„Du Wolfi, ich könnte dir ja beim Tragen deiner Ausrüstung helfen!", sagte Alex und klopfte sich den Schnee vom Po. Lilly hatte es mittlerweile geschafft, den Overall anzuziehen.

„Nonsens, schau mal, ich habe einen Trolli! Da passt alles drauf!" Wolfi packte seine Ausrüstung fachgerecht zusammen.

„Aber dann wenigstens die Tatwaffe!", sagte Alex schon etwas krampfhaft.

„Die, die hat Frau Balk da drüben am Transporter!" Alex drehte sich um. In dem Moment ertönte ein gellender Schrei. Alle verstummten und suchten nach der Quelle.

„Der Chef!", rief Lilly und wollte losspurten, hatte jedoch vergessen, dass sie ja noch immer den unbequemen Overall trug. Dieses Mal fiel sie kopfüber in den Schnee.

Die Schreie wurden stärker und nun machten sich, angeführt von Frau Balk und einem Polizisten, auch die Sanitäter auf, um Jasmin Jemain zur Hilfe zu kommen. Hans Peter, ein ausgebildeter Rettungssanitäter, war als Erstes bei Jasmin Jemain. Ihr Gesicht war schmerzerfüllt. Der ganze Schnee war rot eingefärbt.

„Schnell, ich brauch was zum Abbinden!", rief Hans Peter und Alex sah sich hilflos um. Endlich waren auch die anderen Sanitäter da und Alex wurde nach hinten gedrängt. Lilly hatte sich nun zu ihrer Chefin in den Schnee gesetzt und hielt dieser den Kopf.

„Was ist passiert?" Bettina Balk bekam keine Antwort. Jasmin Jemain hatte solche Schmerzen, dass sie nicht antworten konnte. Plötzlich fiel das Wort >Hubschrauber<.

Was auch immer passiert war, es sah nicht gut aus.

Die Sanitäter forderten einen Rettungshubschrauber an. Erst, als Jasmin Jemain auf die Bare umgebettet wurde, sah Alex das Fangeisen, in das die Kommissarin getreten war und welches fast ihr ganzes Bein abgerissen hatte.

Als der Hubscharuber über den vereisten Baumwipfeln des Gö-ckeleswald entschwunden war, kehrte beklemmende Ruhe ein.

„Wenn da noch mehr sind?", sagte Lilly und Alex lief es eiskalt den Rücken runter.

„Verschwinden wir!", brummte er nun und Lilly nickte.

„Bauer, Kanst! Auf ein Wort!" Bettina Balk winkte Alex und Lilly zu einem der Einsatzwagen. Gleichzeitig sprach sie aber noch immer sehr aufgeregt in ein Funkgerät.

„Was für eine Gegend! Wussten Sie, dass Handys hier nicht funktionieren?"

Alex nickte! Er wusste dies. Doch sein Blick galt seinem Klapp-spaten, welcher auf dem Sitz des Einsatzwagens verpackt in einer Plastiktüte lag.

Alex lag in seinem Bett und starrte auf seine Zimmerdecke. Es war still im Haus und doch oder gerade deshalb hörte er irgendwo einen Wasserhahn tropfen. Natürlich könnte er aufstehen und nachsehen, doch dazu fehlte ihm die Kraft. Sein Leben hatte sich in den letzten Wochen noch mehr verkompliziert. Natürlich oder vielleicht auch gerade wegen der Morde.

Er stand auf und ging auf die Galerie. Unten im Wohnzimmer lagen Lilly und der Hund gemeinsam unter einer grauen Fleecede-cke.

Alex merkte, wie froh er war, dass es Lilly gab. Und doch war es anders zwischen ihm und ihr als es sonst mit den Frauen war. Nun hatte er wieder einen Auftrag. Doch er war sich nicht sicher, ob er diesen überhaupt wollte. Aber er war nun mal schon so tief verstrickt, da gab es einfach kein „Entweder-Oder". Er musste jetzt ermitteln und dies, bevor irgendjemand ihn selbst mit dem Mord-verdacht an Sepper beschuldigte. Sein Büro war noch immer un-besetzt. Es würde Zeit werden, die Stelle von Tina auszuschreiben. Doch innerlich fürchtete er sich davor.

Es wäre, als würde Tina ein zweites Mal sterben. Doch er brauchte jemanden. Eine Assistentin. Alex ging in das obere Bad und ließ eiskaltes Wasser über sein Gesicht laufen. Gleichzeitig überprüfte er die Wasserhähne.

Nichts.

Er musste seine Gedanken ordnen und versuchen, seine Gefühle in den Griff zu kriegen. Er war der Beste und würde den Mörder schon finden. Zumindest, bevor es einen weiteren Toten im Wald gab. Doch er sollte nun zuerst den Verdacht gegen ihn aus dem Weg räumen, sprich erst gar nicht aufkommen lassen.

Doch er konnte Wolfi den ganzen Abend nicht erreichen.

Das war sonderbar und sorgte für noch mehr Kopfzerbrechen.

Alex war zu professionell, als dass er nicht längstens eine beginnende Depression bei sich selbst diagnostiziert hatte. Aber das musste er unbedingt in den Griff bekommen. Das Beste wäre, zurück zum alten Alex, was bedeutete, er musste bald mal wieder ein richtiges Date haben. Doch vielleicht lag es ja an ihm? Hatte er seine Attraktivität verloren? Keine seiner Bettgeschichten hatte in den letzten Monaten versucht, ihn zu kontaktieren. Alex grübelte und das Adrenalin stieg. Sein Puls war schnell und sein Herz pochte. Alex rieb sich seine Augen und seufzte. Wie einfach war es doch, seinen Patienten zu sagen, was diese zu tun hatten. Und wie schwer war es, dies selbst zu tun. Fünf Uhr zwanzig, um sieben würde er Bettina Balk anrufen und dann würde die ganze Maschinerie zum Loch, wo Berry den Knochen gefunden hatte, anrücken. Alex hoffte, dass er sich irrte. Doch sein nervöser Magen, der eine dumpfe Vorahnung ausstrahlte, versicherte ihm, dass unter dieser Wurzel noch eine Leiche lag.

Jemand zog mordend durch seinen Wald. Dem würde er Einhalt gebieten. Langsam wurde Alex ruhiger.

Kurz vor vier hatte er den tropfenden Wasserhahn in der Küche lokalisiert und lautstark Werkzeug aus der Garage besorgt. Dies alles zum großen Unmut von Lilly, aber zur Freude von Berry, dem dies sehr abenteuerlich vorkam. Allerdings konnte das Problem nicht behoben werden, da Alex alles andere als ein begnadeter Handwerker war. Lilly hatte dann um sechs die Idee, einfach das Wasser in der Küche abzustellen. Mittlerweile war es nun kurz vor sieben und es gab keinen Kaffee. Lilly hatte ihren Kopf auf der Tischplatte und stöhnte.

„Das ist jetzt das zehnte Mal, dass du diesen Wolfi anrufst!"

„Ja, wenn der nicht rangeht!" Alex war aufs Äußerste genervt.

„Dann wird er nicht gestört werden wollen!", sagte Lilly und sang diesen Satz schon fast.

„Aber es ist wichtig!" Alex wählte erneut die Nummer von Wolfi. Dieses Mal die vom Institut. Er hatte nun schon alle Nummern, unter die man Dr. Wolfgang Eierle erreichen konnte, mehrfach gewählt.

Nichts!

„Ja, für dich! Aber der Wolfi Doc hat ja auch noch ein Privatleben!"

„Der!? Ja nie! Der lebt nur für die Arbeit!" Alex wählte wieder.

„Gleich kannst du die Oberchefin anrufen und der Zirkus beginnt von Neuem." Lilly vergrub ihr Gesicht in ihren Händen.

„Ja, ja! Noch einmal!" Alex tippte die Wahlwiederholung.

„Oh Mann! Ich hoffe, da liegt nicht noch eine Leiche!", sagte Lilly erschöpft.

„Frag den Hund!" Alex unterdrückte seine Nummer, in der Hoffnung, dass Wolfi dann ranging. Langsam machte er sich nun echte Sorgen. Sollte seinem Freund am Ende etwas passiert sein? Eigentlich erreichte er ihn immer, auch wenn er manchmal, eher öfters, genervt über die Anrufe von Alex war. Ob er die Polizei informieren sollte, dass die nach Wolfi suchte? Er wusste es nicht! Und eigentlich war die Polizei ja schon informiert. Er beobachtet Lilly, wie sie Berry am Kopf kraulte.

„Unser super Spürhund! Ja, du hast was gefunden! Ja feiner Kerl! Möchtest du in den Garten? Ja! Ja, dann komm!" Lilly warf Alex einen fordernden Blick zu.

„Sieben Uhr!" Lilly grinste.

Alex holte tief Luft und wählte die Nummer von Bettina Balk.

„Also ehrlich, Alexandra hätte doch auf ihn aufgepasst!" Alex zog sich seine Schneeschuhe an, während Lilly den alten Kinderschlitten für Berry herrichtete. Es hatte in der Nacht mindestens dreißig Zentimeter geschneit. Und ohne Allradfahrzeug (Und der hellblaue Fiat von Lilly war keines!), so war sich Alex sicher, müsste man zu Fuß gehen. Auch da der Fundort des Knochens noch tiefer in Göckeleswald lag als die Leiche von Sepper. Lilly war hingegen der Meinung, dass der Hund noch nicht durch den tiefen Schnee laufen oder hüpfen sollte. Also musste Alex seinen Hund ziehen.

„Das ist jetzt wirklich zu albern!", murrte er, zog aber nach einem eisigen Blick von Lilly, der den eisigen Wind, welcher aktuell sehr schneidig aus dem Osten kam, haushoch schlug, brav den Schlitten.

Es war kaum zwei Stunden her, dass Alex der leitenden Staatsanwältin Bettina Balk eröffnet hatte, dass er noch eine Leiche in Göckeleswald vermutete und dass wahrscheinlich Dr. Wolfgang Eierle verschwunden war.

Frau Balk war mehr als ungehalten und hatte Alex, der nun offizieller Teil der Ermittlungen und Sonderkommission „Alb Wald" war, sofort zum vermeintlichen Fundort bestellt. Da nur Alex und vor allem Berry die Stelle kannten, musste der Tross an Ermittlern am Eingang zum Göckeleswald bis zum Eintreffen des Experten (Berry) warten.

Alex stapfte gemütlich vorwärts. Das Geräusch seiner Schneeschuhe erzeugte ein leises knirschendes Geräusch. Der Wald war tief verschneit und eigentlich friedlich. Ganz oben in den höchsten Wipfeln der Bäume schaffte es die Sonne, mit ihren Strahlen schon ein oranges Licht zu erzeugen. Berry genoss es faul, gezogen zu werden. Eigentlich war es ein schöner Morgen und Alex beschloss, öfters wieder früh aufzustehen und auf Wildtierbeobachtung zu gehen. Doch heute war er in einer dunklen Mission unterwegs. Lilly hatte die Order bekommen, nur in seinen Spuren zu gehen. Alex wollte sie nicht der Gefahr einer weiteren Falle aussetzen. So gesehen war Berry auch sicher auf dem Schlitten.

„Du glaubst doch nicht, dass der Irre noch mehr Fallen ausgelegt hat?", sagte Lilly in tiefem Sächsisch.

Alex zuckte mit den Schultern und hörte plötzlich die Stimmen mehrere Menschen. Der winterliche Wald war wie eine leere Säulenhalle und verstärkte jedes Wort. Nach weiteren Metern sah er den bunten Pulk am Eingang des Kohlwaldes stehen, welcher sich dem Göckeleswald anschloss.

„Kanst! Wo bleiben Sie!" Bettina Balk hatte einen pinkfarbenen Schneeanzug an und war mehr als ungeduldig.

„Wir kommen ja, Chefin!", rief Lilly und winkte.

Alex beeilte sich und merkte, wie seine Unruhe und Nervosität wieder stiegen.

„Also, ich, also Frau Balk, ich …" Alex rang völlig außer Atem um Worte. Das Laufen im oder auf dem Schnee war bei minus zwölf Grad doch sehr anstrengend. Besonders, wenn man noch einen Hundeschlitten ziehen musste.

„Tja, mein Freund, wir sind halt doch keine dreißig mehr!", sagte plötzlich Wolfi und klopfte dem völlig erstaunten Alex auf die Schulter.

Mehrere Männer in Schutzanzügen, die mit der weißen Pracht des neuen Schnees fast zu verschmelzen drohten, versuchten das Loch unter dem Wurzelteller des umgestürzten Baumes sorgsam von Schnee und Laub zu säubern. Berry hatte hier eindeutig angeschlagen und dies machte Alex schon etwas stolz. Auch er war sicher, dass dies der Ort war, an dem der Hund den Knochen ausgegraben hatte. Zumindest war dies eindeutig der Ort, an dem er und Berry auf Sepper gestoßen waren. Natürlich konnte es sein, dass dies der Grund für die Aggressivität des sonderbaren Waldläufers gewesen war. Er wollte den Tatort verschleiern. Alex grinste und war schon etwas zufrieden. Schon bald hätte er den Fall gelöst: Psychisch Kranker tötet wahllos Spaziergänger. Alex wirkte überheblich und hatte dabei fast sein eigentliches Problem vergessen. Denn auch der Mörder war tot und auch wenn es noch keiner wusste: Er war der Hauptverdächtige!

„Sag mal, wo warst du gestern?" Alex klang angestrengt.

„Wieso?" Wolfi lächelte und ließ seinen fachlichen Blick aber nicht von den Männern im Loch.

„Ja, weil ich dich nicht erreichen konnte!" Diesen Satz schrie Alex nun schon fast.

„Immer cool bleiben!" Wolfi klopfte Alex auf die Schulter. „Hatte da ein paar Termine! Aber jetzt bin ich ja da!"

„Ja, da! Wieso bist du schon da? Schon wieder so schnell? Habt ihr jetzt einen Heli in Tübingen?", spottete Alex.

„Haha, der war gut! Nein, ich war nur vor Ort!" Wolfi grinste und konnte kaum ein Lachen unterdrücken.

„Vor Ort? Deine Termine waren vor Ort?"

„Exakt!" Wolfi schaute dabei seinen Freund nicht an.

„Herr Eierle! Ich denke, das sollten Sie sich ansehen!", rief plötzlich einer der Mitarbeiter und winkte zu Alex und Wolfi herüber.

Wolfgang Eierle ging auf das Loch zu und Alex folgte ihm.

„Heist du jetzt auch Eierle", scherzte Wolfi.

„Nein, aber ich bin der Ermittler!", knurrte Alex.

„Einer! Einer der Ermittler", sagte Lilly und zwängte zwischen den beiden durch.

„Was ist da los? Haben Sie etwas gefunden?", schrie Frau Balk aus sicherer Entfernung, da sie nicht Gefahr laufen wollte, auch in eine Falle zu treten. Der kahle Wald verstärkte die Worte und erzeugte ein mehrfaches Echo.

Alex, Wolfi und Lilly starrten in das Loch, wo ein menschlicher Schädel mit seinen hohlen Augenhöhlen fast schon grinsend zurückstarrte.

Alexandra war in Eile und hatte nun schon zweimal geläutet. Geläutet an der Tür zum neuen Haus von ihrem Freund Alex, wobei der Begriff „Freund" schon entsprechend der Definition angewendet werden sollte. Denn intim waren sie ja noch nie. Irgendwie hatte sie ja immer gehofft, nicht nur einen One-Night-Stand, nein mehr, denn insgeheim wollte sie schon immer einfach eine Familie, oder zumindest einen Mann nur für sich.

Und Alex hatte das gewisse Etwas, und doch war er halt wie er war und ein Frauenheld. Alexandra seufzte tief. Jetzt war es egal, sie hatte eine Entscheidung getroffen. Eine, die vieles verändern würde.

Das dritte Läuten brachte sie auch nicht weiter. Und einfach das Essen vor der Tür stehen zu lassen, konnte sie auch nicht. Nicht bei noch immer minus sieben Grad und die pünktlich zu Mittag.

Frische Maultaschen als Überraschung und vielleicht auch als Aufmunterung, damit er die Nachricht, die sie ihm überbringen wollte, musste besser verarbeitet. Alexandra spürte, dass ihr Freund noch immer seelisch nicht auf der Höhe war.

Obwohl Dr. Alex Kanst eine moderne Tür hatte, mit allen Sicherheitsschikanen, war er doch tief im Herzen Schwabe und hatte einen Notfallschlüssel vor dem Haus deponiert. Die Schwaben waren darin ja mehr als erfinderisch und doch würde jeder auch nur halb so professionelle Einbrecher diesen überall innerhalb von zehn Sekunden finden.

Sie brauchte doch eine Minute und hatte den Schlüssel unter einem Stein neben der Garage gefunden. Alexandra schloss auf und trug den Korb routiniert in die Küche als wäre es ihre. Sie musste sich eingestehen, dass sie mehr als einmal mit dem Gedanken gespielt hatte.

Doch nun war es anders gekommen.

Weil sie es so wollte. Alexandra malte noch ein Smiley auf einen der grasgrünen Notizblöcke von Alex und wollte gerade wieder gehen, als sie Schritte im Flur hörte.

Hatte sie die Tür aufgelassen?

„Alex, bist du das?", rief sie mit belegter Stimme, doch sie bekam keine Antwort.

Alex saß recht verklemmt neben Lilly in dem kleinen Fiat. Seine Sorge galt seinem Rücken und er würde sich nun doch um ein neues Auto kümmern. Gleich Morgen würde er sich umsehen gehen.

Doch noch musste er sich als Beifahrer begnügen. Ganz im Gegenteil zu Berry, dem das Herumgefahren-Werden gefiel, war er schon ganz steif.

Wenigstens hatte er Wolfi soweit, dass er sich heute Abend bei Alexandra mit ihm traf. Das komische Grinsen von seinem Freund konnte er noch nicht so richtig zuordnen. Etwas verwirrt war Dr. Eierle dann doch, als Alex ihn beschwor, noch nicht die Fingerabdrücke auf dem Klappspaten zu prüfen. Doch zuerst mussten die Leichen identifiziert werden, was beim Skelett der zweiten schon etwas schwieriger sein würde.

Lilly parkte auf dem Parkplatz oberhalb des Hauses seiner Eltern.

„Das letzte Stück gehen wir zu Fuß!", ordnete Alex an.

Lilly machte sich daran, den Schlitten für den Hund auszuladen.

„Lass doch den Hund da!" Alex war mehr als genervt. Fast schon fühlte er sich wie Teil eines jungen Paares, das gerade die ersten Übungen beim Ein- und Ausladen des Kinderwagens vollzog.

„Dann hat er Angst!", sagte Lilly.

„Glaub mir, wenn er das an der Hütte sieht, noch mehr!" Alex ging los und Lilly lud den Schlitten wieder ein.

„Wenn es länger geht, holen wir ihn doch noch!", sagte sie, als es endlich gelungen war, Alex einzuholen.

„Hmm!" Alex war in Gedanken schon bei Sepper. Wer hatte etwas davon, diesen recht verwahrlosten Typen zu ermorden? Geld hatte Sepper keines und auch die Hütte, in der er vegetierte, war auf Gemeindegrund und aus allerlei Sperrmüll gezimmert. Da er es nicht war und Sepper, kurz nachdem er auf Berry geschossen hatte, erschlagen wurde, musste also noch jemand zur gleichen Zeit im Wald gewesen sein.

Doch wer und warum? Alex hörte Lilly gar nicht so recht zu, als er plötzlich vor der Hütte stand, die aber eigentlich diesen Namen nicht wirklich verdient hatte.

„Du lieber Himmel!", sagte Lilly und hielt sich die Nase zu. Auch Alex bemerkte den Geruch der Verwesung, welche allerlei tote Tiere und Teile dieser trotz der Kälte erzeugten.

„Oh, Entschuldigung! Ich dachte ja, weil die Tür offen stand und äh, ja Alex ist nicht da?" Verena stammelte und suchte nach den passenden Worten.

„Alex!? Ja, äh nein! Also da ist er nicht!", sagte Alexandra, die ebenfalls etwas überrascht wirkte.

„Aha, ja dann sind Sie also seine …"

„Freundin, also nur eine Freundin, nicht seine! Also ich meine, wir sind jetzt nicht direkt …"

„Vor mir brauchen Sie sich nicht zu rechtfertigen! Ich will auch nicht weiter stören!" Verena drehte sich um und rannte schon förmlich aus dem Haus.

„Warten Sie doch! Soll ich ihm nicht doch noch etwas ausrichten? Wie heißen Sie denn?", doch als Alexandra vor das Haus trat, war Verena schon verschwunden.

„Hmm! Komische Zicke!", brummte Alexandra und musste innerlich doch zugeben, dass die Situation natürlich schon den Eindruck vermitteln konnte, dass sie und der gute Alex doch ein Paar waren. Schließlich stand sie ausgerüstet mit einem Schlüssel in dessen Haus.

Doch so war es nicht und würde nun auch so nicht kommen.

Alexandra seufzte und versteckte den Schlüssel wieder unter dem Stein. Sie war spät dran und der Gasthof hatte heute keinen Ruhetag.

„Was wird das jetzt?", sagte Alex erschrocken, als Lilly plötzlich ihre Dienstwaffe zog.

„Ja was schon, wir gehen jetzt da rein!" Sie zeigte auf die baufällige Tür, welche als solche kaum zu erkennen war.

„Mit gezogener Waffe?"

„Immerhin rennt noch immer mindestens ein Mörder hier herum!"

Dem musste Alex nun doch zustimmen, aber irgendwie wollte er sich schützend vor Lilly stellen.

„Soll ich zuerst?", sagte er und bereute den Satz kaum, dass er diesen ausgesprochen hatte.

„Du hast ja keine Waffe, also ehrlich!" Lilly hielt sich nun wieder mit der Linken die Nase zu und Alex griff nach einer Schaufel, die neben der Tür stand. So war er wenigstens etwas bewaffnet.

„Polizei! Wir kommen rein!", schrie Lilly und Alex riss die Tür auf. Beide wirkten wie erstarrt, als sie auf den mit geronnenem Blut verschmierten Schädel starrten, der auf der selber gebastelten Tischplatte lag.

Selten hatte er seinen Freund Alex so verunsichert gesehen. Es war auch selten, dass er, Wolfgang Eierle, ein Geheimnis hatte, von dem Alex noch nichts wusste. Er lächelte in sich hinein. Gerne würde er heute Abend sich mit ihm bei Alexandra treffen, denn er hatte ja wieder einen kurzen Weg.

„Chef, die DNA der ersten Leiche hat einen Treffer erzielt!" Markus Ruckwied war der Assistent von Wolfgang Eierle. Er hätte ja lieber eine Assistentin gehabt, doch man konnte die Dinge drehen und wenden, wie man wollte, Markus Ruckwied hatte mit einer glatten Eins das Studium beendet und war somit der qualifizierteste Bewerber gewesen.

Natürlich gab es ja auch noch Fredericke. Fredericke Puda war im Gegensatz zu Markus Ruckwied keine angehende Forensikerin, sondern nur irgendwie das Mädchen für alles.

Wolfgang Eierle war es natürlich sofort aufgefallen, dass Ruckwied sich sehr abschätzend zu der Tätigkeit von Fredericke äußerte, doch ließ er seinen Einser-Kandidaten gewähren.

Und er konnte was! Das war ja eigentlich das Wichtigste. Wolfgang Eierle war auf dem besten Weg, das Institut zu einem der besten in Deutschland zu machen. Natürlich brauchte er länger als die anderen, doch seine Ergebnisse waren unangreifbar. Er tippte den Code in den Computer und lockte sich ein. Dann überprüfte er seine E-Mails und tippte auf die gerade eingegangene Mail von Mawied@Forensik-bwl.de. Und tatsächlich stimmten die Proben mit denen, die im Hause von Bankdirektor Fidel Mayer genommen wurden, überein.

Bankdirektor Mayer war also tot. Daran gab es kein Zweifel mehr. Doch warum er halb verwest im Wald herumlag, darauf hatte Wolfgang Eierle keine Antwort. Wollte er auch nicht, das war die Arbeit von Alex und Lilly, nachdem die leitende Kommissarin Jasmin Jemain mit einer komplizierten Fraktur des Sprunggelenkes und schwerer Gefäßverletzungen in der Tübinger BG Klinik lag.

Was wiederum Wolfgang Eierle wusste, war, dass Fidel Mayer erschossen wurde, und dies eindeutig mit einem Hohlspitzgeschoss, welches er gerade in eine Petrischale legte. Das Geschoss drang von hinten unterhalb des rechten Schulterblattes ein und zerlegte alle Organe der rechten Körperhälfte. Fidel Mayer dürfte sofort tot gewesen sein.

Jetzt mussten die Hinterbliebenen informiert und der Täter ermittelt werden. Wolfgang Eierle atmete erleichtert aus. Das war eine Arbeit, die er zum Glück nicht durchführen musste. Hier im Institut war er allein und konnte konzentriert arbeiten.

„Chef! Ich konnte DNA extrahieren!", rief Ruckwied und wedelte mit einer Pipette, als wäre das eine Deutschlandfahne beim Public Viewing.

„Hmm, gut! Aber da kümmern wir uns morgen drum", brummte Wolfi, da er ja noch einen Termin mit seinem Freund Alex hatte.

„Okay! Dann untersuche ich einmal die Tatwaffe der dritten Leiche auf Spuren."

„Machen Sie das, ja machen Sie das!", sagte Eierle und freute sich wie ein kleines Kind auf das Treffen mit Alex.

Jetzt war Alex doch zu einer Waffe gekommen. Nachdem Lilly wieder nach draußen gestürmt war und sich nun bereits das dritte Mal übergeben hatte, war ihr ihre Dienstwaffe aus der Hand gerutscht. Alex hielt nun eine Heckler und Koch SFP 9 in der Hand. Offensichtlich die neue Dienstwaffe der Polizei. Lilly würgte noch immer.

„Komm, so schlimm war es nicht! Das war nur der Kopf eines alten Ebers!" Alex grinste und Lilly wurde von einem Würgereiz hin und her geschüttelt.

„Okay. Er hatte ein paar Maden, aber …", sagte er und sah, wie Lilly ihn mit erhobener Hand zum Schweigen aufforderte.

„Du hattes recht!", stammelte sie.

„Habe ich das nicht immer!" Alex grinste überheblich, doch der kühle Blick von Lilly ließ ihn verstummen.

„Es war gut, dass wir den Hund nicht mitgenommen haben!"

Alex nickte zustimmend und Lilly wählte eine Nummer.

„Wen rufst du an?"

„Spurensicherung, dann die Gewerbeaufsicht und das Umweltamt! Das muss alles weg hier."

„Das geht nicht!" Alex kicherte.

„Was! Warum?"

„Göckeleswald! Kein Netz!" Lilly starrte ungläubig auf ihr Smartphone.

„Gut, dann gehen wir zum Wagen, hoffe, dort ist ein Netz!" Lilly war sauer.

Dort gab es ein Netz, denn das Smartphone von Lilly läutete kaum, dass es sich eingeloggt hatte.

„Wo stecken Sie und Kanst?"

„Ja hier, also in Göckeleswald. Bei der Hütte, Chef!", sagte Lilly recht unterwürfig zu Frau Balk. Dann hörte sie angestrengt zu und nickte immer wieder.

„Kannst du fahren?" Lilly sah noch immer echt blass aus.

„Mit der Kiste?"

Lilly stieg bereits auf den Beifahrersitz, wo sie der Hund freudig begrüßte.

Nutten! Alle sind nur Nutten! Besonders die Blonden! Die Blonden! Immer wollen sie nur ficken. Nicht mehr! Doch meine Schwester möchte mehr, viel mehr.

Ich streiche über den kalten Stahl. Das Metall des Rohres fühlt sich glatt und doch sanft an. Es wird mir helfen, die Nutten zu vertreiben. Vielleicht, nein bestimmt ist sie die Erste, doch auch bestimmt nicht die Letzte. Die anderen wollten auch nur ficken. Nur weil meine Schwester so schön ist. Alles alte Säcke! Doch dieser ist anders, hoffe ich für ihn. Doch zuerst muss die blonde Nutte weg.

Langsam schiebe ich die Patrone in den Lauf.

Nun war er sich ganz sicher. Morgen würde er sich um ein neues Auto kümmern. Der Motor des kleinen Fiat machte einen Lärm wie eines dieser Quads, welche die Jäger neuerdings überall einsetzten. Dazu kam noch, dass er, obwohl der Sitz ganz zurückgeschoben war, mit angewinkelten Beinen fahren musste.

Und er wollte sich lieber nicht ausdenken, wie effektiv hier die Knautschzone war.

Nein! Alles in allem war es Zeit, wieder nach vorne zu sehen. Und dabei kam ihm der alte und doch neue Gedanke an eine Assistentin. Dass für ihn natürlich im Gegensatz zu seinem Freund Wolfi ein Assistent nicht in Betracht kam, war klar. Da blieb Alex Kanst sich treu.

Da er die Kurve in das Hechingen Wohngebiet Stockoch zu scharf nahm, bog er mit quietschenden Reifen ab. (Genau hatten nur zwei gequietscht, da die anderen keine Bodenhaftung hatten). Dies brachte Alex einen bösen Blick von Lilly ein.

„27, 29, 31! Dass muss es sein!" Alex fuhr in die Auffahrt eines großen Einfamilienhauses mit einem angebauten Wintergarten, der größer war als so manches Hallenbad einer Gemeinde.

„Protzig!", sagte Lilly so farblos wie ihr Gesicht war.

„Bänker halt!", konterte Alex, der diesem Berufstand auch nichts abgewinnen konnte. Musste er auch nicht, da sein Kontostand immer bestens war.

„Und?"

„Was und?" Lilly tippte auf ihrem Smartphone herum.

„Eckdaten, bitte." Alex grinste, doch er bekam nur einen verwunderten Blick und im selben Moment legte Lilly los.

„Bauer! Die ganze Truppe sofort zum, äh, wo ist das eigentlich?" Ihr Blick heftete sich an Alex.

„Göckeleswald!" Er grinste.

„Ja in diesem verdammten Wald. Ich schicke euch die Geo-Daten! Wie abklären? Mit wem? Der Chefin? Die bin ich, genau genommen zwar erst seit gestern, doch dieses Detail lasse ich außer Betracht. Fakt ist, dass sie gerade D I E Chefin am Telefon haben. Also die leitende Ermittlerin in diesem Fall. Und genau genommen in den anderen Fällen, welche mit diesem Waldgebiet zu tun haben, auch. Sogar der Anschlag auf die andere Chefin, also die der Chef ist, wenn ich es nicht bin. Und in dieser Funktion möchte ich nun, also es ist natürlich keine Bitte, sondern eine Anordnung, den Begriff Befehl spare ich exakt aus, dass Sie die Hütte genauer unter die Lupe nehmen. Also gehen Sie los und drehen Sie diese Hütte einmal um. Dann soll das Gewerbeaufsichtsamt diese am besten abreißen. Was? Nein, Sie haben schon richtig gehört: Abreißen, und warum, das werden Sie schon noch sehen. Insbesondere riechen."

Lilly hatte wieder einen ihrer Monologe vom Stapel gelassen. Ihr Gegenüber bekam eine Menge Mitleid mit Alex wie kaum einer. Er war ausgestiegen und betrachtete das große Haus.

Links neben der Garage stand ein grüner Suzuki Jimmy. Über der Garage prangte ein Hirschgeweih. Und dies, obwohl es keine Hirsche gab in dieser Region.

„Alles Dilettanten!" Lilly war ausgestiegen und hatte die Tür des kleinen Fiat mit Wut zugeschlagen.

„Der kann aber nichts dafür!" Alex klopfte liebevoll auf das himmelblaue Dach des Wagens. Doch insgeheim hatte er bereits ein mulmiges Gefühl. Letztendlich waren sie nun hier, um die Botschaft des Todes von Fidel Mayer zu überbringen. Und Alex mochte solche Gänge nicht. Allerdings musste er dies doch schon häufiger tun als es ihm lieb war. Doch hier waren die Dinge noch einmal anders. Es war kein Herzinfarkt oder ein Verkehrsunfall. Nein, es war definitiv Mord!

„Zwei Kinder, eine Frau!", flüsterte Lilly, als Alex, nachdem er kräftig Luft geholt hatte, den Klingelknopf betätigte.

„Was?" Alex konnte im Moment den Zusammenhang nicht herstellen.

„Die Eckdaten!" Nun grinste Lilly.

„Ja, vielen Dank! Und ähm, echt? Nur eine Frau?"

Gerade als Lilly etwas sagen wollte, öffnete ein Junge, der mindestens zehn Zentimeter größer als Alex war, die Tür. Er kaute Kaugummi und hatte ein Headset auf.

„Mein Name ist Lilly Baur. Baur ohne -e- und wir kommen vom …" Weiter konnte Lilly nicht sprechen, denn der Junge hatte kommentarlos und grußlos nur die Tür geöffnet und war verschwunden.

„Also, das ist ja wohl! Die Jugend von heute!" Lilly war in ihren Dialekt verfallen.

Nun standen sie recht hilflos mitten in einer großen Diele.

„Hi!", sagte plötzlich ein junges Mädchen und wackelte mit ihrem Po an Alex und Lilly vorbei.

Sogar Alex war entsetzt, so schätzte er das Mädchen auf höchstens 14.

„Hallo, wir sind von der Polizei!", rief Lilly ihr noch hinterher, doch das Mädchen war bereits im oberen Stockwerk verschwunden.

„Und nu?"

„Warum schauts du mich an?" Alex zuckte mit den Schultern.

„Na du bist doch der Psychologe, oder?"

„Wer sind Sie und was tun Sie hier?", sagte plötzlich eine schrille Stimme. Alex drehte sich reflexartig um und schaute in die dunklen Augen einer Frau. Sie hatte ihre schwarzen Haare kunstvoll hochgesteckt und trug einen schwarzen kurzen Rock, dazu ein kleines Jäckchen mit Tigermuster. Ihre goldenen Ohrringe wirkten dabei fast zu groß.

„Entschuldigung, aber wir haben geläutet und der Junge hatte uns geöffnet", entschuldigte sich Lilly.

„Ben! Ja, dann ist er wenigstens zu Hause, der Taugenichts. Wissen Sie, jetzt hat er noch immer keine Idee, was er anfangen möchte und ist schon seit über zwei Jahren mit dem Abitur fertig. Meinen Mann bringt das noch um den Verstand.

„Sie sind Frau Mayer, ja?" Alex streckte mit einem charmanten Lächeln der Frau seine Hand hin. Sie erwiderte den Gruß umgehend.

„Ja, Lorena Mayer! Und Sie sind?"

„Kanst! Dr. Alex Kanst!" Mit seiner Linken strich Alex dabei gekonnt eine Strähne aus seinem Gesicht.

„Ähm, ja und ich bin Lilly Baur ohne -e-! Wir sind von der Kriminalpolizei!" Kaum hatte Lilly ausgesprochen, hielt Frau Mayer sich die Hand vor den Mund und plumpste auf einen kleinen Hocker.

„Dann ist er, dann ist er …“, stammelte Frau Mayer.

„Nun, wir müssen Ihnen leider mitteilen, dass Ihr Mann nicht mehr am Leben ist“, sagte Alex so sanft wie es nur ging.

„Du Arsch! Du weißt doch, dass ich das Bad jetzt brauche! Mama, komm und sag dem Arsch, er soll abhauen!“

Lautes Geschrei aus dem oberen Stock ließ alle Gefühle aufwirbeln.

Wolfgang Eierle parkte voller Stolz seinen Porsche direkt vor dem Eingang zum Berggasthof. Leider musste er feststellen, dass es heute zahlreiche Gäste gab. Dies fand er ja schon etwas lästig, aber eine enorme Menge an Neuschnee wäre für ihn und seinen tiefergelegten Porsche wohl noch lästiger gewesen.

Kurz noch ein Blick in den Rückspiegel und dann hüpfte er so elegant wie es nur ging aus dem Wagen mit einem Strauß blutroter Rosen in seiner rechten Hand.

„Ja, Alex, mein Freund! Das wird dich umhauen!“, murmelte Wolfgang alias Wolfi. Als er mit einem Satz die kleinen Stufen zur Eingangstür genommen hatte, merkte er nun doch die aufsteigende Nervosität. Er grinste, so waren dies doch Gefühle fast wie bei einem Teenager. Allerdings hatte er diese nie wirklich erleben dürfen. Immer war er der Biedere und der Streber, dem die Girls von damals nichts abgewinnen konnten.

Doch jetzt war es anders. Er hatte ein Mädchen, auch wenn dieser Begriff ihm schon fast nicht mehr passend vorkam. So war auch er alles andere als ein Junge.

Dennoch - dem Sex, der Erotik und einer gemeinsamen Zukunft stand nun fast nichts mehr im Weg.

Fast!

Wolfi hielt die Klinke noch immer fest in der Hand und traute sich nun fast nicht mehr, den Gastraum zu betreten. Es waren einfach zu viele Menschen dort. Obwohl sein Freund Alex auch schon drinnen auf ihn wartete. Vor seinen Augen sah er Alex nervös am großen Stammtisch sitzen und es kaum erwarten können, dass Wolfi hereinkam. Denn eines, das wusste Wolfgang Eierle, konnte sein Freund nicht: Warten.

Dr. Alex Kanst war einer der ungeduldigsten Menschen auf der Welt. Gleichzeitig konnte er es nicht leiden, wenn andere Geheimnisse vor ihm hatten. Ganz im Gegenteil zu sich selbst. Alex Kanst war mit mehr Geheimnissen umwittert als die Queen von England.

Doch nicht heute! Heute würde er warten müssen und dies sehr lange. Wolfgang Eierle hatte beschlossen, zuerst seinen Rehbraten zu essen, ein oder sogar zwei Gläser Wein zu trinken (Er musste ja nicht mehr nach Tübingen fahren) und erst dann seinem Freund reinen Wein einzuschenken. Es könnte ja sein, dass danach auch der berühmte Alex Kanst sich Gedanken über seinen Lebensstil machte und auch noch den Hafen der Ehe, oder zumindest den einer längeren Beziehung anläuft. Zeit wäre es nun mehr als genug.

Und um ehrlich zu sein, auch schön. Bald würde der Duft einer Frau durch seine Wohnung ziehen. Das Kulturprogramm von Tübingen könnte er nun in Begleitung der schönsten Frau, die man sich nur vorstellen konnte, gemeinsam genießen. Wolfgang Eierle richtete sich auf. Holte tief Luft. Dann drückte er die Klinke nach unten und betrat den Gastraum.

„Mama! Bist du verrückt geworden? Das sage ich Papa!" Heulend rannte das Mädchen wieder die Treppe hoch, nachdem dieses eine saftige Ohrfeige von ihrer Mutter bekommen hatte. Das Ganze ging so schnell, dass sogar Alex völlig überrumpelt gewesen war.

„Okay. Das bringt doch alles nichts. Setzen Sie sich doch erst einmal wieder, und dann …" Alex versuchte die Situation zu entschärfen.

„Deinem Erzeuger! Ja, versuch es doch mal! Diesem Schwein!" Lorena Mayer drehte sich um und verschwand hinter der nächsten Tür. Augenblicklich später krachte und rumorte es.

„Hervorragend, Herr Diplom-Psychologe!", sagte Lilly und wollte in den Raum, doch Lorena Mayer hatte die Tür verschlossen.

„Nicht Diplom, ich habe zwei Doktortitel, und zudem …"

„Ja, mit denen bringen wir die Tür auch nicht auf! Los, du musst sie eintreten!" Lilly ging einen Schritt zur Seite.

Alex stand mit offenem Mund da, während es immer lauter in dem Raum hinter der geschlossenen Tür krachte.

„Ich? Wieso ich?"

„Weil du mindestens siebzig Kilo mehr als ich auf die Waage bringst!" Lilly grinste. Alex starrte entsetzt an sich herunter. Man konnte schon denken, dass er etwas zugenommen hatte. Gut, Sport war ja noch nie sein Ding, aber in der letzten Zeit lag er fast nur noch herum. Zum Glück gab es ja jetzt Berry, der ihn dazu zwang, etwas rauszukommen. Und dann gleich wieder in einen tiefen Schlamassel.

„Also glaub mir, das gibt es nur im Film. Wir können mit unseren Körpern keine Türen einrennen!" Alex winkte ab.

„Nicht einrennen! Treten! Schau!" Lilly wirbelte herum und streckte dann ihren rechten Fuß aus. Alex hätte schwören können, dass dieser die Türklinke kaum berührt hatte und dann krachte es und die Tür flog auf.

„WingTsun! Dritter Dan!", sagte Lilly schon etwas stolz, während Alex kein Wort herausbrachte.

„Ja was ist denn hier los?", sagte plötzlich eine dunkle Männerstimme, die Alex sehr bekannt vorkam. Vor ihm stand Walter Rehm, der Kreisjägermeister, in einer Kniebundhose und grünen Gummistiefeln, an denen noch eindeutig die Reste von Blut zu erkennen waren.

„Die Frage ist: Was tun Sie hier?", sagte Lilly nun recht kühl und wurde dabei mit den Augen, welche unter buschigen Augenbrauen kaum merklich lagen, fixiert.

Doch anstatt einer Antwort fiel Walter Rehm Frau Mayer plötzlich um den Hals.

„Er ist tot! Endlich!", schluchzte sie.

Lilly schaute Alex entsetzt an.

Für Walter Mayer schien die Situation recht unangenehm zu sein.

„Tja, Herr Rehm, da hätten wir nun wohl auch noch ein paar Fragen an Sie." Alex grinste triumphierend.

„Mit mir? Ich habe mit der Sache nichts zu tun! Rein gar nichts!", brummte er und schob dabei Frau Mayer von sich weg.

„Sie gehen also von einer Sache aus! Interessant, dabei haben wir ja gar nicht erwähnt, wie Herr Mayer gestorben ist!" Alex lief langsam warm.

„Ja Herrgott, wenn schon die Polizei da ist, da, da, ja da muss man ja von …"

„Von was? Mord?", fiel ihm Lilly ins Wort.

„Ja, natürlich!", brüllte nun Herr Rehm.

„Du elendiger Arsch! Mama, der hat alle Handtücher nass gemacht! Wie soll ich mich da stylen?" Laura Mayer warf wutentbrannt ihrem grinsenden und gestylten Bruder Benn ein Bündel Handtücher hinterher, während dieser die Treppe hinunterrannte.

„Hey, bin dann mal weg!", sagte er, ohne seine Mutter dabei anzusehen.

„Benn, dein Vater! Benn warte, er ist tot!", schluchzte Lorena Mayer.

„Krass!", sagte er und schlug die Haustür zu. Doch plötzlich kam er zurück.

„Wir müssen hier doch nicht ausziehen deswegen, oder? Das fände ich doof! Tschau!", und Benn Mayer war weg.

„Tja, sehen Sie, die familiäre Situation war schon seit langem angespannt!", brummte nun Walter Rehm und Lorena Mayer lief die Schminke über das Gesicht.

„Und da haben Sie sich um Frau Mayer gekümmert?" Alex war direkt.

„Herrgotzack! Ja!", fluchte Walter Rehm.

„Walter kam manchmal, wenn Fidel wieder irgendwo auf dem Ansitz war!", flüsterte Lorena Mayer schon fast entschuldigend.

„Ja oder wenn er rumgehurt hatte!", gab nun Herr Rehm noch dazu.

„Walter, bitte!", sagte Lorena Mayer und schaute den Kreisjägermeister flehend an.

„Ja ist doch wahr, weiß doch jeder, dass er was Nobles am Laufen hatte! Und dabei hatte er doch so eine Stute im Stall!" Walter Rehm strich zärtlich über die Wange von Lorena Mayer.

„Also ich denke, wir sollten uns da mal unterhalten!", sagte Alex.

„Genau, am besten morgen auf dem Revier!", sagte Lilly in einem Befehlston.

„Ach was, nicht auf dem Revier, im Revier. Übermorgen ist doch große Drückjagd. Da kommt der Herr Förster dazu, dann kann man ungestört reden!" Rehm klopfte Alex auf die Schulter, der plötzlich Schweißperlen auf der Stirn hatte und kreidebleich war.

„Ja, eine prima Idee, da kann Dr. Kanst auch die anderen Jagd-kollegen befragen!", sagte Lilly begeistert.

„So ist es!", pflichtete Walter Rehm bei.

„Übermorgen! Also da ist es ja so, dass ich eigentlich …" Alex stotterte.

„Abgemacht! 10 Uhr, alte Pflanzschule Onstmettingen!"

Alex war nun noch blasser.

Die Gastwirtschaft war bis zum Bersten voll. Skifahrer, Wan-derer und sonstige Leute, die den Winterpremiumwanderweg als was Besonderes sahen. Wolfgang Eierle bekam Schweißperlen auf die Stirn. Nun stand er wie ein begossener Pudel mit einem riesi-gen Strauß blutroter Rosen mitten in der gefüllten Wirtschaft vor dem Tresen. Eine junge Frau, welche den Service unterstützte, kam auf ihn zu.

„Äh Entschuldigung, ist die Chefin nicht da?", fragte er und fühlte sich dabei unwohl, als wäre er ein Fremdkörper.

„Klar, irgendwo dahinten! Heute ist was los hier, sind Sie al-lein?"

Wolfi nickte.

„Gut, dann setzen Sie sich doch an den Stammtisch, bringe gleich die Karte, ja!"

„Ja, aber, ich wollte ja …" Wolfgang Eierle stotterte.

„*Mir beisat ita!*", sagte plötzlich eine Männerstimme hinter ihm. Wolfgang drehte sich um und sah nun den großen Stammtisch aus hellem Ahornholz, an dem fünf Männer, allesamt im Rentenalter, saßen.

„*Komm her und sitz na!*", sagte nun ein anderer und alle rutschten einmal um die Eckbank, sodass es ein Plätzchen für Wolfgang gab.

„Ich, äh, ja danke!", stammelte dieser.

„*Jo, die sind aber schee!*", sagte nun ein kleiner Mann mit Glatze und zeigte auf den Strauß Rosen.

„*Und deier! Fritz, was moascht, was die kostat?*"

„*A Vermöga!*", lachte einer mit dichtem grauem Haar und nahm danach einen großen Schluck Bier aus einem Tonkrug.

„*Ho, du kentast deiner alta au mohl wieder ebes mitbringa!*", sagte nun einer, der einen grünen Hut aus Filz trug.

„*Ha, des seit da reacht! Die dei isch doch schon zeh Joar unterm Boda!*"

Alle lachten ausgiebig und nahmen nun alle einen Schluck Bier. Wolfgang Eierle wurde es immer unangenehm.

„*Jetzt sag a mol, du bisch it vo hier?*", sagte nun der mit dem grünen Hut.

„Wer? Ich? Nein, also ich bin aus Tübingen!", sagte Wolfgang, dem es immer heißer wurde.

„*A Greaner! Des han I doch glei denkt! Do e dem Tübinga do desch ita mol mei parka!*", sagte nun der Fritz.

„*Un wenn no muscht meier Zahla wie do bei dr Alex für a Halbe! I be do duna gwea mit meim Weib zum bestrahla!*"

Nach dem Wort bestrahlen wurden plötzlich alle nachdenklich und ruhiger.

„Wiea goats au, Alfred?", fragte nun der mit dem grünen Filzhut.

Alfred zuckte mit den Schultern.

„S goat!", und nahm einen weiteren Schluck Bier.

„So so, vo Tibinga! Ja wie koant er no do her?", begann der Mann mit dem Filzhut erneut die Konversation.

„So, die Karte! Was darf ich zum Trinken bringen?" Die junge Bedienung hatte nun ein bisschen Zeit gefunden, um sich Wolfi zu widmen. Wolfgang Eierle, der noch immer seinen Strauß fest umklammert hielt, antwortete nicht.

„Bringam a Halbe!", sagte nun Fritz und klopfte Wolfgang auf die Schulter. *„Des goat uf mi!"* Er grinste.

Ruckzuck stand ein Tonkrug mit Bier vor dem Forensiker.

„Jetzat verzehl a mol. Wa treibt di do her?"

Wolfgang Eierle nahm einen Schluck Bier.

„Also, eigentlich mein Freund, der Alex. Dr. Alex Kanst, vielleicht kennt ihn einer von euch?"

„Dr Alex, ha jo! Dr Förster uf Abwege! Der hot doch bei mir gleret! No isch ganz aus Forst ausgstiga!", sagte nun der mit dem Filzhut.

„Woascht, i be doch do Förster gsei virzg Joar lang!"

Alle lachten und Wolfgang Eierle nahm noch eine großen Schluck Bier. Alexandra hatte er noch nicht zu Gesicht bekommen.

Alex hatte keine größeren Probleme bei Frau Mayer erkennen können. Und dazu blieb ja Walter Rehm noch etwas da, wie er sagte. Auch die Jugend schien vom Tode des Familienoberhauptes nicht wirklich betroffen zu sein. Alex war sich sicher, dass man hier alles andere als einen Notfallseelsorger benötigte.

Doch dass er nun eine Einladung zu einer Jagd hatte, das passte ihm gar nicht. Doch er wollte sich ja auch nicht bloßstellen. Natürlich hatte er einen Jagdschein. Natürlich hatte er das alles studiert und auch schon ein Reh geschossen.

Ein Reh! Nur ein Reh! Vor 25 Jahren. Danach hatte er die Flinte ins Korn geworfen. Auch besaß er noch irgendwo eine Waffe. Doch wo genau, wusste er nicht so richtig. Und er wollte da ja auch gar nicht hin.

„Also ich denke, die stecken alle unter einer Decke. Diese Jäger, das sind doch nur Mörder. Wie soll sich bitte das Tier gegen ein Gewehr wehren. Und dann die Hochsitze, da stehen ja mehr als früher in der DDR an der Innerdeutschen Grenze. Das ist so pervers! Doch jetzt kannst du ganz gelassen inkognito ermitteln. Also quasi, ich meine, die kennen dich ja alle, aber keiner weiß ja, dass du ermittelst. Vor allem, denn alle denken, du hast geschlossen. Was ja auch die Praxis betrifft, nicht deine freiberufliche Tätigkeit für uns. Also mit uns meine ich natürlich die Polizei, wobei uns natürlich schon auch auf uns zwei passt! Wir sind schon ein gutes Team. Aber du wirst ja natürlich dort nichts töten, also ein Tier oder so? Natürlich tun wir nur so, als würdest du jagen. Weil du ja eigentlich ermittelst!"

Trotz des dröhnenden Motors des Fiat 500 war der Monolog von Lilly durchdringend.

„Hmm! Eigentlich hasse ich so Gesellschaftsjagden. Die sind auch immens gefährlich, weißt du? Da ist schnell mal ein Schuss falsch gesetzt. Erst letzte Woche haben sie im Schwarzwald den Treiber erschossen, weil ein 90-jähriger Schütze diesen für einen Keiler gehalten hatte. Glaub mir, das ist gefährlich", brummte Alex nun als Antwort, in der Hoffnung, Lilly davon zu überzeugen, die Sache abzublasen.

„Nicht gefährlicher als sonst die Polizeiarbeit! Und wir sind ja jetzt krisenerprobt. Denk doch nur mal an die Mafia vor Weihnachten. Denen haben wir es gezeigt! Also ich meine wir waren schon ein gutes Team, oder nicht? Das Beste ist ja, wenn die Chefin nicht da ist. Und zurzeit hat sie echt eine Pechsträhne!" Lilly grinste.

„Pass auf!", schrie Alex und Lilly riss gerade noch das Lenkrad herum. Der Fiat kam ins Schlingern und fuhr in eine tiefe Schneewehe.

„Iiiiiiiiii!", schrie Lilly, dann wurde alles still.

„Du Arsch!" Alex war ausgestiegen und schrie den kleinen roten Lichtern hinterher, welche sich immer weiter entfernten.

„Nein, mir ist nichts passiert. Danke der Nachfrage!", murmelte Lilly.

„Irgendein dunkler riesiger Geländewagen. Der hätte uns fast gerammt. Die Straße ist eh zu eng wegen der Schneewehen!", stellte Alex nun nüchtern fest.

„Nein, mir ist nichts passiert. Danke, dass du fragst!", sagte Lilly, die auf der Beifahrerseite aus dem Fiat gekrochen kam.

Plötzlich läutete das Handy von Alex.

Alex erkannte die Nummer seines Freundes Wolfi und atmete schwer ein. So war er doch zu spät, und würde es heute wohl auch nicht mehr schaffen.

Eigentlich hatte Alexandra schon vor Jahren aufgehört zu rauchen. Schädlich für die Haut, die Lunge und überhaupt. Natürlich hatte auch sie, wie viele andere, die das Rauchen aufgegeben hatten, etwas zugenommen.

Doch das war jetzt egal. Sie hatte den Strauß Rosen gesehen und Wolfi etwas zugenickt. Nun kam der Moment und sie musste sich zu Alex und Wolfi setzen. Deshalb hatte sie sich nun eine Zigarette von ihrer Servicekraft geschnorrt. Mit jedem Zug, den sie tat und danach in die kalte, aber klare Luft hinter ihrer Küche blies, wurde Alexandra ruhiger.

„Es war die richtige Entscheidung", flüsterte sie und nahm noch einen Zug. Doch noch ließe sich alles ändern. Aber sie wusste, dass sie nicht mehr die Jüngste war und Alex kein Fels. Vielleich nie einer sein würde. Und sie wusste auch, dass dieses Leben sie so nicht mehr weiterführen wollte. Keine Halbe Schorle rot-sauer und

Spezi. Keine Spätzle mit oder ohne Soße und keine Trinkgelder mehr.

Sie wollte geküsst, in den Arm genommen und geliebt werden. Sie wollte schoppen, in den Urlaub fahren und zu kulturellen Veranstaltungen gehen.

Kurz: Sie wollte ihr Leben ändern. Und dies nicht erst seit heute. Nein, schon immer. Doch keiner, für den sie sich interessiert hatte, wollte mehr von ihr.

Natürlich eine Nacht hie und da, meist in einem ihrer Gästezimmer.

Und Alex, bei all seinem Ruf, wollte nicht einmal das. Bestimmt waren all seine anderen besser in was auch immer. Sie hatte nur einen guten Kartoffelsalat und Maultaschen dazu. Egal, das würde nun anders werden und gleichzeitig eine schlechte Nachricht für die Onstmettingen-Sonntagsausflügler und Liebhaber der Traufgänge sein. Vielleicht findet sie ja einen Nachfolger. Alexandra lächelte bei dem Gedanken.

„Wer will schon so einen beschissenen Job heute noch!", flüsterte sie, bevor sie die Kippe in den Schnee schnippte.

Wolfgang Eierle nahm gerade seinen dritten Schnaps auf ex, als ein lauter Knall dem Trubel in der Gastwirtschaft ein Ende setzte.

„Was war jetzt das?", lallte er.

„*I dek a Schuss!*", sagte der Fritz.

„*Sogar am Sontig sind dia Jäger dussa!*", sagte Karl.

„Hilfe! Schnell einen Arzt, schnell, die Chefin!" Kreidebleich taumelte ein dicker Koch in die Gaststube, in der es jetzt mucksmäuschenstill war.

Wolfgang Eierle sprang auf.

„Was ist passiert?", doch der Koch keuchte nur und zeigte auf die Tür in die Küche.

Wolfgang zögerte nicht und rannte in die Küche.

„Alex?", rief er und bemerkte, dass die Tür in den Garten offenstand.

„Alex?", rief er in die dunkle Nacht hinaus, als ihm der dunkelrot gefärbte Schnee auffiel. Dann sah er Alexandra auf dem Rücken im Schnee liegen. Ihre Bluse war tiefrot gefärbt.

„Scheiße, Alex!" Wolfgang fühlte ihren Puls und die Atmung. Beides war mehr als flach, doch vorhanden.

„Iiiii!", schrie nun die Servicekraft.

„Ruf den Notarzt und die Polizei!", befahl Wolfgang Eierle und zog Alexandra in die Küche. Wortlos nickte diese und tippte in ihr Smartphone.

Alexandra flackerte mit den Augen.

„Ich bin da! Bleib ruhig, ich bin da!", flüsterte Wolfgang, als er ihre Bluse aufriss. Mittlerweile hatte sich der ganze Stammtisch (einige mit ihren Bierkrügen in der Hand) in der Küche versammelt.

„Ische a gschossa?", fragte nun der alte Förster. Doch Wolfgang antwortete nicht.

„Ich brauche Verbandsmaterial! Schnell!", befahl er und alle schauten sich um, als würden sie die Sprache von Wolfgang nicht verstehen.

„Hier, die habe ich abgekocht!", sagte nun die Küchenhilfe, welche ein Kopftuch trug, und reichte Wolfgang einige Geschirrtücher.

„Danke!", flüsterte er und hielt dabei die Hand von Alexandra.

Lilly ließ eine Kaugummiblase platzen.

„Wen hast du da weggedrückt?"

„Ist doch egal!", murmelte Alex.

„Ach ja? Hat der Herr Psychologe schon einmal darüber nachgedacht, wie wir hier aus diesem Schlamassel wieder herauskommen. Und da ist schon einmal das Wichtigste, wie kommt mein Auto aus diesem beschissenen Schnee heraus. Ich zumindest habe keine Lust, nach Onstmettingen zu laufen und der Hund schon gar nicht. Gut, vielleicht hat er ja Lust, aber er darf noch nicht, da die Wunde noch nicht ganz verheilt ist. Zudem ist er zu schwer zum Tragen. Und wenn wir hier noch länger bleiben, dann erfrieren wir oder …"

„Wir werden taub!", brummte Alex und versuchte mit seinem Handy seinen Kumpel Hans Peter zu erreichen.

Nach über einer halben Stunde hatte er endlich wieder Kontakt. Die Nähe zum Göckeleswald ließ sich einfach nicht leugnen. Nach einer weiteren Stunde war Hans Peter mit seinem schönen weißen Traktor gekommen und zog den himmelblauen Fiat aus dem Schnee. Natürlich ließ sich der Wagen nicht mehr starten und der Freund von Alex bot an, den Fiat nach Hausen in seinen Hof zu schleppen, wo ihn morgen ein Monteur ansehen konnte. Mittlerweile hatte Lilly so blaue Lippen wie die Farbe ihres Wagens.

Nach einer weiteren halben Stunde fuhr das Taxi heran.

„Kamrad, i dich hohkle uberall!", sagte Ümit.

„Ja. Danke schön!", stöhnte Lilly.

„Was?" Alex war genervt und Lilly ließ noch eine Blase platzen.

„Na was schon? Der Sohn wäre mir lieber gewesen!"

Alex stöhnte und bemerkte das Vibrieren seines Handys. Er hatte eine Nachricht auf der Mailbox. Irgendwie konnte er sich schon vorstellen, was oder wer das sein konnte. Schwer einatmend drückte er die Wiedergabetaste.

„Möchte nur wissen, wo du wieder steckst. Egal, hier wird oder wurde geschossen! Und das ist ja so klar. Kaum verwickelst du einen in einen Fall, dann wird man angeschossen. Ich bin das ja mittlerweile gewohnt. Doch dieses Mal, mein Freund, hat es Alex erwischt. Also beweg deinen Hintern hierher!"

Alex legte das Handy auf den Sitz und wischte sich den Schweiß von der Stirn.

„Ümit, schnell, so schnell du kannst zum Berggasthof!", stotterte Alex und Ümit gab Gas.

„Was? Warum das jetzt? Ich bin müde!", sagte Lilly.

„Wir haben Arbeit!", murmelte Alex und seine Hand krallte sich in das Sitzpolster.

Schon von Weitem leuchtete das grelle blaue Licht der verschiedenen Einsatzfahrzeuge. In Alex stiegen furchtbare Erinnerungen auf. An die Geschehnisse im Advent, an Tina, einfach an all das Schlimme. Berry hatte die Angst seines Freundes gespürt und hatte seinen Kopf in den Schoß von Alex gelegt. Sogar Lilly hielt seine Hand.

„Sicher ist es nicht so schlimm!", sagte sie, doch Alex zitterte am ganzen Körper. Dass Wolfi vor Ort war, beruhigte ihn. Sicher konnte er besser Erste Hilfe leisten als alle anderen.

„*Oh, i könne net weiter fahra! Do isch Polizei!*", sagte Ümit und war abrupt auf die Bremse gestiegen.

„Wir, ähm, also ich bin auch die Polizei! Und sozusagen der Chef, also die Chefin von all denen! Fahr weiter!", befehligte Lilly.

„Oje!", stöhnte Ümit, dem dies nicht geheuer war.

„Doch wirklich, bitte fahr!", sagte nun auch Alex.

„*Gut Kamrad i fahre!*" Danach drückte Ümit das Gas so tief durch, dass Lilly und Alex in die Sitze gedrückt wurden.

„Kriminalpolizei!", schrie Lilly an einen dicken Streifenpolizisten, der mit einer noch dickeren Fellmütze versuchte, den Weg abzusperren.

Als sie sich dem Berggasthof näherten, war alles bereits hell ausgeleuchtet. Das THW Hechingen leistete beste Arbeit. Dazu waren Krankenfahrzeuge, Notarztwagen und bestimmt alle Polizeiautos des ganzen Landkreises vorgefahren.

Ümit hielt einfach mitten vor der Gaststätte. Weiter ging es nun wirklich nicht. Alle Gäste hatte sich vor dem Berggasthof versammelt und es war ein lautes Hallo.

Alex stürmte kopfüber aus dem Taxi auf einen der Rettungssanitäter zu, den er kannte.

„Benny!"

„Hoi, Alex!"

„Wo ist sie, wie geht es ihr?"

„Immer mit der Ruhe, sonst klappst du uns auch gleich zusammen!", sagte Benjamin Löffler, der Leiter der DRK-Einsatzgruppe Oberes Killertal.

„Die Spusi kann jetzt in den Wald!", sagte plötzlich einer der Männer vom THW.

„Gut, sobald die Leiterin der Kripo da ist!", sagte dann einer der uniformierten Polizisten.

„Die ist da!", sagte Lilly und bemerkte die unsicheren Blicke der Beamten.

„Baur Kripo Balingen! Bitte einen Lagebericht."

„Ja, also die Eigentümerin der Gaststätte war offensichtlich zum Rauchen in den Garten gegangen, als um circa 19 Uhr zehn sie von einem Geschoss getroffen wurde. Ein Professor Eierle leistete wohl Ersthilfe, auch er wäre ein wichtiger Zeuge!"

Lilly nickte dem schlanken Beamten zu und machte sich Notizen in ihrem Smartphone.

Alex stand nun fassungslos im Kräutergarten von Alexandra und starrte auf die immense Blutlache. Natürlich hätte er sonst gemerkt, dass es immer nach viel mehr aussieht, wenn Schnee im Spiel ist, doch heute konnte er keinen klaren Gedanken fassen.

„Hey Alex, wir haben sie ins Fürstliche nach Hechingen gebracht!" Benny Löffler klopfte Alex auf die Schulter.

„Danke!", sagte er und rannte zurück zum Taxi! Auf dem Weg dahin hätte er fast Frau Balk umgerannt.

„Kanst! Das ist ja eine Katastrophe! Kanst!? Wo wollen Sie jetzt hin? Ihr Platz ist an der Seite von Frau Baur! Kanst!", schrie Bettina Balk, doch dies war Alex alles egal. Mit einem Satz sprang er auf den Rücksitz des Taxis. Mit dem Taxi verschwand Alex in die Nacht, während Lilly sich zunehmend einem sprachlichen Problem ausgesetzt sah.

„Bitte bleiben Sie ruhig und gehen Sie zurück in die Gaststätte! Wir brauchen von allen die Personalien!", befehligte Frau Balk.

„*Siehscht! Des gibt alange Naacht!*", sagte einer der Polizisten und schüttelte den Kopf.

Das neue fürstliche Hechinger Krankenhaus war hell erleuchtet. Ümit war direkt vor den Eingang gefahren und sagte, er würde dies immer so machen, da der Pförtner der Schwager seines Cousins mütterlicherseits wäre.

Alex war dies äußerst recht, da er seine Beine kaum noch spürte. Die Angst um Alexandra hatte ihn fast aufgezehrt. Zigmal hatte er versucht, Wolfi zu erreichen, doch sein Handy schien aus zu sein.

Nun musste noch der Hund am Pförtner vorbeigeschmuggelt werden. Aber Ümit regelte dies und verwickelte den Schwager seines Cousins mütterlicherseits in ein familiäres Gespräch. Alex und Berry schlichen sich zum OP 3. Dort, so hatte der Pförtner erklärt, würde Alexandra gerade operiert.

Die Gänge waren schlecht beleuchtet und alles roch einfach nach Krankenhaus. Alex hasste diesen Geruch nach Desinfektionsmitteln, Exkrementen und auch Tod.

Natürlich war ein Krankenhaus etwas Gutes, doch für Alex war es ein Ort, der Panik in ihm auslöste. Laut seiner Mutter hatte das Trauma bereits mit drei Jahren bei ihm begonnen, als man in der Uniklinik Tübingen fast sein Bein amputiert hatte.

Auch Berry schien sich recht unwohl zu fühlen. Vielleich hatte er jetzt auch ein Trauma. Egal, alles war egal, wenn es nur Alexandra gut ging.

Alex war noch in Gedanken. als sich plötzlich eine automatische Tür öffnete und er vor einer grünen Sitzgruppe stand. Auf einer weiteren Tür stand OP 2 - Zutritt nur für Bedienstete und Ärzte.

Alex überlegte noch, wo hier der Unterschied sein konnte, als er ein leises Stöhnen hörte.

„Ahhhhh!" Sein Freund Wolfi saß wie ein Häufchen Elend kaum merklich in einem der Sessel und hatte sein Gesicht in seinen Händen vergraben.

„Mensch Wolfi! Wie geht es ihr?", sagte Alex und ließ sich neben seinen Freund plumpsen.

„Sie wird operiert!", sagte dieser, ohne dabei seinen Freund anzusehen.

„Was ist denn geschehen?"

„Was geschehen ist? WAS GESCHEHEN IST?", schrie plötzlich Wolfgang Eierle umher.

„Das, was immer geschieht, wenn man von dir in einen Fall verwickelt wird. Man wird angeschossen. Weißt du, mir macht dies ja schon gar nichts mehr aus, doch dieses Mal hat es Alex erwischt."

„Das ist doch Blödsinn! Das letzte Mal wurdest du gar nicht angeschossen, sondern …"

„Ja, genau, sondern nur von der Straße gedrängt und ich hatte ein halbes Jahr Reha!"

„Ja und warum sollte jemand, der mit einem der Fälle zu tun hat, auf Alexandra schießen? Also das ist doch dann wohl weit hergeholt, oder?"

„Ja warum, weiß ich auch nicht! Oder doch, weil es immer Irre sind, mit denen du zu tun hast. Und dann deine ganzen Frauengeschichten." Wolfi vergrub wieder sein Gesicht in seinen Händen.

„Frauengeschichten, also echt, ich weiß nicht, was du meinst!",
sagte Alex, als sich plötzlich die Tür des OP-Raumes öffnete.

„Ja hallo, mein starker Mann!", sagte ein Ärztin Mitte Dreißig
und lächelte Alex an.

„Äh, hallo Karin!", stotterte Alex. „Wie geht es der Verletzten?"

„Ist über dem Berg, aber Näheres wird dir gleich der Professor
sagen! Was treibst du Samstagabend?"

„Weiß nicht!"

„Melde dich einfach, ja!"

Alex nickte und Dr. Karin Assenmacher verschwand hinter der
nächsten Tür.

„Genau das meine ich!", brummte Wolfgang. Alex sagte nichts,
denn alles was er sagen hätte können, wäre ihm wie Hohn vorge-
kommen und er wollte seinen Freund, der definitiv sehr verzweifelt war, nicht noch weiter belasten.

„War es schlimm?", versuchte er nun den Anfang einer neuen
und hoffentlich in eine andere Richtung verlaufenden Konversation.

„Was soll ich sagen. Sie wurde angeschossen!" Wolfi sah nicht
auf.

„Ja, aber was wurde verletzt?" Alex versuchte sanft vorzuge-
hen, während der Hund murrte.

„Links, Herz, Gefäße, Muskeln, Lunge! Ich habe nicht nachgesehen und möchte dies auch nicht. Blut war es genug, aber der

Schnee auch und so …" Wolfi zuckte mit der Schulter. Dann sah Alex eine Träne auf den Kunstboden tropfen. Sein Freund weinte leise und das hatte er noch nie gesehen und erlebt und er kannte Wolfgang Eierle nun schon fast sein ganzes Leben.

„Hey du, Wolfi, das wird wieder, glaub mir!" Kaum hatte Alex ausgesprochen, öffnete sich wieder die OP-Tür und ein grauhaariger und gebräunter Mann Ende Fünfzig stand vor ihnen.

„Aha, Dr. Kanst, ich grüße Sie!", sagte Professor Dr. Lärche, der medizinische Leiter des Krankenhauses und streckte Dr. Kanst die Hand hin. Alex sprang auf, doch nicht so schnell wie Wolfgang.

„Wie geht es ihr!", schrie Wolfgang schon fast.

„Immer mit der Ruhe, wer von Ihnen ist denn nun der Ehemann?", sagte Dr. Lärche mit einem hämischen Grinsen, als ob er die Antwort schon wüsste. Alex hingegen stand der Mund auf, denn natürlich war Alexandra nicht verheiratet, mit wem auch.

„Er!", schrie Wolfgang Eierle und zeigte auf seinen Freund.

„Was?", flüsterte Alex.

„Oha, Dr. Kanst! Meinen Glückwunsch! So haben sie es doch noch geschafft, in den Hafen der Ehe einzulaufen. Wunderbar! Dann brauche ich mir um meine jungen Ärztinnen keine Sorgen mehr machen. Wissen Sie, man hört ja so einiges. Ja dann kommen Sie mal mit!" Professor Lärche drehte sich um und Alex folgte ihm. Zurück blieb ein zitternder Wolfgang.

„Ähm, er ist der Bruder!", sagte nun Alex und zeigte auf Wolfi.

„So, tatsächlich!" Professor Lärche musterte Wolfgang, der wie ein Häufchen Elend aussah.

„Ja dann kommen Sie doch auch mit! Aber bitte nur kurz, Sie muss sich noch schonen!"

Alex und Wolfgang nickten wie zwei Wackeldackel und folgten dem Professor auf die IS-Station.

Alexandra war von einem Hohlspitzgeschoss getroffen worden, was große innere Blutungen verursacht hatte. Jedoch hatte sie auch Glück im Unglück und es war kein lebenswichtiges Organ geschädigt worden, sondern nur einige kleinere Blutgefäße. Die Schockwirkung jedoch hatte kurz zu schweren Herzrhythmusstörungen geführt. Deshalb musste sie noch unter engmaschiger Kontrolle bleiben.

Alex und Wolfi hatten sich erleichtert in einen blauen Schutzanzug gezwängt und dann dem Professor versprochen, dass sie nur fünf Minuten bleiben würden. Als er gegangen war, hatte er noch einmal Alex auf die Schulter geklopft und gratuliert. Alex hatte nur verwundert dreingeschaut, war aber mehr als froh, dass alles gut ausging.

Leise drückte er die Klinke. Das Zimmer war abgedunkelt und von blauem Licht, welches die Geräte ausstrahlten, spärlich beleuchtet. Alex hasste das blaue Licht, welches immer noch unliebsame Erinnerungen in ihm auslöste.

Das Gesicht von Alexandra war so blass, dass es fast mit dem weißen Kissen verschmolz. Überall piepste es und aus dem Körper von Alexandra kamen zahlreiche Schläuche, welche geronnenes Blut enthielten.

Wolfgang zitterte und machte dann etwas Sonderbares. Etwas, was für Alex sonderbar erschien:

Er küsste Alexandra auf die Stirn und streichelte ihr über die Wange. Danach öffnete sie ihre Augen. Ihre Stimme war belegt.

„Schatz! Du bist da!" Dann küssten sich beide innig. Alex blieb die Luft weg. Er wollte etwas sagen, doch es fiel ihm nichts ein.

„Du, wir wollten es dir heute sagen!", stammelte Wolfgang.

„Hey, mein Freund! Ich glaube, ich habe mich verliebt!", sagte Alexandra und strich Alex sanft über die Hand.

„Ja, natürlich! Mensch toll! Klasse! Also ich freu mich für euch!", log Alex, der dabei fröhlich wirken wollte, aber eher tief niedergeschlagen wirkte. Plötzlich fühlte er sich so allein wie noch nie. Natürlich wusste er, dass Wolfi schon lange ein Auge auf Alexandra geworfen hatte, aber dass Alexandra drauf ansprang, das hätte er nie für möglich gehalten. Es war doch seine Alex! Für Fernsehabende, für kalte dunkle Winterabende am Kamin in der Gaststätte. Für Filmabende und …

Hätte sie mehr gewollt? Alex war sich plötzlich unsicher. Er hatte immer einen Freund in ihr gesehen und plötzlich das Gefühl, diesen verloren zu haben.

„Ihr solltet das mit dem Ehemann noch aufklären, auch wenn ihr den Professor dann enttäuscht!", sagte Alex und lächelte dabei gekünstelt. Alexandra verzog fragend das Gesicht, aber Wolfgang erklärte ihr, er würde es ihr dann zu gegebener Zeit erklären.

Alex hatte wütend seinen Anzug in eine der dafür vorgesehenen Tonnen geworfen.

„Du bist doch nicht sauer?", fragte Wolfi.

„Nein, das wäre doch Blödsinn!", log Alex und versuchte immer noch freudig zu wirken.

„Gut! Ja, es hat da einfach gefunkt zwischen uns. Und ich möchte sie heiraten!"

„Was?" Alex war entsetzt.

„Wie? Was? Natürlich ich werde sie fragen, das wollte ich eigentlich heute schon! Da!" Wolfgang hielt eine kleine Box hin mit zwei Ringen. Nun hatte es Alex endgültig die Sprache verschlagen.

Ganz im Gegensatz zu lautem Geschrei, das aus dem Raum mit der Sitzgruppe kam. Als sich die Tür öffnete, stand dort Lilly mit Berry an der Leine und diskutierte lautstark mit einem jungen rothaarigen Pfleger herum. Genau genommen schrien sie sich an.

„Das ist ein Krankenhaus und kein Tierasyl!", schrie der Pfleger.

„Tatsächlich! Denken Sie, ich habe das bereits erkannt, oder genau genommen gelesen, denn es hat ja jemand über den Eingang geschrieben. Natürlich konnte dies der Hund nicht lesen. Und er braucht auch kein Asyl, sondern halt nur manchmal, also genauer gesagt mehrmals am Tag seinen Baum. Eine Hecke tuts auch oder wenn nichts anderes da ist, ein blöder Ficus benjamina. Ich bin mir dabei nicht einmal sicher, ob dieser echt ist. Und wenn er echt ist, dann besteht doch die Gefahr, dass sich im Erdreich Keime einnisten, oder irre ich mich da? Sicher nicht, deshalb denke ich, er ist nicht echt. Aber im Moment habe ich auch keine Lust nachzusehen, da ich als Leiterin der Kriminalpolizei Balingen an einem wichtigen Fall arbeite, genau wie der Hund hier."

„Schon cool, deine Kleine!" Wolfi lächelte.

„Das ist nicht meine Kleine!", sagte Alex empört.

„Sind es nicht alle die deinen!" Wolfgang Eierle schnäuzte sich in ein Taschentuch.

„Machen Sie doch, was Sie wollen!", schrie nun der Pfleger und verschwand.

Lilly zuckte mit der Schulter.

„Hat an den Baum da gepinkelt! Wie geht es ihr!"

„Gut, sie braucht nur noch etwas Ruhe!", sagten nun Alex und Wolfi gleichzeitig. Lilly nickte zufrieden.

„Ach ja, Ihre Assistenten haben schon mit der Ermittlung begonnen und warten im Foyer."

„Meine Assistenten?", fragte Wolfgang Eierle mehr als verwundert, denn er war sich nicht bewusst, mehr als einen zu haben.

„Genau! Aber es war ein langer Tag! Wir besprechen alles morgen, ja!" Alex nickte. Für ihn war es einer der längsten Tage seit langem.

Die eiskalte Luft, welche aus dem Fürstengarten sanft herüber-
wehte, verursachte ein heftiges Stechen in der Lunge von Alex.
Auch Wolfgang hatte sich den Schal enger um den Hals geschlun-
gen, während Lilly auf ihrem Smartphone herumtippte. Markus
Ruckwied war gemeinsam oder eher zeitgleich mit Fredericke
Puda aufgeschlagen und nun hatten die beiden sich darum gestrit-
ten, wer nun die Leitung der Untersuchung hatte, da Professor
Doktor Eierle gerade nicht auf der Höhe war. Fast mit letzter Kraft
hatte Alex die beiden instruiert, sich die aus Alexandra herausge-
schnittene Kugel zu besorgen.

Alles Weitere würde morgen auf einem Krisengipfel bespro-
chen werden.

„Jetzt kommst du erst einmal zu mir und ich schenke ein Bier
aus", sagte Alex und Wolfgang nickte.

„Hast du auch einen Wein?"

„Sicher!" Alex lächelte.

„Okay! Dann bis Morgen! So, jetzt musst du aber zu deinem
Herrchen!" Lilly drückte die Leine von Berry in die rechte Hand
von Alex.

„Kommst du nicht mit?"

„Nöö! Brauche noch etwas zum Runterkommen!" Kaum hatte
Lilly ausgesprochen, so brauste röhrend ein gelber Sportwagen
heran (der sich auch nicht an das Verbot hielt, welches eindeutig
nur Krankenfahrzeuge durchließ). Lilly winkte noch den beiden
verdutzten Männern, küsste irgendeinen Typen, der am Steuer
war, und brauste davon.

„Tja, auch du wirst älter, gell, mein Freund!", sagte Wolfgang und klopfte auf die Schulter von Alex, der nicht verstand, was sein Freund damit sagen wollte.

Während der Fahrt im Taxi von Ümit begann Alex nachzudenken. Irgendetwas ging vor sich. Doch eine Verbindung konnte er noch nicht entdecken.

Zum einen waren da zwei Leichen im Wald. Dann der erschlagene Sepper und eine Falle für Frau Jemain und dann ein Anschlag auf Alexandra.

Gut, er hatte noch kurz davor diesen Irren getroffen, aber noch lebend. Und ein Schuss auf Alexandra konnte genauso gut ein Fehlschuss eines Jägers gewesen sein. Alex wusste nur zu gut, dass die meisten nicht wirklich geübt waren und bei einem Adrenalinschub, welchen der Anblick eines Wildtieres bei dieser Bevölkerungsschicht stets auslöste, auf alles und jeden schossen. Es musste sich um einen Unfall handeln. Das war die einzige logische Erklärung.

Aber was mehr an ihm nagte, war die Erkenntnis, nun wohl zwei Freunde verloren zu haben. Alex wusste, dass sich natürlich niemand von ihm verabschieden würde, nicht offiziell. Doch die beiden würden nun ein eigenes Leben führen, wo er nur noch manchmal daran teilhaben durfte.

Sehnte er sich nach so einem Leben? Eigentlich nicht! Oder doch? Bis noch vor einem halben Jahr war er zufrieden mit seinem Leben. Das Leben eines Draufgängers. Reich, berühmt und Frauen, wenn man es gerade brauchte. Doch jetzt fühlte er sich einsam, einsamer denn je. Seit dem Tod von Tina war seine Welt auseinandergebrochen. Vielleicht, wenn er besser auf die Zeichen gehört hätte, dann hätte er erkannt, dass Alexandra mehr wollte. Wollte sie das? Von ihm?

Sein Blick fiel auf die beleuchtete Burg und sein Herz machte einen Sprung.

Doch das konnte nie sein, das durfte nie sein.

Würde er einsam sterben? Keine Kinder, keine Enkel. Alex seufzte tief, während Ümit weiter durch die kalte Winterwelt fuhr.

„Kamrad in bin da!" Die Stimme von Ümit weckte Alex aus einem schlechten Schlaf.

„Was?" Wolfgang rekelte sich.

„Wir sind da!", sagte Alex und Berry bellte.

„Gut!"

Alex stieg aus und bemerkte, dass jemand vor seiner Tür saß. Mit angezogenen Beinen, dreckig und schon eher die Erscheinung eines Landstreichers.

„Bleib im Wagen!", befahl Alex seinem Freund und stieß diesen zurück in das warme Taxi.

„Was! Warum, heeee!" Wolfgang kugelte zurück auf seinen Sitz. Nun war Alex nicht der Ängstliche, doch wurde für seinen Geschmack zurzeit eindeutig zu oft geschossen und gemordet. Eine Waffe hatte er im Moment nicht.

„Verdammt. Gerade wenn man Lilly braucht, ist sie nicht da!" Alex ging hinter dem Taxi etwas in Deckung.

„Hee, hallo, Sie da! Was machen Sie da?", sagte er und bereute die dumme Frage kaum, dass er sie ausgesprochen hatte.

Plötzlich wedelte Berry an ihm vorbei und trabte freudig auf die Gestalt zu.

„Mist! Bleib! Bleib! B L E I B!", doch die Befehle von Alex halfen nichts.

„Alex!? Es tut mir ja sooo leid! Glaub mir, ich wollte dich nicht versetzen!", sagte die Gestalt, streichelte Berry und kam auf Alex zu.

„Verena?", sagte Alex, als er die Stimme erkannte.

„Es tut mir so leid, glaub mir! Vera hat mir gesagt, du hättest abgesagt! Sie tut immer solche Dinge. Das tut sie, weil sie mich hasst!" Verena Göckinger umarmte Alex und küsste ihn.

Alex war darauf absolut nicht vorbereitet.

„Ja, aber du bist ja ganz nass und dreckig! Warst du die ganze Zeit hier draußen?"

„Ich weiß es nicht!", sagte Verena und Alex legte seine Jacke über ihre Schultern.

„Okay, wir sehen uns morgen. Und es sind doch alles die deinen!", sagte Wolfgang aus einem halb geöffneten Fenster, bevor das Taxi davonbrauste.

„Warte! Wolfi! Wo willst du den jetzt hin? Wolfi! Es ist nicht so wie es aussieht!"

Doch das Taxi verschwand bereits um die Kurve.

„Jetzt habe ich deinen Freund vergrault!", schluchzte Verena.

„Der kommt wieder! Aber jetzt komm erst einmal herein und dusch dich warm ab! Sonst holst du dir noch den Tod!"

Die Sonnenaufgänge auf der Schwäbischen Alb gehörten zu den schönsten der Welt. Gerade in den Wintermonaten, wenn die Buchenbäume noch mit Reif weiß gefärbt sind und sich dann langsam die Sonne über die Bergkannte schien, leuchtete alles in wunderschönem Orange.

Lilly mochte dies und fühlte sich zunehmend mehr und mehr zu Hause in diesem kleinen Stückchen heile Welt. Sie hatte ausgiebigen Sex, eine heiße Dusche und ein kleines Frühstück. Danach hatte sie sich von der Fahrbereitschaft ein geländegängiges Auto bringen lassen. Nun fuhr sie pfeifend die Serpentinen des so genannten Stiches hoch nach Onstmettingen, um ihren Kollegen zur Krisensitzung abzuholen. Irgendwie mochte sie diesen verschrobenen Typen. Nicht so wie eine Frau einen Mann, nein anders, eher so, wie einen Kumpel, oder Freund. Und die Zusammenarbeit machte ihr Spaß. Im Gegensatz zur Arbeit mit der Kommissarin Jasmin Jemain. Bereits dreiundzwanzigmal hatte sie nun versucht, Lilly anzurufen. Doch Lilly hatte sie immer weggedrückt. Sie war krank und damit nicht dienstfähig. Basta! Lilly ließ in der großen Kurve eine Kaugummiblase platzen.

Es waren schon ordentliche Schneemassen und die Straße zum Haus von Alex Kanst war schon im Sommer nur ein Feldweg.

Doch Lilly hatte ja den geländegängigen Jeep.

„Ja pass doch auf!", schrie sie plötzlich und trat voll auf die Bremse. Der Jeep hielt die Spur, jedoch musste Lily, um eine Kollision mit dem entgegenkommenden Fahrzeug zu vermeiden, dennoch in die Schneewehe ausweichen.

„So ein Arsch!", fluchte sie. Doch dieses Mal würde es eine Anzeige geben, denn sie hatte das Taxi von Ümit erkannt. Ümit!? Oder vielleicht doch keine Anzeige. Lilly legte den Rückwärtsgang ein und freute sich wie ein kleines Kind, als der allradgetriebene Wagen sich mühelos aus dem Schnee befreite.

Mit nun einer wieder guten Laune fuhr sie nun direkt vor die Tür des recht modernen Anwesens von Dr. Alex Kanst.

Lilly läutete und bemerkte, dass die Tür nur angelehnt war. Dies war nun doch recht verdächtig. So hatte sie Dr. Kanst doch mit einer leichten Note von Paranoia kennengelernt.

„Hallo? Hallooooo!", rief sie in das Haus und zog dabei langsam und vorsichtig ihre Waffe. Auch Berry, der sie sonst immer sehr freudig und meist als Erster begrüßte, war nirgends zu sehen.

Etwas stimmte hier nicht, das spürte sie. Langsam ging sie vorsichtig weiter in den offenen Wohnbereich, immer die Pistole im Anschlag. Plötzlich stieg ihr ein widerlicher Geruch in die Nase. Direkt vor der großen Couch, welche mitten im großzügigen Wohnbereich des modernen Architektenhauses stand, lagen mehrere stinkende und sehr schmutzige Kleidungsstücke. Alles war ruhig. Jetzt war sie sich sicher, hier stimmte etwas nicht. Vielleicht war es Zeit, Verstärkung zu rufen. Doch wen sollte sie rufen? Die uniformierten Beamten?

Plötzlich krachte die Haustür, welche Lilly wieder angelehnt hatte, mit voller Wucht gegen die Wand. Blitzschnell drehte sich Lilly um, machte einen Schritt zurück und fiel dabei über die Kleidungsstücke.

Berry leckte freudig und schwanzwedelnd das Gesicht von Lilly ab.

„Böser Hund! Wie kannst du mich so erschrecken!" Lilly kraulte den Hund am Kopf.

„Himmelherrgott Berry!", schrie plötzlich Alex mit nassen Haaren und nur mit einem Handtuch bekleidet von der Galerie herunter.

Dort lag Lilly auf dem Rücken halb unter dem Couchtisch, in der Rechten eine Pistole und Berry saß wedelnd davor.

„Ja sag mal, was treibt ihr da? Willst du jemanden erschießen?" Alex lachte.

„Nein, aber auch nicht angeschossen werden!", brummte Lilly und robbte unter dem Tisch hervor.

„Angeschossen? In meinem Haus?"

Lilly zuckte mit der Schulter.

„Wir ermitteln in mehreren Mordfällen!"

Alex verstummte und nickte. Kurz hatte er nicht mehr an die Vorfälle am Abend gedacht.

„Was machst du hier?"

„Dich abholen!"

„Wohin?"

„Ja, Herr Doktor Kanst, so ist es, wenn man nicht zu erreichen ist! Zur Krisensitzung im Präsidium! Und wenn wir Frau Balk nicht ärgern wollen, sollten wir uns beeilen!" Lilly grinste.

„Gut, ich beeile mich!", sagte Alex und wollte sich gerade umdrehen.

„Hast du dich verletzt?"

„Was? Nein!"

„Doch, da am Hals! Sieht aus wie eine Bisswunde!"

„So ein Blödsinn!" Alex war verschwunden und Lilly war sich sicher, dass er eine Bisswunde am Hals hatte.

Fünf Minuten später stand ein gestylter Alex Kanst vor Lilly.

„Respekt!", sagte sie, als hätte sie die Zeit gestoppt. „Übrigens, was sind das für stinkende Klamotten?"

„Oh, ja die, also, ja das ist so, also Verena war hier und war nass und dreckig!"

„Verena? Verena Göckinger, mit der du verabredet warst und die dich versetzt hat!" Lilly war nachdenklich und Alex verfluchte sich selbst, dass er immer so redselig war und Lilly fast mehr wusste als er selbst.

„Genau! Gehen wir!" Alex legte Berry ein Halsband an.

„Ist sie mit dem Taxi nach Hause?"

„Ja, mit dem Taxi und in meinen Klamotten, wenn du es genau wissen willst!"

„Wie ist sie denn hier rausgekommen?"

„Das weiß ich nicht, was wird denn das, ein Verhör?"

„Du weißt ja …"

„… wir ermitteln in mehreren Mordfällen!", äffte Alex Lilly nach.

Als er mit Berry an der Leine vor sein Haus trat, erhellte sich seine Miene wieder etwas.

„Holla, haben wir einen neuen Wagen!" Alex strahlte und umrundete den weißen Jeep.

„Ich habe einen neuen Wagen! Wobei ich sagen sollte die Dienststelle, was nicht ganz korrekt ist da er ja dem Land gehört und nur für die Dienststelle bereitgestellt ist also dadurch natürlich jetzt mir. Und wenn er dem Land gehört, gehört er ja eigentlich uns allen also sozusagen auch dir, wobei du ja nur ein freiberuflicher Ermittler bist und somit kein Anrecht auf einen Wagen der Dienststelle…"

„Okay, Okay! Ich habe verstanden. Aber ich dachte wir sind Partner!" sagte Alex und machte dabei ein mitleidiges Gesicht. Lilly schaute etwas verdutzt.

„Partner!?"

Alex nickte.

„Aber klar doch! Partner, schlag ein!" Lilly hielt ihre Hand hin und Alex klatschte ab. Er wusste und spürte es, dass Lilly dies ernst meinte. Gerade jetzt hatte er das Gefühl, in Lilly einen echten Freund gefunden zu haben und war sehr froh darüber.

Dreißig Minuten später fuhr Alex auf den Parkplatz des ehemaligen Postgebäudes in Balingen, wo die Krisensitzung stattfinden sollte. Lilly hatte ihm erlaubt zu fahren und er musste sagen, dass das Auto ihm zusagte. Sogar Berry fühlte sich in dem geräumigen Kofferraum wohl.

„Einen Moment noch, Partner!" Blitzschnell hatte Lilly den Rollkragen des dunkelgrauen Pullovers, welchen Alex angezogen hatte, heruntergezogen.

„Aua! Das sieht nicht gut aus! Hatte ich also recht, doch eine Bisswunde!"

„Nein, das ist nicht schlimm und schon keine Bisswunde!", knurrte Alex und wollte aussteigen, doch Lilly zog ihn zurück in den Wagen.

„Partner!", sagte sie auffordernd und Alex schlug die Tür wieder zu.

„Okay! Ja, es ist eine kleine unbedeutende Bisswunde. Ich habe, oder eher gesagt Verena hat mit mir geschlafen und da ist es etwas ruppig zugegangen! Zufrieden?" Alex stieg aus dem Wagen und Lilly nickte. Jedoch war sie nicht zufrieden, schon eher besorgt.

Doch zuerst galt es, die Launen von Bettina Balk auszuhalten. Und dies versprach, nicht leicht zu werden.

„Haben Sie das gelesen, Baur? Ich frage mich, wie Sie weiter vorgehen wollen!" Bettina Balk war komplett in Schwarz gekleidet. Ihre enge Stretchjeans steckten in kniehohen schwarzen ledernen Stiefeln. Dazu trug sie ein enganliegendes Rippshirt und hatte die Haare hochgesteckt.

Alex stufte dies als Drohgebärde ein und beschloss, sich heute nicht mit Bettina Balk anzulegen. Lilly starrte auf eine Boulevardzeitung, welche die Überschrift trug:

>Killervalley auf der Alb! Die Mörder sind zurück!<

Insgesamt schätzte Alex, dass es ein Dutzend Beamter waren, welche sich um einen improvisierten Konferenztisch scharrten. Einige hatte er schon einmal gesehen, doch die meisten waren ihm fremd. Ein kleiner Mann lag sogar unter dem Tisch und hielt ein Bündel Kabel in seiner linken Hand. Offensichtlich versuchte er, den Beamer in Gang zu bringen. Berry leistete ihm dabei etwas Gesellschaft, was Alex einen finsteren Blick der leitenden Staatsanwältin bescherte. Er beschloss nun, sich der Kaffeemaschine zu widmen.

„Hallo? Hallo, Balingen!", ertönte die Stimme von Wolfgang Eierle, dem Freund von Alex aus einem der Lautsprecher. Alex grinste. Fast könnte man meinen, Wolfi spräche mit dem Kontroll-center der ESA.

„Bitte setzen Sie sich! Wir wollen beginnen!", rief Frau Balk durch den Raum.

„Von Wollen kann keine Rede sein", scherzte ein Beamter mit Zopf und Drei-Tage-Bart, was ihm aber einen noch böseren Blick seiner Chefin einbrachte.

„Unser Forensiker Professor Doktor Eierle hat sich noch am gestrigen Abend auf den beschwerlichen Weg nach Tübingen be-geben, um mit den Ermittlungen zu beginnen. Dafür vielen Dank, Herr Professor Doktor!"

Wolfgang, dessen Bild noch immer etwas unscharf war, nickte kurz. Alex fand, dass in dieser Dankeslaudatio schon auch etwas Vorwurf lag gegenüber den anderen Beamten. (Sich schloss er da-bei aus.)

„Ja, auf Grund der schrecklichen Ereignisse sollte der oder die Täter schnellstens ermittelt werden!", sagte Wolfi und dabei fiel ein ermahnender Blick von Bettina Balk direkt auf Alex, welcher sich dabei an seinem Kaffee die Zunge verbrannte.

„Nun, die gefundenen Patronenhülsen stimmen mit der im Kör-per von Bankdirektor Maier gefundenen Kugeln insoweit überein, dass mit ausreichender und bestätigter Sicherheit davon auszuge-hen ist, dass es sich um die gleiche Waffe handelt!"

Alex hustete, da er sich verschluckt hatte. Wolfi hatte nun bewiesen, dass wenn Bankdirektor Maier nicht auch zufällig in die Schusslinie des gleichen Jägers gelaufen war, der Schuss auf Alexandra gezielt abgegeben wurde. Doch wer hätte Interesse am Tod von Alexandra? Alex wusste keinen Reim darauf.

„Weiterhin ist es meinen Mitarbeitern gelungen, Reifenprofile auf einem Waldweg hinter dem Gasthof zu sichern. Natürlich ist der Begriff Profil schon eher nicht zutreffend, da es sich um Spezialreifen handelte, die eigentlich nicht auf öffentlicher Straße zugelassen sind.

„Es handelt sich um so genannte Trike-Trail-Reifen, die speziell für den Motorsport entwickelt wurden." Wolfgang Eierle zeigte mehrere Schemata auf.

„Ich gehe davon aus, dass aufgrund der Breite und Tiefe der Stollen im Schnee es sich um ein schweres, also auch großes Fahrzeug handeln dürfte!", führte der Professor Doktor weiter aus.

Lilly tippte auf ihrem Smartphone herum und wurde von Alex angerempelt.

„Du solltest zuhören!", sagte er ermahnend.

Lilly zuckte mit den Schultern und ließ eine Kaugummiblase platzen.

„Tu ich doch, mach sogar Notizen!", und sie tippte weiter darauf herum.

Plötzlich war es wieder da, das Gefühl, nun doch alt zu werden. Alex schob vorsichtig seinen Notizblock zur Seite, als würde er ihm nicht gehören.

„Es ist uns auch bereits gelungen, die Identität der zweiten Leiche, also der, welche wir unter der großen Wurzel gefunden haben, festzustellen. Es handelt sich um den 43-jährigen Herbert Häberle, Immobilienmakler aus Burladingen. Vermisst seit ungefähr 26 Monaten. Wir haben ihn eindeutig anhand einer DNA-Probe ermittelt, welche aufgrund des Zustandes der Leiche natürlich nicht leicht zu extrahieren war."

Alex seufzte und wünschte sich, Wolfgang würde sich auf das Wesentliche konzentrieren.

„Wie sieht es mit Spuren an der dritten Leiche, wie hieß der doch gleich …" Frau Balk sah fragend in die Runde.

„Sausepper, ähm Sepper!", sagte Alex und verbesserte sich sofort.

„Danke, ja, wie sieht es damit aus?"

„Herr Joseph Rädle wurde eindeutig mit dem sichergestellten Klappspaten erschlagen und somit kann dieser eindeutig als Tatwaffe festgestellt werden. Der Hieb wurde mit Kraft von hinten ausgeführt und traf Herrn Rädle unvorbereitet."

Frau Balk nickte und Alex begann zu schwitzen.

„Fingerabdrücke, DANN-Spuren oder Sonstiges?" Frau Balk war einsilbig.

„Ähm, noch nicht, wir untersuchen das noch!"

„Hmm, gut, dann danke ich Ihnen soweit. Bitte halten Sie uns auf dem Laufenden."

„Nun übergebe ich an die Leiterin der SOKO Waldmorde!" Es wurde still.

„Psst, Lilly!" Alex rempelte sie wieder an.

„ *Woas?* Oh ja, ich, also ich, ja ich ..." Lilly stammelte und der Beamte mit dem Zopf gegenüber lachte unverhohlen, was Alex mehr als unverschämt fand.

„Baur, haben Sie überhaupt schon etwas unternommen, während hier die Leute umgebracht werden?" Jetzt klang die Leiterin der Staatsanwaltschaft recht schrill.

Das unterdrückte Gelächter breitete sich aus und Alex spürte, wie alle im Raum Lilly für eher ungeeignet hielten. Plötzlich stand Lilly auf und räusperte sich.

„Ja, da ich nun die Leitung der SOKO und auch die Leitung aller Ermittlungen mit den Todesfällen in dem Waldgebiet zwischen Albstadt und der Burladingen Teilgemeinde Hausen übernommen habe, nachdem Frau Jemain durch einen Unfall wohl länger an das Bett gefesselt ist, ..."

Alex hob eine Augenbraue, da er sich auf einen von Lillys langen Monologen wappnete.

„... werde ich Sie nun umfangreich über den aktuellen Stand der Ermittlungen informieren. Weiterhin erwarte ich absolute Kooperation im Team. Wer dem nicht folgen kann, sollte die SOKO besser gleich verlassen." Nun bekam der Typ mit dem Zopf einen harten Blick von Lilly zugeworfen, welcher sein unverschämtes Grinsen sofort einfrieren ließ. Dafür erwachte es in Alex.

„Unterstützt werden wir vom berühmten Profiler Doktor Alex Kanst, ich denke, er ist allen Anwesenden ein Begriff!" Lilly erntete dafür leises Murren und ordnete dies als Zustimmung ein.

„Gemeinsam sind wir nun schon zahlreichen Spuren nachgegangen und haben den Täterkreis eingegrenzt. Wir vermuten diesen in der Gruppe der Jägerschaft. Deshalb hat sich Doktor Kanst freundlicherweise bereit erklärt, und ich darf erwähnen, dass er ein passionierter Jäger ist, sich morgen bei der großen Jagd sozusagen unter das Volk zu mischen." Lilly erntete leichten Applaus und Alex verschluckte sich so sehr an seinem Kaffee, dass er einen Hustenanfall erlitt.

„Gut, und äh danke, Baur! Dann würde ich sagen, Sie und Kanst überbringen den Angehörigen dieses Immobilienmaklers die traurige Gewissheit und Kohler und Scherle kümmern sich noch einmal um das Anwesen dieses Herrn Rädle. Also wusste Alex, dass der Typ mit dem Zopf Kohler hieß und sein Kollege mit dem akkuraten Scheitel dann Scherle sein musste.

Seufzend stand er auf. Ihm war gar nicht danach zumute, nun schon wieder eine Todesnachricht zu überbringen. Doch einer musste es ja tun, und auch wenn er es sich lieber nicht so direkt eingestehen wollte, war er doch der Geeignetste dafür.

Er nahm den Hund und wollte das hässlich gelbe Gebäude gerade verlassen, als ihn noch einmal Frau Balk zu sich rief.

„Wie stehen die Ermittlungen in dem anderen Mordfall? Ich wollte dies nicht vor der ganzen Gruppe ansprechen, Sie verstehen doch die Diskretion!"

Doch Alex verstand nicht wirklich, was die Staatsanwältin wollte.

„Ja, ähm welche Sache denn?"

„Kanst, na den Mord an dem Hund meiner Freundin bei den Fellknäueln! Sie arbeiten doch dran, ja?"

Wenn Alex etwas nicht sonderlich mochte, so war es Burladingen. Hier musste er doch ganze sechs Jahre zur Schule gehen und er möchte an keinen dieser Tage erinnert werden. Gut, etwas freundlicher ist die Stadt geworden, seit die Textilindustrie niedergegangen ist. Noch ein Unternehmen hält sich hartnäckig. Alex seufzte.

„Was?"

„Vielen Dank!", murmelte er.

„Für was?"

„Na, dass ich jetzt an einer Jagd teilnehmen muss!"

„Aber doch nur zu Ermittlungszwecken!"

„Das sind doch keine Mörder! Na ja, vielleicht schon, also im Sinne der Tiere, aber die schießen doch keine Menschen ab!" Alex biss sich auf die Unterlippe, bevor er auch noch in einen Monolog ausschweifte wie Lilly.

„Jemand schon!" Lilly ließ eine Kaugummiblase platzen und fluchte leise.

„Das scheiß Navi!"

„Wo müssen wir denn hin, glaub mir, Burladingen ist so groß, da braucht man kein Navi!" Alex schien genervt. Wohl weniger der Tatsache geschuldet, dass er nun durch Burladingen kurven musste als eher der Aussicht auf sein morgiges Jagderlebnis.

„Fidel Gasse 12!" Lilly tippte auf dem Display herum.

„Ja, das kann es auch nicht finden, das ist die Fidelis Gasse, vorne rechts, Frau Baur!"

Kurz darauf standen sie vor einer weißen Mauer, welche das gesamte Grundstück einmachte. Ein Tor aus Bronze versperrte den weiteren Zugang.

„Pft! Wappen der Familie Häberle! Pft! Wohl Möchtegernfürst oder so!" Lilly spottete und Alex stieg aus, um zu läuten.

„Hallo! Hallo, Sie! Ja Sie da!" Eine Frau, welche ihr Fahrrad schob und einen traditionellen Kittelschurz trug, hatte es sehr wichtig, um mit Alex ins Gespräch zu kommen.

„Bitte!" Lilly war ausgestiegen.

„*Do isch niemand mehr do! Schau lange nimmer!*" Ihren Dialekt vermischte sie mit einem hilflosen Versuch, Hochdeutsch zu sprechen.

„So, aha!", sagte Alex.

„*Hajo, ma seid, also man sagt, der sei abkaua, also getürmt mit dem ganza Geld. Mei Schwoagr hot auch, also hat auch investiert.*"

Alex nickte mitleidig, war sich aber nicht sicher, ob wegen des Verlusts des Schwagers oder wegen des schlechten Versuchs, Hochdeutsch zu sprechen.

„*Hend Sie, also haben Sie au Geld do nei, hineingesteckt?*"

„Nee, wir sind von der Polizei!" Lilly zeigt ihren Dienstausweis, worauf sich die Frau bekreuzigte.

„Gott sei Dank! Endlich kriegt der sei Sach!

„Ja, da hätten wir noch ein paar Fragen ...", begann Lilly, doch auf einmal hatte es die Frau sehr eilig und von Neugierde war plötzlich keine Spur mehr.

„Hallo!? Warten Sie doch!"

„Keu Zeit, i muas kocha!", rief die Frau noch, doch Lilly sah Alex nur verständnislos an.

„Was!?"

„Tja, so wie ich das sehe, möchte sie in nichts verstrickt werden!" Alex grinste, der die Mentalität der Leute nur zu gut kannte.

„Der helfe ich schon! Schließlich sind wir von der Polizei, und ...!"

„Lass sie. Was machen wir jetzt? Spurensicherung holen?"

„Wieso?"

„Ja wir müssen doch da rein!", sagte Alex bestimmend.

„Wieso?"

„Ja, also, weil ja eben, weil wir doch ermitteln!" Plötzlich war er sich auch nicht mehr so sicher, warum er auf das Grundstück wollte. War es seine grenzenlose Neugier oder hatte er bereits wieder eine seiner Vorahnungen. Alex lehnte sich lässig an das Tor.

„Hmm, weiß nicht, ob das was bringt!", murmelte Lilly und hüpfte auf und ab und kaute dabei auf ihrem Kaugummi herum.

„Aber das Hüpfen bringt was, ja?"

„Ich will nur in das Grundstück sehen! Mensch, das ist ja eine enorme Hütte, mit Reetdach!"

Alex seufzte. Er hatte schon von der Villa gehört und dem zwielichtigen Erfolg des Herbert Häberles, welcher sich angeblich auf Luxusimmobilien in der ganzen Welt spezialisiert hatte. Doch so wie es schien, klaffte eine Lücke zwischen Realität und Wunsch. Plötzlich plumpste er rücklings auf den Boden.

„Na einbrechen müssen wir nicht, Dr. Kanst, da Sie ja das Tor jetzt geöffnet haben!" Lilly lachte und Alex massierte sich den Rücken.

„Super und vielen Dank dafür!", knurrte er, als plötzlich hinter ihm lautes Gehupe begann.

Lilly zückte erneut ihren Ausweis und trabte grinsend an ihrem neuen Partner vorbei.

Alex rieb sich noch immer den Rücken und hoffte, dass er sich nicht ernsthaft verletzt hatte.

„Polizei, bitte stellen Sie den Motor ab und steigen Sie aus!" Lilly hörte sich schon professionell an.

Mühevoll stand Alex auf. Und dann war sein deprimierendes Gefühl wieder da. Noch stärker als zuvor. Er wurde alt. In allen Dingen. Und dazu hatte er es verpasst, eine Familie zu gründen. Wollte er das? Eigentlich nicht, doch jetzt, gerade jetzt hatte er das Gefühl, übrig zu bleiben. Allein! Natürlich nach seiner Scheidung, der Insolvenz und all dem war er am Boden. Wie hätte er da an eine Familie denken sollen oder können.

Und danach? Danach war SIE da. Ja, mit ihr hätte er es sich vorstellen können und wollen. Doch dies war nicht möglich und wird es nie sein. Vielleicht war sein ausschweifendes Leben auch nur eine Trotzreaktion auf all dies oder auf sein früheres Leben. Eigentlich sollte er dies ja wissen. Bei anderen konnte er solche Zusammenhänge immer professionell erkennen. Doch bei sich selbst war er überfordert, aber noch immer nicht so verzweifelt, einen Kollegen aufzusuchen.

„… Baur, ohne e, und das ist mein Partner Dr. Kanst, welcher die Ermittlungen unterstützt."

Die Worte von Lilly waren Balsam für seine geschundene Seele. Er musste wieder zu Kräften kommen und auch seine Praxis wiedereröffnen. Das war ein Ziel und dazu brauchte er eine Assistentin. Unbedingt.

Lilly hatte einen sehr großen Wagen der Stuttgarter Autobauer gestoppt. Daraus war eine blonde dünne Frau gestiegen, welche nur eine dunkle Strumpfhose und eine Jacke mit Tigermotiv trug. Auf ihrem Arm saß (oder sie hielt es!) ein nacktes Hündchen, das ebenfalls eine Tigerweste trug.

„*I mache nix!*", sagte die Frau, die Alex auf höchstens Ende Zwanzig schätzte, mit einem russischen Dialekt.

„Können Sie sich ausweisen!", fragte Lilly, doch die Frau zuckte nur mit den Schultern.

„*I nix!*", sagte die Frau siegessicher und Lilly grinste überheblich.

Plötzlich begann Lilly fließend Russisch zu reden, was die Frau mehr als überraschte.

„Ja, schon gut! Wir können auch auf Deutsch reden!", sagte nun die dürre Frau mit deutlich geringerem Akzent.

„Klasse, dann kann mein Partner den Dingen auch folgen! Ich fasse zusammen: Irina Zakolavska, 29, und war wohl so eine Art Überbleibsel eines Escort Services, welcher Herr Häberle öfters nutzte."

Alex nickte und hatte so etwas schon vermutet.

„Sollen wir nicht besser drinnen reden?", sagte er und hatte das Gefühl, hinter den ordentlichen Häusern mit den akkuraten Gardinen jede Menge neugierige Burladinger stehen zu sehen, die sich aber dennoch in nichts verstricken lassen wollen.

Berry verrichtete sein dringendes Geschäft im großzügigen Garten, der sogar über einen Pool verfügte. Bereits im Eingangsbereich, der schon eher die Dimension einer Halle hatte, hingen überall Trophäen. Geweihe gefolgt von Köpfen toter Tiere aus allen Kontinenten. Die Abneigung zur Jagd, welche Alex trotz seines ersten Berufes immer schon hatte, steigerte sich. Dies auch im Hinblick auf den morgigen Tag. Immerhin gab es ja noch Hoffnung, seine Teilnahme an der großen Killertäler, revierübergreifenden Jagd abzusagen.

Irina hatte sich an die große Tafel gesetzt, welche in einem mittelalterlich anmutenden Raum, welcher sich an den Eingangsbereich anschloss, stand.

„Wie standen Sie zu Herrn Häberle?" Lilly war direkt.

„Standen!? Dann ist mein Schatzi tot!" Augenblicklich begann Irina Zakolavska in Tränen auszubrechen. Ein herzzerreißendes Geschniefe und Geheule erfüllten das leere Haus. Lilly kullerte mit den Augen und Alex wandte sich ab. Es war für den studierten Psychologen mehr als eindeutig, dass Irina die Schockierte nur vorspielte.

„Ich schau mich mal um!", sagte er zu Lilly, welche zustimmend nickte.

„Hmm, gut, Frau Zakolavska, wie war Ihr Verhältnis zu Herrn Häberle", begann Lilly dieses mal schon eher genervt von vorne.

„War Kunde!", sagte sie und schniefte weiter.

„Aha."

„War guter Kunde!"

„Hm, ja!"

„Wann haben Sie ihn zuletzt gesehen?"

Stille.

Lilly atmete tief ein.

„Wo hat gesagt soll gehän ich!" Das Geschniefe hörte auf.

„Nun, ich denke, irgendwann war ja auch der Auftrag beendet! Aber ein bisschen genauer hätte ich es dann schon."

Irina zuckte mit der Schulter.

„So vor Weihnachten!"

„Vor Weihnachten!?" Lilly war aufgesprungen, da sie dies kaum glauben konnte. Der Zustand der Leiche, wobei es ja schon eher ein Skelett war, ließ auf einen wesentlich länger her liegenden Todeszeitpunkt schließen.

„Nix diese Weihnacht, letzte! Letzte Jahr!"

Das Haus war kalt. Und dies lag nicht an den molligen 24 Grad, auf welche Alex die Innentemperatur schätzte. Nein, ihm fehlte etwas Lebendiges. Natürlich wurde die Situation durch die immense Anzahl an toten Tieren noch wesentlich verstärkt.

Das obere Geschoss war ähnlich wie im neuen Haus von Alex von einer Galerie umrandet, von wo man in alle Zimmer einen direkten Zugang hatte.

Hinter der ersten Tür lag ein Bad. Eigentlich war es ja eher eine Therme. Der Raum hatte mindestens zehn auf zehn Meter. In der Mitte stand eine Badewanne, welche eher den Begriff Pool erfüllte. Eine Sauna, eine begehbare Dusche mit Massagedüsen und noch viele andere Details rundeten die Sache ab, sodass Alex seine eigenen Bäder schon als schäbig empfand.

Hinter der zweiten Tür lag ein Kinderzimmer. Eindeutig das eines Mädchens. Alles war in Pink und Weiß gehalten. Die Tapete zeigte Einhornmotive. Alex öffnete den weißen Kleiderschrank. Er war gefüllt. Demnach musste ein Kind im Hause leben. Langsam begann die Arbeit ihm Spaß zu machen.

Hinter der nächsten Tür lag das Schlafzimmer der Eltern, oder von Herrn Häberle allein oder die Spielwiese von Irina.

Eindeutig war das Bett benutzt worden. Und dies kürzlich! Alex roch am Laken und konnte das Parfüm von Irina riechen. Sogar einer der Kleiderschränke war mit Frauenklamotten gefüllt, wobei es ja auch eine Frau Häberle geben durfte.

Und es gab noch ein weiteres Zimmer. Als Alex dieses stark abgedunkelte Zimmer betrat, schlug ihm sofort der kalte Rauch von Zigarren entgegen. Alles war mit dunklem Holz vertäfelt. Rechts neben dem Eingang standen mehrere dunkelgrüne lederne Sessel. Gegenüber waren mehrere Schränke, in denen die teuersten Waffen standen. Gewehre, Pistolen, Revolver. Und an den Wänden waren Bilder aus der ganzen Welt, wo Herr Häberle als erfolgreicher Schütze posierte. (Natürlich immer mit einem toten Tier). Und auf einigen stand auch mit einem Gewehr in der Hand Irina Zakolavska.

Alex wollte gerade wieder den Raum verlassen, als ihm eine schmerzliche Lücke im zweiten Gewehrschrank auffiel.

Dort fehlte eine Waffe und dem kleinen Schildchen zufolge wusste er auch genau welche. Alex schmunzelte. Hatte es doch etwas Gutes, ein forstliches Studium abgeschlossen zu haben. Ja vielleicht wäre er ein guter Förster geworden. Jedoch war er der beste Profiler weit und breit. Irgendwie erfüllte es ihn nun doch mit Stolz. Ja, er tat etwas Gutes, was die Welt besser und sicherer machte.

Plötzlich zerriss ein gellender Schrei die Stille und Alex Kanst stürzte aus dem Zimmer hinunter zu Lilly.

„Sind Sie sicher?"

„Absolut! Natürlich, ich war doch vor Ort. Gut, ich gestehe - natürlich hätte ich umsichtiger sein müssen, aber die Witterung war mehr als schwierig. Und das wäre natürlich alles nicht passiert, wenn ich meinen Assistenten vor Ort gehabt hätte!" Wolfgang Eierle klopfte Markus Ruckwied auf die Schulter. Dieser bekam rote Backen und wirkte verlegen.

„Das tut mir leid, ich weiß, ich wäre auch zu gerne dabei gewesen. Doch den Achtzigsten Geburtstag vom Großvater meiner Freundin konnte ich nicht sausen lassen." Es klang fast wie eine Entschuldigung.

„Aber es macht Ihnen doch keiner einen Vorwurf!" Wolfgang Eierle hatte einen väterlichen Ton eingeschlagen.

„Wie Sie meinen! Dann werde ich mal die einschlägigen Versandhäuser abklopfen. Es dürften ja nicht zu viele Klappspaten dieses seltenen Herstellers in die Gegend verkauft worden sein." Markus Ruckwied griff sich die Tüte mit dem Spaten von Alex.

„Eine hervorragende Idee! Doch vorher hätte ich da noch eine wichtigere Arbeit für Sie. Versuchen Sie doch herauszufinden, wie viele Hersteller dieses seltene Kaliber an Teilmantelgeschossen anbieten. Und natürlich, wer Kunden in der Nähe hat." Wolfgang Eierle schnappte sich die Tüte mit dem Klappspaten.

„Ja, wenn Sie es sagen!" Markus war unsicher und wäre doch lieber der Sache mit dem Spaten nachgegangen.

„Ja, ja! Da läuft immer noch einer mit einem Gewehr auf der Alb umher! Tödlich, mein Lieber, tödlich!"

„Mörder!" Die Stimme von Irina Zakolavska war schrill und voller Panik. Alex hechtete die Treppe hinunter und wünschte sich, bewaffnet zu sein. Ein ohrenbetäubendes Hundegebell übertönte fast das Geschrei von Irina. Kurz dachte er darüber nach, sich eines der Gewehre zu nehmen, denn er war alles andere als ein schlechter Schütze.

„So ein Quatsch!", rief Lilly dazwischen.

„Doch er macht kaputt mein Schäuzerle!" Irina stand auf einem Stuhl und hob ihren kleinen Schoßhund in die Höhe, als wäre es eine Trophäe. Noch etwas höher, so war sich Alex sicher, und man könnte diesen auch an die Wand nageln.

„Aus jetzt!", befahl Lilly Berry, der knurrend und recht grimmig dreinschauend Irina auf ihrem Stuhl umkreiste.

„Aus Berry! Was treibt ihr hier?", fragte Alex verwundert.

„Der will kaputtmachen Schäuzerle!", keifte Irina und hob den Schoßhund noch höher, was Berry noch wilder machte.

„So ein Quatsch!", sagten Alex und Lilly zeitgleich. Lilly ließ eine Kaugummiblase platzen.

„Ich habe Berry hereingelassen und dann hat Schäuzerle ihn in die Nase gebissen."

„Das nicht stimmen!", keifte Irina.

„Ja hier stimmt einiges nicht!" Alex runzelte die Stirn.

„Ich bring Berry mal lieber raus!", sagte Lilly.

„Gut, dann schlage ich vor, wir setzen uns wieder." Alex gab Irina seine Hand und diese stieg zitternd vom Stuhl.

Tränen drückten aus ihren Augen und sie suchte gekünstelt ein Taschentuch.

„Sie haben auch einen Jagdschein?!"

Irina nickte unsicher.

„Sie sind gut darin, ja!"

Keine Reaktion.

„Worin?" Lilly schlürfte durch die Tür.

„Im Schießen! Frau Zakolavska hat Herrn Häberle aktiv bei der Jagd begleitet. Und es fehlt ein Gewehr, wo ich sagen muss, mit dem passenden Kaliber!"

„Aha!" Lilly setzte sich an die Tafel.

„Und so wie die Dinge stehen, hat sie auch länger hier gewohnt, nicht wahr?"

Irina schniefte und nickte.

„*Er ist mit Miststück immer mehr davon! Hat gesagt, ich solle auszihän! Aber er versprochen mir alles! Bis gekommen Miststück!*"

„Und da haben Sie ihn umgebracht!" Lilly ließ eine Blase platzen. Die Augen von Irina weiteten sich und das Entsetzen stand ihr im Gesicht.

„Nein, Sie mussen glauben, i nix mache. Er isch mit Miststück gegangen und kam nix mehr!"

„Spurensicherung?" Lilly sah Alex fragend an.

„Ja, vielleicht hat man ja im Haus geschossen, könnte sein! Beziehungstat!" Alex strahlte über das ganze Gesicht. So wie es aussah, hatte man einen Fall gelöst. Doch waren es mehrere? Oder ein zusammenhängender Fall. Warum sollte Irina auf Alexandra schießen? Plötzlich wurde es ihm klar. Natürlich, das >Miststück<. Alexandra hatte ihm immer erzählt, dass sie sich noch mit jemandem traf. Alex wusste ja, wie gerne sie einen Mann suchte. Ein-, zweimal war sie aus. Mehr ließ der Gasthof ja nicht zu. So würde sich vieles erklären lassen. Blieb noch Bankdirektor Mayer. Der, so war sich der beste Profiler aller Zeit sicher, den Schwindel finanziert hatte und irgendwann kalte Füße bekommen und eine Kugel in den Rücken. Natürlich war es lästig, dass dies ausgerechnet in Göckeleswald, einem der friedlichsten Orte überhaupt, stattfinden musste.

„Irina Zakolavska! Ich verhafte Sie wegen des Verdachtes, Herrn Herbert Häberle erschossen zu haben." Lilly hörte sich an wie die Typen in den billigen Krimis.

„Ojeeeeee! Und Schnäuzelchen?"

„Den Hund können Sie nicht mitnehmen! Mist!" Lilly kramte umständlich in ihrer Tasche herum.

„Was?" Alex verstand nicht, was fehlte. Lilly bekam rote Backen.

„Hab keine Handschellen dabei!", flüsterte sie.

„Wieso nicht?"

„Pst!" Lilly hatte jetzt auch noch einen roten Kopf.

„Warum flüsterst du?"

„Die habe ich heute Nacht vergessen!"

„Heute Nacht!? Gab es noch eine Verhaftung?" Alex verstand immer noch nicht.

„Nicht direkt offiziell!" Lilly grinste nun über beide rote Backen. Und plötzlich wusste Alex, wo die Handschellen abgeblieben waren.

„Sag das bloß nicht Frau Balk", scherzte er und machte sich auf, die Garage zu inspizieren. Wenn hier noch ein Geländefahrzeug mit Trike-Trail-Reifen stünde, dann wäre alles perfekt. Lilly versuchte in der Zwischenzeit, den Polizeiposten darüber zu informieren, dass sie Verstärkung benötigte. Es sollte sich herausstellen, dass dies eine der schwierigsten Aufgaben des Tages werden sollte.

„Und bevor du auf falsche Gedanken kommst, Schnäuzelchen möchte in das Tierheim nach Albstadt!", rief Alex gerade noch rechtzeitig, bevor die Tür in das Schloss fiel. Irgendwie hatte er gehofft, die Sonne würde herauskommen, doch es sah nach weiteren Schneefällen aus. Als er durch eine kleine Seitentür die Garage betrat, die größer war als das Hechinger Parkhaus, bemerkte er die Wärme. Natürlich wurde auch die Garage beheizt. Und das mit einer Fußbodenheizung. Es standen drei Porsche herum. Alex kannte sich nicht so damit aus, doch waren es definitiv mehrere Baujahre. Und einer, ein dunkler SUV, einer der neueren. Alex bückte sich und kam schnell wieder enttäuscht hoch.

Endlich waren Handschellen angelegt. Auch wenn es aus der Ferne den Eindruck hatte, dass die Beamten des hiesigen Polizeipostens dies noch nicht oft, wenn überhaupt schon einmal durchgeführt hatten. Auch sonst war die Situation mehr als brenzlig, da Lilly mit Inkompetenz nicht umgehen konnte. Deshalb stand Alex mit Berry gemütlich in der Garage und schaute verstohlen durch die Tür. Er konnte die Worte nicht verstehen, aber Lilly redete, ohne eine Pause zu machen. Fast hatte er Mitleid mit den Männern des Postens. Aber nur fast. Offensichtlich schien das größte Problem die Verwahrung des Hundes zu sein.

Doch das war jetzt alles egal. Fall gelöst und deshalb musste er nicht an der Jagd teilnehmen. Was für ein Glück, zudem wusste er nicht einmal genau, wo sich sein Gewehr befand. Das letzte Mal, als er es gesehen hatte, war noch während des Praktikums gewesen. Und zu dieser Zeit hatte er es immer in die Ecke vor seinem Zimmer in seinem Elternhaus gestellt. Entgegen der Regeln, aber dort kann es ja nun wirklich nicht mehr sein!

Oder? Schon bei dem Gedanken bildeten sich Schweißperlen auf seiner Stirn.

„Mann eh! Was sind das für …"

„Beamten der Provinz!", fiel Alex Lilly ins Wort, die sicherlich etwas Unprofessionelles ausgesprochen hätte.

Lilly ploppte Alex als Antwort mit einer Blase an.

„Sie sagt, die Frau, mit der sich Herr Häberle immer traf, war brünett und sehr aufgetakelt!"

„Naja, also wenn sie nicht gerade frisch vorm Friseur kam, dann kann das schon hinkommen. Und ich denke, da sie unbedingt einen

Mann wollte, da hat sie sich schon aufgetakelt." Alex wollte jeden
Zweifel ausräumen.

„Aha!"

„Wie aha!?"

„Frau Balk hat Kohler und Scherle ins Krankenhaus geschickt.
Wir fragen Alexandra einfach. Aber ich denke, sie war nicht das
Miststück, wie Irina die Frau liebevoll beschrieben hatte." Lilly
kaute nervös.

„Nicht!? Wieso?"

„Weil die uns noch unbekannte Dame angerufen hatte, kurz bevor wir eintrafen, und wollte, dass Irina abhaut!"

Alex riss die Augen auf: „Die hat angerufen! Heute?"

„Jep!" Lilly öffnete den Kofferraum und ließ Berry einsteigen.

„Eben, und hast du ein entsprechendes Profil gefunden an den
Fahrzeugen?" Lilly kannte die Antwort und dennoch schüttelte
Alex den Kopf. Offensichtlich war alles nur noch verworrener und
sie standen nicht am Ende des Falles, nein, eher am Anfang!

Die Gedanken bei Alex begannen wieder zu kreisen. Wer könnte denn dann auf Alexandra geschossen haben. Mayer und Häberle hatten genug Feinde, doch Alexandra nicht. Und sie hatte auch kein Geld, um in der Sache mitgemacht zu haben.

Oder? Plötzlich erinnerte sich Alex, dass sie ihm an einem der Filmabende fünftausend Euro in bar gegeben hatte. Natürlich wollte er das Geld, dass er ihr geschenkt hatte, nicht zurück, deshalb bestand sie darauf, wenigstens den Tiguan zu bezahlen. Das sollte die erste Rate sein. Könnte es sein, dass sie sich hat bequatschen lassen. Je mehr seine Gedanken versuchten, Licht in das Chaos zu bringen, umso weniger gefiel ihm, was sich dadurch abzeichnete. Eines schien klar: Alexandra war kein zufälliges Opfer. Also lag auch hier der Schlüssel zu den anderen Opfern. Mit Ausnahme von Sepper. Dieser war erschlagen und nicht erschossen worden. Der einzige Zusammenhang war der Göckeleswald. Wenn Sepper etwas gesehen hatte, dann hätte ihn doch der Täter erschossen und nicht erschlagen. Aber wenn Sepper den Täter sehr gut kannte, dann hätte dieser auch einen unbemerkten Augenblick ausnützen können. Doch da Sepper eindeutig mit seinem Klappspaten erschlagen wurde, war es eine Affekttat.

Und wäre das alles nicht schon genug, so sollte er auch noch die Hintergründe des erschlagenen Hundes für Frau Balk und diesem komischen Fellknäuel Verein aufdecken.

„Hier müsste es sein, am Mettenberg 34!" Die Stimme von Lilly ließ Alex zurück in die Realität gleiten.

Es war ein einfaches Fertighaus und doch passte es sich nett in die angrenzenden Wiesen ein, welche unter dem Hausener Kapf lagen. Vor dem Haus waren zwei kleine Mädchen, welche Alex auf acht oder neun schätzte, damit beschäftigt, einen Schneemann zu bauen.

„Ich hasse das!", knurrte er.

„Was? Schneemänner bauen?" Lilly grinste und versuchte Alex dadurch aufzumuntern. Natürlich wusste sie, wie schwer es ihm fiel, die Botschaft zu überbringen, dass der Vater, Opa, Bruder, Mann und wie auch immer tot war. Natürlich war es hier nicht so schwer, so waren doch Frau und Herr Häberle bereits seit zwei Jahren geschieden. Und doch war es der Vater.

„Hallooo!", sagte Lilly fröhlich.

„Hallo! Sieht er nicht aus wie Cro?", fragte eines der Mädchen und setzte dem Schneemann eine Baseballkappe auf.

„Jaaa, irgendwie schon!", log Lilly, die nicht so recht wusste, wer oder was mit Cro gemeint war. Plötzlich schubste das Mädchen das andere, welches dann in den Schnee fiel.

„Siehst du! Ich habe es schon die ganze Zeit gesagt, er sieht aus wie Cro!"

„Dumme Ziege!", sagte das andere Mädchen und versuchte aufzustehen.

„Jetzt streitet euch doch nicht schon wieder! Melinda, gib Mareike die Hand!" Die Stimme gehörte einer großen schlanken Frau mit sehr kurzen brünetten Haaren.

„Frau Häberle?" Alex ging auf sie zu.

„Mauz! Ich heiße wieder Mauz! Ich habe meinen Mädchennamen wieder angenommen nach der Scheidung!"

„Ahja! Ich, äh wir sind von der Polizei. Das ist meine Kollegin Frau Baur!"

„Ohne e!", rief Lilly, die dem Mädchen auf die Füße geholfen hatte.

„Können wir reinkommen?" Alex hatte einen sanften Ton aufgesetzt. Frau Mauz verschränkte ihre Arme vor der Brust. Eine eindeutige Abwehrhaltung, um das Unausweichliche und schon längst Wahrgenommene doch noch abzuwenden.

„Sicher!"

Das Haus war außerordentlich sauber und wohnlich. Kein Schnickschnack und doch liebevoll dekoriert.

„Möchten Sie einen Kaffee, oder Tee?"

„Tee!", rief Lilly.

„Kaffee, schwarz!" sagte Alex.

Frau Mauz nickte wortlos und ging in die Küche nebenan, die sich fast ohne Trennung an einen sehr großen Wohnbereich anschloss.

„Wissen Sie, er war ja kein schlechter Mensch! Eigentlich sogar sehr charmant. Wir haben uns schon hier in der Realschule kennengelernt. Naja, ist lange her. Und zuerst klappte es nicht so mit unserem Kinderwunsch. Ja, dann ist er immer mehr in seiner Arbeit aufgegangen. Und dann, ja dann kam Mareike, unser Engel!" Frau Mauz stellte die Tassen auf den Tisch und setzte sich. Sie verschränkte wieder die Arme und schaute durch die große Fens-

terfront auf die dicken Schneeflocken, die still und sanft hernie-
dergingen. Alex bemerkte die unterdrückte Träne, die genau wie
die Schneeflocken langsam ihrem Weg folgte.

„Er ist tot, nicht wahr!" Frau Mauz schluckte und auch bei Alex
hatte sich ein Kloß im Hals gebildet, sodass er nicht antworten
konnte.

„Es tut uns leid!", sagte Lilly und Frau Mauz nickte. Jetzt, da es
ausgesprochen war, konnte sie die Tränen nicht mehr halten.

„Oh Gott, wie sage ich es Mareike. Wissen Sie, bei allem was
vorgefallen ist, war er doch ein guter, nein der beste Vater der
Welt.

Alex war erstaunt, welch andere Bild sich hier von dem sonst
eher größenwahnsinnigen Immobilienmogul bot. Hier war er der
Vater und auch der Freund geblieben.

„Und doch haben Sie sich getrennt?" Alex versuchte so sanft
wie möglich zu sein. Frau Mauz nickte.

„Es musste so kommen, wissen Sie! Er hat zu viele Leute um
ihr Geld und ihre Grundstücke betrogen. Und das ist alles nur ihre
Schuld."

„Wir haben Frau Zakoslavska bereits verhaftet!", sagte Lilly.

„Wen?"

„Irina Zakoslavska, die Freundin Ihres, ähm von Herrn Häberle.

„Ach so, ja da hatte er ständig wechselnde. Na ja, im Bett war
ich nie gut, deshalb nutzte er den Escort Service Barbara!"

„… Barbara!" Lilly notierte es in ihrem Smartphone. Doch Alex sah, dass der lodernde Hass in den Augen von Frau Mauz sich gegen jemanden anderen richtete.

„Wessen Schuld war es dann?" Alex nippte an seinem bereits kalten Kaffee.

„Die Probleme fingen an, als er mit dieser komischen Immobilienfirma aus Freiburg anfing Geschäfte zu machen. Die Geschäftsführerin, die müssen Sie sich mal ansehen!" Frau Mauz zerknüllte ihr Taschentuch, sodass ihre Finger bereits weiß wurden.

„Wie heißt diese Firma?" Lilly war bereit zum Tippen.

„Hieß, hat letztes Jahr Insolvenz angemeldet und von der Dame war nichts mehr zu sehen. Ich glaube Immosociety."

„Haben Sie die Dame mal gesehen?" Die Neugierde von Alex war geweckt.

„Flüchtig!"

„Groß, brünett und aufgetakelt?"

„Nein, groß schon, aber blond und eher dezent geschminkt. Aber wie gesagt, nur flüchtig!"

Alex nickte und war aber enttäuscht. In diesem Fall wollte nichts zusammenpassen. Aber auch gar nichts.

„Gut, ja dann danke, Frau Mauz, und ich denke, wir haben es soweit!" Lilly war aufgestanden.

„Äh, ja wenn wir noch was wissen müssen, kontaktieren wir Sie wieder!" Alex war förmlich aufgesprungen.

„Was wird denn jetzt?" Frau Mauz liefen die Tränen über die Wange.

„Ich denke, Sie können bald die Beerdigung organisieren, wenn es sonst keine weiteren Verwandten gibt!" Lilly gab Frau Mauz die Hand und war schon zur Tür raus. Alex drehte sich noch einmal um.

„Ach noch eine Sache, Frau Mauz!"

„Ja!" antwortete sie mit tränenerstickter Stimme.

„Jagen Sie auch?" Die Stimme von Alex war jetzt fest.

Doch Frau Mauz schüttelte energisch den Kopf.

„*Älles wia nei!*" Hans Peter wischte sich die Hände mit einem öligen Lappen ab. Alex grinste. Und Lilly hatte den Kopf unter der Motorhaube vergraben.

„Das habe ich verstanden und nur zur Info, es war alles neu! Nagelneu, bis wir in den Graben abgedrängt wurden. Und das im Dienst mit meinem eigenen privaten KFZ. Ich bin mir nicht einmal sicher, ob dafür die Versicherung des Landes aufkommt. Sicher hätte ich das Formular KFZ 34a ausfüllen sollen, um mir dienstliche Fahrten mit eigenem PKW zu genehmigen. Und jetzt habe ich mal wieder den Schlamassel und den Schaden. Doch noch einmal passiert mir das nicht. Im schlimmsten Fall laufe ich und wenn es die ganze Woche dauert. Da kann mich Frau Balk mal gerne haben …" Lilly hatte zu einer Schimpftirade ausgeholt und wollte sich gar nicht mehr beruhigen.

Hans Peter, der Freund von Alex, rempelte ihn grinsend an.

„Nett, deine Kleine!"

„Was, oh ja, aber es ist nicht, wie du denkst!" Alex bekam rote Backen.

„Natürlich nicht!" Das Grinsen des Freundes hatte sich verstärkt und er zeigte auf den Allerwertesten, den Lilly den beiden entgegenstreckte.

Alex winkte energisch ab: „Nein, nein! Echt, wir sind nur ..."

„Partner!", sagten er und Lilly nun zeitgleich.

„*Wia au immr! Der Karra goat wiadr!*"

„Was?" Lilly hatte nun kein Wort verstanden.

„Dein Auto läuft wieder!", übersetzte Alex.

„*Und des koscht au nix!*"

„Es kostet nichts!"

„Ja, Danke! Aber ich möchte schon dafür aufkommen!" Lilly kramte nach ihrer Geldbörse.

„*Awa, des hone für dr Lexi gmacht! Fahrt zua!*"

Nun war es Lilly, die ein Grinsen aufgesetzt hatte.

„*So, so dr Lexi!*", versuchte sie den Dialekt nachzumachen, was ihr aber nur schwer gelang. Alex war dies nun doch etwas unangenehm.

„Dann nehme ich den Jeep!"

„Jep, und den Hund!" Lilly hüpfte in ihren hellblauen Fiat 500.

„Ja, aber ich muss doch noch Alexandra befragen und ich denke, Berry darf nicht auf die ITS!" Alex setzte einen hilflosen Ton auf.

„Möglich, dann muss er warten, ich habe einen Termin mit meiner Vermieterin. Und ein Hund würde da sicherlich nicht helfen. Es wäre natürlich einfacher, wenn ich ein eigenes Haus hätte. So was wie ein altes Bauernhaus oder so, das wäre geschickt!" Lilly grinste hämisch.

„Abr dr Lexi hot doch no so a Haus! Also er hat noch so ein Haus!" Hans Peter strengte sich an, als er sah, dass Lilly wieder nichts verstand.

„So, hat der Lexi das! Wirklich, ja dann werde ich mir das mal anschauen, nicht wahr, Lexi!" Lilly ließ noch eine pinke Blase platzen und war schon weg.

„Danke, mein Freund! Weißt du zufällig, wo ich Blumen bekommen könnte?"

Es war dunkel und trüb und der Schneefall, welcher nur fein, aber sehr feucht war, wollte nicht abebben. Alex dachte darüber nach, dass wenn er die Jagd organisiert hätte, er bei so einem Wetter diese natürlich abgesagt hätte. Selbstverständlich nur aus Sicherheitsgründen. Hechingen lag unter einer Schneedecke und schon um 15 Uhr gingen die Straßenleuchten an. Nach eingehender Besänftigung konnte Berry davon überzeugt werden, im Auto zu warten. Natürlich nicht, ohne zuvor noch an die Zufahrtsschranke für Notfälle zu pinkeln.

Bereits im Hineingehen entfernte Alex das Papier, damit jeder die dunkelroten Rosen sehen konnte. Doch zuerst musste er ja noch in Erfahrung bringen, wo Alexandra nun lag. Eventuell war sie ja in ein normales Zimmer verlegt worden. Doch zu seinem Leidwesen hatte sich vor dem Pförtner bereits eine kleine Schlange gebildet. Und warten, das konnte er nun wirklich nicht. Einer seiner schlechten Eigenschaften war seine Ungeduld. Diese in Verbindung mit unendlicher Neugierde hatte ihn schon mehr als einmal in furchtbare Schwierigkeiten gebracht.

„Dr. Kanst!", ertönte plötzlich eine schrille Stimme, die er sogar im Schlaf auf dem Stuttgarter Wasen erkannt hätte. Alex drehte sich um und vor ihm saß in einem Rollstuhl, gekleidet mit einem pinken Jogginganzug: Jasmin Jemain.

„Frau Jemain!" Alex versuchte freundlich zu wirken. In seiner linken Hand hielt er immer noch den Strauß dunkelroter Rosen für Alexandra.

„Also, wirklich! Ich weiß gar nicht, was ich sagen soll! Ich, ja, es haben sich noch nicht so viele nach meinem Befinden erkundet. Und jetzt ausgerechnet Sie und dann noch so schöne Rosen! Wunderbare Rosen und so einen großen Strauß. Wirklich, vielleicht war ich doch etwas zu harsch zu Ihnen. Also noch einmal vielen Dank, Sie wissen gar nicht, welche Freude Sie mir damit machen!" Die Stimme der Kommissarin war sanft und schon fast weinerlich. Alex begriff zuerst nicht, was vor sich ging. Doch dann dämmerte es ihm. Jasmin Jemain war der Ansicht, dass er sich nach ihrem Befinden erkundigen wollte und deshalb natürlich auch die Rosen für sie bestimmt waren. Alex erkannte, dass er aus dieser Nummer nicht so leicht mehr herauskommen würde und übergab den Strauß.

„Ähm, ja, auch Grüße von Frau Baur! Und Frau Balk!", fügte er noch schnell hinzu. Jasmin Jemain nickte. Fast meinte er, sie würde eine Träne unterdrücken. Doch das konnte er sich bei dieser Frau nun nicht wirklich vorstellen.

„Möchten wir uns noch eine Weile setzen? Hahaha, ich Dummerchen! Ich sitze ja schon!" Jasmin Jemain zeigte auf die Sitzgruppe im Eingangsbereich. Alex merkte, wie er feuchte Hände bekam.

„Ganz kurz! Sie wissen, der Fall!" Doch die Kommissarin hatte, ohne eine Antwort abzuwarten, bereits ihren Rollstuhl gewendet und sich auf den Weg zur Sitzgruppe begeben. Missmutig folgte ihr Alex. Jetzt galt es, einen kleinen Smalltalk zu halten und sich dann abzusetzen. Erst als er sich in die Couch plumpsen ließ, bemerkte er, wie weich das Leder war. Nun saß er einen Kopf tiefer als Jasmin Jemain, die ja im Rollstuhl saß. Der psychologische Effekt stellte sich sofort ein und er fühlte sich unterlegen.

„Wie geht es denn mit dem Bein?", begann er und rutschte noch immer hin und her in der unbequemen Couch.

„Glück im Unglück! Keine Bänder und Gefäße verletzt, nur einen etwas komplizierten Bruch!"

„Ja, das freut mich! Ähm natürlich, dass es Glück im Unglück war!" Alex räusperte sich. Jasmin Jemain roch gekünstelt an den Rosen.

„Wie gehen die Ermittlungen voran? Haben Sie schon Verdächtige?"

„In der Tat haben wir heute jemanden verhaftet!"

„Also Sie meinen Frau Baur! Hahaha, Sie dürfen nun wirklich niemanden verhaften, Dr. Kanst!" Jasmin Jemain klang überheblich. So wie sie schon immer war.

„Natürlich!" Alex bot ihr keine Gelegenheit für einen Streit.

„Und diese Fallen! Sicherlich einer dieser Jäger! Wie steht es hier, haben Sie hier auch schon eine Spur?"

Es war Zeit, zu gehen.

„Ja, ich denke schon! Aber jetzt wünsche ich Ihnen alles Gute und schnelle Genesung. Es ist schon spät und morgen gehen die Ermittlungen ja weiter. Deshalb noch einmal alles Gute."

Alex hatte sich nicht einmal die Mühe gemacht, Jasmin Jemain noch einmal die Hand zu geben. Stattdessen hatte er eine, wie er es nannte, >Lilly Taktik< angewandt. Den Gesprächspartner einfach zu zutexten. Natürlich musste er eingestehen, dass er im Gegensatz zu Lilly noch ein blutiger Anfänger war. Doch letztendlich hatte es funktioniert und die Kommissarin war nicht einmal mehr zu Wort gekommen. In Windeseile war er nun hinter einer automatischen Tür verschwunden, welche zu den IST-Stationen führte. Wäre er wieder angestanden, so wäre auch Jasmin Jemain wieder auf ihn zugerollt. Wenn Alexandra nicht mehr hier wäre, dann könnte er immer noch zurück.

„Alex!" Schon wieder hörte er eine Stimme, die ihm bekannt vorkam. Diese Stimme mochte er eigentlich. Doch gerade jetzt hätte er sie besser nicht gehört.

„Wolfi!", begrüßte Alex seinen Freund.

„Was machst du hier?" Wolfi schien überrascht, seinen Freund in einem Krankenhaus anzutreffen, da Alex es strikt vermied, sich auch nur Krankenhäusern zu nähern. Seine Phobie war schon sprichwörtlich.

„Ich wollte nach Alexandra sehen!", sagte er wahrheitsgemäß, fühlte sich aber irgendwie dabei in der Rolle von jemandem, der etwas falsch gemacht hätte.

„Oh, ja! Ähm, Danke! Aber, du, es ist schon spät, und sicher schläft sie schon!" Wolfgang Eierle wickelte das Papier seines Rosenstraußes ab, der mindestens doppelt so groß wie der von Alex war.

„Ja, vielleicht nur kurz!", stotterte Alex.

„Hmm! Nee, weißt du, wir möchten jetzt etwas allein sein! Das verstehst du doch!"

Alex blieb die Luft weg. Nein, er verstand dies nicht. Bis gerade war Alexandra ein wichtiger Mensch in seinem Leben. Und nun fühlte er sich ausgegrenzt. Er spürte einen Druck auf seinem Magen.

„Ja sicher!", log er und lächelte fröhlich. Was ihm aber nicht so recht gelang.

Missmutig drehte er sich um.

„Ach Alex!"

„Ja?"

„Wenn man einen Krankenbesuch macht, also zumindest bei einer Dame, dann bringt man auch Blumen mit!" Wolfgang Eierle hielt seinen Strauß freudig direkt vor die Nase von Alex.

„Ja, also ich …" Alex stammelte, während die Tür hinter ihm wieder aufging.

„Schau dir die an, die hat schöne Blumen von ihrem Freund bekommen. Nimm dir da ein Beispiel!"

Wolfgang Eierle zeigte auf Jasmin Jemain, welche gerade mit ihrem Strauß dunkelroter Rosen zu den Fahrstühlen rollte.

Berry seufzte fast Ton in Ton mit seinem Herrchen. Nur, dass hier der Grund anders gelagert war. Berry hatte im Gegensatz zu Alex Hunger. Alex hingegen war der Appetit vergangen. Seine melancholische Stimmung war auf einem neuen Höhepunkt. Dass es sich eventuell schon um eine Depression handeln könnte, das wollte er sich nicht eingestehen. Als er durch Jungingen fuhr, fasste er einen Entschluss. An der alten Säge hielt er an und tippte den Kontakt von Verena an. Sein Blick fiel hoch zur beleuchteten Villa. Also war sie zu Hause. Aber vielleicht auch ihre Schwester, oder nur die Schwester. Und auf deren Gesellschaft hatte er keine Lust. Doch es ertönte nicht einmal ein Freizeichen.

„Diese Nummer ist uns nicht bekannt!", sagte eine metallische Stimme. Alex fluchte innerlich. Hatte er doch extra die Nummer zweimal überprüft, als er sie eingetippt hatte. Und doch hatte er einen Fehler begangen. Schon wieder einen.

Egal! Er hätte ja doch keine Zeit gehabt. Noch stand ihm der schwerste Gang bevor, denn ohne ein Gewehr konnte er nicht bei der Jagd aufmarschieren. Er könnte immer noch seinen Freund Roland anrufen, der hatte bestimmt genügend Gewehre. Doch sollte auch überprüft werden, was er lieber nicht hoffte: Dass sein altes Jagdgewehr immer noch an der alten Stelle stand, nämlich vor seinem alten Kinderzimmer.

Das Haus seiner Eltern lag am Eingang des Göckeleswaldes, von dem heute bei anhaltendem Schneefall nichts zu sehen war. Zu sehen war auch nichts von der langen Zufahrt zum am Hang gelegenen Haus seiner Eltern. Offensichtlich erwarteten diese keinen Besuch mehr so spät und sein Vater hatte die Zufahrt nicht mehr freigeräumt. Und trotz eines intelligenten Allradsystems wollte er das Risiko, hinunterzurutschen, nicht in Kauf nehmen. Immer noch in guter Erinnerung war der Unfall, den seine erste Freundin und spätere Frau verursacht hatte, als diese ungebremst zuerst seinen Wagen und dann noch den seines Vaters gerammt hatte. Und dabei geschah das alles im Sommer.

Berry ließ sich dieses Mal fast nicht mehr überzeugen. Doch Alex hatte ihm versprochen, schnell wieder zurück zu sein. Mit tief enttäuschten Augen hatte der Hund ihm nachgesehen, als er fast auf allen vieren die rutschige Einfahrt zu seinem Elternhaus hinunterrutschte. Zum Glück gab es Bewegungsmelder, denn das Haus lag so abseits, dass es keinerlei Straßenbeleuchtung gab. Vielleicht war dies auch der Grund, dass sein neues Haus auch so abseits lag. Doch heute wollte er darüber und welche Folgen seine Kindheit sonst noch so hatte, nicht nachdenken.

Nun stand er vor der dunklen Haustür aus Holz, hinter der seine Eltern sicherlich bereits vor dem Fernseher lagen.

Es gab keine herkömmliche Klingel, nein! Ein langes Seil baumelte neben der Tür und verschwand dann durch ein Loch. Mittlerweile hatte sein Vater sogar ein Schild angebracht, das dem erstaunten fremden Besucher zeigte, dass es sich hier um eine Klingel, oder besser gesagt um eine Glocke handelte.

Alex zog daran. Natürlich, und weil es ihm Spaß machte und vielleicht, weil es seinen Vater ärgerte, zu fest. Denn dann schlug die Glocke gegen den Rahmen, in dem diese befestigt war und verursachte ein metallisches Geräusch, das alle erschreckte. In der Ferne hörte er Berry jaulen.

Schritte, und die Tür wurde geöffnet.

„Ach Gott!", sagte sein Vater, der mit klebrigen Haaren und einer schief sitzenden Brille vor ihm stand.

„Mutter! Mutter, dein Sohn ist da!" Danach drehte er sich wortlos um.

„Wirklich! Ist es Thore?"

„Nein, der andere!", sagte sein Vater, noch bevor er sich wieder in seinen Fernsehsessel plumpsen ließ.

„Was, wirklich! Ja wieso?", hörte Alex die Stimme seiner Mutter noch, als er die Tür schloss.

„Ja Alex, dass du wieder mal den Weg zu deinen alten Eltern findest! Wirklich, wann warst du das letzte Mal hier? Möchtest du ein Bier?"

Eigentlich wollte er kein Bier, er wollte nicht einmal hier sein. Doch um die Stimmung etwas zu beruhigen, nickte er zustimmend.

„He! Heeee! Schläfst du etwa?" Seine Mutter rüttelte am Arm seines Vaters.

„Was nein, warum?"

„Hol deinem Sohn ein Bier aus dem Keller!", befahl seine Mutter seinem Vater, der bereits wieder vor dem Fernseher eingeschlafen war.

„Nein, nein lass nur, ich hole es mir selbst. Ich finde den Weg ja!", sagte Alex nicht ohne Eigennutz.

„Meinst du wirklich!" Alex überhörte die Ironie in den Worten seiner Mutter und ging die hölzerne Treppe hinunter in den unteren Stock des Hauses. Hier lag sein Zimmer und das seines Bruders. Und am Ende der Keller, wo es Bier gab, welches er nicht wollte. Nicht jetzt und nicht an diesem Abend. Doch egal, so hatte er einen Grund, nach dem Gewehr zu sehen.

Der Keller war ein typischer Keller der Alb. Nicht die Bauart, nein, diese war eher wie die eines Gewölbekellers. Nein, hier war es der Inhalt: Kartoffeln, Äpfel, Säfte und selbstgemachte Marmelade. Das Mostfässchen fehlte, jedoch gab es Bier aus heimischen Brauereien. Alex nahm sich eine Flasche und schlich den Gang zurück.

Warum schlich er? Hatte er ein schlechtes Gewissen? Vielleicht! Aber er wollte nicht beobachtet werden.

„Findest du es?", rief seine Mutter vom oberen Ende der Treppe.

„Ja sicher! Bin gleich zurück!"

„Mach auch das Licht aus! Dein Bruder lässt es immer brennen!"

Alex fluchte: Er war nicht sein Bruder! Ganz bestimmt nicht! Langsam drückte er die Klinke hinunter und spähte in sein Zimmer. Erinnerungen kamen auf. Hier hatte er gespielt. Dann sein erstes Date gehabt. Und danach intensiv (mehr oder weniger!) sich auf sein erstes Studium vorbereitet. Doch dies war lange her und doch war es eine schöne Zeit. Und es war nicht mehr sein Zimmer. Die Poster von Magnum und Miami Vice waren verschwunden und durch eine geblümte Tapete ersetzt worden. Auch gab es einen Durchgang in das Zimmer seines Bruders. Er erinnerte sich, dass der notorische Nörgler ewig keine Frau fand. Ja nicht einmal eine Freundin oder ein Date.

Bis die Tussi kam. Alex wollte sie eigentlich nicht so nennen, aber er konnte nicht anders.

Egal! Er schloss die Tür und schaute in die Ecke. Dort sollte es stehen. Das Gewehr, welches er dem Land Baden-Württemberg abgekauft hatte. Weil es billig, aber auch gut war. Und dies, da er nie mehr auf die Jagd wollte.

Doch da stand nur ein alter, zusammengerollter Teppich.

„Mist!", fluchte er und bereute, nicht seinen Freund um ein Gewehr gebeten zu haben. Jetzt zu dieser Zeit und dazu noch bei dem Schneefall war es nicht mehr möglich. Alex tastete den Teppich ab. Und tatsächlich befand sich etwas darinnen.

„Ich glaube es nicht!", rief er freudig und zugleich entsetzt. Er hielt das Gewehr, ein altes 96er-Repetiergewehr aus dem ersten Weltkrieg in den Händen, welches nun über 25 Jahre unbenutzt in der Ecke stand.

„Was glaubst du nicht? Hast du ein Bier gefunden?" Seine Mutter hörte sich sorgenvoll an.

„Ja, das habe ich! Ich habe es gefunden!", sagte er, doch so richtige Jagdfreuden wollten sich bei Dr. Alex Kanst nicht einstellen. Doch es ging ja um den Fall und nicht um das Schießen von Tieren. Er würde keines sehen und auch keines erlegen. Da war er sich sicher.

„Was willst du denn damit?", sagte plötzlich seine Mutter, die unerwartet neben ihm stand.

„Mitnehmen, da gibt es neue Vorschriften!", log Alex.

„Oh, da wird dein Bruder aber froh sein. Der hatte immer Angst davor. Deshalb haben wir es in den Teppich gewickelt."

Alex stöhnte.

Mühsam und mit einem schlechten Gewissen gegenüber Berry stapfte er durch den tiefen Schnee. Es hörte nicht auf zu schneien und es war zudem stockdunkel. Das Bier sollte als eines der längsten in die Geschichte eingehen. Natürlich gab es noch ein paar Seitenwürste dazu, und wenn das nicht schlimm genug wäre, eine Predigt.

Die Worte seiner Mutter lagen ihm noch schlimmer im Magen als die Würste. Er müsse wieder arbeiten, nicht sowas, etwas Richtiges und damit meinte sie die Praxis. Und dann seine Lebensumstände. Die hatten seine Eltern ja nie gemocht. Und seit die Hexe seinen Bruder geheiratet und nun schon zwei Kinder bekommen hatte, wurde ihm das immer vorgehalten. Er wäre doch der Ältere, und nun würde er bald keine mehr finden. Und beim Friseur hätte sie wieder gehört, dass er es mit einer aus Jungingen treiben würde. Wobei Alex der Ansicht war, seine Mutter hätte gesagt >hören müssen<. Er stöhnte und zog sich die Mütze noch tiefer in das Gesicht. Zu allem Übel hatte er den alten, dreckigen Teppich mitnehmen müssen, damit das Gewehr geschützt war. Im Allgemeinen machte es ihm nichts aus, doch gerade heute schon. Vielleicht hatten ja alle recht. Sein Leben war mehr als nur aus dem Ruder gelaufen. Hatte er ernsthaft geglaubt, als Gigolo durch das Leben zu schlendern, wäre möglich? Oder war dies nur eine Trotzreaktion, weil er die einzige Frau, die er wirklich mochte, nie haben könnte.

Als Alex die Türen des Jeeps öffnete, wurde er durch ein vorwurfsvolles Bellen begrüßt. Doch er hatte noch eine Seitenwurst in die Tasche gesteckt, um damit den Hund zu beruhigen. Was umgehend funktionierte.

Während der Hund schmatzte, lud er die Waffe (und den Teppich) in den Wagen. Plötzlich bemerkte er am Rande des Waldes eine Bewegung. Eindeutig - dort war etwas. Und es bewegte sich.

Bewegte es sich auf ihn zu? War es ein Tier? Kaum, dieses würde eher flüchten. Wer konnte um diese Zeit bei diesem widrigen Wetter aus den Tiefen des Göckeleswald kommen. Nichts Gutes, da war er sich sicher. Und es hatte nun doch ein paar Morde gegeben. Nicht zuletzt der alte Sepper. Ein dunkles Gefühl breitete sich in ihm aus, und gleichzeitig seine Neugierde. Immer diese verdammte Neugierde. Er könnte doch einfach losfahren. Doch dann blieb ja ein Geheimnis übrig.

Im Gegensatz zu heute Morgen war er jetzt bewaffnet und ein guter Schützte war er obendrauf. Alex zog leise das Gewehr aus dem Teppich, als ihm ein weiterer Fehler auffiel: Das Gewehr war nicht geladen und er hatte keine Munition.

Langsam kam die dunkle Gestalt auf ihn zu. Jetzt war es zu spät, um loszufahren.

Rasant bremste Lilly vor der Stadtvilla in Hechingen. Sie war zu spät und sich ziemlich sicher, dass dies keine guten Auswirkungen haben würde. Ein Gespräch. Sie wurde zu einem Gespräch gebeten. Von ihrer Vermieterin, der alten, aber feinen Frau Malkwiz. Lilly vermutete hinter dem Namen ein altes Adelsgeschlecht aus dem ehemaligen Preußen, auch wenn das >VON< fehlte oder bewusst weggelassen wurde. Nun bewohnte Lilly gerade ein Zimmer, zwar mit Bad und WC, aber das war auf Dauer ja auch kein

Zustand. Deshalb sollte es ihr ja auch egal sein, was Frau Malkwiz von ihr wollte und doch hatte sie etwas Sorge, ja wenn nicht sogar Furcht, es könnte ihr das Zimmer gekündigt werden.

Denn dann stünde sie vor einem riesigen Problem. Sie wusste nicht, wohin. Derzeit war es aussichtslos, eine Wohnung zur Miete zu bekommen. An Kaufen war überhaupt nicht zu denken. In den Medien wurde bereits laut über eine Immobilienblase diskutiert und Lilly war sich sicher, das war eine größer als die beste Kaugummiblase, die sie herstellen konnte. Jedoch galt es jetzt, eine gute Stimmung zu erzeugen, und das war bei der sehr verschlossenen und äußerst kühl wirkenden Dame Malkwiz fast aussichtslos. Deshalb war sie noch Alex in das Blumengeschäft, welches die Schwägerin von Hans Peter führte, gefolgt und hatte einen sogenannten Strauß der Woche gekauft. Ganz im Gegensatz zu Alex, der einen riesigen Strauß dunkelroter Rosen gekauft hatte.

Lilly hatte nicht nachgefragt, aber war sich sicher, dass er auf dem Weg zu dieser ominösen Verena war. Nun kannte sie diesen Typen doch schon einige Zeit und hatte, auch wenn ihn die meisten für etwas verschroben, ja im besten Fall seltsam hielten, doch recht fest in ihr Herz geschlossen. Und sie hatte ihn noch nie so erlebt. Irgendwie war er geknickt. Natürlich waren die Ereignisse im Advent nicht leicht zu verarbeiten. Insbesondere der Mord an seiner Assistentin, die doch mehr war als nur seine Assistentin. Fast hatte sie das Gefühl, er würde an einer Depression leiden. Deshalb war es gerade gut, dass er wieder etwas zu tun hatte. Dass sich die Dinge wieder äußerst gefährlich entwickelt haben, das konnte ja keiner ahnen. Und das Bauchgefühl, auf welches Lilly gerne hörte, meldete sich jedes Mal, wenn die Sprache auf diese Verena von Göckingen kam. Irgendetwas stimmte da nicht, zumindest tat sie ihrem Partner nicht gut. Die große Sorge für Lilly war, dass in dieser Hinsicht er derzeit nicht in der Lage war, Gefahren zu erkennen. Lily atmete tief ein und nahm den Strauß der Woche von ihrem Rücksitz. Sie beschloss, diese Verena einmal zu durchleuchten. Doch jetzt galt es erst einmal, gute Stimmung bei Frau Malkwiz zu erzeugen.

Wäre der gute Dr. Kanst nicht so stur, dann hätte sie bereits das beste Haus aller Häuser gefunden. Komisch daran war, dass sie sich aus irgendeinem Grund mit dem Haus dort verbunden fühlte. Doch sie war ja nicht aus der Gegend und dennoch war es ein Gefühl wie nach Hause zu kommen.

Doch wer Lilly kannte, wusste: Aufgeben war ein Ding der anderen. Sie würde schon noch in das Haus einziehen.

„Hallo!", sagte Lilly in einem sanften Ton.

„Guten Abend, Frau Baur!", sagte Frau Malkwiz und schaute vorwurfsvoll auf ihre Taschenuhr.

„Guten Abend! Auch noch draußen bei diesem Wetter!" Erst im letzten Moment hatte Alex die pummelige Frau mit der großen Dogge erkannt. Der Schneefall war eindeutig schlimmer geworden. Er hoffte, dass diese das Gewehr, das er schon in den Anschlag nehmen wollte, nicht erkannt hatte. In Windeseile hatte er es wieder in den Teppich gesteckt.

„Ja, noch etwas! Der Hund muss ja raus!", sagte Alex und stieg in den Wagen. Noch einmal grüßte er kurz und startete dann den Jeep. Die Straße nach Onstmettingen war komplett zugeschneit. Eigentlich war dies schon äußerst gefährlich und eigentlich nicht ratsam, zu fahren. Wer konnte schon sagen, ob noch ein Räumfahrzeug kommen würde. Doch auch der weitere Weg durch das wilde Weiler Tal war alles andere als sicher. Zudem hatte er ja ein Allradfahrzeug. Langsam, aber ohne Probleme kroch der Jeep die Steige hoch. Der Schnee lag schon schwer auf den mächtigen alten Buchen, die die Straße säumten. Unter dessen Last beugten sich die Äste so weit über die Straße, dass es fast aussah wie die Arme mächtiger Riesen, die versuchten, den kleinen Jeep zu greifen. Alex hatte plötzlich ein mulmiges Gefühl. Hatte er, ein Kind des Waldes, plötzlich Angst? Das konnte nicht sein und das durfte auch nicht sein.

Und doch war er erleichtert, als er die Hochebene erreichte und langsam den langen Stäben, welche auch bei Schneeverwehungen den Verlauf der kleinen Straße erkennen ließen, folgte. Der Schneefall hatte aufgehört und es zeigte sich der Mond, der heute die Form einer Sichel angenommen hatte. In ein paar Minuten würde er zu Hause sein. In seinem neuen Haus. Es war zu müßig, darüber nachzudenken, warum er nicht einfach eine Nacht in seinem alten Haus verbracht hatte. Gerade bei diesem Wetter wäre es ratsam gewesen.

„Aahhh! Was soll denn das!", schrie Alex plötzlich laut. Grelle Scheinwerfer eines großen Wagens, der wie aus dem Nichts hinter ihm aufgetaucht war, blendeten ihn. Alex blendete den Spiegel ab, jedoch mit mäßigem Erfolg. Die Scheinwerfer blendeten so, dass er fast die Straße nicht mehr erkannte. Der Motor heulte auf und der große dunkle SUV scherte aus, dann erfolgte ein Knall und der

Jeep flog mit Wucht in eine Schneewehe. Berry heulte kurz auf. Dann war alles still. Nur der Mond leuchte die tiefverschneite Landschaft spärlich aus. In der Ferne sah man die dunklen Konturen der alten Buchen des Göckeleswald.

Das monotone Piepsgeräusch konnte einen schon verrückt machen. Aber auch der Gedanke, die Wahrheit zu sagen. War es die Wahrheit oder nur tiefere Einblicke in ihr eigenes Leben. Sie hatte die Dinge ja nicht verschleiert oder gar geheim gehalten. Nein, sondern nur versucht, zu überleben. Gut, sie hatte Alex versprochen, damit aufzuhören. Und er hat ihr mehr als eine Menge Geld gegeben. Natürlich wusste sie, dass er das gerne tat, doch sie wollte dies nicht. Er war ein Freund, vielleicht der beste, den sie hatte. Vielleicht auch der einzige.

War es das, was sie beide verband? Einsamkeit. Die Tatsache, ganz allein zu sein? Möglich, und doch hatte sie sich nun anders entschieden. Sie hatte sich entschieden. Für ein anderes Leben.

Eines mit Professor Doktor Wolfgang Eierle. Er war hübsch, weltoffen, gebildet und vermögend. Zumindest konnte er sie beide ernähren. Und sie könnte der Sieben-Tage-Woche abschwören.

Die Wunde schmerzte noch immer. Warum hatte man auf sie geschossen. Darauf konnte sie sich nun keinen Reim machen, und doch sollte sie etwas Licht in das Dunkel bringen. Sie schämte sich dafür, obwohl sie das nicht sollte. Sie hatte ja nichts falsch gemacht. Würde die Wahrheit etwas an ihrer Beziehung zu Wolfgang ändern? Hatte sie überhaupt eine Beziehung? Sie wusste, er würde sie auf Händen tragen, aber es würde nie die Liebe sein, von der in Büchern und Filmen so viel erzählt wird. Vielleicht für Wolfgang. Vielleicht würde er es denken oder denken wollen. Sich selbst einreden.

Doch für sie, für Alexandra Rädle, würde es immer etwas anders sein. Doch die Zeit lief und auch wenn man das Beste sucht, so konnte man sich doch auch mit der Nummer zwei zufriedengeben. Alexandra dachte an den Abend zurück, wo sie und Alex Titanic sahen. Kurz, nur kurz, und dann wurde an die Tür geklopft.

Zuerst sah sie nur einen Strauß. Einen Strauß roter Rosen.

„Hi!", sagte die sanfte Stimme von Wolfgang. Alexandra versuchte sich etwas aufzusetzen.

„Du bist verrückt! Blumen sind doch hier nicht erlaubt!" Alexandra lächelte.

„Habe sie reingeschmuggelt. Du weißt doch, ich habe beim Verrückten Nummer eins gelernt. Alex ist in solchen Dingen der Beste!" Wolfgang küsste Alexandra auf die Wange.

Sie wusste, dass Alex der Beste war, und dies nicht nur in verrückten Dingen. Aber gerade deshalb war er etwas Besonderes.

„Hmm!" Doktor Professor räusperte sich und nahm eine steife Haltung an. Erst jetzt bemerkte Alexandra, dass er eine Krawatte trug.

„Ich weiß, dass ist nicht der beste Augenblick und auch bestimmt nicht der geeignete Ort dafür. Und doch ist es ein Verlangen, das ich nicht länger unterdrücken möchte." Mit zittriger linker Hand holte er eine kleine dunkelblaue Schachtel hervor und öffnete diese. Alexandra starrte auf zwei Ringe, die mit Brillanten besetzt waren.

„Mmmm, ähm, möchtest du mich heiraten?" Nun zitterte auch die Stimme von Professor Doktor Eierle.

Alexandra starrte ihn und die Ringe mit großen Augen an.

„Blumen! Für mich? Also dann müssen Sie hinten eine Vase besorgen, Sie wissen, meine Knie, ich bin halt nicht mehr die Jüngste!" Die Stimme von Frau Malkwiz hatte etwas Befehlerisches.

Lilly trottete wie ein Hund den Gang entlang, immer noch den Strauß in der linken Hand und suchte im Abstellraum unter der Treppe nach einer Vase. Ein Dankeschön hatte sie vermutlich überhört. Mit einer grün glasierten Tonvase kam Lilly zurück. Sie kaute jetzt wie eine Kuh auf Gras nervös auf ihrem Kaugummi herum. Frau von Malkwiz stand noch immer regungslos am Tresen und beobachtete das Tun von Lilly. Bereit, jederzeit einen unnötigen Kommentar dazu abzugeben. Doch Lilly hatte sich für diesen Abend eiserne Disziplin auferlegt. Egal wie es kommen würde, sie würde sich auf keinen Streit oder Zwist einlassen. Und das war schwierig. Manchmal erregte schon der missbilligende Blick von Frau Malkwiz ihre Wut.

„So!", trällerte Lilly fröhlich gekünstelt.

„Aber doch nicht da! Wirklich, ihr jungen Leute habt einfach keinen Sinn dafür! Stellen Sie die Vase dort auf die Anrichte!" Frau von Malkwiz humpelte hinter Lilly her. Ein Dankeschön war noch immer nicht zu hören gewesen. Und doch zwang sich Lilly noch einmal zur eisernen Disziplin.

„So, ja ähm, Sie wollten mich sprechen!?" Lilly wünschte sich nichts Sehnlicheres, als dass die Situation schnell vorbei sein würde. Wenn es ihr nur nicht so gefallen würde in dem alten Hohenzollerischen Lande. Ja wenn …

Frau Malkwiz hob die rechte Augenbraue und kramte ihre blöde Uhr hervor. Sie ließ den Deckel aufspringen, warf einen Blick darauf, um danach sofort Lilly mit einem alles gefangennehmendem, vorwurfsvollem Blick zu demoralisieren.

„Stimmt genau! Vor zwei Stunden wollte ich Sie sprechen. Ja, genau vor zwei Stunden!" Der Blick von Frau Malkwiz war eisern. So eisern wie sie hier das Regiment führte. Doch Lilly blieb nichts anderes übrig und sie musste sich unterordnen.

„Ja, das tut mir leid. Ich weiß, ich bin zu spät, aber der aktuelle …"

„So, tut Ihnen das leid. Nun, meine Liebe, ich versichere Ihnen, dass wir früher noch mehr um die Ohren hatten als diese verweichlichte Generation heutzutage. Und wir waren immer pünktlich. Das war ein Aushängeschild, doch heute zählen die Tugenden von einst nichts mehr. Nein, sie werden mit Füßen getreten!"

Lilly merkte, wie ihr das Blut in den Kopf stieg. Und sie war noch immer sehr nah an der Vase und dem Strauß.

Zu nah.

Es war zu spät, um ins Bett zu gehen und zu früh, um es nicht zu tun. Das Hämmern im Kopf von Alex Kanst kündigte eine Migräne an. Schon wieder. Sicher war das ein Resultat des Stresses und der Anspannung, aber auch der Enttäuschung. Und er war maßlos enttäuscht. Von Wolfi und Alexandra. Selbstverständlich hatte er kein Recht dazu. Gerade er, der eigentlich der Egoist in Person war. Zumindest sahen es so sehr viele Menschen. Meist jene, die ihn nicht wirklich kannten. Doch wer kannte ihn schon wirklich. Bis kürzlich hätte er Wolfi und Alexandra dazu gezählt. Doch so wie sich die Dinge entwickelten, war diese Annahme falsch. Sogar für seine Eltern war er der Sonderling oder vielleicht einfach, um in den Worten seines Vaters zu sprechen: der andere.

Und so blieben nicht viele. Natürlich gab es eine Person, die ihn gut kannte. So wie er war. Ihn mochte, so, wie er ist. Ihn liebte, einfach weil er er ist. Alex seufzte und dachte an die Zeit seines zweiten Studiums nach. An die Zeit mit *IHR*.

Doch die war vorbei und die Fahne des Fürsten schien nie mehr eingeholt zu werden. Auch wenn sich der Kopfschmerz ausbreitete, hatte er die letzten zwei Stunden mit seinem Freund Hans Peter genossen. Er war ein Freund aus vergangener Zeit, der im Hier geblieben war. Ein wahrer Freund. Sofort, nachdem Alex ihn angerufen hatte, war er gekommen und hatte den Jeep aus der Schneewehe gezogen. Scherzhaft hatte er dazu gemeint, bald eine Filiale zu gründen, wenn das In-Schneewehen-Fahren zum Hobby von Alex werden würde.

Und da war Alex sich sicher, das würde es nicht. Zudem war es Lilly, die das letzte Mal in eine Wehe gefahren war. Berry schlief nun friedlich, nachdem er zwei Portionen seines Spezialfutters vertilgt hatte und, vermutlich aus Frust, während der ungeplanten Wartezeit vor dem Haus der Eltern von Alex die gesamte Innenverkleidung des Jeeps zerkleinert hatte.

Alex beschloss, sich eine sehr heiße Dusche zu gönnen. Dabei konnte er wieder etwas klarer denken. Und da gab es einiges, über das er nachdenken wollte. Zuerst einmal die einfachen Dinge, wie zum Beispiel, wo sich die Munition befand! Denn auch, wenn er das Gewehr leichtsinnig in der Ecke vor seinem alten Zimmer über 25 Jahre hatte stehen lassen, so war er doch nicht so leichtsinnig und hatte auch die Munition dazugelegt. Also musste diese in einer der Kisten sein, die sein Vater immer mittwochs mit dem obligatorischen Kartoffelsalat mitbrachte.

>Das sind alles Dinge, die dir gehören<, sagte er dann immer. Und es waren Dinge wie Spielsachen und Kuscheltiere, Raumschiffe und Bücher über Pflanzen. Alex hatte bisher noch nicht eine der Kisten sortiert. Lediglich eine und die andere in den Abstellraum gestellt. Und genau in einer solchen befanden sich die fünf Patronen, die er einst gekauft hatte. Ganz genau hatte er sechs gekauft und dann weder allem Erwarten ein Reh während seiner Ausbildung geschossen. Dabei blieb es dann auch und somit müssten noch fünf übrig sein. Irgendwo in den Kisten. Und bis in ein paar Stunden benötigte er diese. Oder? Nun, da er ja nicht vorhatte, zu schießen und ein Tier zu töten, würde er auch keine Munition benötigen. Ein Gewehr zur Tarnung müsste doch reichen.

Aber Alex wusste, wie es bei solchen Jagden zuging. Alles nach dem Motto: Mein Geländewagen, mein neues Gewehr, mein neues

Jagdoutfit, mein, mein, mein. Und es gab noch einen Grund, der dafürsprach, etwas Munition im Lauf zu haben:

Auf seine beste Freundin wurde geschossen und er und Lilly wurden von der Straße gedrängt. Der Mond war kein voller und doch war er sich sicher, es war der gleiche große Geländewagen wie bei dem Unfall von Lilly. Also hatte es jemand auf ihn und seine Freunde abgesehen. Alex lehnte sich mit dem Kopf an die Duschwand, während das warme Wasser über ihn lief. Er seufzte und bildete sich ein, die Worte von Wolfi zu hören:

„Man wird immer angeschossen, wenn du einen in was reinziehst!"

Aber das waren doch nur Worte. Nichts weiter und doch drückten diese Worte nun umso mehr auf seine Seele. Tina war tot und nur, weil sie ihm eine auswischen wollten. Auf Alexandra wurde geschossen, Wolfi, Lilly und er selber von der Straße gedrängt, wenn auch Wolfi im letzten Fall. Wenn man es genau sah, war er doch für seine Freunde eine Gefahr. Und dieses Mal wollte er keinen Fall. Nein, er hatte sich aus allem zurückgezogen und dann mussten in seinem Wald mehr Leichen liegen als auf dem Hausener Friedhof. Alex beschloss, den Dingen ein Ende zu machen. Denn er konnte das. Er war der beste Profiler weit und breit. Und deshalb musste er morgen besser bewaffnet zur Jagd antreten. Und er sollte noch mit Wolfi wegen des Klappspatens reden. Doch im Moment schien sein Freund andere Interessen zu haben. Warum konnte er nicht sagen, doch das Gefühl war stark und wuchs immer mehr an. Er hatte wohl zwei Freunde verloren, die nun einen eigenen Weg gehen würden.

Alex tippte den Namen von Verena in die Suchmaschine. Es gab ein Adelsgeschlecht, das ausgestorben schien, eine Biersorte, die Göckinger hieß und einen Link zum Hohenzollerischen Geschichtsverein. Eigentlich wollte er eine Telefonnummer, doch plötzlich versank er in die 1991 geschrieben Abhandlung seines alten Professors aus forstlicher Zeit über die Entstehung und Namensgebung des Göckeleswalds. Alex hatte sich das nie so wirklich gefragt, doch ließ es die Dinge in einem etwas komplizierten Licht erscheinen. Dem Bericht zufolge hatte es nichts mit dem schwäbischen Wort Göckele für Hähnchen zu tun, sondern war der ehemalige Waldbesitz eines sehr alten, aber aufgegangenen Adelsgeschlechts aus dem Raum Meßkirch. Genau jener Ort, der auch die entsprechende Biersorte hervorbrachte:

Göckingen im Landkreis Sigmaringen. Ehemals Hohenzollerische Lande.

War dies nun ein Zufall oder nicht? Warum tauchte der Göckeleswald auf der Suche nach Verena auf?

Alex ging auf die Homepage des Institutes, wo Verena arbeitete und suchte nach den Mitarbeitern.

Doch eine Verena von Göckingen war nicht zu finden.

„Ja!" Wolfgang Eierle schrie das Wort durch die ganze Kneipe. Immer noch war Jimmys Eck einer der angesagten Kneipen in der Hechinger Altstadt. Auch die einzige. Der Niedergang der Innenstädte, und hier hatte Hechingen nur eine kleine, aber feine, war auch hier nicht aufzuhalten. Die Kneipe war nur spärlich besetzt. Ganz hinten knutschte ein junges Paar. In einer der Nischen saß ein Mann im Anzug, dessen Gesicht von den Schatten im Dunkeln blieb. An der langen Bar, welche den ganzen Raum fast einnahm, saß noch eine Frau, der Wolfgang Eierle zunächst keine Beachtung schenkte.

„Well, a long time!", sagte Jimmy, der Wolfgang aus den Geschehnissen des vergangenen Advents nur zu gut kannte. Aber ihn auch als guten Freund kennengelernt hatte.

„I know!", sagte Wolfi, um dem Briten sein gutes Englisch zu demonstrieren.

„One bottle of Bitterlemon! Wie immer?" Jimmy lächelte.

„Oh nein, mein Freund, den besten Whiskey, den du hast!" Professor Doktor krempelte die Ärmel seines Hemdes hoch und lockerte die Krawatte.

„Well, den Besten?" Jimmy drehte sich bereits um und griff nach einer Flasche.

„Absolut den Besten!" Wolfgang fühlte sich so gut wie schon seit langem nicht mehr.

„Oh, ja, dann haben Sie etwas zu feiern!", sagte eine kühle und herrische Stimme plötzlich von rechts. Erst jetzt drehte sich Wolfgang Eierle um und sah die dunkelhaarige, recht hübsche und doch seltsam wirkende Frau.

„Äh, ja absolut! Ich werde heiraten! Ist das nicht wunderbar!"

„Well! Gratulation!", sagte Jimmy und stellte einen Whiskey vor Wolfgang.

„Der geht natürlich auf das Haus!"

„Aber nur, wenn du mittrinkst! Möchten Sie auch einen?" Wolfgang drehte sich zu der dunkelhaarigen Frau um, während Jimmy weitere Gläser auf den Tresen stellte.

„Gerne, doch dann komme ich etwas näher zu Ihnen!" Das Lächeln der Frau war sonderbar. Jimmy schenkte ein.

„Well done!", sagte er: „Auf die Frauen!"

„Ja, auf die Frauen!" Wolfgang leerte das Glas auf einen Zug.

„Wo hast du denn unseren Freund Alex gelassen?" Jimmy schenkte nach.

„Ja, unseren guten Dr. Kanst! Wo habe ich den nur gelassen! Ha!" Wolfgang exte das zweite Glas.

„Sie kennen Dr. Alex Kanst! Wie interessant!", sagte die mysteriöse Frau und nippte an ihrem Whiskey Glas.

„Ja, Sie etwa auch?"

Die Frau nickte.

„Klar kennt sie ihn. Siehst du, so ist es! Alle Frauen kennen ihn. Es sind einfach alles die seinen!", sagte Professor Doktor, während Jimmy nachschenkte.

Die Erkenntnis der Realität lässt sich manchmal nur schwer verdrängen. Und manchmal überhaupt nicht.

Und so war es heute. Lilly brauchte eine neue Wohnung, oder besser gesagt überhaupt eine. Dieses Zimmer konnte ja nun wirklich nicht als Wohnung gelten. Deshalb gab es ja auch keine Kündigungsfristen, da es sich ja nur um eine Pension handelte. Zudem hatte sich ihre Mutter gemeldet und gesagt, sie müsse ihre Sachen so bald wie möglich aus der Garage des Nachbarn in Risa abholen. Doch wo sollte sie diese unterstellen? Sie wusste ja nicht einmal, wo sie nächste Woche unterkommen sollte. Wäre Frau Malkwiz nicht so geldgierig, dann hätte sie, nachdem Lilly selbstverständlich unabsichtlich die Vase hinuntergestoßen hatte, sie sicherlich gleich auf die Straße gesetzt. Doch so hatte sie noch sieben Tage Galgenfrist.

Sieben Tage und keine Aussicht auf eine Wohnung. Alle Portale, die sie durchgesehen hatte, waren in dieser Hinsicht leer. Nur zwei Häuser gab es zu kaufen, jeweils ungefähr eine dreiviertel Million Euro teuer.

Aussichtslos. Und sie war so gerne hier. Doch ohne Wohnung würde es nicht gehen. Lilly starrte auf die Stellenanzeige auf der Seite der Polizei.

>Kriminalhauptkommissarin, Leitender Beamter, Dienstwohnung kostenlos, Dienstsitz Konstanz am Bodensee<

Jetzt hatte sie sich schon so an die Leute hier gewöhnt. Ja, irgendwie fühlte sie sich heimisch.

Lilly tippte den Namen der Immobilienfirma ein, welche der Grund für die Kündigung des Zimmers war. Frau Malkwiz wird verkaufen. Gut, sie war über Achtzig und hatte zu einem horrenden Kaufpreis zusätzlich eine Wohnung in der benachbarten Senioren Residenz Fürstin Eugenie erhalten.

Zu der alten Villa gehörte noch ein riesiges Grundstück in bester Hechinger Lage.

> Breisach Immobilien<. Lilly scrollte sich durch die Homepage und das Erstaunliche war, dass die Firma gar nicht in Breisach saß, sondern ihren Sitz in Hechingen in der Frauengartenstraße hatte. Geschäftsführerin Margarete von Preisnitz.

Es war Professor Doktor Eierle noch nie aufgefallen, wie schlecht Ümit als Taxifahrer war. Oder lag es am schlechten Zustand der Straßen im Landkreis. War er überhaupt schon in Tübingen? Krampfhaft hielt er einen Gelben Sack vor sein Gesicht, in den er schon mindestens dreimal erbrochen hatte.

„Kamrad von Kamrad, Alkohol nix gut. Alla sagen au so!"

Wolfgang nickte nur zustimmend. Im Moment hätte er auf die Chance der Besserung alles und jedes unterschrieben. Irgendwie wusste er nicht, wie er in das Taxi kam. Eigentlich wusste er überhaupt nichts mehr. Dem Geschmack in seinem Mund zufolge hatte er Alkohol getrunken. Und das mehr als genug. Es war hell draußen, also war es mindestens nach neun. Und er sollte eigentlich um acht im Institut sein. Er war das Vorbild und noch nie zu spät gewesen. Aber es hatte ja auch noch nie jemanden seinen gestammelten Heiratsantrag angenommen. Er hatte ja auch noch nie einen gemacht. Und jetzt hatte er eine Frau. Eine Verlobte. Stolz erfüllte alles in ihm. Was war da schon das Zuspätkommen. Oder Garnicht-Kommen? So konnte er nicht arbeiten. Und, da war er sich sicher, würden seine Mitarbeiter seine Fahne drei Kilometer weit riechen. Das war schlimmer als das Zuspätkommen.

„Guck! I scho da!", sagte Ümit und stoppte den Zähler. Wolfgang Eierle zog umständlich seinen Gelbbeutel heraus.

„Oh, Kamrad von Kamrad! Zahle nächste Mal. Gehe Bett, isch besser!" Ümit lächelte mit seinen schwarzen Zähnen.

Wolfgang bedankte sich und torkelte auf seine Haustür zu. Hoffentlich sahen es nicht die Nachbarn. Und das nächste Mal!? Nie mehr würde er den Fuß in dieses Taxi setzen. Es musste doch noch andere Taxifahrer geben. Doch eigentlich wollte er jetzt nicht über so banale Dinge nachdenken. Nein, es gab Wichtigeres! Mit drei Anläufen schloss er seine Tür auf. Dann warf er seine Jacke auf den Boden und schleppte sich in sein Wohnzimmer, wo er wie ein nasser Sack auf die Couch fiel.

Die Couch! Ob die Alexandra gefiel? Sie war ja noch nie bei ihm! Ob sie hierherzieht? Bestimmt! Er könnte ja nicht in einen Gasthof ziehen! Oder? Und das Bett! Er hatte ja nur eines! Also ein Einfaches! Natürlich müsste er gleich noch ein Doppelbett bestellen. Unbedingt! Oder sollte er dies mit Alexandra gemeinsam tun? Oder sollte sie sich über seine Eigeninitiative freuen? Was wäre, wenn ihr das Haus und auch Tübingen nicht gefallen würde?

Dann würden sie einen anderen Ort finden, wo es schön wäre. Alles wäre schön, nur mit ihr! Da war er sich sicher! Immer noch drehte sich die Couch, sobald der Professor Doktor die Augen schloss. Er sollte sie auflassen. Und von irgendwoher kam Musik! Leise Musik war zu hören. Immer wieder die gleiche Sequenz. Aber es war schön. Ihm gefiel die Musik. Sie war schön! Wenn sie nur weiterspielen würde und nicht immer von vorne beginnen würde. Sollte er dies ignorieren? Vielleicht. Konnte er das?

Vielleicht!

In einem Playmobilpolizeiboot. Wo auch sonst sollte die Munition zu finden sein. Letztendlich war Alex aber froh, dass er überhaupt welche gefunden hatte. Und es war tatsächlich so, wie er es in Erinnerung hatte: Die Spitze, also die Kugel wies durch das ständige Rein- und Rausrepetieren (Er hatte ja kein Tier mehr erlegt!) starke Abnutzungserscheinungen auf. Ob das gut war? Oder ob das für einen gezielten Schuss eher schlecht war? Alex war sich nicht sicher. Irgendwo, in einer der Kisten, müsste ja noch sein Lehrbuch für das Studienfach Jagd sein. Irgendwo! Doch dazu hatte er keine Lust und auch keine Zeit.

Alles, was er jetzt brauchte, war ein starker Kaffee. Und warum sollte er sich auch über die Qualität seiner Munition Gedanken machen. Er hatte ja definitiv nicht vor, zu schießen.

Die vollautomatische Kaffeemaschine ratterte und es strömte der angenehme Duft von frisch gebrühtem Hochlandkaffee (Natürlich Fair Trade, da hatte Tina immer wert drauf gelegt!) durch das ganze Haus. Alex mochte diese Zeit früh am Morgen eigentlich. So war es immer gewesen. Er stand auf, trank Kaffee und rief Tina im Büro an.

Tina war tot! Ermordet, weil man ihm schaden wollte. Und doch wollte Alex, nein musste er zurück in den Alltag. Gleich morgen würde er nach einer Assistentin suchen. Und dann …?

Ja und dann, das wusste er noch nicht. Doch plötzlich lief ihm ein kalter Schauer über den Rücken: Was, wenn Lilly recht hatte!? Und der Mörder in der Jägerschaft zu finden war. Dann war er vielleicht in Gefahr! Es gab keine leichtere Gelegenheit als eine Drückjagd, um jemanden zufällig zu erschießen und es dann als tragischen Unfall darzustellen. Alex begann zu schwitzen und beschloss, das Gewehr auf jeden Fall durchzuladen. Und nun war es Zeit, aufzubrechen. Alex zog seinen dicken Lodenmantel an, natürlich die Remisberg Stiefel und seinen alten Forsthut, den er neben dem Piratenboot und einem alten Kuscheltier in der zweiten Kiste gefunden hatte.

„Mist!" Alex fluchte, da er sich beim Entfernen des Baden-Württembergischen Wappens am Hut gestochen hatte. Er wusste es nicht sicher, doch würde es bestimmt nicht mehr erlaubt sein, ein solches Wappen am Hut zu tragen, wenn man nicht mehr beim Land arbeitete.

Aber genau genommen tat er das ja: Er arbeitete für das Land! Wenn auch freiberuflich, aber nicht forstlich. Alex legte das Wappen in die Obstschale auf der Anrichte in seiner Küche.

„Es geht los", sagte er zu Berry, der schon vor Freude bellend auf und ab sprang. Als Alex am Spiegel vorbeikam, war er doch etwas stolz, denn er sah seit langem wieder aus wie ein richtiger Förster.

Er öffnete die Haustür und ein heller Sonnenstrahl begrüßte ihn. Es würde vielleicht doch ein guter Tag in alter Zeit werden. Alex atmete die frische kalte klare Luft der Alb ein. Fast dachte er, dies schon zu lange nicht mehr genossen zu haben. Förster war seine erste Wahl gewesen. Doch dies war ja nicht von Erfolg gekrönt und hatte dann zum schlimmsten Absturz seines Lebens geführt. Was wäre gewesen, wenn er SIE nicht getroffen hätte? Er wusste es nicht oder mochte es sich nicht eingestehen. Doch SIE hatte ihm geholfen, wieder auf die Füße zu kommen. Einen neuen Beruf zu ergreifen. Einen, den er besser konnte als allen anderen. Erfolg stellte sich ein und Reichtum.

Und doch war er arm. Arm an Kontakten und sozialem Umfeld. Immer dachte er, dies nicht zu brauchen. Und jetzt?

SIE war unerreichbar geworden. Verheiratet und versprochen! Gebunden!

Und er? Unfähig, sein Leben in den Griff zu bekommen? Vielleicht! Aber noch gab es Hoffnung.

Alex schloss seine Tür ab und sah die Gestalt zu spät. Nur der Umriss, welcher die Sonne verdeckte. Ruckartig drehte er sich um und erschrak so, dass er über die Treppenstufe stürzte und rücklinks in seinem Flur aufschlug. Das Gewehr noch ungeladen neben ihm eingewickelt in diesen Teppich.

Er hatte keine Chance!

Auf allen vieren war Professor Doktor zurück in seinen Flur gekrochen. Noch immer war ihm schlecht! Konnte das von der Art des Whiskeys herrühren? Eigentlich nicht, er hatte den Besten bestellt und wusste, dass er beim besten Wirt außerhalb des Königreiches eingekehrt war. Konnte es dann an der Menge liegen? Das konnte er nun wirklich nicht mehr sagen, denn er hatte definitiv einen Blackout gehabt.

„Verdammt!", fluchte er, denn die Melodie ertönte immer wieder von neuem. Es war die dritte Symphonie von Bach. Der Klingelton seines Handys. Endlich hatte er seine Jacke erreicht, in der er das verdammte Ding vermutete. Tatsächlich, und es schallte schon wieder.

„Eierle!"

„Chef? Wo sind Sie?", sagte die Stimme von Fredericke Puda.

„Hier!", antworte Wolfgang Eierle und unterdrückte den Würgereiz.

„Hmm! Ja es ist wegen der Leiche! Soll ich die jetzt freigeben? Also die zweite, also die von dem Mayer?"

„Hmm!"

„Ja, es ist ja nur wegen der Angehörigen, die machen Druck! Wenn Sie mich fragen, dann liegt das eher daran, dass die erst nach der Bestattung erben können. Finde ich ja schon der Hammer, aber wir sind ja an komische Menschen gewöhnt. Kommen Sie noch heute oder soll ich die Leiche freigeben? Hallo Herr Professor?"

„Ähm, ja, ich bin noch dran! Ehrlich, Fräulein Puda. Ich glaube, ich schaffe es heute nicht mehr zu kommen. Muss die Grippe sein oder so etwas!"

„Aja! Soll ich Ihnen nachher noch was vorbeibringen? Aspirin oder eine heiße Zitrone?" Frederike Puda klang echt besorgt.

„Nein, nein! Vielen Dank!" Professor Doktor hatte dies schon fast geschrien. Unter keinen Umständen wollte er, dass ihn jemand in einem so schlechten Zustand zu sehen bekam. Grundsätzlich ging es ihm ja nicht schlecht. Sondern gut. Er war dabei, die schönste Frau der ganzen Welt zu heiraten.

„Gut, also gebe ich die Leiche frei? Ja? Ich habe auch von den Bissspuren am Hals Abdrücke genommen und an alle Zahnärzte in der Gegend geschickt. Vielleicht ergibt sich ja etwas."

Die Gedanken im Kopf von Wolfgang Eierle begannen sich zu drehen. Bissspuren! Am Hals!? Gab es nicht überall Bissspuren? Teile der Leiche waren sogar herausgerissen. Es war Winter und die Tiere hatten Hunger. Was wollte Frederike mit Zahnärzten?

„Wo ist denn Herr Ruckwied?" Wolfgang setzte sich auf, da er Angst hatte, dass sein Kreislauf komplett zusammenbrechen könnte.

„Ja, der sitzt in der Cafeteria, schon seit einer Stunde!" Nun hatte die Stimme von Frederike Puda etwas Triumphierendes.

„Ja, dann geben Sie die Leiche frei! Tot ist er ja!" Wolfgang Eierle versuchte komisch zu sein.

Stille.

„Noch was?" Nun bekam er auch noch Durst. Unheimlichen Durst.

„Ich dachte, Sie möchten vielleicht doch noch einmal drauf schauen! Wegen der Abdrücke am Hals. Einer links und einer rechts der Wirbelsäule."

„Abdrücke!?"

„Ich bin ja nicht so gescheit wie Herr Ruckwied, der, wie ich schon sagte, in der Cafeteria sitzt, aber ich denke, es sind Abdrücke von einem Elektroschocker!"

Professor Doktor atmete tief ein. Das ewige Hin und Her seiner beiden Mitarbeiter war schon stressig. Natürlich fühlte sich Fredericke zurückgesetzt, aber sie war halt nur eine Hilfskraft und Markus Ruckwied der beste Absolvent und somit einfach ihr übergeordnet. Anderseits arbeitete er nun schon so lange mit Fredericke zusammen und sollte, wenn sie es für nötig hielt, doch noch einmal auf die Leiche schauen. Was, wenn er etwas übersehen sollte? Nicht auszudenken. Er, der sich nie einen Fehler erlaubte.

„Gut, dann sehen wir uns das morgen mal an!" Er legte sich wieder flach auf seinen Fußboden.

„Aber ich denke, ich muss die Leiche heute noch freigeben. Da hat eine Art Landrat angerufen!"

„Was?" Wolfgang konnte es nicht fassen. Und das nur, weil sein Freund Alex in seinem Wald Knochen gefunden hatte.

„Aber dann müssen Sie mir einen großen Gefallen tun, Frau Puda!", sagte er und versuchte aufzustehen.

„Aber Chef, gerne! Das wissen Sie doch, jederzeit." Wolfgang Eierle konnte das freudige Gesicht seiner kleinen, aber temperamentvollen Mitarbeiterin förmlich sehen.

„Sie müssen mich zu Hause abholen, ich kann im Moment nicht fahren!"

Danach musste er sich erneut übergeben

Es war still. Zu still! Nicht einmal der Hund bellte und Berry musste doch den Angreifer bemerkt haben.

Nichts! Und Alex konnte auch nichts sehen, da ihn die aufgehende Sonne blendete.

„Wer Sie auch immer sind, ich muss Sie warnen! Ich bin bewaffnet!", schrie er in die kalte Morgenluft hinaus. Mühevoll zog er das Gewehr aus dem Teppich.

Nichts!

Alex kniff die Augen zusammen und konnte die Schemen einer dicken Gestalt, die direkt neben dem Jeep stand, ausmachen. Er nahm das Gewehr in den Anschlag, wohl wissend, dass es nicht geladen war.

Und nach einem weiteren Schritt stand er direkt vor der Gestalt: Einem dicken Schneemann, der eine Weste, ein oranges Halsband und ein Pappkartonschild trug. Berry pinkelte den Schneemann gerade an und schaute seinen Herrn verwundert an.

„Verdammt, wer baut denn einen Schneemann in meinen Hof, und dazu noch in der Nacht!", fluchte er und war froh, dass er keine direkten Nachbarn hatte, die gesehen hätten, wie er mit einem Gewehr auf einen Schneemann losgegangen wäre. Doch wer der Konstrukteur war, wusste er eigentlich sofort. Auf dem Schild stand: Bitte anziehen, ihr beiden! Nur zur Sicherheit! Lilly!

„Ja vielen Dank, Frau Baur, ohne E!", sagte er laut, als könnte es Lilly hören. Doch wer wusste das schon. Vielleicht stand sie hinter einer der schneebedeckten Tannen und lachte sich kaputt. Alex zog dem Schneemann die schusssichere Weste aus und nahm ihm das Halsband ab.

„Wenn das so weitergeht, müssen wir noch den Hof überwachen lassen! Oder was meinst du!", sagte er an Berry gewandt. Doch dieser hatte das Halsband entdeckt und bellte freudig.

„Ja was? Das gefällt dir? Echt? Ja dann gut, komm her!" Alex legte dem Hund das orange Jagdhalsband an. Kaum angelegt begann Berry stolz den Kopf zu heben und herumzustolzieren. Alex schüttelte nur den Kopf. Er öffnete den Kofferraum des Wagens und Berry hüpfte schon etwas graziös hinein. Dann legte er das Gewehr, welches wieder im Teppich gelagert wurde, auf den Rücksitz. Die Sonne ließ all den Schnee glitzern, als wären es Milliarden von Diamanten. So schön konnte es auf der Zollernalb sein. So friedlich und herrlich. Alex fühlte, dass seine Stimmung sich besserte. Vielleicht war es doch eine gute Idee, auf die Jagd zu gehen. Einfach einmal wieder forstliche Luft zu schnuppern und den einen oder anderen alten Freund zu treffen.

Doch als er um den Wagen zur Fahrertür gegangen war, verflog seine gute Laune mit einem Mal wieder. Alex starrte auf einen Kratzer, der schon eher eine Furche war, welche sich vom Heck des Wagens bis zur Motorhaube zog. Er war sich bewusst, dass er die leichte Beule am Kotflügel Lilly und der Fahrbereitschaft beichten musste, aber er war sich auch sicher, dass als er den Wagen hier abstellte, um mit seinem Freund noch ein Bier zu trinken, dort kein Kratzer war. Dieser wäre ihm bestimmt aufgefallen. Alex drehte sich um und sah die Spuren im Schnee. Natürlich waren Spuren zu sehen, Lilly war da und hatte einen Schneemann gebaut. Doch woher kam der Kratzer? Alex lief systematisch alles ab. Doch er konnte nichts finden, bis: Hinter dem Schneemann ihm ein besonderer Abdruck auffiel.

Es war eindeutig der Abdruck eines dieser Spezialprofile: Trucktrailprofil.

Jemand war hier, der so ein Profil an seinem Fahrzeug hatte, und es war nicht Lilly. Langsam begann sich der Magen von Alex zu verkrampfen. Hatte es jemand auf ihn abgesehen? Doch warum? Er hatte in den letzten Monaten nicht gearbeitet und war somit niemandem auf die Füße getreten! Und nur weil zwei Leichen in einem Waldgebiet lagen, wo er auch Grundstücke besaß, das konnte er und wollte er sich nicht vorstellen. Natürlich könnte es sein, dass er und Lilly dem Mörder unbewusst nahegekommen sind und dies eine Warnung sein sollte, nicht weiter zu ermitteln. Doch da hätten sie Alex falsch eingeschätzt. Dann schon erst recht. Einschüchtern oder gar bedrohen, das ließe er sich nie, von niemandem. Und Morde mussten aufgeklärt werden. Schon deshalb, weil es in seinem Wald passiert war.

War es das? Alex dachte krampfhaft darüber nach, ob sein Freund Wolfi erwähnt hatte, dass der Fundort auch der Tatort war. Es könnte natürlich auch sein, dass die Männer irgendwo erschossen und dann einfach in das unzugängliche Waldgebiet gebracht wurden. Ja, in Göckeleswald konnten schon Leichen verschwinden, davon war er überzeugt. Noch einmal tastete er nach der Munition. Sie war in seiner Jackentasche!

Es hatte den Eindruck, dass diese Jagd nun doch kein Spaß werden würde. Sollte er doch die Weste anziehen?

Alex wusste es nicht, doch sein Magen verkrampfte sich weiter.

Lilly klappte den Laptop zu. Die frische Luft und die Freude, sich das Gesicht von Alex vorzustellen, wie es aussehen würde, wenn er den Schneemann finden würde, das hatte ihre Gefühle beflügelt und ihren Mut gesteigert. Sie hatte eine Entscheidung getroffen, ob diese nun gut oder schlecht war, das wusste sie noch nicht. Doch sie hatte sich beworben auf die Stelle in Konstanz. Auch wenn es ihr hier gefiel. Sogar sehr gefiel, doch ohne Wohnung war dies aussichtslos.

Frau Malkwiz würde verkaufen und der gute Alex war ein Sturkopf. Zumindest was seine Vergangenheit anbelangte. Lilly überlegte und lächelte. Sie war ja bei der Polizei. Und sie hatte Zugang zu allen Datenbanken und Archiven. Sie würde in ihrer Freizeit mal etwas in der Vergangenheit von Doktor Kanst ermitteln oder vielleicht stöbern. Irgendein Geheimnis trug er mit sich herum, da war Lilly mittlerweile sicher. Sonst würde man sich nicht so komisch verhalten. Ja, schon fast verschlossen! Und dann diese komische Frau, die, so musste Lilly zugestehen, einer der hübschesten Frauen war, die sie je gesehen hatte. Besonders diese tiefblauen Augen.

Doch wer sie war, soll ein Geheimnis bleiben.

„Ha!", sagte sie laut, „aber doch nicht für mich! Ich bin die neugierigste Frau der Welt, mein Freund." Lilly lachte und zog dicke Socken und ihren Schal an. Dieser Tag würde spannend, aber auch sehr kalt werden. Da sie vor lauter Aufregung über die alte Frau Malkwiz nicht schlafen konnte, hatte sie Zeit. Zeit, um aus Karton, den sie im Abstellraum bei der alten Malkwiz gefunden hatte, ein Plakat anzufertigen. Fehlten nur noch ein Stab und zwei Nägel.

Reiszwecke hatte sie und einen Stab würde es im Wald schon geben. Lilly brühte sich noch eine Kanne Tee mit ihrem kleinen Wasserkocher und war dann bereit für einen neuen Tag.

Leise schlich sie am Tresen vorbei. An manchen Tagen war Frau Malkwiz schon auf. Doch in diesen Tagen hatte sie kaum Gäste und dann gab es auch kein Frühstück. Was es für sie als Dauergast ja nie gab. Egal, sie wollte Jedenfalls nicht unnötig dieser Frau begegnen. Und sollte sie angenommen werden, dann würde sie schneller ausziehen als diese ihre blöde Uhr aus der Tasche ziehen konnte. Lilly überlegte kurz, doch es war zu spät. Die Bewerbung war fort und um acht, also jetzt, war Bewerbungsschluss.

Als sie aus der Tür trat, schweifte ihr Blick über die verschneite, aber traumhaft schöne Altstadt von Hechingen. Fast, so dachte sie, wie eine Szene aus einem Wimmelbuch. Lilly seufzte, als sie mühevoll den blauen Fiat aus der leichten, noch gefallenen Schneeschicht befreite.

„Wird mir schon fehlen, die Gegend!", sagte sie in sächsischem Dialekt und ließ eine Kaugummiblase platzen.

Das Komische war, dass es eine Jagd im Hechinger Stadtwald war oder sein sollte und der Treffpunkt war die alte Pflanzschulhütte in Onstmettingen. Gut, es war eine revierübergreifende Jagd, mit, so war es in der Presse angekündigt worden, über 120 Jägern.

Als Alex das Sträßchen nach Hausen hochfuhr, standen schon überall Warnschilder:

>Heute Jagd<

>Straße gesperrt von ....<

>Achtung Wild<

Sogar Straßenabsperrungen mit Posten waren aufgestellt worden und Alex wurde von einem, der einen grünen Filzhut mit orangem Band auf dem Kopf hatte, freundlich durchgewunken. Natürlich war es ein Aufgebot an geländetauglichen SUV, je größer, desto besser. Viele in Grün, aber einige auch in Schwarz. Kurz überlegte Alex, ob dies wirklich eine Jagd war oder die Messe für Geländewagen. Und schon wieder wurde er eingewunken. Das Platzverhältnis war im Sommer nicht gut und nun bei der Schneelage eine Katastrophe. Der Jeep von Alex passte sich in Farbe und Größe einem aufgeschütteten Schneeberg an. Als Alex sich aus seinem Wagen zwängte, hörte er schon die ersten Proben der Jagdhornbläser. Überall war Hundegebell zu hören und lautes Gerede. Und plötzlich war es ihm wieder bewusst, warum er das alles nicht mochte. Es ging nur um das größte Auto, die beste Waffe, den schnellsten Schuss und noch mehr Jägerlatein. Alex öffnete den Kofferraum und Berry hüpfte Stolz wie ein Gockel aus dem Jeep. Man könnte fast denken, er wäre der Anführer aller Hunde hier.

„Jetzt aber! Ja, Alex! Hey, kennst mich nicht mehr? Der Ralph aus Schlatt!", sagte plötzlich einer, der aus einem Porsche neben ihm stieg. Alex überlegte und erkannte dann in den Gesichtszügen dieses eines Schulfreundes noch aus Zeiten der Realschule.

„Hallo Ralph! Lange nicht gesehen!" Alex lächelte, oder versuchte so zu tun.

„Ja, wusste gar nicht, dass du auch noch auf die Jagd gehst. Aber he, das geht so nicht! Wenn die Kappen dich sehen, dann hast du gleich einen Punkt!"

„Ja, schon, aber hier nicht so oft! Was meinst du mit Punkt?" Alex war verunsichert. Während er noch mit Ralph sprach, huschten seine Augen immer hin und her in den auflaufenden Menschenmassen, die alle gekommen waren, um den Tod zu bringen. Die meisten kannte er. Und sie kannten ihn. Fast alle aus seinem alten Leben in seinem alten Haus.

„Ja hier! Da muss eine Hundebox rein! Aber das weißt du doch!" Ralph klopfte auf den Kofferraum des Jeeps und kramte dann in seiner Tasche.

„Ja sicher!", log Alex, der nicht so recht wusste, was Ralph da meinte. Alex holte das Gewehr und es wäre ihm lieber gewesen, dieser Ralph wäre woanders.

„Wow! Ein 98er! Hmm, wusste gar nicht, dass noch jemand mit denen auf die Jagd geht. Was hast du denn da für ein Glas drauf? Zeiss Jena! Ja, das ist ganz okay. Hahahahah!" Ralph lachte plötzlich los.

„Du, du …", stotterte er und hatte Tränen in den Augen. „Du brauchst auch noch ein Futteral. Man legt doch die Waffe in keinen alten Teppich, hier!" Alex bekam ein Kärtchen.

>Ralph Killmayer Jagdausstattung Brunnenwört, Hechingen Schlatt<

„Danke!", sagte Alex und steckte das Kärtchen ein. Er war sich sicher wie nie, dass er niemals diesen Laden betreten würde.

Zum Glück hatte dieser Ralph, und Alex fand den Namen KillMayer schon passend, ein anderes Opfer gefunden. Alex schulterte das Gewehr und überprüfte noch einmal das Vorhandensein der Munition. Plötzlich stellte er fest, dass der Hund weg war. Er ließ einmal einen schrillen Pfiff ertönen, jedoch kam ein ganz anderer Hund. Ein schwarzer, der Alex bis zur Hüfte reichte.

„Schau, der Alex! Hi!", sagte eine Stimme und Alex, der noch immer den Hund im Auge behielt, drehte sich um.

„Hallo!", sagte er barsch, hatte aber die Quelle der Stimme noch nicht gesehen.

„Kennst mich nicht mehr?"

Alex drehte sich um und sah das freundliche Gesicht einer kleinen blonden Frau mit langen Haaren.

„Bärbel?"

„Aja! Die Bärbel! Mensch, schön dich zu sehen!" Bärbel nahm Alex in den Arm, der sich dazu etwas herunterbücken musste. Bärbel Hoch war eine Studienkollegin von Alex (in seinem ersten Forststudium!), die er seit damals nicht mehr gesehen hatte.

„Ja, was machst du hier!", sagte Alex und freute sich, Bärbel zu sehen. Sie war klein, aber äußerst attraktiv und immer eine lustige

Freundin gewesen. Gerade jetzt konnte er Freunde dringend gebrauchen.

„Isch geh uf die Jagd!", sagte sie in pfälzischem Dialekt.

„Haha, ich auch!", sagte Alex und beide lachten. Alex versuchte dabei seinen schwäbischen Dialekt, den er doch auch gut draufhatte, etwas zu kaschieren. Er wollte nicht unhöflich erscheinen.

„Hey, wie ist es dir ergangen? Wo wohnst du jetzt?"

„Och immer noch im Hundsrück! Habe ein Staatsrevier mit Rotwild und ein Forsthaus für mich allein! Komm doch mal zum Jagen!"

„Zum Jagen, gerade ich! Du weißt doch, da bin ich fast durchgefallen!" Alex grinste.

„Aber nur fast, sonst wärst du doch nicht dabei heute!" Bärbel lächelte und nahm ihren Hund am Halsband fester zu sich her.

„Ja, da hast du recht!" Alex bemühte sich, so gut er es konnte, Hochdeutsch zu sprechen. Plötzlich blieb Bärbel stehen.

„Hey Alex, ich versteh dich gut! Mein Opa wohnt in Pfullingen. Du brauchst dich nicht so anzustrengen!"

„In Pfullingen!" Alex war sprachlos.

„In Pfullingen, und da bin ich auf Besuch!" Bärbel bekam rote Backen.

„Weißt du was, da kommst du mal und ich koch uns was! Also dann könnten wir über die alten Zeiten Quatschen!" Alex war wohl bewusst das Bärbel erwähnt hatte, dass sie das Forsthaus für sich allein hatte.

„Das wäre schön! Aber eines weiß ich noch!", flüsterte Bärbel mit hochrotem Kopf.

„Was?"

„Kochen kannst du noch weniger als Jagen!" Jetzt grinste Bärbel über beide Ohren und schon standen sie vor der Pflanzschulhütte, wo sich alle Jäger einzufinden hatten. Die Jagdhornbläser übten noch einmal. Und eine Gruppe Männer stand dort und schien sich über etwas lustig zu machen.

„Da kommt er ja!", sagte einer.

„Hey Lexi, ist das deiner?" Ein anderer, den er schon nicht leiden konnte, da Alex es hasste, Lexi genannt zu werden. Plötzlich traten die Männer auseinander und gaben den Blick auf Berry und einen anderen Hund frei. Berry war gerade dabei, diesen zu besteigen.

„Sag ich doch! Der kann nur dem Kanst gehören!", sagte ein anderer und alle lachten.

„Aus, Berry! Komm hierher! Hierher!" Berry folgte nur widerwillig, nahm gleich aber wieder seine stolze Haltung ein. Alex nahm ihn an die Leine, was wiederum dem Hund gar nicht gefiel. Auf einmal begann ein ohrenbetäubender Lärm auf dem Forstweg, der vom großen Parkplatz beim Spielplatz herführte.

„Tod den Mördern! Schützt unsere Tiere! Macht dem Töten ein Ende!" Jemand schrie in ein Megaphon. Alex und viele andere gingen zurück, um zu sehen, was da los war. Direkt an der Absperrung waren mehrere Aktivisten, überwiegend Frauen, mit Transparenten und Blechdosen und Sonstigem, was Krach machte, aufgeschlagen. Doch dem nicht genug erkannte er unter all denen eine ihm bekannte Pudelmütze mit pinkem Bommel.

„Lilly!", fluchte er und bahnte sich einen Weg zur Absperrung.

Es war Lilly! Mit ihrer pinken Mütze und einem Transparent in ihrer linken Hand. Dort stand: „Stoppt den Wahnsinn!" Dazu blies sie andauern in eine alberne Trillerpfeife.

„Was machst du hier?", sagte er, doch Lilly pfiff weiter.

„Was du hier machst!", sagte er nun schon fast schreiend.

„Pst! Wir kennen und doch nicht! Nicht hier, du bist doch inkognito, und wir sind privat hier!"

„Ja Dankeschön, so kann ich ja bestimmt nicht ungestört ermitteln! Und was meinst du mit wir?" Erst jetzt fiel die Aufmerksamkeit auf eine Frau mit zusammengebundenen Haaren und einer dunklen Sonnenbrille. Alex blieb fast die Luft weg.

„Frau Balk!? Sie auch?", stöhnte er, doch die Staatsanwältin hob kurz die Brille und legte dann ihren Finger auf ihre Lippen.

„Mörder!", schrie plötzlich eine der Frauen und erst jetzt erkannte Alex sie. Es war die Frau, die am Vorabend mit einem Hund aus Göckeleswald gekommen war, die Leiterin der Fellknäuel e. V. und die Freundin von Frau Balk.

„Was soll das hier?", flüsterte er nun doch.

„Privat! Wir sind P R I V A T hier!", buchstabierte es Lilly ihm noch einmal.

„Aber das ist doch kontraproduktiv!", sagte Alex ermattet. Doch Lilly pfiff weiter und zuckte mit der Schulter.

„Aber, aber, meine Damen und Herren!" Es waren Worte der charismatischen Stimme des Fürsten und gerade diese Stimme konnte Alex am wenigsten leiden. Der Fürst stand plötzlich neben ihm und gab sich der Menge aufgeschlossen, aber auch interessiert.

„Das auch noch!", dachte Alex und wünschte sich, in ein Erdloch kriechen zu dürfen. Neben dem Fürsten stand der Kreisjägerobermeister Walter Rehm. Dieser schien froh zu sein, dass der Fürst sich um die aufgebrachte Menge kümmerte.

„Ich verstehe Sie ja! Aber ich kann Ihnen versichern, dass ich alles tun werde, dass diese Jagd sehr schonend abgeht. Und wir müssen doch das Wild regulieren, solange noch die großen Beutejäger wie Luchs und Wolf in meinen Wäldern fehlen." Der Fürst hatte blondes gewelltes Haar, war schlank, braun gebrannt und hatte große Hände. Seine Stimme war laut, aber das musste sogar Alex zugeben - charismatisch. Und der Fürst war beliebt. Er war Gönner und Förderer von fast allen sozial engagierten Gruppen, von Vereinen, und er war ein Liebhaber der Musik. Selbst spielte er Klavier. Darüber hinaus war er der größte Arbeitgeber in der Region. Auch wenn das kleine Fürstentum schon lange keines mehr war, so fühlten sich die meisten Menschen mit ihm in der Region verbunden. Doch eigentlich war ja Fürst Albrecht nicht der Erbe, sondern hatte die Erbin geheiratet, da sie sonst das Erbe nicht antreten durfte.

Alex merkte, wie er nervös wurde. Ganz im Gegensatz zu der aufgebrachten Menge. Diese schien sich zu beruhigen. Offensichtlich hatte das mit dem Getuschel des Fürsten und der Leiterin der Fellknäuel zu tun. Als der Fürst sich umdrehte, schien im Lager der Tierschützer eine Art Lagebesprechung stattzufinden.

„Eure Hoheit, darf ich Ihnen den berühmten Dr. Kanst vorstellen, der heute auch unsere Jagdleidenschaft teilt!", sagte nun der Kreisjägerobermeister Rehm.

„Aha! Ja, da habe ich schon von Ihnen gehört!" Der Fürst im grünen, edlen Lodenmantel, gespickt mit goldenem Wappen, kam auf Alex zu und gab ihm die Hand, die Alex wie eine Pranke vorkam.

„Helfen Sie mir, begegnet sind wir uns noch nie? Oder habe ich das vergessen! Hahaha!"

Der Fürst lachte überheblich.

„Nein, leider wurden wir uns noch nie persönlich vorgestellt!", sagte Alex.

„Sehen Sie, Rehm, ich hatte recht! Hahaha! Und Sie machen in Psychologie, ja? Da habe ich doch auch recht? Hahaha! Übrigens, darf ich Ihnen meine Frau Veronika vorstellen!" Der Fürst war mehr als überheblich und Alex wich der letzte Blutstropfen aus seinem Kopf. Sein Kreislauf begann zusammenzubrechen. Und dann schaute er auf einmal in die tiefblauen Augen der Frau des Fürsten. In diese Augen, in die er so gerne sah. Doch heute schauten diese Augen durch ihn durch.

„Angenehm!", sagte *SIE*.

„Ganz meinerseits!", flüsterte Alex und es kehrte für den Moment eine Stille ein, als wäre die Zeit stehen geblieben.

„Gut, aber lieber Rehm, jetzt sollten wir anfangen! Nicht wahr! Hahaha! Kommst du, Liebling!?" Das letzte war keine Frage, sondern eher ein Befehl. SIE drehte sich um und die tiefblauen Augen entschwanden. Plötzlich spürte Alex seine Beine nicht mehr und alles begann sich zu drehen. Erst ein eindeutiger Pfiff und eine platzende Kaugummiblase ließen Alex wieder in die Realität zurückkommen.

„Man, man, man!", sagte Lilly und hing lässig kaugummikauend über der Absperrung. Alex drehte sich um.

„Was!", sagte er barsch, doch er ahnte, was nun kam.

„Du fickst die Fürstin!", sagte Lilly und eine weitere Blase platzte. Alex begann zu schwitzen.

„Was! Was meinst du? Natürlich nicht! Wie kommst du drauf! Ich ficke nicht die Fürstin!", sagte er, nach Luft ringend.

„Hmm! Miss Universum da!" Lilly zeigte auf die Frau des Fürsten, die Händchen haltend zwischen ihrem Mann und Herrn Rehm gerade um die Ecke der Pflanzschulhütte bog.

„Ist die Fürstin! Und du fickst Miss Universum! Also fickst du die Fürstin!" Lilly grinste und Alex zog sie etwas ruppig hinter eine der dicken alten Albbuchen.

Professor Doktor Wolfgang Eierle hielt die Flasche Wasser (medium) zwischen seinen Knien fest. Natürlich war er froh, dass Fredericke Puda, ohne weitere Fragen zu stellen, ihn zu Hause abgeholt hatte. Doch war ihr Fahrstil genau so schlecht wie der des türkischen Taxifahrers, an dessen Namen er sich im Moment beim besten Willen nicht erinnern konnte. Und ihm war noch immer schlecht, dabei sollte der Alkohol in seinem Blut sich langsam abbauen. Und im Gegenteil hatte er das Gefühl, es würde schlimmer werden. Fredericke quatschte andauernd, doch er hörte nicht wirklich zu. Es wäre besser gewesen, er wäre auf seinem Fußboden liegen geblieben.

„Also das müssen Sie sich unbedingt anschauen! Es sind sicherlich Marken eines Elektroschockers!" Fredericke fuhr direkt vor das moderne Institut. Ein Neubau aus Glas und Holz. Ökologisch, doch dabei hatte sogar Wolfgang Eierle seine Bedenken. Aber eigentlich war in Tübingen ja alles, was neu gemacht wurde, ökologisch! Zumindest war dies das Wunschdenken der Einwohner und bestimmt des Oberbürgermeisters.

Doch all das war ihm egal! Er war froh, während der Fahrt von fünf Kilometern, für die Fredericke Puda 45 Minuten gebraucht hatte, nichts erbrochen zu haben. Aber es war ja auch kein Wunder, denn man konnte in Tübingen nicht wirklich fahren, sondern schob das Auto besser von einem Stau in den nächsten.

„Echt, Sie sehen nicht gut aus, Chef!" Fredericke kletterte aus dem Fahrzeug.

„Ja, wir schauen uns das an und dann fahren Sie mich bitte zurück!" Fredericke musste ihren Chef stützen.

„Es wird immer schlimmer!", dachte Wolfgang und schleppte sich in das Institut.

„Chef, ich habe da was, das sollten Sie sich ansehen!", stürmte Markus Ruckwied auf ihn zu.

„Später, später!", lallte Wolfgang Eierle und schämte sich dafür.

„Der Chef hat einen Infekt!", sagte Fredericke schon etwas entschuldigend.

„Aha! Ja, aber ich habe an der Leiche eindeutig die Marken eines Elektroschockers gefunden! Das müssen Sie sich ansehen. Das stellt doch die eine oder andere Theorie in Frage, oder?

„Was! Sie haben in meinen Unterlagen gestöbert! Ich habe die Marken entdeckt!" Fredericke lief purpurrot an.

„Ihre Unterlagen, Sie sind doch nur eine Hilfskraft! Und zudem, als wenn ich das nötig hätte. Sie können ja eine Marke nicht von einer Sommersprosse unterscheiden! Im Übrigen haben Sie selbst zu viel davon!" Markus war unverschämt.

„Das ist ja wohl die Höhe! Chef, sagen Sie auch mal was! Also ich habe Sie doch angerufen! Nicht wahr? Chef? Chef?" Fredericke sah gerade noch, wie Professor Doktor in die Knie ging und dann umfiel.

„Nehmen Sie mir Blut ab und machen einen Screen nach allen Giftstoffen!", flüsterte er noch, dann wurde es dunkel und still.

„Warum nennst du *SIE* so?" Die Stimme von Alex war zittrig und die Nervosität konnte er nicht mehr verbergen.

„Miss Universum? Na ja! Also ganz ehrlich, und das muss ich als Frau sagen, denn ich bin auch eine Frau, ist dies die hübscheste, die ich je gesehen habe. Die schlanke Figur, eine großartige Oberweite und die goldblonden langen Haare. Aber nicht zu vergessen die Augen. Dieses Blau, wie die Farbe eines Bergsees. Gut, ich bin keinen Mann, also wie gesagt, ja, eine Frau, aber ich denke, diese Augen können einen, also einen Mann, gefangen nehmen. Und so wie ich die Dinge sehe, haben sie dich bereits gefangen genommen und du bist in dieser Angelegenheit sehr hilflos. Aber du stehst auch dem Problem der Ehe gegenüber, wobei ich denke …"

„Lilly bitte!" Der Kreislauf von Alex war nicht bereit für eine von Lillys berühmten Sprechangriffen.

„Es ist nicht so, wie du denkst!", stammelte Alex.

„Nicht! Aha! Wie dann?" Plötzlich bemerkte Lilly, wie die Angelegenheit Alex belastete und dass es etwas sehr Persönliches war. Lilly nahm seine Hand, die ganz feucht war.

„Hey, okay! Wenn du nicht darüber reden willst!" Lilly schloss ihren Mund und machte eine Handbewegung, als würde sie ein Schloss abschließen. Dann tat sie so, als würde sie den Schlüssel wegwerfen. Sie spitzte ihre Lippen und sagte:

„Dösö Lippön sön versögelt! Ich schweige wie ein Grab!"

Alex atmete tief ein. „Danke!" Er stellte dann fest, dass der Hund schon wieder fehlte und dieses Mal mit der Leine. Er drehte sich ermattet um.

„Dann gehe ich mal ermitteln oder jagen oder beides!" Lilly nickte zustimmend.

„Alex!", rief sie ihm noch hinterher.

„Ja?" Alex Kanst drehte sich noch einmal um.

„Egal wann! Wenn du reden willst, ich höre zu!" Lilly winkte.

„Da…danke!", flüsterte er und winkte zurück. Ein warmes Gefühl der Freundschaft floss durch seinen Körper. Lilly war schon etwas Besonderes. Ein Mensch, wie er kaum jemals einen getroffen hatte. Sie war ihm ganz besonders nahe und doch anders als all seine Bekanntschaften. In der Ferne hatten die Jagdhornbläser die Jagd eröffnet. Alex seufzte, er musste noch immer den Hund suchen.

„Ich habe ihn gefunden!" Bärbel lächelte mit roten Wangen und gab Alex die Leine mit Berry.

„Danke!", sagte Alex und hatte das komische Gefühl, sich heute überall bedanken zu müssen. Die Jagdhornbläser setzten zum zweiten Stück an, doch da Alex unmusikalisch war und auch nicht der beste Absolvent der Rottenburger Forstfachhochschule im Fach Jagd, wusste er nicht, was es zu bedeuten hatte.

Plötzlich spürte er die Hand von Bärbel in seiner Tasche. Erschrocken schaute er zu ihr.

„Meine Handynummer!", flüsterte sie mit hochrotem Kopf.

„Weidmannsheil!", rief nun Walter Rehm und alle antworteten fachgerecht.

„Ich darf Sie nun alle recht herzlich begrüßen, auch und ganz besonders im Namen unseres Fürstenhauses!" Fürst Albrecht nickte wohlwollend und zustimmend.

„Heute werden wir revierübergreifend unser Wild bejagen. Dazu werden die Jäger an markierten Plätzen abgestellt. Die Treiber haben bereits vor einer Stunde im Hechinger Stadtwald angefangen, das Wild auf die Hochebene zu treiben. Jeder Schütze wird abgestellt und …" Walter Rehm musste unterbrechen, da ein Mobiltelefon läutete.

„Kanst!", sagte Alex so leise wie möglich und versuchte, das Murren der anderen Jäger über die Störung zu ignorieren.

„Hi, ich bin es!", sagte eine schwache Stimme.

„Alexandra!?"

„Ja!"

„Geht es dir gut?"

„Wird wieder! Aber ich muss dich dringend sprechen! Kannst du kommen?"

„Jetzt?"

„Ja, bitte, es ist dringend! Und ich möchte mit dir darüber reden und bitte sage Wolfgang nicht, dass ich angerufen habe!"

Bei Alex begannen die Gedanken wieder zu rasen. Warum sollte er nichts Wolfgang davon sagen, und warum sofort?

„Ich kann hier erst heute Abend weg!", sagte er, während das Murren größer wurde.

„Dr. Kanst! Bitte!", sagte Walter Rehm.

„Gleich!" Alex winkte ihm zu. „Hey, bist du noch dran?"sagte er während Alexandra am anderen Ende schluchzte.

„Ja, aber bitte so schnell du kannst!"

Es wurden Lotsen eingeteilt und Alex hatte das Glück oder Pech, diesem Killmayer zugeteilt zu werden. Unterm Strich stellte er fest, Jagd war nicht sein Ding. Ganz im Gegenteil zu Berry, der sich immer wichtiger fühlte.

Plötzlich sah Alex Walter Rehm, den Kreisjägerobermeister, untergehakt bei Frau Göckinger. Vera Göckinger. Und was ihm noch auffiel, war das hochmoderne Gewehr, das Frau Göckinger geschultert hatte. Er war sich nicht ganz sicher, doch eigentlich galten bei der Jagd strenge Gesetze und automatische Waffen waren noch immer nicht erlaubt. Aber da ja der Kreisjägerobermeister untergehakt war, konnte das Gewehr ja nichts Illegales sein.

„Darf ich kurz stören!", fragte Alex und erntete dafür zwei hochgezogene buschige Augenbrauen von Walter Rehm.

„Doktor Kanst! Konnten Sie am Enden doch noch überzeugt werden von unser aller Hobby!" Vera von Göckingen lächelte Alex kühl und herablassend an.

„Einmal gelernt, immer dabei!", sagte er und klopfte auf das alte Gewehr. Im Augenwinkel sah er, wie Rehm die Nase rümpfte.

„Nun ja! Herr Rehm ist mein persönlicher Lotse!", sagte nun Vera und Alex rümpfte nun auch demonstrativ die Nase.

„Ich hätte eine kleine Bitte, Frau Göckinger!"

„Von! Wenn schon von Göckinger, aber für Sie gerne Vera, Doktor Kanst!"

„Äh, ja! Ach so, ja Alex! Könnten Sie mir freundlicherweise die Handynummer Ihrer Schwester geben?"

„Von Verena?! Du lieber Himmel, die habe ich gar nicht! Kennen Sie Verena denn? Ich glaube, ich habe sie seit zwei Jahren nicht mehr gesehen!", sagte Vera von Göckingen laut lachend.

„Aber ...!", stammelte Alex.

„Wir müssen jetzt los, und Sie auch!", knurrte Rehm und in der Ferne rief dieser Killmayer andauern den Namen von Alex. Mehr als durcheinander stapfte er durch den Schnee zum Geländewagen des Ralph Killmayers, in dem noch drei Schützen saßen.

„Endlich knurrte einer!"

„Der Hund!", sagte Alex und Berry durfte missmutig in eine Hundebox. Alles nach Vorschrift.

Doch die Gedanken von Alex waren beim eben Erlebten. Wieso behauptete die Schwester von Verena, diese seit zwei Jahren nicht gesehen zu haben. Wo sie doch seit einem Monat bei ihr in Jungingen wohnte.

Zumindest hatte dies Verena gesagt.

Es war still und roch steril! Wo war er nur? Im Institut? Oder zu Hause? Das Letzte, an was er sich erinnern konnte, war das Gesicht von Jimmy und ein gutes Glas echten schottischen Whiskeys. Und noch an was konnte er sich erinnern. An das Gesicht von Fredericke Puda. Ihre Lippen bewegten sich, doch er konnte sie nicht verstehen.

Auf einmal vernahm er Stimmen. Leise. Doch es waren Stimmen von mindestens zwei verschiedenen Personen.

Professor Doktor Eierle wollte sich bewegen, doch seine Arme und Beine fühlten sich taub an.

„Aha! Er ist zurück! Na, werter Kollege, noch einmal Glück gehabt!" Eine dunkle Stimme, die ihm bekannt vorkam, sprach zu ihm. Er öffnete die schweren Lieder und schaute in das bärtige Gesicht von Professor Emanuel Witzke, dem Leiter der Tübinger Paul Lechler Klinik, der Tropenklinik.

„Manu! Was ist los hier?" Die Zunge fühlte sich pelzig an.

„Hier? Alles im Normalzustand! Wie ist es bei dir?"

„Weiß nicht, fühle mich schlapp aber nicht mehr so elendig!"

„Ja, du bist entgiftet! Kannst ja einem einen echten Schrecken einjagen! Bloß ohne deine Assistentin hier wäre wohl nichts mehr zu machen gewesen!"

„Assistentin!?"

„Hallo Chef, wie geht es Ihnen?" Fredericke Puda stand nun an seinem Bett. Und das stand wohl in einem Krankenzimmer.

„Besser! Was ist denn passiert?"

„Als Sie umgekippt sind, habe ich auf ihrem Geheiß ein Blutscreening durchgeführt. Und es war noch eine Menge Alkohol darinnen, aber ich fand auch das Gift von Lactrodectus lugubris in nicht zu geringer Dosis. Und bei Ihnen hat dies stark gewirkt, was nicht bei jedem Menschen gleich ist.

„Gift von der Europäischen Schwarzen Witwe!", lallte Wolfgang Eierle.

„So ist es und Frau Puda hat Ihnen Kefir zu trinken gegeben. Damit begann Ihr Körper sofort mit dem Entgiftungsprozess, den wir hier professionell fortgeführt haben!", erklärte nun der Leiter der Paul Lechler Klinik.

„Aber wie konnte ich gebissen werden?" Die Zunge von Wolfgang Eierle war noch immer pelzig.

„Ja, das ist ja das Komische! Wir konnten keine Bissstelle feststellen!", sagte Fredericke Puda und Professor Witzke nickte sorgenvoll.

Lilly war sauer. Jetzt hatte sie sich für die Tiere eingesetzt und wollte etwas bewegen. Und dann das. Fast wie in der alten DDR. Gekauft! Mit ein paar Euro Spende für den Verein Fellknäuel e. V. hatte der Fürst sich den Rückzug der Demonstranten erkauft. Lilly war mehr als sauer und ihre grundsätzliche Abneigung gegenüber Aristokraten hatte sich absolut vertieft.

Aber da sie nun einmal frei hatte, konnte sie ihre eigenen Ermittlungen anstellen. Und deshalb bog ihr kleiner himmelblauer Fiat 500 röhrend gerade in die Hechinger Frauengartenstraße ein. Denn genau hier hatte die >Breisach Immobilien GmbH< ihren

Sitz. Zumindest laut Gewerbeauskunft, aber auch im Disclaimer der dazugehörigen Homepage. Lilly parkte doch etwas verdutzt vor einem schäbigen, heruntergekommenen Haus. Dies sollte der Sitz einer seriösen und sehr solventen Immobilienfirma sein? Lilly witterte mehr als nur etwas Verdächtiges. Ihre Neugier, und davon hatte sie mehr als genug, war geweckt. Sie wusste, sie würde erst Ruhe geben, wenn sie ganz unten am Grund dieser mysteriösen Sache war. Allerdings hatte sie ihre Dienstwaffe nicht dabei. Warum auch? Sie wollte ja nur auf eine Demo für Tiere, oder den Tierschutz. Würde sie hier ihre Waffe benötigen? Eigentlich nicht. Auch erwartete sie nicht, hier jemanden anzutreffen. Zumindest niemand Lebendes. Lilly dachte nach und wusste, dass ihr Ausbilder immer gesagt hatte, dass eine gute Kriminalkommissarin immer im Dienst sei. Und deshalb immer ihre Waffe mit sich führen sollte. Eindeutig hatte sie gegen diesen Grundsatz, den sie auch für gut befand, verstoßen. Darüber war sie nun auch noch sauer. Es schien so, als würde dies ein schlechter Tag für ihre Stimmung werden. Also war es besser, wenn ihr heute niemand mehr auf die Nerven ging. Und für alle Fälle lag ja unter dem Ersatzrad im Kofferraum noch Willibald. Damit wäre sie nun nicht gerade unbewaffnet.

Lilly öffnete ihre Fahrertür und stieg aus. Den kleinen Weg bis zur Haustür würde sie durch eine verschneite Dornenhecke zurücklegen müssen. Also wohnte hier niemand mehr und es war auch nicht der Sitz der Breisach Immobilien GmbH. Erst als sie sich fluchend den Weg bis zur Tür freigekämpft hatte, fiel ihr das frische Katzenfutter auf, das in einem Napf auf der Schwelle stand. Und der Fußabdruck daneben. Also musste doch jemand im Haus sein, und dieser war noch immer da, denn es führten keine Fußspuren zur Straße. Lilly vermisste ihre Waffe und suchte nach einer Klingel, doch die gab es nicht.

Zuletzt fiel ihr ein Seil auf, das an der Wand hoch im ersten Stock durch ein Loch führte.

Lilly zog daran und es passierte nichts.

Er war der Beste! In allen Sachen! Im Schießen, Treffen, Aufbrechen, Nachsuchen! Er war der Perfekte. Und Alex war sich sicher, er würde diesem Killmayer sein Grinsen in den Hals schieben, wenn er ihn noch ein einziges Mal Lexi nennen würde. Auch war ihm zunehmend bewusst, wo der Konflikt zwischen Jägern und Förstern lag. Die einen studieren lange und sammeln dann Erfahrung. Die anderen machen einen zwielichtigen Kurs und meinen dann, sie können alles.

So wie dieser Ralph Killmayer. Alex war sicherlich nicht der beste Jäger, doch um Längen besser als Killmayer. Zumindest behauptete sein Ego dies. Und er war froh, als Erstes an seinem Standpunkt abgesetzt zu werden. Hartnäckig hatte er sich auch dagegen gewehrt, noch bis zum Hochsitz von Ralph begleitet zu werden. Auch Berry war mehr als froh, der Kiste entkommen zu sein. Als kleinen Dank hatte er noch einen Mega-Stinker für den guten Ralph hinterlassen.

Alex stapfte durch den tiefen Schnee auf einen kleinen Hügel oberhalb des Onstmettingen Heufeldes hoch. Berry, der sonst immer vorausging, hielt sich zurück, da er in den Spuren von Alex besser vorankam. Dann stand er an einem sogenannten Hochsitz. Besser gesagt an einer Anlegeleiter, welche an einer alten, aber vom Blitz getroffenen Weißtanne sehr unprofessionell angenagelt war. Alex rüttelte an der Leiter und wie erwartet ging diese in alle Richtungen nach. Er seufzte, würde dieses Teil ihn aushalten? Vorsichtig stieg er empor und seine Knie begannen schon ab dem dritten Tritt zu zittern. Zu allem Übermut begann der Hund zu winseln. Berry wollte auch hoch.

„Sitz!", befahl Alex.

Endlich war er oben angekommen und versuchte umständlich, den Sitz vom Schnee zu befreien. Erst jetzt bemerkte er, dass das Heufeld so von Hochsitzen umzingelt war, dass man meinen konnte, hier würde die ehemalige Innerdeutsche Grenze entlangziehen.

„Mist! Sei jetzt still!" Berry winselte weiter.

Die Tatsache war, sollte sich tatsächlich ein Wildtier hierher verirren, dann ging es nicht um geschossen werden, sondern wer schießt zuerst. Und dann war es auf einmal wieder da. Das dumpfe Gefühl, hier als Zielscheibe zu sitzen. Doch wer sollte auf ihn schießen? Niemand, den er bisher in der illustren Jagdgesellschaft getroffen hatte, hätte Grund dazu!

Niemand? Bei genauerer Betrachtung hatte ja schon einer einen Grund, doch der wusste ja nichts davon.

Oder? Was wäre, wenn er dahintergekommen war? Existierten noch immer Bilder von seinem Studium der Psychologie?

Nun wäre Alex am liebsten ganz woanders. Doch er musste bleiben, bis die Jagd zu Ende war.

Und Berry begann zu bellen.

„Endlich sind Sie da! Kommen Sie! Kommen Sie rein!" Die alte Frau war in mehrere Schichten dicker Kleidung gehüllt und hatte sogar darüber noch eine Decke geworfen.

„Was? Wer? Ich?" Lilly war erschrocken einen kleinen Schritt zurückgewichen, als plötzlich die Tür aufging. In Wirklichkeit hatte sie nicht mehr damit gerechnet.

„Aber ja! Ich habe so lange auf Sie gewartet!", sagte die alte Frau und schaute Lilly freundlich durch ihre sehr dicke Brille an.

„Auf mich?" Lilly folgte zögernd der Frau, die sofort hinter Lilly die Tür schloss. Im Haus war es bitterkalt, fast dachte Lilly, dass es drinnen noch kälter war als draußen. Die alte Frau ging rasch an Lilly vorbei und stieg eine imposante hölzerne Treppe empor. Offensichtlich hatte das Haus in seinen besseren Tagen doch schon eher vornehmere Bewohner. Lilly folgte zögernd im Bewusstsein, eigentlich gegen alle kriminalistischen Regeln zu verstoßen.

Erst im zweiten Stock ging die Alte durch eine Tür und forderte Lilly auf, ihr rasch zu folgen. Alles war alt, die Einrichtung, Lampen, sogar die Türgriffe. Fast wie aus einer anderen Zeit. Lilly glaubte, solche Dinge schon einmal in einem Film aus den dreißiger Jahren gesehen zu haben, war sich aber nicht sicher, da sie nicht so oft Filme schaute.

Das Zimmer, wenn man es denn so nennen konnte, war eher eine Wohnküche. Auch die Geräte sahen aus, als stünden sie in einem Museum. Vielleicht war dies ja ein Museum? Wenigstens war es hier nicht ganz so kalt wie im Rest des Hauses.

„Tee?" Die alte Frau lächelte und hatte ihre Decke abgelegt.

„Äh, ja!" Lilly nickte und betrachtete die Bilder, die allenthalben die Wände bedeckten.

„Hagebutte oder Kamille? Ich stelle beides selber her!" Plötzlich war sich Lilly nicht mehr sicher, ob sie wirklich Tee wollte.

„Hagebutte!", sagte sie kleinlaut und sah nun eine sehr neu wirkende hölzerne Konstruktion, die außerhalb des Hauses vom Garten bis in den zweiten Stock reichte. Was dies wohl für einen Zweck hatte?

„Für meine Miezen! Ich schaffe es nicht mehr, so oft nach unten zu gehen und diese hereinzulassen. Und jetzt gerade ist es doch sehr kalt, sogar in Hechingen! Seien Sie vorsichtig, die Tasse ist heiß!", sagte nun die alte Frau, deren Namen Lilly noch immer nicht in Erfahrung gebracht hatte, als sie fast unbemerkt neben Lilly aufgetaucht war.

„Kennen Sie eine Breisach Immobilien GmbH?", sagte Lilly, nachdem sie sich doch die Spitze ihrer Zunge verbrannt hatte.

„Wen? Sie müssen doch etwas lauter sprechen, hören tu ich auch sehr schlecht. Meine Nichte sagt immer, ich solle mir ein Hörgerät kaufen, doch was denken Sie, was das kostet! Nun sehen Sie ja auch das Problem. Die Stadt tut nichts! Das müssen Sie schreiben in Ihrer Zeitung, ja?!"

„Problem? Zeitung?" Lilly begriff nichts mehr.

„Ja dort, der alte Baum! Wenn dieser umstürzt, dann zerschlägt er doch meine Katzentreppe! Wie sollen dann meine Miezen nach oben kommen? Sie sind doch von der Hohenzollerischen Zeitung? Ja, weil ich diese abonniert habe und wenn Sie von der anderen Zeitung sind, dann kann ich es doch nicht lesen!" Eine kleine Sorgenfalte breitete sich auf der Stirn der alten Frau aus.

Lilly nickte, denn sie hatte in kurzer Zeit beschlossen, nicht von der Polizei zu sein und einfach einmal verdeckt zu ermitteln. In vielen Fällen kam man so besser zu wichtigen Informationen. Genau so machte es ja Alex andauernd. Also warum auch nicht einmal sie. Zudem war sie ja heute im Urlaub. Den sie nun in einem kalten Haus mit einer Tasse Hagebuttentee (der übrigens sehr vorzüglich schmeckte) mit einer schrulligen, aber netten alten Frau verbrachte.

„Gut, dann mache ich mir mal Notizen!", sagte sie und zog ihr Smartphone aus einer ihrer Gesäßtaschen.

„Soll ich Ihnen einen Bleistift und ein Blatt Papier holen?" Die alte Frau machte sich schon auf den Weg.

„Nein, nein! Heute machen wir das digital!" Lilly zeigte auf ihr Phone.

„Wieso egal?"

„Digital! Nicht egal!", sagte Lilly nun sehr laut.

„Ach, diese neumodischen Dinger! Meine Nichte hat auch so ein Ding. Doch ich schaffe mir keines mehr an. Denken Sie nur, was das kostet. Das gebe ich doch lieber für meine Miezen aus. Nicht wahr. Übrigens, das da ist meine Nichte, sehen Sie, dort, auf dem kleinen Bild neben der Spüle. Jaja, wie die Zeit vergeht! Heute ist sie sehr erfolgreich und verkauft Grundstücke und solche Dinge. Wenn ich einmal nicht mehr bin, dann kann sie mein Grundstück auch verkaufen. Sie müssen wissen, das ist über zehntausend Quadratmeter groß. Doch ich möchte es lieber für die Tiere erhalten. Aber da hat meine Nichte keinen Sinn dafür! Möchten Sie jetzt ein Blatt Papier?"

Lilly betrachtete das Bild, auf dem eindeutig die alte Frau, jedoch mindestens dreißig Jahre jünger und ein Mädchen um die acht Jahre zu sehen waren. Lilly hatte das Gefühl, dieses Mädchen schon einmal irgendwo gesehen zu haben. Doch es fiel ihr nicht ein.

„Nein, ich denke, ich habe schon alles erfasst! Sagen Sie, wie heißt Ihre Nichte denn?"

Im Abstand von hundertfünfzig Metern waren Hochsitze aufgestellt. Alex konnte einen solchen Schwachsinn nicht glauben. Natürlich war er nicht die Leuchte im Fach Jagd gewesen, doch sogar er wusste, dass solche Abstände gefährlich waren. Und dies nicht für die Tiere, sondern für die Schützen. Denn die Gefahr, die von Querschlägern ausging, sollte man nicht unterschätzen. In der Ferne ertönte ein Jagdhorn. Und da dies zu Beginn der Jagd war, musste dies den Jagdbeginn signalisieren. Genau wusste er es nicht, da seine Unmusikalität noch schlimmer war als sein Jagdkönnen. Alex beschloss, sein Gewehr zu laden. Nicht weil er ein Tier töten wollte, sondern bewaffnet zu sein, gab ihm eher ein Gefühl der Sicherheit.

>Du fickst die Fürstin.<

Noch immer lagen die Worte von Lilly schwer auf seiner Seele. War sein Leben so chaotisch? Im Moment schien es das so. Eigentlich hatte er überhaupt keine Ziele. Nie gehabt. Ja früher einmal, mit seiner Frau. Doch das war lange her. Er war froh darüber, dass Lilly über ihr Wissen Stillschweigen hielt. Auf sie konnte er sich verlassen. Doch weder Lilly, noch sonst jemand wusste, wie die Wirklichkeit ist, oder gewesen war. Und nun war er einsam. Zu einsam, und lief Gefahr, in einem Strudel der Depressionen zu versinken. Gerade als die Stille in Verbindung mit tiefer Melancholie und einem sehr eisigen Ostwind ihren Höhepunkt erreicht hatte, klingelte sein Mobiltelefon.

Schon wieder! Und das bei der Jagd! Alex sah verstohlen zu den anderen Sitzen, ob schon jemand ihm drohte. Denn ein Reh kam sicher nicht vorbei, wenn vom Hochsitz aus gerade telefoniert werden würde. Eigentlich sollte er den Anrufer einfach wegdrücken und das Gerät stumm schalten.

Wäre da nicht diese unheimliche Neugierde, die er nicht unterdrücken konnte.

„Kanst!", sagte er so leise wie möglich, denn er kannte die Nummer nicht.

„Hi! Bist du es, Alex?", sagte eine leise Frauenstimme, fast flüsternd. Zuerst erkannte er die Stimme nicht, doch dann:

„Verena!?"

„Ja, hi! Ich wollte mal fragen, wie es dir geht und ob wir uns mal wiedersehen können?"

„Aber natürlich, sehr gerne! Wo bist du denn? Hier in der Gegend? Weil deine Schwester gemeint hatte, du wärest gerade nicht da!" Alex versuchte, sich vorsichtig auszudrücken.

Stille! Rauschen! Nichts!

„Verena? Bist du noch dran?", sagte er nun etwas lauter und schaute verstohlen zu seinem Nachbarschützen. Alex hörte Schluchzen.

„Verena! Was ist mit dir?"

„Vera ist so gemein! So gemein! Können wir uns sehen, ja!"

„Klar, wann und wo? Verena? Verena?" Plötzlich war die Verbindung abgerissen und der Teilnehmer war nicht mehr zu erreichen. Zurück blieben nur der eisige Ostwind und kalte Stille.

„Ich habe meine Handschuhe ausgezogen. Nur so kann ich den kalten Stahl besser fühlen. Kalt bis die todbringende Kugel ihn erwärmt und ihrem Ziel die Kälte des Todes bringt. Nun kann er mir nicht mehr ausweichen. Er sitzt vor mir! Vor meinem Fadenkreuz. Nur noch eine Sekunde und der Heuchler wird die Kälte spüren. Er soll die gleiche Kälte spüren, die ich empfinde bei all den Heuchlern. Eine kleine Bewegung meines Fingers, ein Knall und die Kugel ist auf ihrem Weg. Mit ihrer Botschaft und mit meinen Wünschen."

Der widerliche Pfeifton des Gerätes machte ihn fast wahnsinnig. Für was es dieses Mal gut war, wusste er nicht. Wollte er auch nicht. Er wollte, dass es still war. Nun lag er schon wieder in einem Krankenhaus. Fast wollte er Alex Vorwürfe machen. Doch so wie es aussah, hatte dieser nichts damit zu tun. Und doch war es wieder einmal knapp gewesen mit seinem Leben.

Warum?

Gerade jetzt, da alles eine Wendung erhielt. Er würde heiraten und war heillos über beide Ohren verliebt.

Doch warum hatte er sich eine Vergiftung zugezogen? Und vor allem wo? Vergiftungen mit Spinnengift bekam man nicht wie eine Grippe. Er lag im Krankenhaus, seine zukünftige Frau auch. Und das sollte diese Mal nichts mit seinem Freund und dessen mehr als mysteriösen Fällen zu tun haben.

Daran konnte Professor Doktor Eierle nicht glauben. So viele Zufälle gab es nicht. Und dazu kam, dass sein Freund der berühmte Doktor Alex Kanst die Irren buchstäblich anzuziehen schien. Doch wenn er recht hatte, dann wäre es auch ein Anschlag auf ihn gewesen. Und was noch schlimmer war: Der Täter lief noch umher und somit waren andere, insbesondere sein Freund in Gefahr. Wütend drückte er noch einmal die Klingel. Nun schon zum dritten Mal und hoffte, dass endlich die Nachtschwester erschien und diesen Pfeifton abstellte. Wenn nicht, würde er alle Kabel, die er nur finden konnte, herausreißen. Ja, das würde er!

„Was wollen wir denn?", sagte eine Frau, die so dick war, dass sie fast nicht durch die Tür passte. Professor Doktor Wolfgang Eierle hasste diese Sprechweise.

„Wir? Das weiß ich nicht! Aber ICH hätte gerne, dass dieser Pfeifton aufhört!", murrte Wolfgang sehr unfreundlich. Die Nachtschwester rausche an ihm vorbei, sodass er einen Luftzug spürte. Sie überprüfte das komische Gerät und drehte sich zu Wolfgang um.

„Aber, mein Lieber, das ist nur zu Ihrem Besten!"

„Ich ertrage es aber nicht länger!"

„Ja dann schlafen Sie doch noch eine Weile! Und übrigens, dieses Handy ist auch nicht gut für Ihre Genesung. Sie sollen sich doch erholen. Gell! Da nehme ich es mit und verwahre es im Schwesternzimmer!" Die Nachtschwester hatte ein hämisches Grinsen aufgesetzt. Doch Professor Doktor Eierle konnte sich nicht mehr wehren. Das Letzte, was er sah, war, wie die dicke Nachtschwester eine Spritze in seinen Infusionsbeutel injizierte. Dann wurde alles schwarz und still.

Alex begann panisch zu schwitzen. Gerade wollte er eine Patrone in den Lauf repetieren und hatte, so wie es im Lehrbuch stand, zuerst den Lauf überprüft. Und was musste er dabei feststellen? Überall Rost! Eigentlich kein Wunder, das Gewehr stand über 25 Jahre im Keller seiner Eltern. Und nun begann er sich zu erinnern, dass Rost im Gewehrlauf dazu führen konnte, dass der Lauf platze. Auch dies wollte er einmal im Lehrbuch gelesen haben. Also war es sicherer, doch keine Patronen in den Lauf zu schieben. Dann wurde auch nicht abgefeuert. Doch dann war er auch nicht wirklich bewaffnet. Doch dies wusste ja sein Gegner nicht. Sollte hier überhaupt einer sein. Zunehmend bezweifelte er dies. Langsam ließ er die Patrone zurück in seine Jackentasche gleiten, als plötzlich wieder der Hund jaulte. Alex wollte nach unten sehen und beugte sich weit nach rechts. Fast zu weit, denn die ganze Leiter schwankte mit. Genau in diesem Moment ertönte ein Schuss. Offensichtlich hatte sich doch ein armes Reh verirrt. Gleichzeitig ertönte wieder ein Jagdhorn mit erkennbar der gleichen Melodie. Alex war verwundert, denn die Jagd war doch bereits eröffnet. Warum also zweimal? Er beugte sich nach links und die Leiter nahm wieder ihre ursprüngliche Position ein. Nun beschloss er endgültig, herunterzuklettern. Egal wie oft die Jagd noch eröffnet wurde.

Als er sich umdrehte, bemerkte er frische Splitter im Stamm der alten Tanne. Doch weiter beachtete er diese nicht, im Gegenteil war er froh, wieder festen Boden unter den Füßen zu haben.

Auch Berry begrüßte ihn schwanzwedelnd und überglücklich.

„Ja Lexi, wo bleibst du denn?", sagte plötzlich die Stimme von Ralph, der den Hügel heraufgestapft kam!

Berry knurrte.

„Aus!", beruhigte diesen Alex. „Was meinst du mit „wo ich bleibe"?"

„Ja hast du das Signal >Jagd Ende< nicht gehört? Zweimal haben wir geblasen!" Killmayer schaute mehr als verwundert. Und gehört hatte Alex das Signal schon, doch er hatte gedacht, die Jagd würde zuerst beginnen und nicht gleich zu Ende sein!

Treiber, Hunde, Jäger (also Schützen!) und sonstiges Fußvolk. Alles versammelte sich nun um die alte Pflanzschulhütte.

„Hascht was gesehen?", fragte Bärbel und Alex schüttelte den Kopf.

„Du etwa?"

„*Nee, so wie die erzähla, sind die Viecher erst nicht auf die Hochebenen, sondern sind unten durch!*", sagte Bärbel in tiefem Pfälzischem Dialekt. Jetzt begriff Alex, dass deshalb die Jagd erst gar nicht begonnen wurde, sondern gleich im wahrsten Sinnen des Wortes abgeblasen wurde. Er schmunzelte, denn dies würde für den Fürsten und den Kreisjägerobermeister natürlich schon eine kleine Blamage sein. Dafür würde er nun schneller heimkommen. Und den Ermittlungen hatte es ja nichts gebracht. Was ihn wunderte, dass doch ein Schuss abgegeben wurde.

„Und es wurde echt rein gar nichts geschossen?"

Bärbel schüttelte den Kopf, als plötzlich wieder die Jagdhornbläser loslegten. Danach standen Reden des Fürsten, des Landrates und natürlich von Walter Rehm auf dem Plan.

„… und deshalb darf ich nun alle Beteiligten zum Saukopfessen einladen! Langts zu! Weidmannsheil!", beendete Walter Rehm seine Ansprache, die schon eher an eine Predigt über die schlechten Zustände im Forst und der mangelnden Akzeptanz der Jagd in der Bevölkerung erinnerte. Doch am Saukopfessen wollte er nun doch noch teilnehmen. Dies war nun schon etwas Traditionelles. Wenn er auch sich jedes Mal dabei den Magen verdorben hatte. Sogar als er in der Lehre war, gab es dies. Dazu wurde der ganze Kopf eines Hausschweines gekocht und so auf den Tisch gestellt. Alle hatten dann ein scharfes Messer, Salz und Pfeffer und ein Holzbrett vor sich. Dann schnitt jeder so wie er wollte vom Kopf ab, tunkte dies in Pfeffer und Salz und aß dazu frisches Bauernbrot. Natürlich gab es dazu auch Schnaps, und diesen nicht zu knapp.

Alle zwängten sich an lange Holztische in der gut geheizten Pflanzschulhütte. Mehrere Köpfe wurden aufgefahren. Bärbel saß neben Alex, was diesen freute. Etwas schräg dazu saß Frau Göckinger, die den Arm um den Landrat gelegt hatte, aber schon öfters Alex mit einem düsteren Blick abgestraft hatte. Ob sie wusste, dass ihre Schwester angerufen hatte? Alex wollte zurückrufen, doch das Handy von Verena blieb aus. Und gerade war ihm das auch einmal egal. Er genoss die Nähe von Bärbel, und die alten Forstsitten. Plötzlich fühlte er sich daheim. Bärbel schnitt für Alex ein großes Backenstück ab und Killmayer schenkte den Schnaps aus.

Es konnte schon schön sein im Forst!

Drei Tassen Tee und eine gefühlte Ewigkeit später trat Lilly in die kalte und dunkle Frauengartenstraße. Länger wollte sie Frau Reber nicht schikanieren. Trotz aller Bemühungen fiel Karin Reber der Name ihrer Nichte nicht ein. Jedoch würde sie Lilly sofort anrufen, wenn es ihr einfallen würde. Dazu hatte Lilly ihr eine ihre Karten gegeben, wobei sie das Polizeilogo abgerissen hatte. Heute war sie ja bei der Presse und hatte dabei jetzt ein schlechtes Gewissen, die alte Frau beschwindelt zu haben. Denn für diese Frau war das Problem mit dem morschen Baum der Stadt schon ein wichtiges. Aber da Alex ja jeden und alle kannte, würde er schon wissen, wen man da anrufen musste, um das Problem zu beheben. Auch konnte Lilly nun wenigstens in Erfahrung bringen, dass hier keine Breisach Immobilien GmbH ihren Sitz hatte. Merkwürdig war nur, dass die Nichte ja mit Immobilien zu tun hatte. Also war es vielleicht doch der Sitz dieser ominösen Firma, die gerade dabei war, die momentane Bleibe von Lilly zu kaufen, und das dazu noch mit sehr viel Geld. Lilly beschloss, weiter am Ball zu bleiben und die Nichte ausfindig zu machen. Doch laut Frau Reber war sie nun schon zwei Jahre nicht mehr bei ihr gewesen. Das machte die Angelegenheit etwas schwieriger. Und dazu gab es ja noch immer drei Morde und den Anschlag auf Alexandra aufzuklären. Nicht zu vergessen das Problem von Frau Balk mit dem erschlagenen Hund des Fellknäuel e. V. Bei all den Gedanken wurde es Lilly ganz schwindelig. Dazu kam noch, dass sie nicht wusste, wo sie nächste Woche wohnen sollte. Irgendwie hatte sie sich ihr Berufsleben einfacher vorgestellt. Sie hoffte ja auf einen Erfolg von Alex. Dieser musste einfach eine Spur oder besser eine heiße Spur haben.

Lilly seufzte, als sie sah, dass der ganze Fiat wie ein Eiszapfen zusammengefroren war. Jetzt konnte sie auch noch in dieser mörderischen Kälte kratzen. In Konstanz würde es sicherlich nie so kalt sein. Schneite es am Bodensee überhaupt? Sicherlich nicht. Gerade als sie den Eiskratzer mit einem Symbol der sächsischen Polizei in Einsatz bringen wollte, läutete ihr Smartphone. Es war eine unterdrückte Nummer. Und eigentlich hatte sie keine Lust mehr auf dumme Anrufer. Nicht jetzt in dieser Kälte und nicht an ihrem freien Tag, der eigentlich keiner war. Doch dann war sie wieder da. Ihre unergründliche Neugierde, die sie nicht im Zaum halten konnte.

„Baur!", sagte sie und hauchte dabei in ihre kalte linke Hand.

„Lilly Baur?", sagte eine sanfte Stimme, die Lilly schon einmal gehört hatte.

„Am Apparat!", sagte Lilly und ihre Stimme war kühler als der Ostwind, der sanft über den Fürstengarten strich.

„Hören Sie, wir kennen uns nicht! Nicht direkt, aber ein gemeinsamer Freund braucht Ihre Hilfe! Können Sie kommen?"

„Was? Wer braucht meine Hilfe?"

„Alex Kanst! Bitte kommen Sie schnell! Es geht um sein Leben!", sagte die Stimme, doch Lilly hatte bereits Gas gegeben und streckte ihren Kopf aus dem Seitenfenster, um was sehen zu können. Röhrend suchte der kleine Fiat 500 seinen Weg über den Obertorplatz in Hechingen mit Ziel Onstmettingen.

Alex hatte einen roten Kopf, aber er fühlte sich so gut wie schon lange nicht mehr. In der Hütte war es warm und heiß. Oder war es ihm nur warm und heiß? Er konnte es nicht mehr genau sagen. Es war schon die dritte Schnapsrunde vorbei und dazu gab es auch noch Bier. Bärbel hatte sogar einen halben Schnaps mitgetrunken und hielt sich seitdem an seinem Arm fest. Alex schnitt sich immer neues Fleisch von dem Schweinekopf ab, im Bewusstsein, dass sein Magen bestimmt wieder rebellieren würde. Doch heute war ihm das alles egal. Er fühlte sich gelöst und frei. So hatte er sich seit dem Tod von Tina nicht mehr gefühlt. Ein Gedanke, vielleicht wieder in die Forstwirtschaft zurückzukehren, machte sich breit. Er war Förster und einen Hund hatte er auch. Auch wenn er im Moment nicht wusste, wo der so genau war. Doch es gab Wichtigeres. Nämlich die vierte Runde Schnaps.

„Wenn ich es euch doch sage!" Einer der Schützen mit einem weißen Vollbart schlug mit der Faust auf den Tisch.

„Komm schon, Adalbert, das ist doch nicht wahr. Da hast du schon einen intus gehabt!", lachte ein Dürrer, der noch immer seinen Hut aufhatte.

„Schneeweiß ist er gewesen! Und ein Geweih, mindestens ein achtjähriger Bock!" Adalbert schaute grimmig und nahm seinen Schnaps zu sich.

„*Acht Joor! Leck mi am Arsch! Du muascht die Dinger schiaßa! It a gucka!*", sagte nun einer in tiefem Schwäbisch.

„So ein Tier hast du ja noch nie gesehen!" Adalbert schlug wieder mit der Faust auf den Tisch.

„*Ha doch, e dr Wilhelma! Blos hantse do Eisbär dazu gseit!*"

Alle lachten und zur Beruhigung gab es noch eine Runde Schnaps. Auch Alex lachte, doch hatte er nun leider plötzlich ein dringendes Bedürfnis. Und das war nun gerade sehr ungeschickt. Zum einen war es lustig, wenn er ja sonst diese Jagdgeschichten, welche alle erfunden waren, nicht mochte. So fühlte er sich doch heute hier mehr als zu Hause. Und zum anderen war Bärbel gerade an seiner Seite eingeschlafen.

„Schon traurig, dass niemand etwas geschossen hat!", sagte Adalbert.

„*Des muscht grad du saga! Bei dir wend Böck alt! Aber oiner hot Glick ghet. dr Kanst, guckat a mol, der hot des Beste Stickle erwischt.*"

Plötzlich schauten alle zu Alex, welcher gerade die schlafende Bärbel im Arm hielt. Es entstand ein großes Gelächter.

„Der Lexi weiß schon, warum er lieber als Psychologe auf die Pirsch geht!", lachte Killmayer.

Alex ignorierte ihn und legte die immer noch schlafende Bärbel behutsam auf die hölzerne Bank. Wenn er nur wüsste, wo der Hund abgeblieben ist. Egal, jetzt musste er raus, unbedingt.

Erst als er vor der Hütte stand, merkte er, dass er keine Jacke und auch keinen Pullover trug. Warum auch? In der Hütte hatte es bestimmt an die dreißig Grad. Und vor der Hütte hatte es aufgeklart und die Sterne funkelten so hell wie selten. Über den dunklen Ästen der alten Buchen war schon der aufgehende Mond zu erkennen. Und es war kalt, bitterkalt. Kurz dachte er, zurückzugehen und doch noch eine Jacke zu holen. Doch dazu ließ ihm sein Bedürfnis keine Zeit mehr. Alex wollte über den kleinen Vorplatz rennen und merkte dann schlagartig die Wirkung der frischen Luft, die sich nun mit seinem Alkohol im Blut vermischte. Alles begann sich zu drehen und ihm wurde schlecht. Sehr schlecht, dennoch schaffte er es noch, über einen Schneeberg zu klettern und fiel dann rücklings in denselben. Alles drehte sich, als ob er in einem Karussell gelandet wäre. Die Kälte breitete sich aus und bemächtigte sich bereits seines Körpers. Der Mond war nun noch etwas höher geklettert und Alex sah schemenhaft eine dunkle Gestalt auf ihn zukommen. Langsam und irgendwie überheblich kam diese immer näher. Und dann sah er den Gewehrlauf aufblitzen.

Die Erkenntnis, dass Lilly recht hatte, würde ihm nun nicht mehr helfen. Der Mörder war doch einer aus der Gruppe der Jäger. Und nun kam er auf ihn zu.

Würde er schießen? Würden es die anderen hören?

Nein, die waren zu betrunken. Entweder er würde nun erschossen oder er würde hier in den nächsten Minuten erfrieren. Alex versuchte zu schreien, doch er war schon zu ermattet und zu betrunken. Mit letzter Kraft schaffte er es sich umzudrehen und versuchte weiter, den Schneehügel hochzuklettern. Doch er rutschte ab und der Schneeberg rutschte etwas ab und brach über Alex zusammen.

Nun war es still und kalt. Er spürte nichts mehr! Nicht seine Beine, nicht seine Hände oder Finger. Aber er spürte auch keine Schmerzen.

Würde er nun hier sterben? Ohne den Fall aufgeklärt zu haben. Er hatte ja nicht einmal einen Verdacht, wer es sein könnte. Alle hier hatten Gewehre dabei. Konnten dann alle der Täter sein?

Etwas Dumpfes schlug neben ihm im Schnee ein.

Wurde jetzt geschossen? War er schon getroffen?

Egal, Dr. Alex Kanst hatte keine Kraft mehr. Er würde hier sterben in dem Schneeberg vor der alten Pflanzschulhütte im Albstädter Forst.

Allein! Wenn er nur wüsste, wo der Hund abgeblieben war.

„Der beste Bock auf der Alb!", sagte einer und alle lachten.

Alex stand mitten im verschneiten Wald und war von Jägern umringt. Es waren die meisten, welche an seinem Tisch saßen. Killmayer grinste hämisch.

„Eine Trophäe gibt es wohl nicht, oder Lexi, hast du irgendwo Hörner?"

Wieder lachten alle und begannen ihre Gewehre zu laden. Alex wollte etwas sagen, doch es kam kein Laut aus seinem Mund.

„Laufen musst du schon, Kanst! Sonst macht es uns keinen Spaß!", sagte einer mit langem weißem Bart.

„Weißt du was! Wir schießen ihn an und dann lassen wir die Hunde seiner Blutspur folgen.

Wieder lachten alle und Alex machte einen Schritt zurück. Er stolperte und viel über einen Ast in den Schnee. Der Schnee war weich und wirbelte, um sich dann langsam auf sein Gesicht fallen zu lassen. Und auf einmal hatte er eine pinke Farbe.

Eine Kaugummiblase platze direkt über dem Gesicht von Alex.

„Neun Uhr, elf Uhr!", sagte eine ihm bekannte Stimme. Alex starrte auf die Zimmerdecke seines Wohnbereiches. Alles war noch wie hinter einem milchigen Schleier gefangen.

„Was!? Lilly?", stammelte er.

„Jep! Also noch einmal langsam: Neun Uhr, elf Uhr!" Alex hörte Lilly schmatzen.

„Bitte, ich bin nicht für Rätsel aufgelegt!", stöhnte er und wieder drehte sich alles.

„Das ist kein Rätsel, das sind Fakten."

„Was für Fakten? Wie bin ich überhaupt hierhergekommen?"
Alex fasste sich an seinen Kopf, der ihm extrem schmerzte. Lilly
holte tief Luft.

„Und bitte, Lilly, die Kurzfassung! Dann muss ich etwas schlafen!"

„Hmm, das denke ich nicht! Und glaub mir, es war die Kurzfassung! Also es ist jetzt neun Uhr und um elf Uhr erwartet Frau
Balk deinen Bericht zu deinen Ermittlungen. Du erinnerst dich, du
hattest den Auftrag zu ermitteln, nicht den ganzen Schnapsvorrat
des Zollernalbkreises zu vernichten. Frau Balk hat hierzu extra
eine Konferenz und danach eine Pressemitteilung angekündigt."

„Ahhh!" Alex stöhnte und rieb sich die Schläfen.

„Tja und dann betrunken in den Schnee zu fallen und das ohne
Jacke, das war …"

„… dann verdanke ich dir mein Leben!" Die Stimme von Alex
war leise. Eine weitere Kaugummiblase platze.

„Mir?! Klar, ich stehe irgendwo auf dieser kalten Alb hinter einer dieser Monsterbuchen und warte, bis mein Partner betrunken
in den Schnee fällt!"

„Ja, aber wie bin ich dann hierhergekommen?" Alex hielt sich
an seiner Couch fest, die sich anscheinend wie ein Karussell wieder in Bewegung setzte.

„Ja, Herr Doktor, das war schon ich! Zuerst habe ich den Hund
hereingetragen, und dann dich. Warum der tief schlafend in der
Ecke liegt, weiß ich auch nicht. Habt ihr den Hunden auch Schnaps
gegeben? Und dann muss ich ja sagen, bist du nicht gerade leicht.
Danach hast du ein Schnarchkonzert angeleiert, also wirklich. Und
gestunken hast du, im Übrigen der Hund auch!"

Alex verstand nichts mehr. Und ihm war schlecht und dazu hatte er rasende Kopfschmerzen. Sein Magen tat weh und er würde bestimmt heute die Couch nicht verlassen.

„Ja, aber dann hast du mich doch gerettet!"

„Hereingetragen habe ich dich, nachdem Miss Universum mich angerufen hat!" Lillys Stimme war nun fast schrill.

„Was? Wer?"

„Du weißt schon wer! Miss Super-blaue-Augen und Super-blonde-Haare!"

„*SIE* hat dich angerufen!"

„Jep! Sonst wärest du erfroren!"

„Ahhh!" Alex rieb sich die Schläfen erneut.

„Zwischenstand: 10 Uhr, 11 Uhr!"

„Vergiss es! Ich schaffe es nicht heute!" Alex drehte sich zur Seite.

Lilly grinste hämisch.

„Weißt du, was du brauchst? Einen Lilly-Spezial-Muntermacher!"

„Und das hilft?"

„Aber sicher! Hast du Aspirin und Orangensaft im Haus?"

Alex hatte! Und tatsächlich saß er, zwar sehr blass, aber doch nüchtern zwanzig Minuten später neben Lilly in ihrem Fiat 500. Berry war noch immer totmüde und durfte ausnahmsweise zu Hause bleiben. Sicher wäre Frau Balk nicht auch noch amüsiert, wenn er wieder an den Ficus benjamina pinkeln würde. Der Magen von Alex war am Ende und er war sich sicher, nie mehr einen Sauf-kopf essen zu wollen. Doch seine Gedanken fingen langsam an, sich zu ordnen. Und das, was nun an das Tageslicht kam, war be-drohlich und düster. Doch noch wollten die Dinge sich nicht ord-nen lassen.

Der schrille Pfeifton war wieder da. Das war zum einen gut, aber zum anderen auch schlecht. Schlecht.

Gut war, dass er noch am Leben war. Vielleicht ging auch nur seine Fantasie ab und an mit ihm durch. Dennoch, wenn man mit Alex Kanst befreundet war, dann sah man Mörder an allen Enden. Auch in Gestalt einer Nachtschwester. Also hatte er nur ein Schlaf-mittel bekommen. Gut. Schlecht war, dass er noch immer in die-sem Krankenzimmer an diesem lästigen Gerät war, und zudem wurde ihm noch sein Handy abgenommen. Auch wenn die dicke Nachtschwester nicht zu der Gruppe von Mördern gehörte, so war er sich ganz und gar nicht sicher, wie er zu einer Spinnenvergiftung gelangt sein könnte. Und dann der Anschlag auf Alexandra.

Alexandra! Sie wusste ja nichts von seinem Problem. Egal, er musste hier heraus und das sofort. Professor Doktor Eierle drückte den Knopf am Gerät, das über seinem Bett baumelte.

„Ja!", sagte schon wieder die gleiche Schwester wie in der Nacht zuvor und steckte ihren Kopf durch den Türspalt.

„Gibt es nicht irgendwann einen Schichtwechsel?", murrte Wolfgang Eierle.

„Um mich das zu fragen, haben Sie den Notruf betätigt?" Die Schwester stand nun in voller Körpergröße in seinem Zimmer.

„Äh, nein! Natürlich nicht, ich ähm, also ich wollte den Professor sprechen!", stammelte Wolfgang.

„Weswegen? Haben Sie Schmerzen? Oder sonstige Beschwerden?"

„Nein, nein! Aber …"

„Gut, dann sehen Sie ihn morgen bei der Visite! Im Übrigen war Schichtwechsel, schon zweimal. Sie haben wunderbar geschlafen!" Wieder lächelte die Schwester hämisch und injizierte erneut den Inhalt einer Spritze in den Infusionsbeutel von Professor Doktor Wolfgang Eierle.

Noch bevor er etwas sagen konnte, wurde seine Zunge pelzig und er ermattete. Alles um ihn herum begann zu verblassen. Hatte er sich doch nicht getäuscht? Steckten alle unter einer Decke? Wer hatte ihn vergiftet, und wo? Doch weiter konnte er nicht denken. Alles verschwand nun hinter einem dunklen Nebel. Er hoffte, dass er noch einmal erwachen würde. Jetzt, da er bald die schönste Frau der Welt heiraten würde, jetzt, da sein biederes Leben ein Ende finden würde.

Der schrille Pfeifton wechselte nun in ein lautes Alarmsignal.

Nach dem siebten Erbrechen hatte Alex aufgehört zu zählen. Und noch immer hatte er einen leichten Würgereiz, aber er war nüchtern und der Muntermachercocktail von Lilly hatte gewirkt. Sicherlich war sein Alkoholgehalt im Blut noch immer zu hoch, aber das merkte hoffentlich keiner. Während die wunderschöne winterliche Alblandschaft an ihm vorbeihuschte und Lilly noch immer einen ihrer Monologe hielt (über Schäden am Dienstjeep, über das unverantwortliche Trinken von Alex und warum der Hund so k.o. war), begannen die Gedanken von Alex sich langsam zu ordnen. Und er hatte das Gefühl, etwas Wichtiges erledigen zu müssen, kam aber im Moment nicht drauf. Mit seiner rechten Hand hielt er sich am Griff über der Tür des kleinen Wagens fest, da Lilly mehr als rasant in die Kurven ging.

„Also wirklich, irgendeinen Verdacht muss es doch geben? Was sollen wir nur der Chefin sagen? Fast denke ich, wir stecken fest! Und doch geht ein Mörder um! Drei Tote und ein Anschlag. Nicht auszudenken, wenn es noch einen trifft. Und jetzt mal ehrlich, warum ist der Hund so k.o.?"

Alex hörte Lilly nicht wirklich zu. In seinem Kopf purzelte noch alles durcheinander. Fest stand nur, dass beide Toten in dubiose Immobiliengeschäfte verstrickt waren. Hier waren sie nun noch immer auf der Suche nach zwei Frauen, einer blonden und einer dunkelhaarigen. Bei Fidel Mayer würde laut Lilly und der Auskunft der Bank bei den Erben ein böses Erwachen stattfinden. Denn sowohl Fidel Mayer als auch die Bank waren eigentlich pleite.

Anders war es bei Herbert Häberle, hier waren zumindest die Konten noch gut gefüllt, jedoch waren weder Irina, seine Frau noch seine Tochter als Erben eingesetzt. Sondern eine Firma Immosociety in Breisach bei Freiburg, welche aber offensichtlich insolvent war. Alex starrte wieder kurz auf den Schnellhefter, den ihm Lilly gegeben hatte. Sie hatte offensichtlich die Nacht genutzt und umfangreiche Internetrecherchen durchgeführt, während er schnarchte wie ein Walross (Zitat Lilly!)

Fast alle an der Jagd Beteiligten hatten bei Herbert Häberle investiert. Sogar die fürstliche Hofkammer, mit einer nicht unbedeutenden Summe. Und alle hatten ihr Geld verloren und würden es auch nicht wiederbekommen, denn so viel war nun bei weitem nicht übrig. Dazu kam, dass alle mit einem Gewehr umgehen konnten und alle auch eines besaßen.

Doch warum dann auch noch der Mord am Bankdirektor? Stand einer der Jäger durch seine verlorene Investition mit dem Rücken an der Wand? Das galt es noch herauszufinden.

Und dann der Mord an Sepper mit seinem Spaten. Das wiederum passte nicht in das Schema. Sepper hatte kein Geld investiert und besaß auch fast nichts.

Und dann Alexandra! Warum wurde auf sie geschossen?

Alexandra!

Plötzlich wusste Alex, was er dringend erledigen wollte. Eigentlich hatte er noch gestern ihr versprochen, vorbeizukommen. Es war ihr wichtig und er hatte schon dort das Gefühl, er sollte sofort zu ihr gehen.

Nun waren fast 18 Stunden vergangen. Der Magen von Alex verkrampfte sich.

„Fast dachte ich, Sie beide kommen heute nicht mehr!" Frau Balk hatte einen stechenden Blick auf Alex geworfen und Kohler tuschelte grinsend mit dem Mann, der neben ihm saß. Und noch ein Mann fiel Alex auf. Jung, Mitte zwanzig, akkurat gekämmtes Haar, lässiges Hemd und Softsneakers, die nun für die winterlichen Monate nun nicht wirklich geeignet waren.

„Beginnen wir, oder besser gesagt beginnen Sie, Dr. Kanst!" Frau Balk setzte sich demonstrativ und alle Augen waren nun auf Alex gerichtet.

„Ich?! Ja, also ja nun, also!" Alex stammelte und Kohler lachte.

„Bitte!" Frau Balk war es nicht zum Lachen.

„Vielleicht darf ich den Anfang machen!", sagte nun der junge Mann und war bereits aufgestanden.

Bettina Balk nickte zustimmend.

„Ich darf Ihnen Herrn Ruckwied vorstellen, der derzeitige Leiter der Rechtsmedizin und Vertreter von Professor Doktor Eierle", sagte sie kühl und Alex atmete erschwert ein, was ihm erneut einen scharfen Blick der leitenden Staatsanwältin einbrachte.

Natürlich wusste Alex, wie verliebt Wolfi war, aber dass er jetzt auch noch den Fall abgab, das war doch zu viel. Er beschloss, ein ernstes Wort mit ihm zu reden, nachdem er mit Alexandra geredet hatte.

„Danke, ehrenwerte Staatsanwältin. Nun, aufgrund des Verwesungszustandes der Leiche von Herbert Häberle konnten hier kaum Erkenntnisse auf dessen Tod gewonnen werden. Wir gehen jedoch davon aus, dass auch er erschossen wurde. Jedoch habe ich bei der zweiten, also ersten Leiche eindeutige Marker eines Elektroschockgeräts gefunden. Dazu konnten am Hals Bissspuren, welche eindeutig menschlichen Ursprungs waren, festgestellt werden. Meine Assistentin hatte Abdrücke genommen und an die Zahnärzte in der näheren Umgebung um den Fundort geschickt!"

Lilly schmatzte laut mit ihrem Kaugummi.

„Zwischenzeitlich hat sich ein Herr Doktor Schanz in Hechingen gemeldet! Möchte aber am Telefon keine Angaben dazu machen."

Lilly hustete und hatte fast ihren Kaugummi verschluckt.

„Dann zur dritten Leiche des Herrn Rädle. Hier gab es keine Marker, jedoch war eindeutig die Todesursache ein massives Schädel-Hirn-Trauma, hervorgerufen durch einen Schlag auf den Hinterkopf mit diesem Klappspaten. Wir konnten DNA sicherstellen!" Ruckwied fixierte Alex, der plötzlich einen hochroten Kopf bekam. Augenblicklich herrschte Stille, und alle Augen richteten sich nun auf Alex.

Lilly verschluckte sich nun wirklich und hustete in einem fort.

„Kanst!", sagte Frau Balk fordernd.

„Also es ist mir unheimlich peinlich, aber ich habe da wohl sehr unprofessionell gehandelt!"

Lilly hustete noch mehr. Und alle Augen starrten fragend auf Alex.

„Äh, ja und habe den Spaten in die Hand genommen ohne Schutzhandschuhe! Sorry!"

„Hm, und wie sieht es mit Verdächtigen aus?" Frau Balk war aufgestanden, aber Alex zuckte nur mit den Schultern.

„Hahaha! Unser super Scherlock ist wohl doch nicht so super!", lachte Kohler.

„Ja dann lassen Sie uns doch mal Ihre Ergebnisse hören, KHK Kohler!" Frau Balk hatte nun mit der flachen Hand auf den Tisch geschlagen. Kohler bekam rote Backen, stand auf und blätterte dabei in einem roten Schnellhefter.

„Bei dem Toten handelt es sich um Josef Rädle, genannt der Sausepper, 76 Jahre alt. Ziemlich verwahrlost und war eher ein Wilderer als ein Jäger, da er keinen gültigen Jagdschein mehr hatte. Jedoch wurde er vom Amt und den einheimischen Jägern geduldet. Es gab insgesamt 26 Beschwerden von Hundebesitzern allein in den letzten drei Jahren wegen Bedrohung!"

„Bedrohung!", murmelte Alex.

„Was interessant ist, Herr Josef Rädle ist der Onkel von Frau Alexandra Rädle, welche angeschossen wurde!"

Nun war es Alex, der hustete und sich an seinem Kaffee verschluckte.

„Haben Sie mit der Notarin gesprochen? Wer erbt beim Häberle?", versuchte Alex nun, sich langsam am Geschehen zu beteiligen.

„Breisach Immobilien, eine Frau Karin Reber. Moment, irgendwo habe ich die Adresse …", sagte der kleine Kommissar mit Schnauzbart neben Kohler.

„… Frauengartenstraße in Hechingen", murmelte Lilly nun zum Erstaunen aller.

„Gut, wie ich sehe, kommt Fahrt auf: Morgen, meine Dame und meine Herren, will ich eine Festnahme! Im Übrigen werde ich Frau Zakolavska auf freien Fuß setzen." Mit diesen Worten, die Alex nicht so recht gefielen, beendete Frau Balk die Besprechung, um sich auf den Weg zur Pressekonferenz zu machen. Alex war froh, dass er sie nicht begleiten musste, wenngleich er wusste, dass er nun eine Schimpfpredigt von Lilly erwartete.

„Aaaaah!" Professor Doktor Wolfgang Eierle war schreiend hochgeschreckt und hatte dann in die grünen Augen einer blassen Frau geschaut.

„Chef? Alles in Ordnung mit Ihnen?" Fredericke Puda hatte sich extra ihre kleine Trittleiter mitgebracht, damit sie besser zu ihrem Chef hochsehen konnte.

„Ach Sie sind es nur!", sagte Wolfgang Eierle und wischte sich mit dem Ärmel seines Schlafanzuges den Schweiß von der Stirn.

„Nur! Ja vielen Dank!", sagte Fredericke Puda und hüpfte von ihrem Tritt.

„Nein, um Gottes Willen, bleiben Sie, ich brauche Ihre Hilfe!" Wolfgang Eierle hatte Fredericke gerade noch an einem Stück ihrer Bluse erwischt. Jetzt strahlte sie etwas.

„Meine Hilfe!"

„Genau!", flüsterte Professor Doktor Wolfgang Eierle.

„Warum flüstern Sie?" Fredericke war sich nicht sicher, was sie von den Anwandlungen ihres sonst so sehr selbstbewussten Chefs halten sollte.

„Weil wir beobachtet werden könnten und vielleicht abgehört werden!"

„Abgehört? Beobachtet! Also Chef wirklich, Sie schwitzen ja!" Fredericke wischte ihrem Chef den Schweiß mit einem Papiertaschentuch von der Stirn.

„Ich muss hier raus! Hören Sie!" Wolfgang Eierle hatte Fredericke nun fest am Arm gepackt. Und diese war nun mehr als verunsichert. Brauchte ihr Chef Hilfe? Oder hatte das Gift seinen Körper noch immer fest im Griff, so wie der Professor gerade ihre Bluse.

„Ja, aber Sie werden doch bald entlassen, ich denke nächste Woche …"

„Dann ist es zu spät, glauben Sie mir! Sie glauben mir doch? Fredericke, ähm Fräulein Puda, ich weiß, dass ich mich auf Sie immer verlassen kann! Ja?" Die Augen des Professor Doktors hatten nun etwas Wässriges und es war fast ein Hundeblick, dem Fredericke Puda nicht widerstehen konnte. Warum auch. Außer ihrer Arbeit, und die Anerkennung ihres Chefs, der sie wie keine Zweite vergötterte, gab es nichts in ihrem Leben. Nichts und niemanden.

Somit war es klar, für welchen Weg sie sich entschied. Zwei Minuten später stand sie vor dem Stationszimmer und lächelte überheblich.

„Puda, ich komme vom Kriminaltechnischen Institut! Mein Ausweis!" Ich möchte das Diensthandy von Professor Eierle, dort sind wichtige Daten gespeichert.

Ohne Gegenwehr wurde ihr das Handy ausgehändigt, während Professor Doktor Eierle sich langsam aus der Station schlich.

„Hi! Was tust du hier? Egal, komm her!" Doktor Schanz zog Lilly mit einem Ruck zu sich her und steckte ihr beim anschließenden Kuss die Zunge so tief in den Hals, dass es Alex ganz schlecht wurde.

Er räusperte sich.

„Oh, ein Patient! Leider haben wir schon geschlossen und ich muss Sie auf die Notfallnummer verweisen." Ein überhebliches Lächeln mit gebleichten Zähnen, die in einem unnatürlich gebräunten Gesicht ruhten, schlug Alex entgegen.

„Die brauchen wir nicht heute, Kollege!", knurrte Alex und schob Lilly etwas weg von Doktor Schanz, was diese mit einem Stirnrunzeln quittierte.

„Ach Sie sind auch Zahnarzt?"

„Nein, nur Arzt!"

„Ähm, ja du, wir sind da heute dienstlich hier!", stotterte Lilly und zeigte ihren Dienstausweiß.

„Dienstlich!", bestätigte Alex mit tiefer Stimme.

„Kriminalpolizei! Du bist bei der Polizei, deswegen hast du immer Handschellen dabei!" Die Überheblichkeit war etwas aus dem gebräunten Gesicht gewichen. Alex räusperte sich erneut.

„Jep, und das ist mein Kollege, Dr. Alex Kanst." Dr. Schanz verdrehte seine Augen.

„Oh, welche Ehre in meinen bescheidenen Räumen!", frotzelte der Zahnarzt, den Alex nun endgültig nicht leiden konnte.

„Und wir kommen wegen dem Gebissabdruck!", sagte Lilly nun.

„Aja, gut, dann folgt mir mal in das Behandlungszimmer zwo!" Dr. Schanz trabte davon.

„Sag mal, hast du was mit dem?", flüsterte Alex zu Lilly.

„Wüsste nicht, was dich das angeht!" Lilly ließ eine Kaugummiblase platzen.

„Das könnte dein Vater sein!", sagte Alex entrüstet, doch Lilly zuckte nur mit der Schulter.

Im Behandlungszimmer war bereits ein Röntgenbild auf einem Leuchtboard zu sehen.

„So, sehen Sie, hier ist die Röntgenaufnahme des Patienten und hier der Gipsabdruck aus der Universität, von einer gewissen Puda! Hundert Prozent Übereinstimmung!" Der Zahnarzt grinste überlegen.

„Und da hast du einen Namen?" Lilly schmatzte nervös.

„Besser, viel besser. Sogar eine Patientenakte!" Dr. Schanz bleckte seine Zähne.

„Chef, ich weiß nicht, ob dies eine gute Idee war. Sie sehen echt noch krank aus!" Fredericke Puda versuchte Wolfgang Eierle so gut es ging vom Auto in den Flur zu stützen.

„Oh doch! Die hätten mich dort noch umgebracht, glauben Sie mir!", doch selbst Wolfgang Eierle merkte, dass er nicht auf der Höhe war. Mit einer Vergiftung durfte man nicht spaßen. Doch auch er hatte Medizin studiert und würde sich schon zu helfen wissen.

„Ach, Chef! Sie fantasieren ja. Warum sollte jemand Sie umbringen wollen?" Fredericke führe ihren Chef zur Couch.

„Ja sehen Sie, das ist die Frage. Und dazu gibt es nur eine Erklärung: Alex Kanst."

„Oje, Chef, ich glaube, ich hätte Sie lieber dort lassen sollen. Sie fantasieren echt. Was soll denn Dr. Kanst damit zu tun haben, dass Sie gebissen wurden?" Fredericke Puda legte eine Decke über die Beine von Professor Doktor Eierle.

„Gebissen?! Ha Sie selber haben keine Bissstelle gefunden, aber Gift! Also wurde ich vergiftet, sozusagen ein Anschlag auf mein Leben."

„Und warum das Ganze? Wer würde davon profitieren, und noch eines: Dr. Kanst hat dieses Mal nichts damit zu tun!"

„Profitieren würde der Mörder. Und ja vielleicht hat er nicht direkt damit zu tun, aber es sind wie immer seine dubiosen Fälle, in die er uns alle mit hineinzieht." Wolfgang Eierle flüsterte.

„Was für ein Mörder? Um Himmels Willen, Sie schwitzen ja und sind ganz heiß. Ich denke, ich bringe Sie zurück in das Krankenhaus, Chef."

„Unter keinen Umständen! Hier, ich schreibe Ihnen ein paar Medikamente auf, die besorgen Sie im Institut. Wenn ich ein oder zwei Stunden geschlafen habe, dann machen wir uns auf den Weg nach Hechingen und warnen die anderen!" Die letzten Worte hatte Wolfgang Eierle nur noch leise gesagt. Jetzt lag er friedlich da und schlief. Fredericke Puda machte sich Vorwürfe, dass sie sich hat bequatschen lassen und ihren Chef aus der Tropenklinik geschmuggelt hatte. Doch nun waren die Dinge wie sie waren und sie machte sich auf den Weg, um die Medikamente zu besorgen. Sie würde sich beeilen und ihren Chef nicht allzu lange allein lassen, denn wenn er recht hatte und ein Mörder machte auch hier in Tübingen Jagd, dann war Professor Doktor Eierle in großer Gefahr.

Lilly schmollte und war stumm. Das war schlimmer, als wenn Schimpftiraden oder unendliche Monologe über Alex hereinbrachen.

„Komm, sag schon etwas! Es tut mir auch leid!", sagte Alex schon eher unterwürfig und entschuldigend. Doch Lilly antwortete nicht, sondern kaute verbissen auf ihrem Kaugummi herum.

„Jetzt hab ich mich doch schon dreimal entschuldigt, echt jetzt." Alex hielt sich krampfhaft am Griff über der Tür fest, da Lilly definitiv zu schnell fuhr. Und er wollte die Knautschzone eines Fiat Autos in dieser Größe nicht testen.

„Führst dich da auf!", murmelte sie endlich.

„Aha, sie lebt noch!" Alex versuchte die Stimmung zu heben.

„Finde ich alles nicht witzig. Führst dich da auf, als ob du, ja als ob du, fast wie mein Vater!", sagte Lilly in tiefem sächsischem Dialekt. Alex wusste ja auch nicht, warum er so komisch reagiert hatte und im Hinausgehen Dr. Schanz sich zur Brust genommen hatte. Eigentlich wollte er nicht, und dann hatte er es doch getan. Und jetzt plagte ihn ein schlechtes Gewissen.

>Wenn Sie ihr weh tun, bekommen Sie es mit mir zu tun!<, hatte er gesagt. Warum? Das private Leben von Lilly sollte ihm egal sein! Doch das war es nicht, ganz und gar nicht.

„Vorne rechts!", kommandierte er und Lilly stieß einen Pfiff aus.

„Nobel, nobel! Hier residiert also deine kleine Freundin, soso! Ja, also fast wie ein Schloss, oder? Hast du eigentlich nur Beziehungen mit dem Adel?" Lilly bog in die schmale Zufahrt zur Villa ein.

Jetzt war es Alex, der schmollte. Doch er hatte es ja verdient, also durfte er nicht schmollen.

„Okay, dann sind wir quitt jetzt!" Alex stieg aus, nachdem Lilly den Wagen abgestellt hatte.

„Quitt, Partner!" Lilly grinste und Alex war froh, dass ihr kleiner Streit beigelegt war.

„Im Übrigen weiß ich nicht, ob Verena auch hier wohnt, das ist das Haus ihrer Schwester Vera!" Alex läutete zaghaft, denn es war ihm nicht sonderlich wohl, Vera Göckinger erneut zu treffen.

„Verena, Vera? Wo sind wir hier? In einem billigen Zeichentrickfilm?" Lilly wollte gerade erneut läuten, als die Tür geöffnet wurde.

„Ich kann Ihnen sagen, wo Sie sich befinden. Und zwar unbefugt! Auf meinem Grundstück!", sagte Vera von Göckingen in einem herrschaftlichen Ton.

Lilly hatte direkt vor dem Gesicht von Frau von Göckingen eine pinke Blase platzen lassen und ihr dann ihren Dienstausweis unter die Nase gehalten.

„Polizei! Und dann auch noch die Kripo, in meinem Haus!" Frau von Göckingen hatte dabei beide Hände in den Himmel gestreckt und war im Wohnzimmer verschwunden. Alex und Lilly sahen dies als eine Einladung an, ihr zu folgen. Auf dem Weg rempelte Lilly Alex an und zeigte auf all das pinke und goldenen Zeugs, das überall herumstand.

„Vielleicht doch ein Zeichentrickfilm, oder?" Lilly grinste.

Frau von Göckingen stand nun mitten im Wohnzimmer und hielt ein Whiskeyglas in der Hand.

„Fünf Minuten, dann rufe ich meinen Anwalt an!" Sie leerte das Glas in einem Zug.

„Aber gerne doch, und ich nehme Sie so lange in Gewahrsam, ja?" Lilly hörte sich fast nicht nach Lilly an. Offensichtlich würden Frau von Göckingen und Lilly Baur keine Freundinnen werden. Alex sah nun den Zeitpunkt gekommen, beruhigend einzugreifen, schließlich war er ja der Psychologe.

„Ich würde sagen, wir beruhigen uns zuerst einmal alle!", sagte er.

„Ich bin ruhig!", sagte Lilly.

„Ich bin die Ruhe selbst!", sagte Frau von Göckingen und schenkte nach.

„Schön!" Alex rang sich ein Lächeln ab.

„Kennen Sie einen Fidel Mayer!", begann Lilly und Frau von Göckingen zuckte mit der Schulter.

„Sollte ich?"

„Kennen Sie einen Doktor Schanz, in Hechingen?", konterte Lilly. Alex bemerkte ein plötzliches Flackern in den Augen von Vera von Göckingen. Was war die Unsicherheit? Oder wusste sie es wirklich nicht. Plötzlich brach auch ihre überhebliche Stimme ein.

„Kann sein, vielleicht! Ja, jetzt erinnere ich mich." Vera hörte sich nun fast so an wie ihre Schwester. Lilly hob eine Augenbraue.

„Und der ist?"

„Der ist Zahnarzt, Schätzchen. Also auch mein Zahnarzt! Wars das?" Nun war die Stimme wieder die alte, herrschaftlich und überheblich.

„Oh nein, meine Teuerste!", konterte Lilly und Alex ergriff das Wort, bevor sich die beiden wieder an die Kehle gingen.

„Sie kennen Fidel Mayer, den Bankdirektor der Genossenschaftsbank?"

„Ach den Mayer, natürlich. Warum sagen Sie das nicht gleich, wissen Sie, hier heißen alle Mayer, nicht wahr!"

„Ich heiße Baur ohne „E"", sagte Lilly und eine weitere Kaugummiblase platzte.

„In welchem Verhältnis standen Sie zu Fidel Mayer?" Langsam verlor auch Alex die Geduld.

„Ich habe dort ein Konto!" Vera von Göckingen lächelte überheblich, fast zu überheblich.

„Und Sie haben ihn gebissen!" Lilly war direkt.

„Lilly, also echt jetzt!", sagte Alex erschrocken über die Direktheit.

„Was? Ist doch so, wir haben den Beweis!" Lilly zog die Patientenakte aus ihrer Umhängetasche. Doch Alex bemerkte wieder, dass die Augen von Vera von Göckingen flackerten.

„Gebissen? Ja, aber, aber, er ist tot, oder?" Wieder veränderte sich die Stimme und glich nun fast der zärtlichen und lieben Stimme der Schwester Verena.

„Mausetot!" Nun war Lilly überheblich.

„Ähm, ja aber nicht wegen dem Biss!", warf Alex ein und alle Augen waren plötzlich auf ihn gerichtet.

„Ja, gut, wir hatten ein Verhältnis! Warum auch nicht, die Schlampe, die er zu Hause hatte, also bitte." Wieder veränderte sich die Stimme und nun auch die Aussprache in etwas Vulgäres.

„Haben Sie eine Waffe und den Jagdschein?" Lilly war auf Kurs.

„Hat sie!", antworte Alex schneller als Vera von Göckingen.

„So, dann würde ich gerne einen Blick in die Garage werfen, Frau von Göckingen, und dann schicke ich ein Team von Forensikern, die Ihre Waffe unter die Lupe nehmen!"

„Und ich denke, ich rufe meine Anwälte an!", sagte nun die Beschuldigte und schenkte noch einen Whiskey ein.

„Gerne doch, gerne doch!" Lilly war nun auf voller Konfrontation. Alex hatte es jetzt mit der Angst zu tun, dass beide sich gleich wie ein paar tolle Katzen anspringen würden.

Doch das Gegenteil war der Fall. Wieder flackerten die Augen von Vera von Göckingen und nun führte sie die beiden Ermittler freundlich und hilfsbereit zur Garage. Sogar, dass sie die Anwälte kontaktieren wollte, schien sie vergessen zu haben.

Alex fasste Mut und beschloss, erneut nach Verena zu fragen.

„Frau von Göckingen, eine Frage hätte ich da noch …"

Vera und Lilly drehten sich erstaunt um.

„Nichts! Absolut nichts!", schmollte Lilly. Und so war es auch. Keine speziellen Reifen, kein dunkler Geländewagen, keine Übereinstimmung der Patronen mit irgendeiner Waffe der Frau von Göckingen. Und doch war Lilly sich sicher, dass diese Frau irgendwie in die Sache verwickelt war.

Alex war genau derselben Ansicht, doch noch wusste er nicht genau, was mit Vera von Göckingen nicht stimmte. Aber er wusste, wie er zu näheren Informationen gelangen könnte und auch würde.

„Ja jetzt sag halt etwas! Wenigstens, wo wir jetzt hinfahren sollen! Oder bist du sauer, weil die Dame behauptet hat, gar keinen Kontakt zu ihrer Schwester zu haben. Weißt du, ich weiß nicht, ob dieser Kontakt dir guttut, wenn ich genau darüber nachdenke, so weiß ich auch nicht, ob dir Kontakte zu Adelshäusern guttun. Gut, ich werde nicht fragen, habe ich ja versprochen, aber es ist schon komisch, das Ganze. Ich denke ja, du solltest langsam in einen stabilen Hafen fahren, und Hafen steht hier als Metapher für ein geordnetes Leben mit nur einer Frau. Hey Alexandra Rädle, was ist mit der? Die würde ich denken, die passt doch zu dir! Oder, was meinst du? Ja, wo soll ich jetzt hinfahren. Nach Onstmettingen? Nach Hechingen? Nach Timbuktu?" Lilly kaute auf ihrem ausgelutschten Kaugummi herum.

„Ins Krankenhaus!", murmelte Alex, der mehr in seine Gedanken vertieft war. In seiner linken Hand, die in seiner Tasche in der grauen Fließjacke steckte, hielt er die silberfarbene Visitenkarte noch immer in der Hand.

„Ins Krankenhaus?! Warum das denn? Bist du krank? Ja, manchmal denke ich das. Ich habe ja nichts gesagt zu den DNA-Spuren, aber ich bin mir sicher, dass ein mir bekannter Psychologe einen solchen Spaten gekauft hatte! Nicht wahr?"

Alex nickte. „Ich habe auf den Irren eingeschlagen!"

„Ich wusste es, ich wusste es! Weißt du, was das bedeutet? Du bist ein Tatverdächtiger! Wenn das Frau Balk erfährt!" Lilly fuchtelte wild gestikulierend mit ihren Armen umher.

„Das ist doch Blödsinn! Der hat noch gelebt, als er davongerannt ist! Oder denkst du, ich habe den erschlagen?"

„Natürlich nicht, aber es erleichtert ja unserer Arbeit nicht gerade, oder?"

Alex schüttelte den Kopf und Lilly legte sich den Sicherheitsgurt an.

„Aber weißt du was (eine weitere Kaugummiblase platzte und Alex schüttelte stumm den Kopf), wenn er den Hund getötet hätte und ich auch dabei gewesen wäre, hätte ich geschossen! Da kannst du drauf wetten!" Lilly startete den Fiat.

Alex atmete erleichtert auf. Was war doch diese Frau für ein Freund geworden. Sein bester, vielleicht sein einziger?

„Sie heiratet! Alexandra heiratet!" Alex unterdrückte eine Träne.

„Wow! Wen?" Lilly sah erstaunt aus.

„Wolfi! Aber lassen wir das, ich habe eine Spur!" Stolz zeigte er die Visitenkarte.

„Was ist das?"

„Eine Visitenkarte von Siglinde Seibert, Psychologin. Habe ich auf dem Tischchen bei Frau von Göckingen gefunden, und ich denke, ich sollte Frau Dr. Seibert einen Besuch abstatten!"

„Gut, tun wir das!" Lilly wendete den Fiat.

„Nein, erst morgen, heute muss ich dringend zu Alexandra!",
sagte Alex mit einem sehr schlechten Gewissen. Er hoffte, dass er
nicht zu spät kam.

Jimmy trocknete noch die letzten Gläser ab. Ein Whiskeyglas
sollte stets perfekt sein. Auch duldete er keine Risse oder abge-
splitterten Ecken und Kanten. Das Glas sollte stets so perfekt sein
wie der Inhalt. Und da er nur schottischen Whiskey hatte, war der
Inhalt immer perfekt. Doch zu viele Gläser würde er auch morgen
nicht abtrocknen können. Um diese kalte Jahreszeit kamen nicht
viele Gäste, wenn überhaupt. Hechingen war nicht Edinburgh und
schon gar nicht London. Und doch, solange ihm der Verdienst
reichte, möchte er bleiben. Etwas Britisches hatte Hechingen ja,
zumindest manchmal, wenn der Urenkel des letzten Kaisers auf
der Burg war.

Sogar die Kneipe von Jimmy zog dann die britische Fahne ein
und hisste die preußische Flagge.

Plötzlich öffnete sich die Tür, doch Jimmy sah niemanden her-
einkommen. War dies der Wind? Vielleicht war er auch nur etwas
durcheinander. Die Vorkommnisse im Advent steckten ihm noch
in allen Gliedern.

„Sprechen Sie Deutsch?", sagte ein fast pipsige Stimme. Jimmy
erschrak so, dass er das Whiskeyglas, welches er noch reinigen
wollte, fallen ließ.

Stille!

„Excuse me! I have a question to you!", sagte nun wieder die piepsige Stimme, doch Jimmy konnte niemanden erkennen. Zuerst nicht, dann sah er einen kleinen roten Haarschopf.

„Well, wenn das ein Scherz sein soll, dann …" Plötzlich ging erneut die Tür auf und Professor Doktor Eierle humpelte herein.

„Oh, Professor! *Nice to see you!"*, sagte Jimmy und Wolfgang Eierle nickte ihm zu und setzte sich mühevoll auf einen der Barhocker.

„Whiskey? Den gleichen wie vor ein paar Tagen?"

Jimmy sah Wolfgang nicken und drehte sich um.

„Übrigens, das ist meine Assistentin!", sagte nun Professor Doktor Eierle und betonte das Wort Assistentin besonders. Fredericke bekam rote Backen.

„Wer? Wo?" Jimmy musste sich strecken und ganz über den Tresen beugen, bis er die kleine Fredericke sah.

„Oh, sorry, Lady! Hab Sie nicht gesehen! Auch Whiskey?"

„Nein, Wasser!", sagte Fredericke und kletterte auf einen der Barhocker, als wäre es eine Leiter zu einem Jagdhochsitz.

„Well! Water! Dann müssen Sie zum Fluss!", sagte Jimmy und verzog das Gesicht. Zog jedoch eine Flasche Tafelwasser unter dem Tresen hervor.

„Cheers, Professor!" Jimmy stellte den Whiskey vor Wolfgang und augenblicklich zog Fredericke das Glas zu sich. Unbemerkt hatte sie sich bereits Latex-Handschuhe übergezogen.

„Lady, es gibt genug für alle hier! Glauben Sie mir, real!", sagte Jimmy erstaunt und musste dann zusehen, wie Fredericke Puda eine Probe des Whiskeys mit einer Pipette entnahm und diese in ein Reagenzglas füllte, welches verkorkt wurde.

„*What?*"

„Also, es ist so, ich wurde vergiftet, und ..." Wolfgang versuchte vorsichtig, die Dinge zu erklären.

„Hey, aber nicht bei mir! Well, du hattest schon etwas viel Whiskey, aber der ist exzellent aus Schottland!"

Fredericke atmete tief ein und warf ihrem Chef einen bösen Blick zu.

„Habe ich ja nie abgestritten, dass ich zu viel getrunken hatte, aber ich habe kein Spinnengift getrunken!", sagte Wolfgang Eierle entschuldigend, aber auch schon etwas ruppig. Fredericke streifte sich die Handschuhe ab.

„Wenn ich das so sagen darf, Professor, Sie sehen nicht sonderlich gut aus! Well, es war Gift?", sagte nun Jimmy besorgt.

„Spinnengift!", antworte Fredericke und hüpfte vom Barhocker.

„*Oh my god!* Nicht genug, dass Alex immer alles durcheinander bringt, nun auch noch seine Freunde!"

„Ja, da muss ja nichts dran sein, und wenn der Whisky sauber ist, dann besteht keine Gefahr!"

„Und bis dahin? Well, soll ich schließen?"

Professor Doktor Eierle zuckte mit den Schultern.

„Ach Jimmy, da war doch noch eine Frau hier, als ich, ähm als ich hier war!"

„*Yes, Sir!*"

„Kennen Sie den Namen?"

Doch Jimmy schüttelte den Kopf und Fredericke drängte zum Aufbruch.

Langsam begann es zu dämmern. Die Nacht kam um diese Jahreszeit schon recht früh, doch das hatte ja eigentlich auch etwas Gutes. Die Menschen wurden ruhiger und stiller. Eigentlich! Doch im Leben von Dr. Alex Kanst war es gerade alles andere als ruhig und still. Genauso wie im Eingangsbereich im neuen Hechinger Krankenhaus. Überall waren Massen an Menschen. Waren denn alle krank? Gab es eine Epidemie, von der Alex noch nichts gehört hatte. Und so war plötzlich seine Angst und seine tiefe Abneigung vor Krankenhäusern wieder auf den Höhepunkt geklettert. Ja, er würde schon so weit gehen und es als Panik bezeichnen. Doch es musste sein und er wollte unbedingt Alexandra sprechen. Was könnte es so Wichtiges geben, dass sie ihn allein und unbedingt ohne Wolfi sprechen wollte? Vielleicht wollte sie ihn fragen, ob er sie ….

Doch schnell verwarf er den Gedanken und hoffte, dies möge es nicht sein. Er wollte nie zwischen seinen Freunden sein und irgendwie wollte er auch nicht heiraten. Nicht im Moment und wer weiß, was die Zukunft so bringen würde.

„Hallo, Doktor Kanst!", sagte nun eine Stimme, die ihm bekannt vorkam. Und zum Glück war es nicht Jasmin Jemain.

„Frau Puda, was machen Sie hier?", sagte er, froh, Fredericke zu sehen und nicht die Kommissarin.

„Habe den Chef hergefahren! Wussten Sie, dass er heiratet?" In ihrer Stimme lag etwas Enttäuschung. Alex nickte.

„Ja, das habe ich auch gehört, wo ist er?"

Fredericke zeigte auf die Toilettenschilder. Plötzlich knallte es und Alex zuckte zusammen, da er dachte, es wäre ein Schuss.

Doch es war nur etwas zu Boden gefallen. Alles war mit einem Male mucksmäuschenstill. Und im Kopf von Alex reihte sich das Puzzle aneinander.

Schuss und kein Reh, kein Wild, nichts. Die Jagd abgeblasen, bevor sie begonnen hatte und doch ein Schuss! Warum und auf was?

„Mitkommen! Alle!", schrie er plötzlich und packte seinen Freund Wolfi am Arm und zog den verdutzten Professor Doktor hinter sich her.

„Hee, was soll das jetzt?"

Doch Alex hatte ein festes Ziel und brauchte nun die Hilfe seines Freundes.

Fredericke und Lilly hatten Mühe, mitzukommen.

„Jetzt stecke ich schon wieder fest! Ich sage nur Allrad und warum? Warum haben wir nicht den Jeep geholt und warum sieht der überhaupt so ramponiert aus. Das sind natürlich nur einige der Fragen, die ich so hätte. Vielleicht auch noch, warum wir in der Dämmerung, oder sollte ich sagen in der Dunkelheit, durch den tiefverschneiten Wald stapfen? Alex warte und hör mir zu!" Lilly war außer sich vor Wut.

„Ja, das würde mich eigentlich alles auch interessieren, und wenn wir gerade dabei sind, ich möchte nicht angeschossen werden! Und ich werde dir das Paar Schuhe in Rechnung stellen, wenn ich nach der Aktion überhaupt noch Füße habe!", fluchte Professor Doktor Eierle.

Doch Alex ignorierte alle Flüche und Beschimpfungen. Auch stimmte das Meiste davon ja nicht. Nicht Lilly steckte fest, es war der Fiat 500. Und dies in einer leichten Schneewehe. Nichts, was nachher Hans Peter noch beheben konnte. Und was er ja gar nicht verstehen konnte, war, wie man im Winter dünne teure Halbschuhe tragen konnte. Auch wenn es in Tübingen ja kaum schneite, so will Wolfi doch auf der Alb heiraten.

Will er doch? Plötzlich überkam ein weiteres Angstgefühl Alex: Was, wenn nicht? Dann würde Alexandra wegziehen! Daran wollte er nun wirklich nicht denken.

„Wenn das noch weit ist, drehe ich um!", fluchte Wolfgang Eierle und seine Stimme hallte unter den gefrorenen dicken Buchenstämmen wider, als wäre er in einer Höhle. Einzig Fredericke sagte nichts und schließlich war sie es ja, die den schweren Koffer zu tragen hatte.

„Hier! Hier ist es!" Alex zeigte den Hügel hinauf, auf dem eine dicke Schneeschicht lag.

„Was soll da sein?", fragte Wolfi.

„Echt, was sollen wir da oben?" Lilly hatte ihre Mütze tief in das Gesicht gezogen. Der Wind hatte etwas aufgefrischt und es war schon ein schneidiger Ostwind.

„Ermitteln! Ermitteln, Partner!", rief Alex und war schon halb den Hügel hinaufgestapft.

„Wenn das nicht wichtig ist, dann spreche ich ein Jahr lang nicht mehr mit dir!", keuchte nun Wolfgang, der seine Zehen schon nicht mehr so recht spürte.

„Das ist der Hochsitz, oder besser gesagt die Ansitzleiter, wie wir Fachmänner sagen, wo ich angesessen bin. Bei der Jagd neulich!", sagte Alex.

„Aha!" Lilly war eher desinteressiert.

„Und wegen dem sind wir hier hochgelaufen?" Wolfgang Eierle war fassungslos.

„Natürlich nicht! Sondern wegen dem, was ich in dem abgebrochenen Baumstamm, an dem der Sitz angebracht ist, vermute. Und zwar genau dort, wo ich meinen Rücken angelehnt hatte oder fast hätte!"

„Hahaha! Du erwartest doch nicht, dass ich auf dieses wackelige Ding …"

„… Ansitzleiter!", verbesserte Alex.

„Egal, auf dieses DING hochklettere, oder? Vergiss es!", sagte der Leiter des Forensischen Institutes in Tübingen.

Lilly hob ihre rechte Augenbraue und ließ eine Kaugummiblase platzen und Fredericke öffnete den Koffer und legte schon Instrumente bereit. Alex grinste.

„Oh man, oh Mann!" Professor Doktor Eierle zitterte am ganzen Körper. Alex war sich nicht sicher, ob dies an der ungewohnten Höhe für Ermittlungen lag oder an der Kälte, welche die minus zehn Grad bereits unterschritten hatte.

„Und Chef, geht es?", sagte Fredericke, die irgendwie versuchte, gemeinsam mit Alex die wackelnde Leiter zu halten.

„Nein! Ist alles gefroren, wusstet ihr, dass Holz gefrieren kann!"

Alex wusste es.

„Mehr Licht?", fragte Lilly, die eine Akku-Leuchte hielt und mit recht wackeliger Hand versuchte, den Arbeitsbereich von Wolfgang Eierle auszuleuchten.

„Verflixt!"

„Was?"

„Da ist was, genau da, wo du gesessen hast! Also hinter deinem Rücken! Verdammt!"

„Was?", sagten Alex und Lilly zugleich.

„Ja wenn Frau Baur nicht so wackeln würde mit dem Strahler, könnte ich es sehen!"

Alex warf Lilly einen fordernden Blick zu.

„Sorry!", sagte Lilly.

„Eindeutig ein Geschoss!"

„Was?"

„Für Laien: Eine Kugel!"

Und plötzlich wurde es totenstill. Nur ein einzelner Kolkrabe flog über die Wipfel. Sein monotones Gekrächze hörte sich für Alex fast an wie: Grab, Grab, Grab.

Berry freute sich riesig über die Rückkehr seines Herrchens, auch wenn er noch immer Lilly den Grund für den Erschöpfungszustand des Hundes genannt hatte, war er doch froh, dass dieser recht lange angehalten hatte und der Hund nichts zerstört hatte.

Und doch fühlte er sich einsam. Unheimlich einsam. Niemand wollte noch etwas bei ihm bleiben in seinem neuen Haus. Und dies, obwohl er gerne noch alle eingeladen hätte. Doch Wolfi hatte, nachdem er noch angeordnet hatte, den Tatort abzusperren, und Alex und Lilly mühsam Absperrband um den näheren Bereich des Hochsitzes gezogen hatte, verkündet, er wolle zu seiner Frau.

Und das fand nun Alex nicht lustig, denn noch war Alexandra nicht seine Frau. Sie war die Frau von niemandem und wer weiß, was sich noch alles ändern könnte. Frau Puda, welche sehr vorbildlich den Instrumentenkoffer dabeihatte, obwohl ja niemand wissen konnte, dass es im Wald auf der kalten Alb noch etwas zu untersuchen gab, wollte die Patrone gleich mit den anderen vergleichen. Und Lilly? Ja Lilly hatte auch noch irgendetwas vor. Auch als er Wolfi eingeladen hatte, wenigstens nach seinem Besuch im Krankenhaus noch vorbeizusehen oder hier zu schlafen, hatte dieser mehr als dankend abgelehnt und sich wohl in der Pension bei Lilly einquartiert.

Alex schrien das der Nähe zur Klinik zu und nicht der Aussage seines Freundes „er wolle nicht angeschossen werden, vergiftet würde ihm für diesen Monat reichen".

Alex öffnete sich ein Bier und starrte in den leeren Kühlschrank. Ob heute wohl ein Pizzadienst den Weg hierher finden würde?

Morgen würde der große Zirkus beginnen und Wolfi und sein Team würden die Flugbahn errechnen. Dann würde der Jagdleiter befragt und so könnte der Schütze ermittelt werden. Langsam machte sich bei Alex ein dunkles Gefühl breit. Doch noch wollte er an einen Fehlschuss, ja eher an einen Unfall als an einen Mordversuch glauben.

Wer sollte es auf ihn abgesehen haben? Das schien ihm geradezu lächerlich.

Oder?

War nicht der Fürst auch auf dem Heufeld abgestellt?"

Aber der würde doch nicht auf ihn schießen, ja nie!

Oder?

Alex nahm noch einen Schluck Bier, als es plötzlich läutete.

Es läutete an seiner Tür.

An seiner Tür im neuen Haus.

Und es war schon sehr später Abend.

Berry begann zu knurren.

„Jetzt kommt mir noch jemand dazwischen. Es wäre heute perfekt gewesen, so perfekt wie bei den anderen. Dunkel und kalt. Niemand, der etwas gesehen hätte. Niemand hätte die Schreie gehört, niemand Spuren gefunden. Siehst du? Siehst du, was für ein Schwein er ist?"

„Nein, lass mich! Lass mich in Ruhe! Er ist nett!"

„Nett, sieh dir das an! Schon wieder hat er eine Nutte im Haus! Was willst du sein, eine von vielen? Eine Nutte? Seine Nutte?"

„Nein, das möchte ich nicht. Aber lass uns gehen, er muss doch nicht sterben wie die anderen!"

„Doch, das muss er. Er muss bestraft werden wie die anderen auch. Doch wir werden wiederkommen müssen!"

„Bitte, Schwester, bitte nicht, lass ihn!"

„Nein, meine Kleine. Ich werde ihn finden und richten. Bald! Vielleicht schon morgen!"

Er war auf der Hut und hatte das Gewehr in der Hand, als er die Überwachungskamera aktivierte. Und da stand jemand vor seiner Tür. Eine Frau. Eine kleine Frau mit einem großen Hund.

„Bärbel!", sagte Alex freudig, als er die Tür öffnete, doch Berry hatte keine Freude und knurrte noch immer.

„Hi Alex! Da dachte ich, ich schau mal vorbei, wenn ich noch in der Gegend bin. Also wenn es dir recht ist!" Bärbel hatte rote Wangen und war sichtlich nervös. Ihr großer Hund schien hingegen eher gelangweilt zu sein.

„Aber gerne, sehr gerne!" Alex strahlte und war froh, nicht mehr allein zu sein.

„Was hast du denn da mitgebracht?" Alex nahm der kleinen zierlichen Bärbel eine große Papiertüte ab.

„Ich dachte, ich koch Pfälzisch für uns, ja?"

Alex nickte und war irgendwie nur froh.

Professor Doktor Eierle zitterte. Nicht weil es ihm noch immer kalt war und sich sicherlich eine Erkältung eingefangen hatte, nein, sondern weil er einen Streit hatte. Den ersten, und dabei waren sie noch nicht einmal verheiratet. Er versuchte sich einzureden, dass es vielleicht doch kein Streit war und es für alles eine Erklärung gab.

Doch warum wollte Alexandra zuerst mit Alex reden, bevor sie ihm das endgültige Ja-Wort gab.

Endgültig? Was das schon hieß! Sie hatte doch ja gesagt, und er verstand nicht, warum sie das noch einmal überprüfen wollte. Für ihn waren die Dinge klar: Er liebte diese Frau, über alles und das nicht erst seit heute. Doch in den vergangenen Jahren hatte Alexandra ihm nie wirklich Beachtung geschenkt. Und dann sagte sie ja. Ja für eine gemeinsames Leben.

Und jetzt?

Sie brauche noch etwas Bedenkzeit und müsse vorher mit Alex reden.

Warum das denn?

In dem kleinen Zimmer gab es nicht einmal eine Mini-Bar. Kurz überlegte er, ob er der Hechinger Kneipenkultur folgen sollte. Doch es war zu kalt, um noch einmal vor die Tür zu treten. Und die alte Dame am Empfang wollte er nun wirklich nicht nach einem Drink fragen. Plötzlich riss ihn das Läuten seines Handys aus den Gedanken. Mühevoll fand er es unter seinen nassen Kleidern.

Es war eine unbekannte Nummer.

Vielleicht Alexandra?

„Eierle!"

„Hey Doc! Hier ist Jimmy!"

Wolfgang verstand zuerst nicht, welcher Jimmy.

„Jimmy aus Jimmy's Eck! *Well, the place with the best Whiskey!*"

„Ah, ja Jimmy, was kann ich für dich tun?"

„Sie wollten doch *the name*, von der Frau am Tresen? Well?"

„Ja, richtig! Ist er Ihnen eingefallen!" Professor Doktor Eierle war gespannt.

„*No, sorry!*"

„Ja dann, trotzdem Danke, Jimmy!" Wolfgang Eierle wollte gerade auflegen, als Jimmy noch einmal das Wort ergriff.

„*Well, but ich have the name of der Tante. Nette old woman. Trinkt immer Tee, wenn sie bei mir ist. Denken Sie nur, Tee in my rooms.*"

Was war sie doch gut. Lilly war tief in den Weiten des Internets versunken. So wie die Dinge lagen, war Frau von Göckingen daran interessiert, alten Familienbesitz zurückzukaufen, oder wie die Dinge lagen, eher zu stehlen. Sie öffnete eine weitere Packung Western Chips mit Dip.

Einfach waren die Recherchen nicht. So war das Adelsgeschlecht derer von Göckingen doch sehr lange nicht in Schriften und Erzählungen aufgetaucht. Und doch konnte man den Dingen einigermaßen folgen. Dank der umfassenden Sammlung des Hohenzollerischen Geschichtsvereines fand Lilly heraus, dass denen von Göckingen einmal der halbe, wenn nicht sogar der ganze Dorfflecken, aus dem Alex stammte und wo noch immer das traumhafte alte Bauerhaus stand, gehört hatte. Danach sind diese wohl von den jetzt noch vorhandenen Fürsten aufgerieben worden.

Lilly strahlte besonders über ihre letzte Erkenntnis: Der wertvollste Besitz der Adeligen von Göckingen war in jener Zeit eine Waldbesitz. Ein großes, kaum zugängliches Waldgrundstück, dem zahlreiche klare Quellen entspringen. Und wo der gute Alex auch noch zahlreiche Grundstücke besaß.

Noch, denn alle anderen hatten an eine Verena von Göckingen verkauft oder an die Immosociety GmbH. Bis auf zwei weitere größere Waldbesitzjäger, die auch auf Drängen nicht verkaufen wollten.

Herber Häberle und Fidel Mayer.

Doch waren die Grundstücke ja nun wirklich nichts wert. Lilly konnte sich nicht erklären, warum die von Göckingens so begierig auf diese Grundstücke waren. Also widmete sie sich einmal der Recherche nach dem Leben derer von Göckingen.

Und da gab es viel:

Aufgewachsen in Freiburg, Studium, einige Vitas auf der Homepage des Bundesamtes für Strahlenschutz, einige Knöllchen, ein Auffahrunfall ...

Alles von Frau Verena von Göckingen. Es gab nichts über Vera von Göckingen.

Gerade als Lilly noch die Jagdscheinbesitzerkartei überprüfen wollte, klopfte es an ihrer Tür. Und dies mitten in der Nacht. Doch vielleicht hatte sie sich auch geirrt und es war nur ein Ast, der an das Fenster geschlagen hatte. Sie lauschte und doch, es klopfte erneut an ihrer Tür mitten in der Nacht in der alten Villa in Hechingen. Langsam und fast lautlos zog Lilly ihre Dienstwaffe aus dem Holster.

Bärbel war geblieben. Und Alex war froh darüber. Natürlich hatte er das Gästezimmer gerichtet. Berry hingegen wollte sich mit Bärbels Benn nicht so recht anfreunden und signalisierte eindeutig, dass er wollte, dass der andere Hund verschwindet.

Doch das war ihm egal. Alex hatte einen so schönen Abend erlebt wie schon lange nicht mehr. Bärbel hatte gekocht. Ein Pfälzisches Gericht mit Hirsch. Den sie selber geschossen hatte. Gut, es gab Kartoffeln dazu, anstatt Spätzle, aber es war köstlich. Dann hatten sie noch lange über die Studienzeit in Rottenburg auf dem Schadenweiler Hof gesprochen. Erinnerungen ausgetauscht und miteinander gelacht.

Alex war früh raus und mit dem Jeep zum Bäcker gefahren und hatte frische Brötchen besorgt.

Es war so schön. Er kam zurück und Bärbel hatte Kaffee gekocht. Fast war es, als hätte er eine Familie.

Vielleicht war das ein Anfang? Ein Anfang zu einem neuen Leben, zu einem neuen Alex. Doch weiter traute er sich nicht zu denken.

„Hi, Frühstück!", sagte er und wedelte mit der Brötchentüte.

„*Schee!*", sagte Bärbel in tiefem Dialekt.

Alex war so nervös, als hätte er sein erstes Date. Hatte er ein Date? Er wusste es nicht und wollte es auch nicht wissen, sondern nur genießen. Nur hier sitzen und durch den offenen verglasten Bereich seines Wohnzimmers die schöne Landschaft der winterlichen Alb genießen.

„Keine Frau, keine Kinder?" Bärbel kaute und sprach mit vollem Mund.

Alex schüttelte den Kopf.

„Ich, ich weiß auch nicht. Es ist so viel passiert. Aber ich war einmal verheiratet!", sagte er leise.

„Ich auch!", sagte Bärbel „War nichts!"

Alex lachte. „Bei mir war es gar nichts!"

Bärbel lachte auch.

Das Klingeln seines Handys beendete das schöne gemeinsame Frühstück.

Schneller als gedacht hatte er einen Termin. Einen Termin bei einem Psychologen. Genauer gesagt bei einer Psychologin. Und diese würde er vielleicht schon als Kollegin bezeichnen. Siglinde Seibert hatte alle möglichen Referenzen vorzuweisen und residierte im neu gebauten Geschäftshaus im Feilbachtal in Hechingen. Vielleich ging ihm ja mal wieder sein Ruf voraus und hatte ihm den schnellen Termin beschert. Wie auch immer, er musste Lilly noch darüber informieren und nachfragen, ob sie mitkommen wollte. Denn schließlich waren sie ja ein Team.

Nun stand er in seiner Tür und beobachtete Bärbel, wie sie ihren großen Hund in das kleine Auto lud. Plötzlich kam sie noch einmal zurück, stellte sich auf die Zehenspitzen und drückte Alex einen Kuss auf die Wange.

„War schön!", flüsterte sie und hatte dabei einen hochroten Kopf. Alex nickte verlegen.

„Tschau!", sagte sie und stieg in das kleine Auto.

Kurz bevor sie den Wagen startete, rief sie Alex noch etwas zu.

„Komm doch nächstes Wochenende zu mir. Wir können ja Hirsche jagen, oder auch nur ansehen!"

„Nächste Woche, ja, also da geht es nicht. Vielleicht im Frühjahr mal!", sagte er und wusste nicht, warum er das sagte.

„Okay!", sagte Bärbel und war weg. Nun stand er da wie ein begossener Pudel. Gerade hatte er Bärbel vergrämt! >Im Frühjahr mal<. War nicht er der Psychologe? Warum hatte er so abweisend reagiert? War er doch noch nicht bereit für eine Beziehung. War er überhaupt zu einer richtigen Beziehung fähig. Oder waren da doch seine Gefühle zu IHR stärker. So stark, dass er nie eine andere Frau lieben könnte. Doch all das will vielleicht Bärbel nicht.

Vielleicht möchte sie nur einen Freund. So wie es lange Zeit zwischen ihm und Alexandra war.

Warum hatte er nicht zugesagt. Er, der eigentlich gerade nichts zu tun hatte.

Doch so war es nun auch wieder nicht. Wenn Wolfi recht hatte, so hatte jemand auf ihn geschossen. Ein feiger Mordanschlag. Doch wenn es so war, warum? Warum sollte jemand ihn ermorden wollen? Und wenn es so war, dann war der Mörder doch in der Gruppe der Jäger zu suchen, die er eigentlich alle kannte. Und dann hätte Lilly von Anfang an recht gehabt. Doch war es derselbe, der auf Alexandra geschossen hatte, und auch die anderen ermordete.

Alex wusste es nicht. Jedoch wusste er, dass der Tod von Sepper damit nichts zu tun hatte, und er wusste, wo er heute als Erstes mal nachsehen wollte.

„Warum soll ich mit?"

„Weil es vielleicht wichtig ist!" Lilly kratzte das Eis von der Windschutzscheibe des Fiats.

„Ich sollte im Wald sein und die Ermittlungen leiten!", sagte Professor Doktor Eierle vorwurfsvoll.

„Das können Ihre Assistenten doch genauso gut!"

„Nein, eben nicht!", entrüstete sich Wolfgang.

„Wir sind auch schnell wieder zurück und so wie es aussieht, kommt das Team erst um zehn und jetzt ist es gerade halb neun!" Lilly startete den Wagen und ließ das Gebläse laufen.

„Meinetwegen, aber das ist schlecht für die Umwelt!", brummte der Professor. Lilly ließ eine Kaugummiblase platzen.

„So wie es aussieht, schmilz aber heute kein Gletscher deswegen, eher entsteht noch einer!"

„Mann oh Mann! Wenn ich das gewusst hätte, dann hätte ich heute Nacht nicht an Ihrer Tür geklopft."

„Aber es war wichtig! Zuerst fahren wir nach Jungingen und Sie sehen sich die Dame mal an. Wenn sie es war, dann ist sie mehr als verdächtig!"

„Und wenn nicht!" Professor Doktor Wolfgang Eierle versuchte sich anzuschnallen, was sich aufgrund der Enge des kleinen Fiats als schwierig erwies.

„Wir werden sehen, wir werden sehen!" Lilly setzte eine verspiegelte Sonnenbrille auf und gab Gas. Der himmelblaue Fiat 500 raste in Richtung Killertal.

„Ja, wenn die Dame nicht zu Hause ist, was dann! Es wäre einfacher, wenn es ein Bild von ihr gäbe! Das sehe ich mir an, mit einer guten Tasse Kaffee und dann wissen wir Bescheid."

„Wäre es! Aber ich habe keines gefunden. Nirgends, nicht einmal in der zuständigen Stelle für die Ausweise! Nichts! Auch das Netz weiß nichts über die Dame. Und so wie es aussieht, hat sie auch keinen Jagdschein. Zumindest wurde sie nirgends registriert!"

„Ja, das ist schon merkwürdig, aber Sie haben doch mit ihr gesprochen, oder?"

Lilly nickte zustimmend. Doch wusste sie auch, dass Vera von Göckingen ein Geheimnis umgab. Und sie war sich sicher, dass auch ihre Schwester in die Dinge verstrickt war.

„Warum fragen wir nicht die andere nach einem Foto?" Wolfgang Eierle hielt sich am Griff fest. Lilly hatte die zulässige Höchstgeschwindigkeit bereits mehrfach überschritten.

„Weil wir die im Moment nicht finden können!", sagte Lilly nachdenklich.

Es fiel ihm mittlerweile nicht mehr schwer, an seinem alten Haus vorbeizufahren und sein altes Heimatdorf zu besuchen. Und doch war ein mulmiges Gefühl heute sein Begleiter. Kurz hatte er sogar an seinem alten Haus angehalten. Es war nicht verwahrlost, denn es kostete ihn jeden Monat eine stolze Summe, einen Hausmeisterservice engagiert zu haben. Und doch tat ihm das Haus heute leid. Es konnte ja nichts dafür.

Nichts für seinen Niedergang, nichts für seine gescheiterte Ehe und nichts für die lästernden Mitmenschen in jener Zeit. Aber die Erinnerungen taten ihm weh. Und dann traf er SIE. Und sie hatten eine gute Zeit. Eine schöne Zeit. Doch das schien für immer vorbei zu sein. Fast dachte Alex, er könne den Fürsten lachen hören. Doch das war nur jemand anderes, als er in der engen Engeleswiesgasse ausstieg.

Es war ruhig und still. Das alte Bauerhaus, welches die Fellknäuel Freunde e.V. gekauft hatten, hatte ein sehr großes Grundstück. Rechts neben der Scheune waren Kerzen aufgestellt, und sogar Kuscheltiere abgelegt. >In Memory of Bello< stand dort. Kurz fand er die Reaktion auf den ermordeten Hund etwas überzogen, doch dann sah er in die leuchtenden Augen von Berry und was er für ihn bedeutete. Danach war er sich sicher, es war nicht überzogen.

Alex späte durch das große Schlüsselloch der Scheune und es war genauso, wie er es in Erinnerung hatte. Dort hingen mehrere Schlagfallen. Alex konnte erkennen, dass zwei Stück fehlten. Und nachdem er mit seiner Mutter gesprochen hatte, konnte er in Erfahrung bringen, dass die Fellknäuel e.V. das Haus bei der Zwangsversteigerung des Besitzes von Joseph Rädle, dem Sausepper, mehr als günstig erworben hatten. Bei der Polizei waren bereits mehre Anzeigen gegen Sepper wegen Bedrohung, vor allem gab es Anzeigen, die von Melanie Asch, der Vorsitzenden des Vereines, erstattet wurden. Und es war auch Melanie Asch, welche abends noch aus dem tiefverschneiten Göckeleswald kam und ihn so erschreckt hatte.

Wer anders als Sepper könnte einen Hund erschlagen und an ein Scheunentor nageln. Diese Erkenntnis muss auch Frau Asch gehabt haben. Eine Erkenntnis und Schlagfallen!

Alex wählte die Nummer von Lilly. Jetzt würde es hier etwas Arbeit geben für das Ermittlerteam und für Wolfi. Für ihn war es Zeit, weiter nach Hechingen zu fahren, um nicht zu spät zu seinem Termin zu kommen. Aus irgendeinem Grund hatte er das Gefühl, Siglinde Seibert könnte auf Pünktlichkeit wert legen. Und er wollte sich bestens präsentieren. Schließlich war er ja auch der Beste. Und wenn er mit seinem Verdacht recht hatte, so war dies wiederum schlecht für Frau Balk. Doch darum wollte er sich jetzt nicht kümmern. Als Alex den Wagen wendete, bemerkte er nicht, wie jemand hinter dem Vorhang im Wohnzimmer stand und ihn beobachtete.

„Was sollen wir? Was will er?" Professor Doktor Eierle hörte sich schrill an.

„In einem Bauernhaus, genau genommen im Vereinshaus der Fellknäuel e.V. nach Schlagfallen suchen. Vielmehr überprüfen, ob die Falle, in welche meine Chefin, also hier meine ich nicht Betina Balk, obwohl die auch meine Chefin ist und gerade habe ich sonst ja keine, nein, ich meine Frau Jemain, hineingetreten ist, identisch ist mit den Fallen, die an der Wand hängen im Bauerhaus. Also ich meine im Haus der Fellknäuel e. V. Also im Vereinsheim des Vereines …"

„Gut, gut ich habe verstanden!", unterbrach Wolfgang Eierle den Monolog von Lilly, die gerade wieder vor die Villa einbog.

„Weißt du, wie es immer endet? Es endet damit, dass ich angeschossen werde!", antwortete Professor Doktor sich selber.

„So ein Blödsinn!", sagte Lilly und Wolfgang läutete.

„Ja?", sagte plötzlich eine sanfte Stimme und Wolfgang sah in die rehbraunen Augen einer jungen Frau. Einer, so musste er eingestehen, sehr hübschen jungen Frau.

„Wir kommen … verflixt, wo ist die hin?", fluchte er und bemerkte, dass er alleine vor der Tür der Villa stand.

„Ja? Suchen Sie etwas?", fragte die Frau höflich und sehr nett.

„Polizei! Wir sind von der Polizei und möchten Frau von Göckingen sprechen", sagte Lilly, die hinter der Garage hervorkam und etwas aus der Puste war.

„Mich!", sagte nun die junge Frau und ihre Augen weiteten sich entsetzt. Und dann sah es Lilly auch. Eine Ähnlichkeit. Die Frau sah fast aus wie Vera von Göckingen.

„Ähm, nein, wir möchten Vera von Göckingen sprechen!" Lilly wurde nun sehr förmlich.

„Und Sie sind Verena von Göckingen, nehme ich an!" Lilly grinste Wolfgang Eierle an und die Frau nickte.

Anders als beim letzten Besuch wurden die beiden nun zum Erstaunen von Lilly willkommen geheißen und es gab frischen Tee.

„Es tut mir leid, aber Vera ist auf der Jagd!", sagte Verena und schenkte Tee in die Tasse, die vor Wolfi stand.

„Oh, wir warten gerne!", sagte Lilly mit spitzer Zunge.

„… in Afrika!"

„Afrika, aber sie war doch erst noch hier!"

„… ist heute Morgen geflogen!" Lilly fluchte innerlich.

„Frau von Göckingen, haben Sie eine Tante, die Karin Reber heißt und in Hechingen wohnt?"

„Tante Rine! Aber natürlich, leider war ich länger nicht da! Geht es ihr gut?" Lilly bemerkte ein Flackern in den Augen von Frau von Göckingen.

„Ja sicher, alles in Ordnung! Sagt Ihnen der Name Breisach Immobilien etwas?" Lilly fixierte Verena. Doch diese setzte sich auf das Sofa und winkelte die Beine an.

Verena schüttelte den Kopf.

„Nein, geschäftliche Dinge regelt Vera! Eigentlich macht alles Vera. Und das ist auch gut so. Denken Sie nicht?" Verena starrte dabei auf den Fußboden. Professor Doktor wollte gerade etwas sagen, als er einen Rempler von Lilly bekam.

„Nun, hätten Sie ein Bild von Ihrer Schwester für uns?" Lilly war fordernd. Doch Verena verkrampfte sich noch mehr und schüttelte den Kopf. Eine Träne kullerte ihre Backe hinunter.

„Nein, Vera mag keine Bilder von sich! Deshalb gibt es auch keine Bilder von ihr! Was wollen Sie von meiner Schwester?" Verena hatte ihre Hände zu Fäusten geballt.

„Rutine! Alles Routine, es geht nur um die Überprüfung der Jagdscheine. Wir machen einfach nur Stichproben. Aber wenn sie nun nicht da ist, kommen wir gerne zu einem anderen Zeitpunkt wieder. Nicht wahr, Herr Eierle!" Lilly war aufgestanden.

„Oh! Oh ja, sicher gerne!", sagte ein verdutzter Professor Doktor.

„Wir finden den Weg!" Lilly ließ noch einmal demonstrativ eine Kaugummiblase platzen.

„Sie macht alles für mich! Das ist gut so!", wiederholte Verena und schien Wolfgang und Lilly gar nicht mehr wahrzunehmen.

„Routine? Was sollte das jetzt!", brummte Wolfgang Eierle.

„Immer mit der Ruhe! Ich glaube nicht, dass die Alte in Afrika ist und wir wollen doch keinen aufschrecken! Und was denken Sie? War sie es?"

„Ja das weiß ich nicht! Ich habe ja kein Bild gesehen und die da drinnen sah schon sehr ähnlich aus. Schon fast gleich, und doch anders!"

„Zwillinge!"

„Was?"

„Laut Alex sind die beiden eineiige Zwillinge. Er hat ja schon beide gesehen. Und ich ja jetzt auch. Und wir haben ein Foto, das ich noch jemandem zeigen möchte!" Lilly triumphierte.

„Foto? Von wem?"

„Von der Dame da drinnen!"

„Du hast sie heimlich fotografiert?"

„Jep!", sagte Lilly und startete den Wagen. Denn es gab ja noch ein Ort im Killertal, den sie aufsuchen musste.

Alles war aus Glas und Stahl. Dazu kamen intelligente Lichttechniken mit Farbwechslern. Alex fühlte sich nicht dem Anlass entsprechend gekleidet. Fast dachte er, hier sollte er einen Anzug tragen. Was für ein blöder Gedanke. Und doch hatte er bereits im Eingangsbereich des Geschäftshauses mindestens dreimal seine Schuhe überprüft, ob da nicht Schmutzreste an seiner Sohle kleben würden. Auch Berry wurde ins Auto verbannt.

Mit einem voll verglasten Aufzug fuhr Doktor Alex Kanst in die dritte Etage. Zu Dipl.-Psychologin Siglinde Seibert. Er war schon etwas neidisch auf das moderne Gebäude. Hier kam ihm seine eigene Praxis fast schäbig vor.

Ein Kling verriet ihm, dass er angekommen war. Die Edelstahltüren öffneten sich und Alex stand bereits mitten in der Praxis, wo rechts neben der Tür eine junge Frau mit einem langen roten Zopf und einer Nickelbrille auf ihn wartete.

„Anja Nawaro, Doktor Kanst, wie ich vermute?" Ein Dialekt, den Alex nicht zuordnen konnte, war deutlich zu hören. Er nickte.

„Schön! Frau Seibert erwartet Sie. Wenn Sie sich noch einen Moment in unserem Wartebereich gedulden würden, wäre ich Ihnen sehr verbunden!"

„Gerne!", stammelte Alex und schaute noch einmal auf seine Schuhe. Die Praxis war so sauber, dass ein Operationssaal sich davon eine Scheibe abschneiden könnte.

„Tee, Kaffee?" Anja Nawaro schaute Alex tief in die Augen.

„Kaffee, schwarz!", murmelte Alex und setzte sich auf einen der Stühle aus Stahl und schwarzem Leder.

„Gerne!", sagte Frau Nawaro und stöckelte davon. Der Wartebereich war von zwei Seiten verglast und ließ einen Blick über das sanfte kleine Tal bis zum neuen fürstlichen Krankenhaus zu. Alex schaute hinaus zum Tresen, der auch immer wieder die Farben wechselte. Mit aller Macht versuchte er das aufkommende, sehr beklemmendes Gefühl zu unterdrücken.

Doch er schaffte es nicht. In seinen Gedanken und Erinnerungen sah er Tina dort stehen. Tina an seinem Tresen in seiner Praxis.

Er hatte doch seine Praxis geliebt.

Er hatte Tina geliebt. Sie waren ein gutes Team. Und nun war sie tot und er hatte irgendwie Schuld, auch wenn das nicht wirklich stimmte.

Alex schloss die Augen. Was wollte er eigentlich. Was war er?

Psychologe, Förster und unfähig, ein geordnetes Leben zu führen. Fast hörte er die mahnenden Worte seiner Mutter.

Wollte er nicht kürzlich erst noch dringend eine neue Assistentin suchen?

Wollte er nicht Bärbel besuchen?

Und dann war da noch Alexandra, die immer noch dringend mit ihm sprechen wollte. Zuletzt ja auch noch Verena, die er nicht erreichen konnte.

Alex stellte fest, dass sein Leben ein heilloses Durcheinander war.

„Dr. Kanst?", sagte nun eine sehr angenehme Frauenstimme. Alex öffnete die Augen und sprang instinktiv auf, um die ihm angebotene Hand zu schütteln. Vor ihm stand eine Frau Mitte Dreißig, lange blonde Haare, die sie zusammengebunden hatte. Sie trug ein graues Kleid und silberne Schuhe mit hohen Absätzen.

„Äh, ja! Doktor Alex Kanst! Angenehm!"

„Siglinde Seibert! Schön, dass wir uns endlich einmal persönlich kennenlernen können. Jetzt arbeiten wir in der gleichen Stadt und Sie sind doch so berühmt. Und doch haben wir uns noch nie gesehen! Gehen wir doch in mein Büro, ja."

„Gerne!", stammelte Alex.

„Nach Ihnen!" Siglinde Seibert lächelte. Es war ein strahlendes und sehr angenehmes Lächeln.

„Was für eine nette und gebildete Frau!", dachte Alex und schenkte Frau Seibert sein unwahrscheinlich anziehendes Alex-Lächeln.

Auch das Büro von Siglinde Seibert war von zwei Seiten verglast. In der Ferne konnte man die mächtige, alles überragende Burg der Fürsten sehen. Das Büro war spartanisch eingerichtet: eine schwarze lederne Couch, zwei Stühle aus Leder und Stahl und der Schreibtisch von Frau Seibert aus Glas und Chrom.

„Welcher Gegensatz zu Frau Pifpaff." Alex freute sich, dass es in seinem Berufsstand auch sehr kompetente Leute gab.

„Ich freue mich ja so, Sie endlich kennenzulernen. Was darf ich Ihnen anbieten?"

Bevor Alex antworten konnte, kam schon die Assistentin und stellte den bestellten Kaffee vor Alex auf den Schreibtisch von Siglinde Seibert.

„Wunderbar, danke Frau Nawaro! Was würde ich nur ohne Sie machen!", lobte Frau Seibert ihre Assistentin.

Alex nippte nervös an seinem Kaffee und verbrannte sich gleich die Zungenspitze, ließ sich das aber nicht anmerken.

„Wissen Sie, ich bin ja so froh, dass ich eine so fähige Assistentin gefunden habe. War nicht leicht in der heutigen Zeit. Wie ist es bei Ihnen, so schrecklich mit dem Tod Ihrer Mitarbeiterin. Wirklich, ich war geschockt. Haben Sie schon jemanden gefunden?" Siglinde Seibert fixierte Alex mit ihren grünen Augen. Mit ihren Worten hatte sie einen Dolch in die Seele von Alex gerammt. Doch er versuchte Haltung zu wahren. Er nippte noch einmal und verbrannte sich wieder die Zunge. Alex sah in den grünen Augen, dass Siglinde Seibert sehr gut in ihrem Job war. Sie versuchte tief in ihn hineinzusehen. Doch er war besser und es würde für sie keinen Zugang geben.

„Ich habe mich noch nicht umgesehen. Im Moment praktiziere ich nicht!" Alex versuchte eine selbstsichere Stimme anzulegen. Ob es gelang, Frau Seibert zu täuschen? Er war sich nicht sicher und bemerkte das kleine kurze Blinzeln.

„Oh ja, Sie haben ja viele Engagements. Besonders Ihre Tätigkeit als Profiler. Oder schreiben Sie gerade ein neues Fachbuch? Ja, da hätte ich ja noch gleich eine kleine Bitte." Siglinde Seibert legte eines der Bücher von Alex und einen Stift vor ihn. Sie lächelte verlegen.

Es war ein sehr schönes Lächeln. Alex merkte, wie er nervös wurde und sein Blut begann zu zirkulieren.

„Eine kleine Widmung!" Siglinde Seibert sah auch nervös aus.

„Aber gerne!" Alex strahlte und schrieb auf den Innenteil der zweiten Seite. Dann klappte er es zu und schob es hinüber. Siglinde Seibert wollte es gerade öffnen, als Alex sich zu Wort meldete:

„Nicht jetzt! Erst heute Abend nachsehen!", und wieder warf er sein berühmtes Alex-Kanst-Lächeln über den gläsernen Schreibtisch.

„Okay! Jetzt machen Sie es aber spannend!" Und wieder war da das umwerfende Lächeln.

„Immer!" Alex grinste.

„Aber jetzt zu Ihrem Anliegen, werter Kollege. Was kann ich denn für Sie tun!" Nun lag Anspannung und Erwartung in der Luft. Alex sah, dass Frau Seibert unheimlich gerne etwas für ihren berühmten Kollegen tun wollte.

„Ja, Sie haben recht! Ich bin in der Funktion als Profiler im Auftrag der Kriminalpolizei bei Ihnen", sagte Alex förmlich.

„Uh, habe ich falsch geparkt?"

„Nein, nein natürlich nicht! Es geht nicht um Sie, sondern um eine Ihrer Patientinnen!"

Und plötzlich spürte Alex eine Distanz. Fast so, als würde ein kühler Luftstoß durch die hell und in der untergehenden Sonne orange wirkenden Räume von Siglinde Seibert wehen. Siglinde Seibert setzte sich aufrecht in ihren großen ledernen Bürostuhl.

„Okay, aber ich denke, ich muss Ihnen nicht sagen, dass wir ja alle, und wir Psychologen insbesondere, der ärztlichen Schweigepflicht unterliegen, oder?"

„Es ist niemand da. Also gehen wir wieder!" Professor Doktor Eierle öffnete die Beifahrertür, um wieder in den himmelblauen Fiat einzusteigen.

„Das ist egal! Oder besser gesagt sogar sehr von Vorteil. Kommen Sie!" Lilly fummelte mit einem alten rostigen Nagel am Schloss der Scheune herum.

„Was! Oh nein. Ich will nicht wieder in eine von Alex dubiosen Fälle verstrickt werden. Ich will, dass Sie mich nach Hause, also nach Hechingen zurückbringen. Hören Sie? Lilly, kommen Sie da raus!" Widerwillig folgte Professor Doktor Wolfgang Eierle Lilly, die das Schloss geknackt und in der dunklen Scheune verschwunden war.

Lilly stieß einen Pfiff aus. Denn tatsächlich hingen zahlreiche Schlagfallen an der linken Wand der alten Scheune. Wolfgang Eierle packte Lilly am Handgelenk.

„Kommen Sie. Ich weiß doch, wie das endet, ich werde angeschossen! Genau genommen dürfen wir doch gar nicht hier sein oder haben Sie einen Durchsuchungsbeschluss?" Wolfgang Eierle klang panisch.

„Immer mit der Ruhe, Professor" Lilly ließ eine Blase platzen. „Es ist Gefahr im Verzug, da dürfen wir das schon, haben Sie eine Leiter gesehen?"

„Wir? Sie vielleicht, ich bin nicht Mitglied eines Ermittlerteams. Nur, und im Moment bedaure ich das, ein guter Freund von Alex Kanst. Wieso eine Leiter, aber nein, hier ist keine."

„Egal!" Lilly zog ihre Schuhe und Socken aus.

„Was wird das jetzt?"

„Freeclimbing. Habe ich als Teenager immer gemacht. Müsste gehen, so hoch hängen die Fallen ja nicht." Lilly begann an der alten Fachwerkwand nach oben zu klettern. Plötzlich lachte sie.

„Was! Was ist los!"

„Hey, Prof. Immer mit der Ruhe, ist nur arschkalt ohne Schuhe."

„Oh man, oh man. Warten Sie, ich gehe nach nebenan und suche da nach einer Leiter. Hier stinkt es überall nach Urin", brummte der Professor Doktor und öffnete die Tür zum Anbau, als er erschrocken und kreidebleich die Hände hob und langsam rückwärtsging.

„Haben Sie jetzt eine Leiter, wäre doch gut, die Dinger sind sehr schwer!" Lilly hielt sich mit einer Hand fest und versuchte mit der anderen eine der Schlagfallen abzunehmen.

„Nein, aber ich habe die Besitzerin gefunden, glaube ich jedenfalls!"

„Ich weiß, was Sie wollen. Doch dazu haben Sie kein Recht. Sie nicht und niemand anderes auch nicht. Aber ich hatte das Recht. Steht nicht schon geschrieben, Auge um Auge, Zahn um Zahn?"

„Hören Sie, das sieht jetzt natürlich recht komisch aus, aber wir, genau genommen Sie da oben, ist von der Polizei!", stammelte Wolfgang Eierle, als die Vorsitzende der Fellknäuel e. V. mit einer Mistgabel langsam auf ihn zukam. Melanie Asch hatte verweinte Augen.

„Er war ein Mörder. Ein billiger Mörder, der hatte es nicht anders verdient!"

„Bestimmt, bestimmt! Jetzt legen Sie die Gabel weg und wir reden darüber. Verdammt, immer wenn man einen Psychologen braucht, ist keiner da. Lilly, es ist Zeit, die Dienstwaffe zu ziehen!" Professor Doktor Eierle stand nun bereits mit dem Rücken an der Wand und über ihm balancierte noch immer Lilly.

„Sie stecken doch alle unter einer Decke!" Melanie Asch stach zu und verfehlte Wolfgang Eierle nur haarscharf um Millimeter.

„Lilly verdammt, schießen Sie!", schrie er, nachdem er dem ersten Stich noch kunstvoll ausgewichen war.

„Ja wie, die Pistole liegt noch immer unter meiner Decke in meinem Zimmer!" Lilly hatte, nachdem es mitten in der Nacht geklopft hatte, die Pistole gezogen. Aber es war ja nur Professor Doktor, der ihr vom Anruf von Jimmy berichten wollte. Er fand es wichtig mitzuteilen, dass Jimmy wusste, dass Karin Reber die Tante von der dunkelhaarigen Frau war, welche neben ihm gesessen hatte, als er Whisky getrunken hatte, um auf seine bevorstehende Hochzeit anzustoßen. Dann hatte sie verlegen diese schnell unter die Bettdecke gesteckt.

„Sie sind nicht von der Polizei, nein Sie wollen die Tiere töten, wie dieser Waldläufer, dieser Mörder!" Melanie Asch stach wieder zu, doch diese Mal gelang es dem Professor Doktor, den Stil der Gabel zu greifen. Es folgte eine Rangelei und fast sah es so aus, als würde Wolfgang Eierle dies verlieren. Bis ein Schatten an ihm vorbeihuschte, gefolgt von einem dumpfen Schlag, und Melanie Asch zusammenbrach.

Kreidebleich und atemlos starrte er auf die blutüberströmte Frau, die am Boden lag. Erst jetzt bemerkte er, dass Lilly eine der Schlagfallen geworfen hatte. Lilly kletterte herunter.

„Wir brauchen einen Arzt!", sagte sie.

„Ich bin Arzt!", stotterte Wolfgang Eierle. Lilly nickte. „Ich rufe dennoch einen Krankenwagen.

„Und Ihre Chefin!", sagte Wolfgang, als er sich an die Erstversorgung der Verletzten machte.

„Ja, das wird ihr nicht gefallen. Ganz und gar nicht gefallen! Aber hey, Prof. Sehen Sie es positiv, Sie wurden nicht angeschossen?" Lilly tippte die Notrufnummer in ihr Smartphone. Professor Doktor Eierle starrte sie nur wutentbrannt an.

Was hatte er erwartet? Siglinde Seibert war eine Kollegin. Und im Gegensatz zu Frau Pifpaf nahm er den Begriff hier gerne in den Mund. Dennoch hatte er sich aus dem Gespräch mehr erhofft, als eines seiner Bücher zu signieren. Ein Lächeln huschte über sein Gesicht. In alter Alex-Manier hatte er die Widmung formuliert. Wenigstens etwas, dem er treu blieb.

Die Sonne ging unter und die schöne Altstadt von Hechingen leuchtete in warmen Farben. Noch wenige Minuten, dann würde es dunkel werden. Auch der Wind hatte wiederaufgefrischt und es schien, als würden die eisigen Nachttemperaturen heute Nacht noch weiter absinken.

Zu seinem Leidwesen hatte der Hund sich nun dem Rücksitz angenommen und schon fast die ganze Polsterung herausgerissen. Kurz war er versucht, dem Ansinnen von Killmayer nachzugeben und tatsächlich sich eine Hundebox zu besorgen. Doch nur kurz. Alex hatte sein Smartphone auch im Wagen gelassen, da er nicht gestört werden sollte. Nun starrte er fast ungläubig auf das Display. Lilly hatte fünfundzwanzigmal und Wolfi sogar über dreißigmal versucht ihn anzurufen. Und da war sie sofort wieder: Seine Neugierde, welche ihn schon fast die Rückwahltaste wählen ließ. Aber auch in diesem Fall nur fast. Denn seine Neugierde konkurrierte mit der Neugierde, was Alexandra mit ihm besprechen wollte. Und da das neue fürstliche Krankenhaus nun schon in Sichtweite war, würde das andere nun warten müssen. Alexandra wartete ja nun auch schon länger als geplant. Nach Lillys Aussage war Wolfi bei ihr, also konnte ja nichts Schlimmes vorgefallen sein. Die beiden würden schon aufeinander aufpassen und er lief nicht Gefahr, dass Wolfi schon bei Alexandra am Bett stehen sollte. Sie möchte ja ohne das Wissen von Professor Doktor Eierle alleine mit Alex sprechen.

Zur Erleichterung des Hundes und dessen Blase öffnete Alex den Kofferraum des Jeeps und ließ den Hund im Park rennen. Natürlich standen überall Ver- und Gebotsschilder.

Hunde sollte angeleint werden und nicht unkontrolliert ihr Geschäft verrichten. Aber wer möchte schon immer korrekt sein. Und bei diesen Temperaturen zog auch mit Sicherheit kein Mitarbeiter des Ordnungsamtes seine Kontrollrundgänge.

Also: Freiheit für die Hunde!

Als er nun langsam den schönen Fußweg vom Feilbachtal zum Krankenhaus hochging, kamen ihm Zweifel. Hatte er mit der Widmung wieder eine Grenze überschritten? War er so einfach und auch so kalkulierbar? Würde sich nie etwas ändern? Vielleicht nicht, solange SIE immer dazwischen stand. Alex drehte sich um und sah im hell erleuchteten Geschäftshaus Frau Seibert geschäftig umhergehen.

Sie war schon eine schöne Frau! Gleichzeitig streifte sein Blick die erleuchtete Burg. Alex schloss für einen Moment seine Augen und fiel in Gedanken in das Tief der türkisen Augen. Zu schön, um diese für immer zu vergessen, und doch zu fern, um noch tiefer darin zu versinken.

Er fasste einen Entschluss: Er wollte sein Leben ändern. Ab jetzt und ab heute würde es einen neuen Alex geben. Einen, der nun ein geordnetes Leben führen würde. Und vielleicht, ja vielleicht dies mit einer Frau teilte. Einer besonderen Frau.

Doch noch wusste Alex nicht, wer diese sein sollte. Zu sehr war sein Herz in der Tiefe der türkisen Farbe gefangen.

„Prellungen und eine Platzwunde!", sagte der Notarzt, als er Melanie Asch untersucht hatte.

„Habe ich doch auch schon gesagt!", brummte Professor Doktor Eierle.

Mittlerweile war ein Ersthelfer-Team, angeführt von Hans Peter, und der Notarzt vor Ort. Gleichzeitig zahlreiche uniformierte Polizisten und auch Kohler und sein Kollege, die das Haus weiter durchsuchten. Lilly hatte Melanie Asch wegen versuchter Tötung und dem Verdacht des Mordes an Joseph Rädle festgenommen. Dennoch wurde diese zuerst in das Albstädter Krankenhaus verlegt.

Professor Doktor Eierle saß eingewickelt in eine goldene Rettungsdecke auf der Holzbank vor dem Haus und zitterte. Hans Peter hatte ihm einen Kaffee besorgt, was aber nicht wirklich wärmte.

Lilly koordinierte das ganze Chaos. Zu allem Überfluss war offensichtlich der ganze Ort aufmarschiert, um zu gaffen. Und das in einer so engen Straße, die zu allem Übel auch noch eine Sackgasse war.

Pressevertreter waren vor Ort und sogar welche von der örtlichen Feuerwehr. Professor Doktor Wolfgang Eierle wollte nur noch weg von hier.

„Lassen Sie mich durch! Was, warum! Darum!" Bettina Balk zeigte einem der fähigen Polizisten ihren Dienstausweis, bevor sie zielstrebig und wutentbrannt auf Lilly zukam. Hinter ihr erkannte Professor Doktor seine Assistenten. Wobei Fredericke den schweren Koffer trug und Markus Ruckwied eher überheblich wirkte.

„Baur! Was soll das Ganze hier! Oh, Melanie, was ist mit dir! Hören Sie, was ist mit Frau Asch!", schrie Bettina Balk nun einen der Sanitäter an.

„Platzwunde und Gehirnerschütterung!", kommentierte dieser und dann wurde die noch immer bewusstlose Melanie Asch in den Krankenwagen eingeladen.

„Ich komme gleich nach, ja liebe Melanie!", rief Bettina Balk noch in den Wagen. Lilly räusperte sich.

„Ich verlange eine Erklärung von Ihnen!", zischte die leitende Staatsanwältin.

„Tja, die wollte ich gerade geben, Chef. Also aufgrund des Hinweises von Alex Kanst haben wir, also das sind ich und Professor Doktor Eierle, die Ermittlungen im Mordfall Joseph Rädle auf dieses Haus konzentriert. Beim Versuch, belastendes Material sicherzustellen, wurde der Professor Doktor Eierle angegriffen und es bestand Lebensgefahr. In Notwehr habe ich eine der Schlagfallen auf die Tatverdächtige geworfen und sie damit daran gehindert, Professor Doktor Eierle zu verletzen." Lilly ließ eine Blase platzen und Frau Balk sah Wolfgang fragend an. Dieser nickte zustimmend.

„So ist es gewesen, genauso!"

„Das ist doch völliger Blödsinn! Warum sollte Melanie Herrn Eierle angreifen?"

„Mit einer Mistgabel!", fiel ihr Lilly ins Wort.

„Egal mit was! Das ist doch absurd! Völlig absurd. Melanie ist die liebste Frau, die ich kenne. Und für die Tiere würde sie alles tun."

„Alles?", murmelte Wolfgang Eierle und nun war Bettina Balk sprachlos.

„Die haben wir gefunden!", sagte nun Kohler und hielt einen grünen Rucksack vor Frau Balk, in dem sich noch eine Schlagfalle befand.

„Ich bin mir ziemlich sicher, dass die Fasern, die ich an der Schlagfalle gefunden habe, in die Frau Jemain getreten ist, identisch mit Fasern dieses Rucksackes sind!", sagte Frederike Puda und legte währenddessen eine weitere Rettungsdecke über ihren zitternden Chef. Markus Ruckwied warf ihr nur einen abfälligen Blick zu.

„Das beweist ja noch gar nichts!", murmelte Frau Balk nachdenklich.

„Laut Aussage von Doktor Kanst hat er auch bei schlechtestem Wetter Melanie Asch aus dem dunklen Göckeleswald kommen sehen. Sie kannte sich dort also aus, und wie in den Akten zu lesen ist, gab es schon länger Zwist zwischen Joseph Rädle und Frau Asch.

„Ja, aber nur, weil er immer die Hunde bedroht hatte!" Die leitende Staatsanwältin flüchtete sich in Ausreden. Langsam begannen die Dinge tatsächlich Gestalt anzunehmen.

„Und dann hat sie sich natürlich gewehrt. Wie kommen Sie dazu, hier einzubrechen. Ich habe keinen Durchsuchungsbeschluss ausgestellt." Die Stimme von Frau Balk war nun schon nicht mehr so fest und selbstsicher.

„Habe ich auch gesagt, habe ich auch gesagt!", murmelte Wolfgang Eierle.

„Melanie wäre die Letzte, die einen Mord begehen würde!", flüsterte Bettina Balk, doch niemand antwortete darauf.

„Ich will sofort Aufklärung, Baur. Ach ja, noch etwas: Warum sagen Sie mir nicht, dass Sie uns verlassen wollen. Glückwunsch! Sie haben die Stelle. Ist vielleicht auch besser für alle hier, nicht wahr?"

Lilly antworte nicht und ging zum Fiat.

„Übrigens, wo ist Kanst eigentlich?", schrie Frau Balk noch, doch Lilly hatte bereits den Fiat gestartet.

„Kommen Sie?", sagte sie durch die geöffnete Scheibe zu Wolfgang Eierle.

„Nichts lieber als das! Auf nach Hause!"

Lilly gab Gas, bog jedoch nicht nach Hechingen ab, sondern fuhr mit einem verdutzten Professor nach Burladingen.

Es gab ja schon lange keine Besuchszeiten mehr. Deshalb konnte man immer Freunde, die im Krankenhaus lagen, zu fast jeder Zeit besuchen. Viel schwieriger war es, einen Hund hineinzuschmuggeln. Alex war froh, dass er auf dem Weg zum Zimmer von Alexandra noch niemanden vom Personal getroffen hatte. Jetzt noch schnell einmal um die Ecke und schon würde er fast unbemerkt im Zimmer von Alexandra sein.

„Halt! Wer sind Sie und was wollen Sie hier!", sagte plötzlich ein uniformierter Beamter, der auf einem alten Holzstuhl vor Zimmer 312 saß, in dem Alexandra liegen sollte, nach Auskunft des Pförtners. Alex hatte völlig vergessen, dass seine Freundin ja noch immer unter Polizeischutz stand.

„Kanst! Doktor Kanst, ich möchte zu Frau Rädle", sagte er sehr höflich.

„Aha, Sie wollen Sie untersuchen, ja aber warum haben Sie keinen weißen Kittel an und überhaupt ist mir das jetzt schon verdächtig." Der Polizist umrundete ihn und zog dabei seine verrutschte Hose hinauf.

„Nein, ich bin kein Arzt, also schon. Doch aber nicht hier am Krankenhaus. Ich möchte privat zu Frau Rädle!"

„Dazu hätten Sie eine Erlaubnis holen müssen. Und da Sie nicht auf meiner Liste stehen, können Sie nicht hinein!"

„Wer steht denn drauf?"

„Warten Sie. Also hier stehen ein Professor Eierle, eine Frau Baur, …"

„Genau und zum Team von Frau Baur gehöre ich!" Alex wollte die Klinke drücken, doch der Polizist stellte sich ihm in den Weg.

„Aber Sie stehen nicht auf meiner Liste! Basta."

„Hören Sie, nur fünf Minuten, bitte!"

„Nein, holen Sie eine Genehmigung!" Genau in diesem Moment riss sich Berry los und jagte den Gang entlang. Ein heilloses Durcheinander entstand. Der Polizist versuchte Berry zu fangen und Alex nützte die Gelegenheit und schlüpfte in das Zimmer.

Wider Erwarten roch es nicht nach Krankenhaus, sondern nach dem angenehmen Parfüm von Alexandra, welches er ihr zu Weihnachten gekauft hatte. Sie war wach und sah ihn mit geröteten Augen an.

„Hi!", flüsterte sie und Alex nahm sie zärtlich in den Arm.

„Nach Hause! Nach H A U S E! Kapiert?" Doch Lilly reagierte nicht. Im Gegenteil, sie fuhr viel zu schnell.

„Was jetzt, nachdem das mit der Mistgabel nicht funktioniert hatte, wollen Sie uns jetzt so umbringen?"

„Niemand wird umgebracht! Ich will nur noch einer Idee nachgehen."

„Und dazu müssen wir rasen?"

„Jep! Bauchgefühl!"

„Ich erwürge Alex, wenn ich ihn erwische! Schon wieder stecke ich wegen ihm in einem mega Scheiß!"

„Hey Prof, so Wörter passen gar nicht zu Ihnen!" Lilly kaute nervös an ihrem Kaugummi herum. Das eingebaute Thermometer zeigte bereits minus elf Grad an. Zielstrebig fuhr sie in das Neubaugebiet direkt in den Mettenberg 34. Zu Frau Mauz, ehemalige Frau Häberle. Das Haus erstrahlte noch in der nicht abgebauten Weihnachtsbeleuchtung. Lilly hüpfte aus dem Wagen und läutete. Doch Wolfgang Eierle blieb sitzen. Lilly trabte zurück und öffnete die Beifahrertür.

„Kommen Sie?"

„Ich? Warum?"

„Weil Sie sich etwas ansehen sollten!" Widerwillig stieg Professor Doktor Eierle aus dem kleine Fiat.

„Das nimmt kein gutes Ende, glauben Sie mir!"

„Alex hat recht!"

„Womit?"

Lilly lachte: „Er sagt, Sie seien ein echter Pessimist!"

„Ja, er wird ja auch nicht angeschossen!"

„Niemand wird angeschossen!", sagte Lilly nun echt genervt.

„Ist was passiert?", sagte nun Frau Mauz, die in einem Hello-Kitty-Schlafanzug plötzlich mitten in der Tür stand.

„Nein, nein. Ich hätte da noch ein paar Fragen, dürfen wir rein-kommen?" Frau Mauz nickte und bemerkte den abschätzigen Blick von Wolfgang Eierle zur Beleuchtung.

„Ich weiß, Weihnachten ist lange vorbei, aber meiner Tochter gefällt es, wenn es nicht so furchtbar dunkel wird." Wolfgang nickte und folgte Lilly in das Haus. Auch wenn er nicht wusste, was er sich so Dringendes ansehen sollte.

Frau Mauz hatte Tee aufgesetzt, auch wenn der Professor Doktor sicher war, seine Finger und Zehen nie mehr richtig zu spüren, bedankte er sich für das wärmende Getränk.

„Frau Mauz, haben Sie ein Foto von Ihrem Mann, ähm Ex-Mann und den Damen, die er so im Schlepp hatte?"

Doch Frau Mauz schüttelte den Kopf und unterdrückte eine Träne.

„Schade, aber vielleicht schauen Sie mal hier, auf die Fotos, die ich habe. Vielleicht erkennen Sie ja jemanden." Lilly öffnete die Galerie in ihrem Smartphone. Lilly scrollte die Bilder durch und Frau Mauz schaute sie nur mit wässrigen Augen an.

„Halt, die könnte es sein. Nein, die ist es, das Miststück. Habe sie nicht gleich erkannt, aber da hat sie ja auch keine Perücke auf. Aber sie ist es, genau die da!", wütend zeigte Frau Mauz auf das Bild, das Lilly heimlich von Verena Göckinger gemacht hatte.

„Sind Sie sicher?"

„Absolut! Nur dass sie bei ihm und den Meetings immer eine schwarze Perücke getragen hatte."

„Wie kommen Sie drauf, dass sie eine Perücke getragen hat? Es gibt da noch eine Schwester, die …"

„Mareike hat sie ihr doch einmal heruntergerissen. Das weiß ich, weil sie Mareike dann so furchtbar angeschrien hat. Dann wollte Mareike nicht mehr zu ihrem Papa. Das ist die von der Freiburger Firma, Immosociety oder so. Ganz sicher."

Lilly schaute Wolfgang Eierle überrascht an. „Gut, dann danke erst mal!", sagte eine nachdenkliche Lilly. Und Wolfgang leerte noch schnell seine Tasse Tee.

„Ach, da fällt mir noch etwas ein, warten Sie bitte!", sagte auf einmal Frau Mauz und ging zurück in das Haus.

„Verstehen Sie das?" Lilly kaute nachdenklich auf ihrem Kaugummi herum.

„Nein, bin dafür auch nicht zuständig, sondern unser Psychologe, der wie vom Erdboden verschwunden scheint. Ich setze mich in den Wagen, mir ist kalt." Der Professor Doktor stapfte über den gefrorenen Einfahrtsbereich.

„Mareike hat noch ein Bild von der anderen. Die war ganz nett, aber ich denke, die war von der Agentur Barbara, glaub ich zumindest!" Frau Mauz zeigte Lilly ein Bild auf dem pinken Handy von Mareike und darauf war Mareike, ihr Vater und eindeutig Alexandra Rädle zu sehen.

„Prof!"

„Was?"

„Kommen Sie, das sollten Sie sich ansehen, wirklich. Es wird Sie brennend interessieren!" Lilly sah sehr ernst aus und als Professor Doktor das Bild gesehen hatte, wurde er noch blasser als er eh schon war.

„Wie geht es dir?" Die Stimme von Alex klang zittrig.

„Gut, ich denke, ich sollte hier raus!" Alexandra setzte sich auf.

„Was ist denn da draußen los?"

Alex grinste: „Habe Schützenhilfe! Die wollten mir keine Audienz erteilen!"

„Schön, dass du da bist!"

„Ja, es tut mir leid, dass ich nicht gleich gekommen bin, aber …"

„Aber? Das weiß ich doch, jetzt kenne ich den Dr. Kanst doch schon so lange. Alex, du bist wie du bist!"

„War das ein Kompliment?", fragte Alex zaghaft. Und Alexandra nickte stumm. Dann holte sie tief Luft.

„Ich heirate ihn."

„Ja, ich freu mich."

„Lügner!"

„Nein, ich freu mich wirklich für euch."

„Alex, du kannst viel, doch nicht lügen. Aber ich heirate ihn, weil ich jemanden brauche, der für mich da ist. Und du weißt, dass du das nicht kannst. Nicht im Moment, und vielleicht nie."

Alex nickte stumm und hatte plötzlich ein flaues Gefühl im Magen.

„Aber du wirst immer mein bester Freund bleiben. Bitte versprich mir das!"

Alex nickte, brachte jedoch kein Wort heraus. Vor der Zimmertür herrschte noch immer ein Tumult. Berry leistete ganze Arbeit.

„Aber ich brauche noch deine Hilfe. Ich war nicht ganz ehrlich zu dir und zu Wolfi!"

„Inwiefern?"

„Ich habe dir doch versprochen, mit dem Begleitservice aufzuhören!"

„Jaaa!" Alex wollte nicht hören, was da jetzt kam.

„Habe ich aber nicht! Ich weiß, du hast mir genug Geld gegeben, aber da war noch etwas anderes. Einfach mal schick unter die Leute kommen. Einfach mal nicht die Wirtin im hintersten Winkel sein. Verstehst du das?"

Alex nickte, verstand es aber nicht wirklich. Er dachte immer, der Gasthof war das Leben von Alexandra. Und nun schien es so, als wäre sie dort unglücklich gewesen. Vielleicht sogar in den schönen gemeinsamen Abenden mit ihm.

„Aber ich war mit keinem im Bett, nur um das klarzustellen. Doch das Problem ist, ich habe beide einmal, oder mehrmals begleitet!"

„Welche beiden?"

„Die Ermordeten!"

„Herrn Mayer und den Häberle?", sagte Alex entsetzt und mit sperrangelweit geöffnetem Mund. Alexandra nickte.

„Meinst du, er heiratet mich trotzdem?"

Alex war noch immer sprachlos und nicht ganz Herr seiner Sinne.

„Hey, was denkst du? Du kennst ihn doch schon länger als ich. Wird er mir das krummnehmen?"

„Ach was, er liebt dich!", sagte Alex mit heiserer Stimme.

„Schön, dann sage ich zu!"

„Ich denke, du hast schon zugesagt?"

„Schon, aber ich wollte noch mal mit dir darüber reden, ich will ihn nicht verletzen. Er ist meine letzte Chance!" Alexandra wischte sich eine Träne weg. Alex sagte nichts. Hatte er etwas anderes erwartet? Hatte er gehofft, sie würde doch noch ihn fragen? Und was dann? Was hätte er gesagt? Er wusste es nicht. Er wusste nichts mehr.

„Und da war immer noch bei beiden gelegentlich so eine dunkelhaarige Frau. Eine hochnäsige dumme Kuh." Doch den letzten Satz nahm Alex nicht mehr richtig wahr. Er wollte nur noch nach Hause. Er beugte sich zu Alexandra und drückte sie.

„Ich wünsche euch viel Glück!"

„Lügner!"

„Nein, ihr seid doch meine Freunde."

„Und das bleiben wir auch. Bestimmt." Alex nickte abwesend.

„Habt ihr eigentlich schon einen Verdächtigen beim Mord an meinem Onkel?"

„Dein Onkel ist ermordet worden?"

„Ja, der Sepper!"

„Der Sausepper ist dein Onkel?"

„War, aber wir hatten schon jahrelang keinen Kontakt mehr. Er ist ja total abgekommen, aber das hast du ja gesehen." Wieder nickte Alex und verabschiedete sich. Zu seinem Glück war der Polizist noch nicht wieder auf seinem Posten. Allerdings war es auch sehr ruhig. Zu ruhig. Wo wohl der Hund war?

Als Alex um die Ecke bog, hatte er ihn gefunden. Oder besser gesagt, eine Krankenschwester hatte ihn gefunden.

„Ja da bist du ja, du Streuner", sagte Alex und bemerkte den vorwurfsvollen Blick der Krankenschwester. Auf dem Namensschild stand Schwester Sandra, Station 3, Fürstliches Krankenhaus Hechingen.

„Ist das etwa Ihr Hund?"

Alex nickte stumm.

„Wie kommen Sie dazu, Tiere in einen Hygienebereich hineinzulassen? Haben Sie kein Verantwortungsgefühl? Wir haben hier kranke Menschen und arbeiten täglich über die Erschöpfungsgrenze hinaus, und dann kommen so Typen wie Sie und bringen noch Hunde mit. Das geht ja überhaupt nicht. Wer sind Sie überhaupt, und zu wem wollen Sie. Eigentlich ist jetzt keine Besuchszeit mehr!"

„Kommen Sie, Prof, schmollend gefallen Sie mir gar nicht. Dann lieber mit Gezeter und Gemaule!" Lilly kaute auf ihrem Kaugummi, als wäre es ein Stück trockenes Brot.

„Ich will nicht darüber reden. Fahren Sie mich nach Hause, bitte!"

„Ach kommen Sie, das hat nichts zu bedeuten. Hatten Sie keine Frauen vor Ihrer Zukünftigen?" Lilly lachte.

„Nein, hatte ich nicht!"

Nun war es Lilly, die schon fast schockiert wirkte.

„Wo fahren Sie jetzt schon wieder hin?"

„Frau von Göckingen ein paar unangenehme Fragen stellen!"

„Zuerst fahren Sie mich nach Hechingen!", beharrte Professor Doktor Eierle.

„Nur kurz!" Lilly bremste vor der Villa in Jungingen. Alles war hell erleuchtet.

„Nur kurz, nur kurz! Wissen Sie, wie das endet. Mittlerweile muss ich sagen, Sie sind Alex ähnlicher als man denken könnte. Ich bekomme es noch mit dem Rücken, wenn ich noch oft aus diesen kleinen Wagen aussteigen sollte."

„Quatsch. Sehen Sie, die Tür steht sperrangelweit offen, und überall ist Licht."

„So fängt es immer an. Holen Sie Verstärkung!" Professor Doktor Eierle suchte Deckung hinter dem Fiat.

„Verstärkung? Wieso? Sehen wir mal nach! Hallo? Halloooo!" Lilly verschwand im Haus.

„Bleiben Sie hier. Frau Baur! Lilly! Verdammt, und sie hat nicht mal eine Waffe!" Trotz Angst überwog doch sein Pflichtbewusstsein und er folgte Lilly in die Villa, die überall hell erleuchtet war.

Alex hatte ein Grinsen im Gesicht, als er mit Berry an der Leine in den Eingangsbereich des Krankenhauses kam. Verwundert stellte er fest, dass dieser noch immer mit vielen Menschen gefüllt war. Kurz kam die Sorge auf, Jasmin Jemain wiederzutreffen. Deshalb beschleunigte er seine Schritte, um das Krankenhaus so schnell es ging wieder zu verlassen. Da er eh keine Krankenhäuser leiden konnte, war es ihm auch nicht so leicht gefallen, sich mit der Krankenschwester zu verabreden, aber sie war zum einen sehr hübsch und zum anderen musste er sie beruhigen. Mit ihren Schimpftiraden könnte sie in einer Liga mit Lilly spielen.

„Alex! Hey Alex!"

Tatsächlich, jemand rief seinen Namen. Innerlich sah er schon Jasmin Jemain vor sich stehen. Langsam drehte er sich um und da saß Bärbel auf einem der Sofas. Sie hatte einen Verband um den Kopf und den linken Arm in Gips.

„Bärbel!", schrie Alex lauter als er wollte und stürzte fast noch über die Hundeleine. Vor Bärbel lag ihr großer Hund, was Berry überhaupt nicht freute. Er beschloss, zum Ausgang zu gehen und zerrte an der Leine.

„Was ist passiert, was machst du hier?" Alex setzte sich zu Bärbel.

„Nicht schlimm, mein Arm ist gebrochen und eine leichte Gehirnerschütterung. Aber mein Schädel ist hart wie Pfälzer Eiche!" Bärbel versuchte zu lächeln.

„Ja, aber was ist passiert?"

„Bin in den Graben gefahren. Jemand hat alle Radmuttern gelöst. Mein Wagen ist wohl hin, aber sonst ist nichts passiert."

„Hey, ich bring dich heim!"

„Danke, du bist ein Schatz, aber wenn du mir bis zur Tür hilfst, wäre ich dir dankbar. Habe ein Taxi bestellt!"

„Klar helfe ich dir. Du, es tut mir leid, so leid!"

„Ist doch nicht deine Schuld, aua!" Bärbel stand umständlich auf.

Doch da war sich Alex nicht so sicher. Das konnte doch alles kein Zufall sein. Oder?

Zuerst Alexandra, und jetzt auch noch Bärbel. Und so wie die Dinge standen, war auch auf ihn geschossen worden. Doch wer sollte es auf ihn und all seine Freunde abgesehen haben?

Das Taxi stand schon bereit.

„Uh, Kamerad! Du neue Mädel! Schöne Mädel!" Ümit öffnete die Seitentür seines Vans.

Alex begann zu schwitzen und versuchte Ümit Zeichen zu geben. Doch dieser reagierte nicht, oder genau genommen völlig falsch.

„Du müsse wisse, Alex guter Kamerad. I fahre Alex immer u-berall nah. Und er immer habe schöne Mädel!" Ümit grinste mit seinen gelben Zähnen und Alex bekam kaum noch Luft. Er be-mühte sich, Bärbel beim Einsteigen so gut es ging behilflich zu sein.

„Du, weißt du was? Ich komme doch am Wochenende zu den Hirschen. Wir müssen sie ja nicht gleich erschießen, oder?" Alex versuchte, sein berühmtes Lächeln aufzusetzen. Doch es gelang ihm nicht ganz.

„Schön!" Bärbel hatte rote Backen bekommen. „Aber ich denke, das machen wir doch besser ein anderes Mal." Bärbel hob ihren gebrochenen Arm.

„Ja, ein anderes Mal!", murmelte Alex. „Kommst du zurecht!", rief Alex noch, als Ümit die Tür schloss.

„Bleibe ein paar Tage länger bei meinem Opi!", sagte Bärbel, doch die geschlossene Tür verschluckte ihre letzten Worte fast völlig.

Alles war hell erleuchtet. Und doch hatte Professor Doktor Wolfgang Eierle ein mulmiges Gefühl.

„Frau Baur! Hallo! Oh verdammt!", fluchte er und ging den Eingangsbereich entlang. Alles war in weißen, goldenen und pinken Farben gehalten.

„Frau von Göckingen! Hallo, hier ist noch einmal die Polizei!" Beim letzten Wort hätte er sich fast auf die Zunge gebissen. Und doch kam der Profi in ihm durch. Langsam analysierten seine Augen die Umgebung und es war eindeutig. Vielleicht für den Laien nicht zu erkennen, aber für ihn: Professor Doktor Wolfgang Eierle. Der Beste unter den Forensikern. Jemand war hier überstürzt aufgebrochen.

Nun stand er im Wohnzimmer, wo sogar die Möbel mit Gold überzogen schienen. Doch er wusste es besser, denn es war kein Gold, sondern nur billiger Import aus China. Frau von Göckingen wollte offensichtlich, dass es in ihrer Villa wie in einem Schloss aussah. Was ihm Sorgen machte, war, dass es keine Spur von Lilly und auch nicht von der Hausherrin gab.

„Frau Baur, verdammt. Wo sind Sie? Lilly verdammt!" Wolfgang Eierle machte langsam einen Schritt nach vorne. Nun stand er vor einer weiteren Tür, hinter der er einen komischen Summton hörte. Eigentlich wäre es Zeit für Verstärkung, doch wenn Lilly hinter dieser Tür Hilfe brauchte, was dann? Professor Doktor Eierle atmete schwer ein und drückte die Klinke nach unten. Hinter der Tür führte eine kleine Wendeltreppe aus Metall nach unten in einen kleinen Kellerraum.

„Frau Baur, Lilly. Hallo. Halloooooo!", rief er noch einmal. Wolfgang Eierle starrte in die Tiefe, wo ein violettes Licht leuchtete.

„Frau Baur, sind Sie da unten?" Doch er bekam keine Antwort, und es war auch keine gute Idee, jetzt allein da runterzusteigen. Und doch tat er es. Zwar zitternd und fluchend, doch Wolfgang Eierle stieg mutig Schritt für Schritt die Treppe nach unten, immer näher zum violetten Licht. Ein ihm bekannter Geruch nach Erde und Moder stieg in seine Nase. Doch noch konnte er diesen nicht zuordnen.

„Ist da unten jemand. Hören Sie, ich bin von der Polizei!", sagte er, um sich Mut zu machen. Ganz genau stimmte dies zwar nicht, aber Alex würde es auch so machen. Wenn er nur wüsste, wo der sich den ganzen Tag so herumtrieb. Als er den letzten Schritt getan hatte, wusste er, woran ihn der Geruch so erinnerte. Es war ein Geruch nach Erde, Moder und Pilzen. Doktor Professor Eierle stand vor mehreren Terrarien, in denen so alles, was man sich denken konnte, krabbelte. Doch was ihn umso mehr verunsicherte, war das größte der Terrarien und vor allem, was drin so krabbelte. Plötzlich legte sich eine Hand auf seine linke Schulter.

„Ahhh!", schrie er, drehte sich um und stürzte über einen Plastikeimer.

„Hey, langsam. Immer mit der Ruhe, Prof!", sagte Lilly und schwenkte in ihrer linken Hand etwas Schwarzes.

„Mein Gott, Frau Baur. Mich so zu erschrecken. Also wirklich." Wolfgang stand umständlich auf und wischte sich den Staub von seiner Hose.

„Vor was haben Sie Angst? Doch nicht echt angeschossen zu werden, oder? Echt jetzt?" Lilly lachte.

„Das ist nicht komisch!", sagte der Professor.

„Ja, doch. Sie sind echt ein schwarzer Seher!" Lilly lachte noch immer.

„Was haben Sie da und wo ist Frau von Göckingen?"

„Ausgeflogen, aber ich habe hinter einer verborgenen Tür in ihrem Schlafzimmer die Perücke gefunden und eine Packung Patronen. Ich denke, wenn Sie genau hinsehen, werden diese mit denen in den Opfern übereinstimmen."

„Ich habe auch was entdeckt: Europäische schwarze Witwe, sechs Tiere!" Professor Doktor Eierle zeigte auf das große Terrarium.

„Die hat uns verarscht, die ganze Zeit verarscht!", sagte Lilly und zückte ihr Mobiltelefon.

„… und mich vergiftet!" Ermattet setzte sich Wolfgang Eierle auf eine der Stufen. „Wen rufen Sie an? Verstärkung!"

„Nein, Alex, ich denke, er ist in Gefahr. Verdammt! Kommen Sie!"

„Was ist, was ist los?"

„Es ist besetzt. Wir müssen dahin."

„Wohin, Sie wissen ja gar nicht, wo er ist!" Professor Doktor Eierle hatte Mühe, mit Lilly Schritt zu halten. Lilly grinste.

„Doch, das weiß ich ziemlich genau: Sie fahren.

Es war ein stattlicher Rehbock und Ralph Killmayer schon etwas stolz, diesen im Killertäler Wald erlegt zu haben. Allerdings war er höchstens noch zu Wurst geeignet. Aber auch Wurst ließ sich gut vermarkten und auch in seinem eigenen Schlachthaus herstellen. Am besten immer spätabends oder in der Nacht, da störte ihn niemand.

Doch was war das? Hatte es geklopft? Im hintersten Winkel in Schlatt im Killertal, wo eigentlich die Welt fast am Ende schien. Natürlich konnte das nicht sein. Nicht um diese Uhrzeit und schon gar nicht an der Tür zu seinem Schlachthaus. Und doch, jetzt hörte er es deutlich, es klopfte wieder. Er war ja kein Feigling, aber die Gerüchte um die Morde im oberen Killertal wurden täglich schlimmer. Alle Getöteten waren im Besitz eines Jagdscheines. Was, wenn es einer dieser militanten Naturschützer war? Einer, der es auf Jäger abgesehen hatte. Und, das musste er eingestehen, er war schon einer der Größeren. Sogar auf seinen Profilen postete er sich immer mit Blut verschmierten Händen. Was, wenn vor seiner Tür nun einer stand, der noch mehr Blut sehen wollte. Dieses Mal das des Jägers. Ralph Killmayer überlegte krampfhaft, wie er entkommen konnte. Ein Handy hatte er nicht dabei. Nie, er wollte ja nicht gestört werden. Und das Schlachthaus, das teilweise in die Erde reichte, hatte ja nur eine Tür. Würde diese einem Angriff standhalten? Er wusste es nicht, aber er spürte Panik in sich aufkommen. Wieder klopfte es, diese Mal noch energischer.

„Herr Killmayer, Sie sind doch da drinnen. Ich höre Sie doch, also öffnen Sie bitte. Ich muss Sie was Dringendes fragen!", sagte eine ihm unbekannte Frauenstimme. Etwas kam Erleichterung auf. Eine Frauenstimme. Nun, der Mörder konnte doch keine Frau sein. Ein so zierliches Wesen. Nein, auch fand er, dass Frauen eigentlich nichts auf der Jagd verloren hatten. Dies sollte eine Männerdomäne bleiben.

Als er den Schlüssel umdrehte, machten sich doch wieder Zweifel breit. Was, wenn die Frau nicht alleine ist. Was, wenn eine ganze Bande dieser Tierschützer ihm auflauerte. Doch nun war es zu spät und die Tür wurde von außen aufgerissen. Doch Ralph Killmayer konnte nichts sehen. Er hörte nur die Stimme, eine energische Stimme aus der Tiefe der Dunkelheit. Vermischt mit bitterer Kälte des Killertäler Winters.

„Guten Abend, Herr Killmayer. Wir kennen uns nicht, aber ich hätte da eine wichtige Frage an Sie. Darf ich reinkommen?"

Ralph Killmayer machte ein Schritt zurück und griff nach dem Aufbruchmesser, das neben dem Rehbock lag.

Zwei kleine bleiche Hände zogen sich am Türgriff langsam in das Schlachthaus, mitten im Killertal, und mitten in der Nacht.

Es war dunkel und kalt. Nicht nur draußen, nein auch in seiner Seele machten sich die Schatten mehr und mehr breit. Jetzt war auch noch Bärbel verletzt. War das alles seine Schuld?

Natürlich nicht, das wäre absurd. Und trotzdem wurde er das Gefühl nicht los, dass aus irgendeinem Grund er im Mittelpunkt dieser Morde stand. Zumindest war er im Moment eine wandelnde Gefahr für seine Freunde, ja sogar vielleicht für all seine Mitmenschen.

„Fang jetzt nur nicht an, durchzudrehen!", sagte er zu sich selber und schenkte sich ein Glas Wein ein. Alex kniete sich zu seinem Specksteinofen und betrachtete das prasselnde Feuer. Die Wärme des Holzes aus den Tiefen des Göckeleswald tat ihm gut.

Aber warum sollte jemand all die Dinge tun. Zwei Menschen umbringen und andere verletzen. Und wenn der Hochsitz nicht so gewackelt hätte, dann wäre er jetzt auch tot.

„Ob mich jemand vermissen würde?" Alex schaute zu Berry, der sich neben ihn gekuschelt hatte.

„Klar, du würdest mich vermissen. Möchtest du noch einmal raus? Okay." Alex öffnete die Terrassentür und Berry sprang in den kalten Schnee. Schnell schloss er die Tür wieder, denn es war sehr kalt. Eine der kältesten Nächte auf der Alb seit 20 Jahren. So hatten es die Wetterpropheten angekündigt. Morgen würde er Frau Balk bitten, ihn von dem Fall zu beurlauben. Es war einfach zu gefährlich für die anderen. Nicht auszudenken, wenn Lilly auch noch was passieren würde.

Lilly!

Lilly und Wolfi.

Er hatte sie noch immer nicht zurückgerufen. Zu sehr war er in Selbstmitleid verfallen. Gerade als er zurückrufen wollte, läutete sein Handy.

Es war eine Festnetznummer mit Hechinger Vorwahl.

„Kanst!", sagte er barsch.

„Siglinde Seibert. Hallo Doktor Kanst."

„Frau Seibert", sagte Alex mehr als überrascht.

„Ja, ich wundere mich auch über meinen Anruf. Doch ich habe Ihre Widmung gelesen", sagte die sanfte und sehr angenehme Stimme von Frau Seibert. Alex huschte ein Grinsen über das Gesicht.

„Und, fragen Sie mich jetzt nicht warum, aber ich würde Ihnen nun doch noch, so denke ich, wichtige Informationen zukommen lassen."

„Aber …"

„Ich weiß, ich weiß. Ich verstoße gegen die ärztliche Schweigepflicht und sonst so gegen alles", unterbrach Frau Seibert.

„Ich habe Ihnen doch gesagt, dass Frau Verena von Göckingen meine Patientin ist."

„Ja." Alex war gespannt.

„Nun, das war nicht ganz korrekt. Tatsächlich sind beide, also Verena und Vera meine Patientinnen. Je nach Termin kommt die eine oder die andere", sagte Frau Seibert.

„Das verstehe ich nicht so ganz. Sie wissen nicht immer, wer von den Schwestern kommt?" Alex war verwirrt.

„Ja und nein. Also eigentlich kommt immer Verena, doch manchmal kommt sie in der Gestalt ihrer Schwester."

„In der Gestalt?", murmelte Alex.

„Genau, beim ersten Mal bin ich ihr ja noch fast auf den Leim gegangen. Doch dann habe ich die auffällige Schminke und die Perücke bemerkt. Doch glauben Sie mir, im Wesen ist sie dann immer ihre Schwester, und diese ist rau und hart."

„Rau und hart …" Alex griff sich an den Hals, wo noch die letzten Bissspuren zu erkennen waren.

„Verstehen Sie, was ich Ihnen sagen möchte?" Frau Seibert klang professionell. Doch im Kopf von Alex begann sich alles zu drehen.

„Nicht so ganz. Warum soll sich Verena für ihre Schwester ausgeben, und was sagt die zu der ganzen Sache?"

„Sie gibt sich nicht für ihre Schwester aus, sie denkt in dem Moment, sie ist es."

„Sie denkt, sie ist ihre Schwester?"

„Genau und diese Persönlichkeit ist anders als die der Verena. Nur in Wirklichkeit gibt es Vera von Göckingen schon seit zwanzig Jahren nicht mehr. Vera von Göckingen ist bei einem Verkehrsunfall ums Leben gekommen. Das ist zwanzig Jahre her."

Alex begann zu schwitzen. So hatte er doch nichts bemerkt. Die Stimme, das Verhalten, das Aussehen. Er wurde perfekt getäuscht. Und das, da ja eigentlich er der Beste der Besten war. Alex schluckte trocken.

„Ich habe eine dissoziative Identitätsstörung diagnostiziert. Doktor Kanst, sind Sie noch dran?"

Alex nickte und bemerkte plötzlich einen kalten Luftstrom an seinen Füßen.

„Hören Sie, werter Kollege, ich halte Frau von Göckingen mittlerweile für sehr gefährlich. Zunehmend übernimmt der dominante Teil der Vera von Göckingen das Geschehen." Alex konnte die Sorge in der Stimme von Frau Seibert geradezu spüren. Doch was er auch noch spürte, war die Kälte, die plötzlich seinen ganzen Wohnbereich einschloss. Als er sich umdrehte, sah er seine Haustür sperrangelweit offenstehen.

„Guten Abend, Doktor Kanst!", sagte eine Stimme, die so kalt war wie die heutige Nacht auf der winterlichen Alb.

Professor Doktor lenkte umständlich den kleinen Wagen durch die dunkle und kalte Nacht. Lilly saß auf dem Beifahrersitz und hatte ihren Laptop auf ihren Knien liegen.

„Ich verstehe noch immer nicht, dass es nicht möglich ist, den Sitz noch weiter zurückzuschieben. Ich habe für meine Beine fast keinen Platz", brummte Wolfgang Eierle.

„Hmm!" Lilly war im Bildschirm versunken.

„Haben Sie ihn?"

„Jep! Zu Hause."

„Klar, während wir hier durch die Nacht fahren und unser Leben riskieren, sitzt der feine Herr Kanst zu Hause. Mich würde ja mal interessieren, wann Sie ihn verwanzt haben?"

„Das sind GPS-Tracker, keine Wanzen!", erklärte Lilly.

„Hahaha, und die haben Sie bei ihm angebracht. Freue mich, wenn ich sein Gesicht sehen kann. Wissen Sie, Frau Baur, Sie sind schon ein Teufelsweib!" Ein kratzendes Geräusch im Getriebe verriet, dass Professor Doktor den Gang gewechselt hatte, ohne die Kupplung zu treten. Dies bescherte ihm einen sehr mahnenden Blick von Lilly. Plötzlich klingelte das Handy von Wolfgang Eierle.

„Das ist er, das ist er. Gehen Sie ran, nun machen Sie schon." Mit nur noch einer Hand am Steuer versuchte der Professor, sein Handy aus seiner aufgenähten Tasche an seiner Winterjacke zu ziehen. Die Reifen des kleinen Fiat quietschten.

„Sind Sie verrückt. Ich will nicht schon wieder von der Straße abkommen!", schrie Lilly und griff in das Lenkrad.

„Hey, lassen Sie los. Ich fahre!"

„Dann aber mit beiden Händen, bitte!" Das Handy des Professors läutete von neuem. Lilly zog es ihm aus der Tasche.

„Und?"

„Eine Nummer, die nicht eingespeichert ist."

„Dann ist er es nicht!", sagte Wolfgang Eierle enttäuscht.

„Baur", meldete sich nun Lilly am Apparat von Professor Doktor. Doch es war nur ein Knacken in der Leitung zu hören. Als Lilly aus dem Fenster sah, ging gerade der Mond auf und die Silhouette des mahnenden Göckeleswald zeigte sich am Horizont.

„Chef! Hallo Chef. Hören Sie mich?" Fredericke Puda rannte vor dem Schlachthaus von Ralph Killmayer auf und ab und hielt immer ihr Handy so weit sie es konnte nach oben. Doch es kam keine richtige Verbindung zustande. Und dabei wäre es ihr so wichtig gewesen. Sie hatte recht und Markus Ruckwied war ein Versager und faul dazu.

„Es hatte sich nur um einen Querschläger gehandelt, da (nach seinen dilettantischen Berechnungen) die Kugel keinem der Hochsitze, die gegenüber der Ansitzleiter von Alex lagen, zugeordnet werden konnte. Damit waren die Ermittlungen abgeschlossen.

Doch nicht für Fredericke. Sie hatte die Sache nachgerechnet und war dabei auf den Hochsitz mit der Nummer 12 gestoßen, der ganz am rechten Rand des Feldes etwas versteckt in einem noch sehr dichten Fichtenwald stand. Sie hatte es dreimal überprüft und war immer auf das gleiche Ergebnis gekommen. Von genau dort wurde die Kugel abgeschossen. Der Zeitpunkt war eindeutig, da Doktor Kanst den Schuss gehört hatte. Also zur Zeit der Jagd.

Fredericke hatte beschlossen, ihre eigenen Ermittlungen aufzunehmen. Schließlich war ja irgendwie ihr Chef, den sie mehr als nur bewunderte, in Gefahr. Laut dem Vorsitzenden der Kreisjägervereinigung Zollernalb war ein gewisser Ralph Killmayer für die Einteilung der Schützen auf die Hochsitze zuständig. Und sie hatte diesen Typen ausfindig gemacht und ihn zur Sache befragt. Auch wenn dieser recht fahrig und verängstigt schien, so hatte sie nun einen Namen. Den Namen des Schützen und somit auch den Namen eines Verdächtigen. Besser gesagt einer Verdächtigen.

Doch da es im hintersten Winkel dieses kleinen Dorfes in dem kleinen Tal, von dem Fredericke noch nie etwas gehört hatte, offensichtlich keinen Funkempfang gab, würde sie zurück nach Hechingen fahren, um dann ihren Chef zu kontaktieren.

Der große Mond ging nun gerade über dem Albtrauf auf und tauchte das kleine Tal in ein milchiges Licht. Ein Schauder ging Fredericke Puda über den Rücken und ihr wurde eines klar: Den Namen Killertal hatte das kleine Tal nicht ohne Grund bekommen.

„Verena! Wie bist du hier hereingekommen?" Alex starrte in die kalten verweinten Augen von Verena von Göckingen.

„Es tut mir so leid, glaub mir", sagte sie mit zittriger Stimme.

„Ach, lass ihn. Er ist ein Schwein, wie alle anderen auch!", sagte sie nun plötzlich mit einer ganz anderen Stimme.

„Nein, tu ihm nichts, bitte!"

„Halt den Mund!", sagte Verena mit der kalten Stimme und machte einen Schritt auf Alex zu.

„Verena, ich bin es doch, der Aaaaaaaa…" Alex sah nur noch Blitze vor seinen Augen und fiel dann zuckend zu Boden. Sein Handy fiel ihm aus der Hand und rutschte unter die Couch.

Verena stand hämisch grinsend über ihm und hielt noch den Elektroschocker in ihrer Hand.

„Jagdsaison!", flüsterte sie.

„Geht es nicht schneller?" Lilly war angespannt und kaute auf ihrem Kaugummi herum.

„Ja was denn jetzt, schnell oder vorsichtig?" Wolfgang war genervt.

„Beides!"

„Haben Sie ihn noch?" Doch Lilly schüttelte den Kopf. „Dieser blöde Wald. Kein Funkkontakt. Vermutlich der letzte weiße Fleck auf dem ganzen Planeten.

Als endlich der himmelblaue Fiat vor das neue Haus von Doktor Alex Kanst fuhr, zeigte sich eine bekannte Situation. Alles war hell erleuchtet und die Tür stand sperrangelweit offen. Von drinnen war Hundegebell zu hören.

„Sie bleiben im Wagen!", befehligte Lilly und nicht lieber hätte Professor Doktor Wolfgang Eierle das auch getan. Doch sein Freund könnte in Gefahr sein, und er war bestimmt viel und vieles nicht. Aber er war kein Feigling.

„Kommt nicht in Frage!", murmelte Wolfgang.

„Hallo? Alex?", rief Lilly und sah, wie Berry knurrend und laut bellend die Couch im Visier hatte. Hinter der Couch kam eine Hand mit einem weißen Taschentuch hervor.

„Hilfe", sagte eine piepsige Stimme und das weiße Taschentuch wurde geschwenkt, als sei es eine Fahne.

„Polizei! Keine Bewegung!", sagte nun der Professor Doktor und erntete wieder einen bösen Blick von Lilly.

„Hey Prof, ich bin bei der Polizei, nicht Sie."

Das weiße Taschentuch wurde fallen gelassen und es erschienen zwei zitternde Hände.

„Nicht schießen, ich ergebe mich."

„Wir schießen nicht!", sagte Lilly. „Wer sind Sie?" Hinter der grauen Couch von Alex erschien eine blasse Frau mit wirren roten Haaren.

„Ro…Ro…Rosi!"

„Natürlich eine Frau, was sollte sonst hinter der Couch von Alex so herumliegen!", lamentierte Professor Doktor Eierle. Und er bekam nun schon das dritte Mal einen sehr bösen Blick von Lilly.

„Schön, Rosi. Ich bin Lilly Baur von der Polizei. Was tun Sie hier und wo ist Alex Kanst?"

„Blut, da ist Blut und Scherben! Sehen Sie, Frau Baur, Blut!" Die Stimme von Wolfgang Eierle überschlug sich fast. Und tatsächlich vor der Theke, die die Küche vom offenen Wohnbereich abtrennte, lagen Scherben und eine Blutlache.

„Scheiße", murmelte Lilly.

„Wo ist Alex, wo ist mein Freund!" Wolfgang ging auf Rosi zu.

„Ich weiß es nicht, es war alles so, als ich gekommen bin. Ich bin doch nur die Putzfee und wollte das Glas Rote Beete Herrn Kanst bringen. Als der Hund dann auf einmal da stand, habe ich mich so erschrocken, dass ich es fallen gelassen habe.

„Rote Beete?", sagte ein fassungsloser Professor.

„Hey Prof, wir machen alle mal Fehler!" Lilly ließ eine Blase platzen und beruhigte den Hund.

„So sehen wir mal, ob wir wieder Kontakt bekommen, sooo ..." Lilly öffnete ihren Laptop. Plötzlich läutete wieder das Handy von Wolfgang.

„Alex, bist du das?"

„Äh, nein Chef, hier ist Fredericke. Fredericke Puda, Ihre As.. ähm Mitarbeiterin."

„Fredericke, Sie sind es nur!", sagte ein enttäuschter Wolfgang Eierle.

„Ich kann auch morgen wieder anrufen!", sagte eine ebenso enttäuschte Fredericke.

„Entschuldigung, nein, aber hier ist alles gerade etwas durcheinander." Wolfgang setzte sich auf einen der Barhocker.

„Ja, also ich habe regergiert. Und Chef der Ruckwied, also wenn Sie mich fragen, ich denke, der hat es nicht drauf. Also ich habe die Flugbahn noch einmal überprüft und der Schuss wurde eindeutig von Hochsitz 12 abgegeben. Und ich habe schon den Namen des Schützen."

Wolfgang Eierle wurde bleich.

„Bitte sagen Sie es noch einmal, ich stelle auf laut!"

„Ja, auf Hochsitz Nummer Zwölf saß eine Vera von Göckingen. Und von dort wurde der Schuss auf Alex abgegeben."

Lilly und Wolfi sahen sich entsetzt an, während Rosi die Scherben zusammenfegte.

Es war dunkel und kalt. Besonders an seinen Füßen. Außerdem stank es nach Benzin. Alex wurde hin- und hergeworfen. Er versuchte, sich irgendwo in der Dunkelheit an etwas festzuhalten, doch er konnte seine Hände nicht bewegen. Und über seinem Mund klebte ein Stück Klebeband. Das Dröhnen eines starken Motors übertönte alle anderen Geräusche. Wo war er? Warum war er hier? Er sollte Hilfe holen. Doch er wusste nicht, ob er sein Handy bei sich hatte. Was war überhaupt das Letzte, an was er sich erinnern konnte. Alex versuchte sich zu konzentrieren. Hatte er Gedächtnislücken? Doch dann erinnerte er sich an die sanfte Stimme von Frau Seibert. Sie wollte ihn warnen, doch vor was. Was war geschehen. Seine Füße kribbelten und waren kalt. Ein dumpfer Schlag und Alex wurde hochgeworfen, schlug aber sofort irgendwo dagegen. Es war eindeutig: Er war in einem Wagen, aber nicht vorne, nein, er lag in einem Kofferraum. Warum sollte ihn jemand in einen Kofferraum laden?

War dies wieder einer seiner Albträume, die ihn schon seit dem Tod von Tian begleiteten? Bestimmt, sicherlich. So musste es sein und gleich würde er schweißgebadet in seinem Bett aufwachen.

Doch stattdessen erstarb das Geräusch des Motors. Alex hörte Stimmen. War dies Hilfe? Er versuchte zu schreien, doch das Klebeband war zu fest um seinen Kopf gewickelt. Der Kofferraum wurde geöffnet und Alex sah den Mond in seiner vollen Größe. Und er sah die Umrisse der mächtigen Buchen des Göckeleswaldes. Seines Waldes.

„Bitte lass ihn gehen. Bitte nur einmal. Hör einmal auf mich, bitte!", sagte eine leise Stimme fast flüsternd.

„Du dummes Huhn, du bist zu weich. Nein, auch er muss sterben. Auch er hat dich nur benutzt. Hat uns benutzt", sagte eine andere Stimme. Dann sah Alex die Umrisse einer Frau. Sie packte ihn mit einer unheimlichen Kraft und warf ihn aus dem Wagen.

Seine Füße froren fast an. Als er hinunterschaute, sah er, dass er keine Schuhe trug. Warum trug er keine Schuhe?

„Willkommen zur Jagd, Doktor Kanst. Ist es nicht eine perfekte Nacht dafür?" Verena schaute Alex mit den kalten Augen ihrer Schwester an.

„Hmmmm!" Alex versuchte zu antworten.

„Ach wie dumm von mir, so können Sie ja nichts sagen!" Verena riss ihm das Klebeband vom Kopf.

„Aua, Verena, was tust du da. Komm zu dir, das bist nicht du. Verena, schau mir in die Augen."

„Alex, es tut mir leid, sie ist zu stark. Ich komme nicht gegen sie an." Verena weinte.

„Doch, das kommst du. Schau mir in die Augen, Verena, du sollst mir in die Augen schauen. Sie ist tot. Vera ist tot und das schon lange." Trotz seiner Schmerzen in den Füßen versuchte

Alex, all sein Wissen und seine Fähigkeiten einzusetzen. Denn so wie er die Situation einschätzte, ging es um sein nacktes Überleben.

„Nein, du lügst. Sie ist nicht tot. Sie war immer bei mir. Sie hilft mir. Sie sagt mir, was ich zu tun habe." Verena schaute auf den Boden und Alex überlegte krampfhaft, wie er entkommen könnte.

„Verena, du bist doch stark. Du brauchst Vera nicht, glaub mir, ich bin doch für dich da!" Alex hüpfte auf und ab, um nicht festzufrieren.

Plötzlich sah Verena auf. Doch ihre Augen waren starr und hart. Voller Hass.

„Du? Du bist der Schlimmste. Hast es mit den anderen getrieben und Verena nur benutzt. Ihren Körper benutzt. So wie all die anderen. Und deshalb werde ich dich richten. Hier an dem Ort, der mir gehört. In meinem Wald."

Ihrem Wald? Alex verstand nichts. Er wusste nur, wenn er es nicht schaffte, Verena die Überhand zu verschaffen, würde Vera ihn töten.

„Verena, du bist stärker. Kämpfe gegen sie an, ich bitte dich, ich weiß, dass du stärker bist!" Der Mond war nun in voller Größe am Himmel aufgegangen. Alles war in milchiges und gespenstiges Licht getaucht.

„Sie ist nichts, hören Sie, Doktor Kanst, sie ist nichts und ich bin alles!" Verena alias Vera kam mit einem langen Jagdmesser auf Alex zu. Alex wich zurück und stieß gegen den großen dunklen SUV. Warum hatte er nicht Lilly zurückgerufen. Nun würde er seine Freunde nicht mehr sehen. Doch wenigstens hatte Wolfi nicht recht: Heute würde nicht er angeschossen werden, sondern Alex selbst.

„Aua!", schrie er, als Verena von Göckingen ihm das Klebeband, welches seine Hände fesselte, durchschnitt.

„So, Doktor Kanst. Jetzt können Sie wählen." Alex sah mit Entsetzen, wie Verena ein Jagdgewehr mit Nachtsichtgerät aus dem SUV zog. Was sollte er tun? Sollte er versuchen, den Kontakt zu Vera aufzunehmen. Vielleicht könnte er sie überzeugen? Wäre dies noch eine Chance?

„Wenn Sie die Dokumente unterschreiben, dann bekommen sie fünf Minuten Vorlauf, bis ich schieße, wenn nicht, nur eine Minute. Also wählen Sie, schnell!" Verena lud die Waffe und legte Alex ein Schriftstück auf die Motorhaube.

„Ja, sicher. Was soll ich da unterschreiben?"

„Wählen Sie, schnell!", murmelte Verena mit der Stimme ihrer Schwester und lud weitere Patronen in das Gewehr. Alex zweifelte keinen Moment daran, dass dies eine Halbautomatik war.

Er unterschrieb und warf einen kurzen Blick auf das Dokument, das den Verkauf seines Waldes für 200 Euro besiegelte. Und zwar bereits gestern bei einem Notar mit Namen Alfred Korbmacher.

„So, sieh mal, ich habe unterschrieben. Jetzt gehe ich ganz langsam einfach weg, okay?"

„Fünf Minuten, Doktor Kanst. Ab jetzt!"

Alex überlegte. In Südlicher Richtung lag der Scherlegraben, der in das Tal des Göckeleswaldes überging. Wenn er dies in fünf Minuten schaffen konnte, dann hätte er Deckung bis in den Wald.

Er hatte keine andere Möglichkeit. Alex rannte los. Seine Füße schmerzten, als diese immer wieder durch den verharschten Schnee brachen als würde er durch Glasscherben rennen. Doch er rannte um sein Leben in Richtung des dunklen Göckeleswald.

Professor Doktor Eierle hielt das Steuer fest. Sie hatten sich für den Jeep entschieden, der doch besser geeignet schien, um bei diesen Witterungsverhältnissen eine Verfolgung aufzunehmen. Wenn er noch öfters in diese Gegend kam, würde er einen anderen Porsche benötigen, doch eigentlich waren solche Gedanken gerade nicht wichtig.

„Jetzt ist er stehen geblieben!" Lilly fixierte den Bildschirm.

„Wo?"

„Circa anderthalb Kilometer rechts! Was ich nicht verstehe, wie ist die in sein sonst so gesichertes Haus gekommen? Es gab keine Einbruchsspuren. Er hat sie hereingelassen, einfach unbedacht!" Lilly kaute wild und schmatzend auf ihrem Kaugummi herum. Professor Doktor Eierle schluckte trocken. Er wusste es besser und fühlte sich schuldig.

„Nein, ich, also ich denke, nein ich weiß, dass dies meine Schuld ist!"

„Ihre? Wieso das denn?"

„Na ja bei Jimmy, also ich war glücklich und ja auch betrunken. Ich kannte die Dame ja nicht. Und dann sagte sie, dass sie Alex kennen würde. Gut, wen wundert das, ich denke, fast alle Damen in Hechingen und dem Killertal kennen ihn." Die Stimme von Professor Doktor war belegt. Lilly dachte kurz an das Fürstenpaar, aber nur kurz.

„Ja und dann habe ich halt losgelästert, ich möchte noch einmal sagen, dass ich betrunken war.

„Weiter!", sagte Lilly sehr ernst.

„Ja, und weil er doch so in Sachen Sicherheit bedacht ist, aber gleichzeitig doch Schwabe genug und wie alle Schwaben hat auch er einen Schlüssel im Garten versteckt." Wolfgang schluckte trocken.

„Im Garten? Und Sie wissen wo?"

Wolfgang nickte.

„Und Sie haben es ihr gesagt?"

„Offensichtlich!" Wolfgang reichte Lilly den Türschlüssel. „Der steckte, als wir ankamen, hab mich nicht getraut, Ihnen das zu sagen!"

„Mann! Halt hier, halten Sie an!", schrie Lilly plötzlich und Professor Doktor legte eine Vollbremsung hin. Der Mond schien und neben Lilly stand drohend ein altes Feldkreuz. Daneben im Schnee stand ein dicker dunkler SUV ohne Nummernschilder. Lilly stieg aus und hielt ihren Laptop nach oben.

„Und?"

„Dieser Wald, dieser verdammte. Ich holze den noch ab! Kein Kontakt mehr. Nicht einmal der GPS-Tracker funktioniert noch."

„Scheiße, sehen Sie! Überall im Schnee sind Spuren und da ist auch überall Blut! Wir brauchen Verstärkung, sofort!"

Zum ersten Mal gab Lilly dem Professor recht. Doch der Göckeleswald ließ keinen Funkkontakt zu. Lilly ging zum Kofferraum und holte ihren Rucksack und den Hund heraus.

„Was jetzt? Wandern wir etwa?"

„Jep! Ich nehme den Hund und Sie das da!"

„Was um Himmels Willen ist das?" Wolfgang Eierle starrte entsetzt auf die Schnellfeuerwaffe, die ihm Lilly in die Hand drückte. Lilly grinste: „Das ist Willibald!"

„Willibald!?"

„Ja, gut es ist eine UZZI."

„Eine Maschinenpistole. Ja, das sehe ich, aber wie kommen Sie zu sowas? Das ist doch nicht die Standardausführung der Polizei?"

„Nee, aber ich bin lieber vorbereitet."

„Was soll ich damit?" Wolfgang Eierle zitterte. Lilly nahm die UZZI und entsicherte diese.

„So, einfach draufhalten!", sagte sie emotionslos.

Genau in dem Moment fiel im tiefen Göckeleswald ein Schuss.

„Also Prof, draufhalten!", sagte sie noch und dann rannte sie los.

„Draufhalten! Ha! Ich werde wieder angeschossen, angeschossen …", murmelte der Professor und rannte auch los.

Alex hatte es geschafft und den Graben erreicht, bevor Verena zum ersten Mal schießen konnte. Jedoch war diese mit Schneeschuhen zu schnell, als dass er noch Deckung hinter der ersten Buche finden konnte. Doch ihr Schuss ging daneben. Alex rannte weiter hinunter. Das Tal war durch die Kronen der mächtigen Buchen dunkler als die Wiesen davor. Das könnte ihn retten. Jedoch würde er nicht noch so weit laufen können, denn er spürte seine Füße bereits nicht mehr.

„Doktor Kanst, kommen Sie. Machen Sie es mir nicht unnötig schwer. Ich friere. Bringen wir es hinter uns!" Die Stimme von Verena wurde immer fremder. Eindeutig hatte nun Vera den ganzen Charakter eingenommen. Sie steuerte alle Handlungen. Alex wusste, Vera würde sich erst wieder aus Verena zurückziehen, wenn er tot war. Doch noch wollte er nicht aufgeben.

„Wenn Sie es mir schwer machen, dann schieße ich Sie nur an und lass Sie hier draußen verrecken."

Alex kauerte hinter einer dicken Buche. Er sah hinauf und sah sein eigenes Schild: Forstverwaltung Kanst. Er war in seinem eigenen Wald. Würde er nun hier sterben? Würde ihn jemand finden? Warum hatte er Lilly nicht angerufen. Jetzt sah er Verena, wie sie langsam seinen eindeutigen Spuren folgte. Er konnte nicht mehr laufen und in weniger als zwei Minuten würde sie ihn gefunden haben. Nicht einmal einen Ast konnte er finden, alles lag unter einer dicken Schneeschicht.

Plötzlich hörte er ein Geräusch. Da war noch jemand. Jemand, der recht unprofessionell den Hang hinabkletterte. Wer konnte dies sein? Hilfe? Die Polizei? Lilly?

„Ah, Doktor Kanst! Da sind Sie ja!", rief Verena und legte auf die Gestalt im Hang an.

„Nein, nicht!", schrie Alex und stürmte aus seiner Deckung. Im selben Moment krachte der Schuss und traf ihn mit voller Wucht in die Brust. Doktor Alex Kanst lag mit dem Rücken im Schnee.

„Halt! Polizei!", sagte die zitternde Stimme des Professors. Er machte noch einen Schritt nach vorne und trat auf einen dicken Ast, der unter dem Schnee nicht zu erkennen war. Wolfgang Eierle rutschte ab, als der zweite Schuss krachte und ihn an der Schulter erwischte. Die Wucht riss ihn zu Boden, aber noch im Fall drückte er ab, solange er konnte. Schüsse peitschten durch die Nacht und Verena von Göckingen brach blutüberströmt mitten im Göckeleswald zusammen.

„Scheiße! Prof, was ist los?" Lilly und Berry kamen das Tal herauf.

„Alles okay, bin nur angeschossen. Ich denke nicht so schlimm. Sehen Sie nach Alex, den hat es böse erwischt. Berry hatte Alex als Erstes eingeholt und leckte ihm über sein Gesicht. Lilly erkannte sofort, dass der Einschuss im Herzbereich lag. Alex Kanst hatte keine Chance.

„Berry, lass das. Das kitzelt doch!", sagte Alex plötzlich und hustete.

„Du lebst? Du lebst!" Lilly umarmte Alex. „Warum lebst du?" Alex riss sein Hemd auf und grinste. „Danke!", flüsterte er. Und Lilly sah die kugelsichere Weste unter seinem Hemd.

Oben auf den verschneiten Wiesen stapfte ein längst ausgestorbenes Raubtier im fahlen Mondlicht seine einsamen Pfade zurück in den nun wieder friedlichen Göckeleswald.

Epilog

Und wieder war es kaum auszuhalten. Der metallische Pfeifton irgendwelcher Geräte, an die er angeschlossen war. Doch immer, wenn er seine Augen öffnete, sah er in die strahlenden Augen seiner zukünftigen Frau Alexandra, die die ganze Nacht seine Hand gehalten hatte. Auch wenn er wieder angeschossen worden war, so war Professor Doktor Wolfgang Eierle doch glücklich.

„Du bist vielleicht ein Freund!", sagte Wolfi.

„Weiß nicht, was du meinst, ich habe dir doch das Leben gerettet."

„Du mir? Ich habe geschossen, nicht du!", monierte der Professor.

„Aber ich habe gerufen!"

„Ja und uns alle wieder einmal in deine komischen Fälle verstrickt. Fast ein Wunder, dass niemand ernsthaft zu Schaden gekommen ist. Ich beschwere mich ja nicht, wenn ich alle halbe Jahre mal angeschossen werde, aber halte das nächste Mal bitte meine Frau da raus."

„Schatz, Alex konnte doch nichts dafür!" Alexandra drückte Wolfgang einen Kuss auf den Mund.

„Bin mir da nicht immer so sicher! Was machen denn deine Füße so?"

Alex bewegte seine Zehen.

„Ich denke, es schaffen alle. Aber sie fühlen sich noch kalt an", sagte Alex, als es an der Tür klopfte.

„Frau Jemain!", sagte Alex schon fast entsetzt.

„Ja, aber bilden Sie sich nur nichts ein. Hier, die sind für Sie!"
Jasmin Jemain streckte Alex einen Strauß Nelken entgegen.

„Da...danke!", sagte dieser und suchte krampfhaft nach einer Vase.

„Damenbesuch bei Doktor Kanst! Komm Schatz, da gehen wir etwas hinaus!" Professor Doktor Wolfgang Eierle ergriff die Flucht. „Wir wollen doch nicht stören!", sagte ein hämisch grinsender Professor, als er händchenhaltend mit Alexandra das Krankenzimmer verließ.

„Warte, ihr stört doch nicht!" Alex war es nicht wohl in seiner Haut.

„Also wie gesagt, bilden Sie sich nur nichts darauf ein, aber ich denke, ich schulde Ihnen einen Besuch. Schließlich haben Sie ja auch mich besucht. So wie es scheint, haben Sie und Baur den Fall oder eher die Fälle gelöst. Bravo. Aber künftig wird es ja das Dreamteam Baur-Kanst nicht mehr geben. Ab jetzt nehme ich die Fäden wieder in die Hand, und wir brauchen keinen Hilfssherlock!"

Alex lächelte. Heute würde sie es nicht schaffen, ihn von der Rolle zu bekommen. Nicht heute. Er würde nicht auf ihre Beleidigungen einsteigen. Er würde die Ruhe selber bleiben.

„Ich denke, ich und Lilly, wir können schon noch weiter zusammenarbeiten", sagte Alex mit sicherer Stimme. Jasmin Jemain zuckte mit der Schulter.

„Na ja, wenn Sie meinen. Dann müssen Sie halt nach Konstanz!"

„Nach Konstanz? Warum nach Konstanz?"

„Hat Ihnen die Kleine nichts gesagt?" Jasmin Jemain lachte.

„Was gesagt?"

„Am Ersten fängt sie eine neue Stelle an. In Konstanz!"

„Waas! Warum das denn?"

Wieder zuckte Jasmin Jemain mit der Schulter. „Hat keine Wohnung gefunden, glaub ich. Ist auch egal!"

„Helfen Sie mir!", sagte Alex und kroch aus dem Bett. „Dort steht eine Krücke!" Jasmin Jemain reichte ihm eine Krücke.

„Denken Sie, das ist eine gute Idee?"

„Ich habe etwas Dringendes zu erledigen!"

Alex humpelte im Pyjama den Gang entlang. Er hörte auch nicht auf die Rufe von Wolfi, ob er jetzt völlig durchdrehen würde. Er hatte eine Mission zu erfüllen.

Am Ende einer Ermittlung gab es immer sehr viel Papierkram, auch wenn dies heute alles mit einem Laptop zu erledigen war. Lilly saß in der Stadtvilla im Schneidersitz auf dem Bett und tippte die Berichte. Dieses Mal waren es ja eigentlich drei Morde, während nur zwei zusammenhingen.

Zum Entsetzen von Frau Balk hatte Melanie Asch den Mord am Joseph Rädle gestanden. Er hatte sie erwischt, als sie die zweite Schlagfalle an seinen Hochsitzen als Rache für den Mord an einem ihrer Hunde anbringen wollte. Es kam zu einer Rangelei und sie hatte dem Sausepper den Klappspaten von Alex entrissen und diesen damit erschlagen. Laut Professor Doktor Eierle musste sie dabei in einem Blutrausch gewesen sein und dessen Schädel völlig zermatscht haben. Frau Asch wurde in Haft genommen, aber der Prozess würde wohl frühestens im Mai beginnen. Frau Balk hoffte auf mildernde Umstände.

Den Tieren zuliebe hatte sie gezwungenermaßen den Vorsitz der Killertäler Fellknäuel e.V. übernommen. Ihr Versuch, diesen dem Tierschutz Zollernalb anzuhängen, hatte nicht geklappt.

Verena von Göckingen war nicht von, sondern sie hieß lediglich Verena Göckingen. Es gab keinerlei Verbindung zu einem ehemaligen Adelsgeschlecht von Göckingen, noch zu dem Ort Göckingen bei Meßkirch. Das alles hatte sie sich nur eingebildet.

Im Alter von fünf bis sieben Jahren wurden sie und ihre Schwester von ihrem Stiefvater missbraucht. Nach einem Alkoholexzess hatte dieser Vera, die Zwillingsschwester von Verena erschlagen. Verena wuchs danach in verschiedenen Heimen auf, wo alsbald eine dissoziative Identitätsstörung, kurz DIS erkannt wurde. Jedoch schienen die Symptome sich zu bessern und Verena lebte augenscheinlich ein normales Leben. Doch in Wirklichkeit hatte längst die dominante Schwester die Führung übernommen. Im Wahn, von Adel zu sein, fand diese heraus, dass es im Killertal einmal ein solches Geschlecht gegeben hatte. Nun versuchte sie, mit dubiosen Immobiliengeschäften zum einen zu Geld zu kommen und zum anderen ehemaligen Grundbesitz derer von Göckingen zurückzukaufen. Dazu setzte sie ihre aufreizende Person ein und nutzte die Geldgier ihrer Mitläufer wie Herbert Häberle und Fidel Mayer. Immer, wenn diese sich noch anderen Frauen zuwandten, hatte sie durchgedreht.

Auch hatte sie auf Alexandra geschossen und bei Bärbel die Radmuttern gelöst, da sie Alex für sich wollte. Als dies nicht funktionierte, war auch er auf ihrer Abschussliste angekommen.

Verena Göckingen war sofort tot. Professor Doktor hatte sie mit dreiundzwanzig Schüssen getötet. Dies würde noch eine Untersuchung nach sich ziehen, insbesondere woher die Waffe stammte, mit der er geschossen hatte.

Da es in Baden-Württemberg weit noch weitere Vermisstenmeldungen von Männern gab und es nicht ausgeschlossen werden konnte, dass nicht noch weitere Leichen im Göckeleswald lagen, wurde vereinbart, diesen im zeitigen Frühjahr noch einmal mit Leichenspürhunden intensiv abzusuchen.

Lilly klappte ermattet ihren Laptop zu und packte ihn in den ersten Umzugskarton. Es war Zeit, zu gehen.

Als sie vor die Tür der Stadtvilla trat, hatte es schon wieder begonnen, leicht zu schneien. Doch das war nicht das Sonderbare, sondern das, was sie zu sehen bekam. Auf dem Parkplatz parkte das Taxi von Ümit. Daneben stand Alex im Pyjama und hielt einen Karton hoch.

„Ich dachte, ich komme und helfe mal!"

„Wobei?"

„Beim Umziehen! Ich habe da eine Wohnung für dich gefunden."

Lilly schaut skeptisch und ließ eine pinke Kaugummiblase platzen.

Heute konnten der grauen Himmel und der leichte Schneefall seine gute Laune nicht trüben. Auch nicht die Karte aus Mauritius, wo im Sonnenuntergang Wolfi und Alexandra sich das Ja-Wort gaben.

Zugegeben, etwas hatte es ihn schon verletzt. Er mochte beide, sehr sogar, doch es würde am Ende nichts mehr so sein wie vorher.

„Es ist ja nicht zu fassen. Soll ich die Dinge jetzt noch alle aufschreiben. Oder bei Ihrem IQ besser aufzeichnen. Damit meine ich schon eher eine Karikatur. Was sind Sie nur für ein Unternehmen. Ich zahle Ihnen gutes Geld dafür, dass Sie die Dinge ordentlich abstellen. Und die grünen Kisten kommen in das Zimmer, wo der grüne Zettel an der Tür klebt? Was könnte man daran nicht verstehen? Wissen Sie, ich denke …"

Alex grinste und sah das angespannte Gesicht des Umzugsunternehmers, der gerade einen von Lillys berühmten Monologen abbekam.

Er war froh, dass er nun über seinen Schatten gesprungen war und Lilly sein altes Haus vermietet hatte. Noch wusste er nicht warum, aber aus irgendeinem Grund gehörten Lilly und das Haus zusammen.

Das war sonderbar!

Er war froh, dass nun wieder Leben in das Haus kam, und froh, dass Lilly nicht nach Konstanz ging.

Als Alex den letzten Karton aus dem Jeep lud, begann plötzlich ein dunkles Getrommel und ein fürchterliches Geschrei.

Die Killertal-Hexen hatten die fünfte Jahreszeit eingeläutet.

Mit jedem Trommelhieb wuchs in Alex ein unbehagliches dunkles Gefühl und eine noch dunklere Vorahnung.

Den Göckeleswald – es gibt ihn wirklich!

Tief im Killertal, auf der Gemarkung der Gemeinde Hausen liegt ein noch fast unberührtes Waldgebiet. Mächtige, über vierzig Meter hohe Buchen sind dort zu finden. Aus den tiefen Schluchten entspringt aus glasklaren Quellen der Taugenbrunnen. Der Realteilung geschuldet, besteht der Wald, welcher fast ausschließlich in Privatbesitz ist, aus kleinsten Parzellen. Eine Bewirtschaftung ist und war kaum möglich. Erschließungswege, ja sogar Wanderwege existieren nicht.

Und vielleicht gerade deshalb, hat sich eine wunderbare Waldgesellschaft erhalten.

Selbst das moderne Mobilfunknetzt schaffte es nicht, in die Tiefe des Waldes vorzudringen.

Göckeleswald, ein sonderbarer Name. (Quelle: Hohenzollerischer Geschichtsverein)

Das Dorf Göggingen liegt nahe bei Meßkirch. Dort taucht um 1207 ein Berchtoldus villicus von Geggingen auf. Dieses Geschlecht kommt durch ihre Tätigkeit für das Kloster Reichenau zu Macht und Ansehen. In der Mitte des 14. Jahrhunderts verlässt das Geschlecht derer von Göggingen den Ort und spaltet sich in drei Linien auf.

Im 16. Jahrhundert taucht ein Friedrich von Göggingen auf, welcher umfänglichen Besitz in Hausen, aber auch in Killer hat.

Für Hausen ist anzunehmen, dass der ganze Ort ein Lehen derer von Göggingen war. Diese residierten in der heutigen Binsenbergstraße. Dem Machtstreben der Hohenzollerngrafen konnte der Ortsadel nichts entgegenbringen und stieg in die Bauernklasse ab.

1544 wird der letzte Nachfahre in Hausen noch erwähnt.

Übrig geblieben sind der Flurname und der Wald.

Und wer einmal mutig sein möchte, und gutes Schuhwerk sein Eigen nennt, der sollte einmal gemeinsam mit einem bekannten Hausener Förster durch die Geheimnisse dieses Waldes streifen.

Oliver Grudke

Killer Tal im Juli 2020

Killer Tal Jagd

Ist Teil einer © Killer Tal Krimi Reihe.

Alle Personen, Orte und Handlungen sind frei erfunden. Ähnlichkeiten wären rein zufällig und nicht beabsichtigt.

CPSIA information can be obtained
at www.ICGtesting.com
Printed in the USA
LVHW090557191120
671765LV00005BA/37